Pour son propre plaisir, **Albert Ducloz** *écrit depuis l'enfance romans, poésies, contes et nouvelles. Pourtant, après une carrière de directeur d'établissement de soins, ce n'est qu'en 2002 qu'il publie son premier roman, Citadelles d'orgueil. En 2015,* Les Trois Promesses *a obtenu le prix du Cercle littéraire Médicis et* Le Chant d'Aurore *le prix La Plume et la Lettre.*

Le Violon d'or

Du même auteur

Aux éditions De Borée

Julie Bon pain
La Promesse de Lucile
Le Chant d'Aurore, prix La Plume et la Lettre 2015
Le Petit fougaud
Le Vélo rouge
Les Amours prisonnières
Les Dames blanches
Les Dames de Fontanges
Les Jacinthes sauvages
Les Larmes de Chanteuges
Les Trois Promesses, prix du Cercle littéraire Médicis 2015
Pascalou
Une étrange récolte
Un sourire pour Mathilde

Autres éditeurs

Citadelles d'orgueil
La Métamorphose de la cigale
La Vengeance du marais
Le Piège à loup
Les Amants de juin, prix Claude Favre de Vaugelas 2007
Les Enfants des étoiles
Les Mystères d'Anaïs
Lettres d'Algérie à mes parents
Pas à pas dans la neige

TERRE DE POCHE
45, rue du Clos-Four – 63056 Clermont-Ferrand cedex 2

ALBERT DUCLOZ

LE VIOLON D'OR

de Borée

TERRE DE POCHE

À Marcel Brandon, mon ancien instituteur.
En fin de journée, pour apaiser nos esprits,
il nous jouait du violon.

Première partie

ENFANCES

I

La petite aiguille de l'horloge s'attardait sur le chiffre IV mais, sur le bas du cadran, la grande touchait le VI. Les enfants dans la classe se disaient : enfin 4 heures et demie, le moment tant attendu. Nathalie, assise à son pupitre, ses yeux noisette levés vers la plus haute vitre de la fenêtre, observait le soleil. Comme le cercle de l'horloge, l'astre lui paraissait parfaitement rond et le feu de sa boule lumineuse caresserait bientôt sur la forêt du Breuil ses douceurs vertes en paix. Les cimes des sapins, en une longue échine noire verdie par leurs aiguilles, coupaient le bleu du ciel où des nuages pâles, annonciateurs de pluies pour le surlendemain, s'étiraient presque immobiles en flocons de soie grise. Au-delà, était La Chaise-Dieu.

Juliette, la jeune institutrice, savait qu'à partir de cette heure s'atténuait l'attention des enfants. Aux premiers jours de mai, vers les 4 heures du soir, lorsqu'il faisait beau temps, elle profitait d'un après-midi tiède et ensoleillé pour emmener ses petits et grands élèves en classe unique découvrir les êtres parfois minuscules et inconnus qui vivaient en liberté parmi les herbes, sous les lisières des forêts, voire dissimulés dans les jardins, si leurs propriétaires acceptaient cette visite scolaire. Le grand air faisait oublier aux gamins l'enfermement du reste de la journée, ravivait leur curiosité d'apprendre. Armés de feuilles blanches, de carnets et de crayons, ils découvraient et dessinaient ce que, dans leur village de Malvières, ces jeunes êtres côtoyaient sans jamais s'en étonner.

Niché au cœur d'une forêt cernée de terres, c'est un pays de forêts sombres, saturé de parfums d'humus, de prairies vallonnées qui ondulent sous le ciel, de petites routes perdues au fond de vallons verts. Dans la plus grande de ses clairières, une pierre gravée apprend au promeneur que Jules César, se croyant définitivement vainqueur à l'issue de sa fameuse guerre des Gaules, fut rattrapé à cet endroit par le coursier d'une légion d'arrière-garde : il l'avisait d'une première révolte des Gaulois et César dut faire demi-tour.

Dans les champs, les prairies, bois, potagers, buissons et arbres creux vivent petits oiseaux, insectes, minuscules animaux ! Les élèves de l'école, pour la plupart fils et filles de paysans ou artisans, finissent par ne plus y porter attention.

Mais cet après-midi de novembre 1967 s'étirait en longueur dans la douce clarté du bel après-midi. L'institutrice observait Nathalie, épiait le regard de la fillette : il s'évadait vers le soleil couchant par-delà la forêt. La maîtresse savait bien qu'à cette heure les matières du programme glisseraient sur elle et les autres élèves comme l'eau sur la toile cirée. La classe unique, surtout à effectif limité comme celle de Malvières, représentait pour les enfants un mélange difficile par les écarts des âges mais dynamique par son bouillon de culture idéal et qui les mélangeait : garçons, filles, petits et grands, riches ou pauvres. La leçon de morale du matin, les sorties de fin d'après-midi par beau temps, le chant du soir et la musique durant l'hiver retenaient toutes les attentions.

Assis en silence, bras croisés, tous, mais Nathalie plus encore, attendaient cet instant. Invariablement à cette heure, selon la même liturgie, dès que la classe était en paix, la maîtresse se levait, marchait sur sa gauche jusqu'au bout de l'estrade, en descendait la marche, se dirigeait vers la haute armoire de sapin clair installée face à la fenêtre où se posait à cet instant le regard de Nathalie. La main de Juliette saisissait la clé engagée dans la serrure du meuble, la tournait, tirait la porte à elle. Ses deux mains se glissaient alors dans l'espace le plus envié par Nathalie et ses petits condisciples. Lorsqu'elles en ressortaient, cinq longs doigts pâles et pliés tenaient serrée entre eux la poignée d'un étui noir ; toutes et tous savaient qu'à l'intérieur reposait en silence le violon de leur maîtresse. L'autre main repoussait le battant de la porte pour bien fermer l'armoire. Juliette alors observait la classe, retournait vers l'estrade, remontait à son bureau, doucement y déposait l'étui, puis l'ouvrait. Les enfants ne perdaient pas une miette du moindre geste, du plus petit mouvement de leur maîtresse. À ce moment, si par inadvertance et sans prévenir de sa visite l'inspecteur d'académie eût ouvert en silence la porte de la classe, ses oreilles auraient pu entendre les mouches voler, si déjà les gelées de novembre ne les avaient pas fait périr.

Dans l'étui, la main de Juliette saisissait le violon par le manche, le soulevait, puis, avec délicatesse et même avec amour, elle en posait la caisse sur le bureau. Sa main retournait à l'écrin, retirait l'archet, actionnait la vis fixée tout en haut pour régler la tension des crins qui composaient la mèche. Les enfants observaient à cet instant la main replonger dans l'étui pour retirer le pain de colophane. Ils connaissaient le nom exact de tous les éléments car la maîtresse, avant même de jouer pour la première fois, n'avait pas compté son temps pour très bien expliquer. Son pouce et son index en pince passaient et repassaient le pain de colophane sur les crins de la mèche, pour bien les enduire afin qu'ils puissent faire vibrer les cordes du violon. Puis, aussi bien par le regard que le toucher sous la pulpe de ses doigts, s'étant assurée que les crins de l'archet étaient à présent suffisamment enrichis, elle reposait ce dernier pour saisir par la main gauche le manche du violon et de la droite en accorder les cordes. Enfin, oreille tendue dans le silence, elle faisait une à une entre ses doigts vibrer les cordes, de la plus fine à la plus grosse.

Attendu par tous ces enfants de la terre entre Livradois et Forez, puisque Malvières et La Chaise-Dieu marquent exactement la frontière entre les deux pays, le moment magique arrivait enfin. Au début, pour la première fois que Juliette joua, les enfants émerveillés rapportèrent le soir à leurs parents l'immense plaisir de leurs yeux et de leurs oreilles. La plupart de ces derniers se montrèrent fiers que la jeune institutrice de leur petit village osa une telle initiative, donnant à leur progéniture le goût de l'école, la joie d'y apprendre et le soir, pour terminer la journée, le plaisir d'écouter la chanson du violon. Malgré tout, quelques esprits chagrins trouvèrent l'initiative de cette pratique superflue et peut-être même nuisible. Ils demandaient à l'institutrice d'enseigner l'utile : lire, écrire et compter, auquel il convenait d'ajouter un peu de géographie et de sciences naturelles, mais certainement pas d'apprendre à jouer du violon ! On n'avait que faire de cette frivolité : pour ces parents, le rôle de l'école se résumait dans l'apport du nécessaire permettant à leurs enfants de gagner plus tard leur vie : et nul à la campagne ne la gagnerait en jouant du violon. Le plus risqué à leurs yeux était que cette maîtresse, qui venait des environs du Puy-en-Velay – et cette ville est une grande ville pour Malvières –, risquait d'inculquer à leurs rejetons des goûts de luxe que devenus adultes ils n'auraient pas les moyens de satisfaire.

Mais deux événements apportèrent leur secours à Juliette. En juin 1966, presque tous ses élèves en âge de s'y présenter réussirent leur certificat d'études primaires ; cet examen, même s'il vivait alors ses dernières années, représentait encore le sésame indispensable aux enfants des classes populaires pour entrer dans la vie. D'autres, dès onze ans, purent même entrer au collège de Craponne-sur-Arzon, voire pour l'une d'entre eux au lycée Simone-Weil du Puy-en-Velay. Le second événement s'avéra encore bien plus déterminant. En août de la même année, le grand pianiste hongrois naturalisé français, Georges Cziffra, eut l'idée, avec des mélomanes locaux passionnés par la musique et le réveil de leur pays, de créer à La Chaise-Dieu, dont l'acoustique de l'abbatiale auvergnate les avait tous séduits, un festival international de musique. Ce fut dans le pays, et au-delà, un immense enthousiasme qui depuis, chaque année, se répète et s'amplifie. Dès lors, comme les autres, les parents les plus craintifs laissèrent en paix la maîtresse de Malvières avec son violon, voire même se montrèrent fiers que leurs enfants profitent du violon comme s'ils avaient pu écouter les concerts donnés au festival.

Mentonnière bien calée, ses doigts disposés sur les cordes et pouvant se déplacer facilement, la maîtresse saisit le manche du violon, en maintient la caisse entre sa clavicule et son menton. Aussitôt s'égrènent les notes aux va-et-vient du bras, la mélodie emplit la classe, captive l'attention. Chez leurs parents, les enfants ne connaissent souvent de la musique que celle du transistor allumé sur le buffet de la cuisine ou du tourne-disque casé dans une chambre : rares sont encore les familles qui possèdent la télévision et de toute façon nulles n'écoutent de concerts. Le violon reste à leurs yeux un instrument de rêve, une musique de riches, inaccessible pour eux. En août dernier, aucune famille n'a pu assister au premier concert de La Chaise-Dieu, beaucoup trop cher pour leurs bourses de petits paysans ou artisans ; et puis, il aurait fallu s'habiller, se faire beau. À Malvières et dans les entours, on est d'autant plus fier qu'on vit modestement et même si pendant l'Occupation les gens des villes venaient se ravitailler dans les fermes du pays, pour se nourrir, il n'est pas question de paraître pauvre parmi les spectateurs bien habillés. De toute façon, les concerts se donnent l'après-midi et le soir. Durant la journée, en août, le travail ne manque pas et, le soir, on est rompu de fatigue ; il convient de dormir pour travailler le lendemain.

Juliette fait courir son archet selon son émotion, sans cahier, sans feuillet, sans partition, sans portée où elle pourrait lire les notes de la mélodie. Tout en elle semble spontané et émotion ressentie. Si elle joue comme cela, c'est pour pouvoir laisser errer sur la classe la profondeur du regard de ses yeux noirs : des yeux très noirs qui brûlent. Elle les fait aller dans la classe, ils caressent les enfants, les entraînent vers son violon. Quatorze paires d'yeux l'observent, fascinés : des bleus, des noirs, des châtains, clairs ou foncés. Quelques pupilles se cachent sous les paupières, préfèrent écouter sans voir, totalement noyées dans la musique. Juliette attarde plus souvent qu'à son tour la douceur de son regard sur le visage extatique de Nathalie ; de tous les élèves, sa maîtresse sait qu'elle est la plus sensible à la musique, à la mélodie de son violon. Par la concentration que la jeune femme décrypte sur le visage de Nathalie, elle se persuade que cette élève a de l'oreille, en possède la parfaite sensibilité. Cela ne s'apprend pas. C'est le talent, le don, l'être le détient ou non, mais le travail le plus acharné ne peut suppléer à son absence. L'enfant a déjà confié à sa maîtresse combien elle aimerait apprendre à jouer et, rêve impossible, quel plaisir immense serait pour elle la possession de son propre violon ! Toutes les deux sont complices : nul ne sait leur secret. Mais, ce soir après la classe, Juliette se rendra avec Nathalie à la ferme de son père : elle tentera de le convaincre d'accepter qu'une fois par semaine, pour commencer, Nathalie demeure à l'école le soir après la classe. Ainsi, sans que personne ne le sache, l'enfant apprendra à jouer avec sa maîtresse. Bien sûr, l'institutrice raccompagnera l'enfant dès la fin des leçons et celles-ci seront gratuites. Les moyens du père de Nathalie ne permettraient pas de payer. Ce n'est pas qu'il soit pauvre : mais il est d'autres besoins pour la ferme, et plus urgents. Et puis dans la famille règne l'esprit de justice, et même d'égalité : Nathalie a deux frères et une sœur ; on n'aurait pas les moyens pour tous.

Tandis que la maîtresse joue et s'attendrit sur l'attention de Nathalie pour le violon et les notes qui s'envolent, les yeux bleus de Patrice caressent la fillette d'un amour enfantin. Dans la classe unique, il fait partie des grands. À onze ans, fils d'artisan maçon, l'an prochain sans doute il quittera l'école de Malvières pour entrer au collège de Craponne-sur-Arzon. Depuis qu'ils fréquentent tous deux la même école, Patrice est amoureux de Nathalie. Blond aux yeux bleus, dès la première journée de classe, son cœur a battu pour la fillette. Certes, ce n'était pas la première fois qu'ils se rencontraient au village. Mais, vu la différence d'âge et de sexe, il jouait avec ses copains, et Nathalie préférait demeurer à la ferme où sa grand-mère Mathilde remplaçait sa maman.

Le drame s'était produit l'année de ses trois ans. Un après-midi de printemps, jour d'une foire à Craponne-sur-Arzon, Arlette, sa mère, prit la voiture, une 2 CV, pour s'y rendre et faire ses courses. Le soir, elle n'était pas rentrée. Philippe, le père, soucieux mais ne voulant pas le laisser paraître, entreprit seul la traite des vaches. Dans la grande pièce du rez-de-chaussée, le téléphone sonna. La grand-mère y gardait Nathalie et la petite Sandrine, alors âgée de un an. Les deux frères aînés, Jacques et Robert, dans leurs neuvième et onzième années, jouaient avec leurs copains dans la cour de la ferme voisine. Mamie Mathilde, en alerte, se leva aussitôt pour décrocher le téléphone. Au fur et à mesure qu'elle écoutait, son visage pâlissait. Avant de raccrocher, elle prononça ces simples mots :

— Merci de nous avoir prévenus. Je vais avertir mon fils.

Elle se tourna vers Nathalie ; son visage s'efforçait de paraître ordinaire :

— Natachou, garde bien ta petite sœur. Ne bouge pas d'ici. Je sors dire quelque chose à ton papa et je reviens. Surtout, ne bouge pas.

Puis, se tournant pour essuyer ses larmes, elle ouvrit la porte du passage qui, par un long couloir, permettait de sortir dans la cour. Sitôt dehors, Mathilde la referma comme si elle craignait que Nathalie l'ait suivie sans bruit pour écouter. Le bâtiment de la nouvelle étable s'élevait au-delà. Philippe, son fils, le mari d'Arlette, le père des quatre enfants, surveillait la traite mécanique dont, l'un des premiers, il avait à Malvières équipé son exploitation. Sa mère s'approcha de lui, le regarda droit dans les yeux, mais ne put se retenir. Tout en larmes, elle se laissa aller sur le torse de son fils, prononça ces seuls mots :

— Mon pauvre petit !

Philippe comprit immédiatement que la mort était là mais n'osa questionner.

— Ta femme, Arlette. Les gendarmes ont téléphoné : elle a été tuée dans un accident de voiture par un ivrogne qui revenait de la foire. Il a grillé un stop et s'est enfui. Les pompiers ont transporté Arlette à l'hôpital Émile-Roux, au Puy ; mais elle est morte pendant le transport.

Nathalie ainsi que sa petite sœur et ses deux frères, désormais orphelins de mère, furent élevés par Mathilde, leur grand-mère.

À la sortie de l'école, tout en haut du village, il faut passer devant l'église avec sa tour d'angle. Au Moyen Âge et jusqu'aux guerres de Religion, on montait au sommet par l'escalier en colimaçon pour repérer de loin les bandes de soldats devenus brigands. En cas de danger, la population se calfeutrait dans l'église, à cette époque forteresse. À la sortie du village, il faut suivre la route puis prendre sur la droite un chemin de terre qui descend vers la ferme du père. Craignant le rendez-vous que toutes deux avaient osé, Juliette et Nathalie se serraient fort la main. À cette heure de la journée, les ombres s'étalent tout en longueur ; la fillette et sa maîtresse les voyaient s'allonger au pied des arbres, dont les branches effeuillées n'offraient plus que leurs bras noirs. Mais la plus large et la plus rapide de toutes les ombres était celle de la forêt du Maillet qui domine

Malvières. La pénombre couvrait maintenant le pays sculpté tout en vallons, en déclives et en collines ; elle précédait la petite nuit qui colorait de sombre le bas des pentes à mesure que le soleil baissait. L'astre orange virait au rouge pâle et déjà n'éclairait plus les près qui remontaient en douces déclinaisons de l'autre côté de la ferme. Lorsque Juliette rentrerait chez elle après la rencontre, il lui faudrait marcher de nuit.

La ferme comportait deux bâtiments : l'ancien, de vieille architecture casadéenne[1], abritait l'habitation, les granges et les greniers. Philippe et Arlette avaient transformé l'ancienne étable, devenue trop exiguë, en un vaste logement confortable et construit à l'écart une nouvelle et grande étable adaptée à l'élevage de soixante vaches laitières, équipée pour la traite mécanique ; une grande porte de bois à deux vantaux ouvrait sur les prairies : par ce large passage, les vaches pouvaient directement sortir brouter. Entre les deux constructions s'étalait la cour garnie de graviers roulés et que pouvait fermer son portail d'entrée.

Sitôt parvenues à celui-ci, Juliette le pousse pour passer. Nathalie entraîne sa maîtresse vers la porte métallique d'accès à la grande étable : ainsi l'appelait la famille pour faire oublier l'ancienne. Avant même d'ouvrir, toutes deux respirent une délicieuse odeur de lait tiède, moussu et fraîchement tiré ; Nathalie sourit à sa maîtresse, heureuse de la voir

1. *La Chaise-Dieu vient du latin* casa dei, *la « maison de Dieu ». Par extension, tout ce qui qualifie La Chaise-Dieu se nomme « casadéen ».*

séduite par ce parfum ; il les avertit que la traite est en route. Inutile en conséquent d'aller frapper à la porte de la grand-salle à vivre dans l'ancien bâtiment rénové : le père s'active ici.

Nathalie avait alors huit ans. Jacques et Robert, ses deux frères, âgés maintenant de douze et quatorze ans, fréquentaient le collège de Craponne ; vers 18 heures, le car de ramassage les déposerait sur la place de Malvières. Sandrine, la petite sœur allait sur ses six ans ; sous la garde de la mamie Mathilde occupée à la préparation du dîner, sans doute jouait-elle dans la grand-pièce : la grand-mère et toute la famille se refusaient à l'appeler salle de séjour !

Un seul battant de la porte de la grande étable apparaissait fermé ; Juliette s'arrêta devant l'ouverture, laissa à Nathalie le soin d'entrer. L'institutrice découvrait ce qu'elle ignorait. Sa famille, du côté de la grand-mère maternelle, était paysanne, mais de la vieille école : tout se passait à l'étable où vivaient sous le même toit vaches et chèvres. Le papa de Nathalie, sitôt qu'il fut le maître après la mort du père, fit construire ce bâtiment fonctionnel. L'idée lui en était venue lors de son service militaire en Allemagne, où la curiosité l'avait amené durant une permission à visiter plusieurs exploitations agricoles. Le constat s'avérait sans appel : les paysans allemands, qui se faisaient appeler *Landwirt* (agriculteur), étaient beaucoup plus en avance que leurs homologues français. De retour à Malvières, il en parla à son père qui ne voulut rien entendre. Philippe enragea, faillit partir. Sa mère le calma.

Le père mort, il mit en œuvre son projet. Pour bien marquer la différence avec l'ancienne étable, la famille nomma ce bâtiment « la grande étable ». Juliette découvrit un agencement qu'elle n'imaginait même pas. Tout était clair et aéré, les vaches alignées de chaque côté d'une longue allée bétonnée tenue propre. Philippe s'apprêtait pour la traite. Après avoir essuyé les trayons des pis, il leur ajustait les embouts qui aspiraient le lait. Parfaitement conditionnée par l'usage, chacune se laissait soulager. Le lait, aspiré dans un tuyau par l'effet du vide, s'écoulait jusqu'aux pots avant d'être transvasé dans le tank réfrigéré. Nathalie observait sa maîtresse, souriait de son étonnement. Juliette se souvenait de ses grands-parents maternels qui trayaient à la main, assis sous la vache, les fesses sur le trépied ! À présent, le parfum du lait chaud effaçait l'odeur des bêtes. Parfois, une vache bousait ou urinait : Nathalie s'esclaffait, s'écartait plus vite que sa maîtresse ! Cela sentait âpre, mais bon, ne déplaisait pas à Juliette. Élevée à la ville, elle se rappelait ses étés paysans à Saint-Christophe-sur-Dolaizon, à proximité du Puy. Gamine, elle y passait ses vacances et cette odeur d'étable retrouvée ressuscitait en elle tant de souvenirs savoureux qu'elle respira très fort l'odeur de bouse et de pissat, en raviva sa mémoire.

Le père, tout occupé à la surveillance de la traite mécanique, ne pouvait deviner sa présence insolite. Nathalie s'avança alors jusqu'à lui. Il se baissa pour permettre un poutou sur sa joue à la barbe un peu dure en cette fin de journée ; puis, à son tour, il embrassa sa fille. À part le ronronnement de la trayeuse, les gargouillis des tuyaux, les flocs des bouses, la quiétude de la grande étable n'était meublée que par les rares interjections adressées à ses bêtes par le père. Rassurée par les poutous échangés, Nathalie toussa un peu pour s'éclaircir la voix, puis lança :

— Papa, ma maîtresse est là.

Sans cesser de surveiller la traite, Philippe tourna la tête et reconnut effectivement Juliette. Elle avait suivi son élève tout au long de l'allée. Le père l'aimait bien, cette institutrice. Pour cette raison, il avait été de ceux qui l'avaient soutenue lors de son initiative de jouer du violon aux enfants vers la fin de la journée.

— Bonsoir, mademoiselle, prononça Philippe, averti la veille par sa fille de la visite de l'institutrice, mais sans en connaître l'objet. Permettez-moi d'en terminer avec mes vaches. Encore un moment, et je serai à vous.

Pour montrer au père que son travail ne la gênait aucunement, Juliette, qui était restée sur l'allée, fit mine de le rejoindre entre les deux vaches dont il nettoyait les trayons.

— Non, je vous en prie, n'approchez pas ; je dois travailler pratiquement sous les bêtes pour ajuster les griffes des embouts à leurs trayons. Auparavant, je les nettoie d'une solution iodée pour éviter tout problème. Vous risqueriez de vous salir.

Effectivement, l'institutrice était chaussée de chaussures de ville, à talons bas certes, mais parfaitement cirées, nonobstant la poussière d'une journée de classe et de récréations, sans compter celle glanée sur le chemin pour venir jusqu'à la ferme.

Depuis son veuvage, Philippe était devenu ours. Cependant, en la circonstance, il fit preuve de beaucoup d'aménité :

— Vous n'allez pas demeurer debout à l'entrée de la fosse. Nathalie, conduis donc ta maîtresse à la grand-salle. Ta grand-mère s'y trouve avec ta sœur Sandrine. Vous vous assiérez en m'attendant. Elle n'a pas fait de bêtise au moins ?

— Non, non, rassurez-vous : tout au contraire, s'empressa de préciser Juliette avant de suivre son élève qui poursuivait son chemin sur l'allée jusqu'à l'autre porte de sortie, face au bâtiment d'habitation.

La vaste salle, comme celle de toutes les fermes, servait de pièce à vivre. Elle se situait véritablement au cœur de tout. Outre une cheminée à grand âtre où se consumaient des bûches de fayards sur un épais lit de braises incandescentes, car novembre à Malvières est froid, un fourneau trônait de l'autre côté de la pièce, en vis-à-vis de la cheminée. Pour garder la salle fraîche en été, la cuisine extérieure n'était utilisée qu'en cette saison. Dès les frimas, tout au contraire, on profitait d'avoir à cuisiner pour allumer le fourneau et tiédir la vaste pièce. De temps en temps, une bouffée de fumée sortait par la bouche du fourneau et répandait un parfum de pipe bourrée de tabac gris. Sur le plus grand des cercles, une marmite bouillait tout doucement : son couvercle légèrement décalé laissait échapper une vapeur de soupe dont Juliette se délecta du fumet. Solitaire dans son petit logement d'institutrice célibataire au-dessus de l'école, elle cuisinait à peine.

Les autres pièces, réparties tout autour – cuisine, toilettes, chambre des parents, chambre de la grand-mère –, y débouchaient. Un couloir permettait de se rendre à un petit cellier, puis au bûcher. Tout au fond du couloir, un cagibi donnait sur la cour : le père s'y changeait en revenant de soigner les bêtes à l'étable. Les chambres des enfants se tenaient à l'étage, accessibles par un escalier de bois. Dissimulé derrière une porte, un autre escalier, mais aux marches de pierre, descendait dans une cave voûtée où se gardaient le vin, les fruits, les pommes de terre et autres denrées.

Lorsque Nathalie ouvrit la porte pour laisser entrer sa maîtresse, la grand-mère essuyait la longue table de noyer sur laquelle traînaient les épluchures de légumes pour la soupe.

— Bonsoir mamie.

— Bonsoir Natachou.

Toutes les deux échangèrent un poutou. Juliette se rassurait : une famille où chacun s'embrassait ne pouvait pas rejeter le violon.

— Bonsoir mademoiselle. Dès hier, Nathalie nous a prévenus de votre visite.

— Oui, il faut que je voie son père. Nous l'avons rencontré à l'étable ; il nous a dit de l'attendre en votre compagnie.

— En ce cas, prenez une chaise. Ne restez pas debout.

Toutes deux se connaissaient, se croisaient à l'épicerie ou à la boulangerie. De plus, pendant les quelques mois qui suivirent la première rentrée scolaire deux années auparavant, c'était souvent la mamie Mathilde qui venait chercher Nathalie pour la ramener à la ferme. À six ans, il n'était pas inutile de l'accompagner ; mais surtout, malgré ou à cause de leurs soixante années d'écart, grand-mère et petite-fille se retrouvaient confidentes, les meilleures amies du monde. Après la mort de sa maman, Nathalie s'était tout entière remise entre ses mains. C'était d'abord à elle que Nathalie avait confié son enthousiasme pour la maîtresse qui jouait du violon. Avec le père déjà convaincu, la grand-mère avait d'ailleurs été de ceux qui au village avaient soutenu l'initiative de Juliette, entraîné l'adhésion des autres parents.

— Vous allez bien prendre quelque chose en attendant que la traite soit terminée ?

— Non, merci. Je n'ai pas l'habitude.

C'est vrai qu'au teint de sa peau on devinait que Juliette ne buvait guère de vin ou autres alcools. Ses yeux noirs, sa longue chevelure frisée couleur d'ébène tranchaient sur sa peau diaphane. Une personne qui ne l'aurait pas connue si active et enthousiaste tous les jours de l'année aurait pu la croire malade ou tout simplement faible de tempérament.

— Même pas un chocolat chaud ?

— Si vous me prenez par les sentiments !

Juliette céda et Nathalie en fut toute satisfaite car elle adorait le chocolat bien chaud que réussissait si bien mamie Mathilde. La grand-mère se rendit à la cuisine où étaient rangés toute la vaisselle et autres ustensiles, en revint avec une *biche*[1], brillante d'être astiquée.

---

1. *Grand pot à lait en grès ou en fer (*Dictionnaire du français régional du Velay*).*

— Nathalie, va donc demander à ton papa de remplir la biche. Je vais vous préparer un chocolat avec du lait juste tiré dont vous me direz des nouvelles.

— Mais vous n'allez pas le faire exprès pour moi ?

— Bien sûr que non. Ce sera pour toute la famille. Les garçons ne vont pas tarder, et le père sera bien content de s'en régaler en rentrant de la traite. Cela fait partie de nos usages en hiver.

Mathilde attendit que Nathalie eût refermé la porte derrière elle.

— Dites-moi, il n'y a rien de grave ?

— Non, j'ai déjà rassuré son père.

La grand-mère se rapprocha pour pouvoir parler bas, osa timidement :

— Si ce n'est pas indiscret… ?

— Pas du tout. Votre petite fille voudrait que je lui apprenne le violon.

Mathilde se dressa, enthousiaste :

— Mais c'est merveilleux !

— Comme Nathalie, j'ai peur que son père refuse. Je ne me ferai pas payer, mais ici, apprendre à jouer du violon, pour une fille de paysan, ce n'est pas dans les mœurs, ça paraît inutile.

— Rassurez-vous ! Si mon fils disait non, il m'entendrait. Mais je ne le pense pas. Si ma belle-fille vivait encore, elle serait pour…

La grand-mère sortit son mouchoir, s'essuya les yeux.

— Mais ne parlons plus de ce drame.

De toute façon, la porte s'ouvrait : Mathilde prit aussitôt soin de se taire. Nathalie revenait, tenant à deux mains la biche baveuse de lait ; le liquide mousseux avait débordé et des larmes blanches s'écoulaient sur les flancs étamés. La fillette s'approcha de la table, y déposa la biche, qui devait bien contenir deux litres. Juliette, sans attendre que la grand-mère le fît, se levait, se hâtait de refermer la porte par où le froid rentrait avant que Nathalie n'eût à le faire.

— Nous allons nous donner un vrai petit plaisir.

La grand-mère ouvrit la porte d'un buffet, en ramena une grosse tablette de chocolat noir pâtissier, referma la porte. Sans attendre, Nathalie, gourmande comme une petite chatte, s'en allait à la cuisine quérir une casserole dans laquelle aussitôt mamie Mathilde entreprit pour commencer de verser un fond du lait encore tiède. Elle posa la casserole sur le petit cercle du fourneau, voisin de celui où la soupe bouillait. La mamie attendit que le lait frémît, y brisa carré après carré une partie de la tablette tandis que Nathalie, à deux mains, touillait en permanence avec une spatule de bois. Une fois le chocolat fondu, sans que sa petite-fille cessât de touiller, mamie Mathilde compléta en versant très doucement le lait demeuré dans la biche. Sandrine avait alors six ans : debout sur la pointe des pieds, la bouche et le nez à hauteur de la casserole, elle humait et savourait d'avance. D'un de ses doigts humecté de salive, elle recueillait les éclats de chocolat épars sur la table et avec gourmandise les portait à sa langue. Brusquement, on entendit des pas secs et sonores racler le gravier de la cour. La porte s'ouvrit sans ménagement ; les deux garçons pénétrèrent dans la salle, mais aussitôt leur entrée fracassante se calma. Ils venaient d'apercevoir Juliette. Ils ne l'avaient pas eue comme institutrice, mais savaient qui elle était ; son statut les modéra un instant, puis, dès qu'ils lui eurent dit bonjour, ils se comportèrent comme à l'habitude, sans plus s'occuper d'elle, embrassant leur grand-mère sans oublier leurs deux jeunes sœurs.

Juliette, dans sa famille, enfant puis adolescente, n'avait pas toujours été très heureuse. Ses parents vivaient séparés et elle avait pour cela préféré l'internat de l'école normale du Puy, malgré qu'elle habitât la ville, afin d'y trouver la paix et le soulagement de n'être plus prise à témoin entre son père et sa mère. Les retrouver les samedis et les dimanches, pendant les vacances scolaires, tantôt avec l'un, tantôt avec l'autre, lui suffisait. Plus âgé qu'elle, son frère Bruno poursuivait alors ses études de médecine à Lyon.

Le violon se révéla son secours. En ce moment, elle avait parfaitement conscience de répéter avec Nathalie ce que son professeur de musique au lycée lui avait apporté, mais trop tard pour devenir une grande violoniste. Cet instrument s'apprivoise d'autant mieux que son apprentissage débute au moment où les années se comptent seulement sur les doigts d'une seule main, et encore mieux s'il n'en faut que trois. Pour Nathalie, déjà âgée de huit ans, ce serait limite, un peu tard, mais moins que Juliette à onze ans. Celle-ci ressentait au plus profond d'elle-même la nécessité de restituer ce qu'elle avait reçu. Cependant, malgré cet âge déjà avancé pour se lancer, ses progrès se révélèrent rapides : elle possédait un talent réel et ses parents l'avaient inscrite dans un cours particulier. Hélas, en dépit de tous ses efforts, elle ne se révéla pas un génie, seulement une élève de talent ; et puis, de toute façon, son professeur savait bien que les années de retard ne se comblent jamais. Juliette, de guerre lasse, avait donc préparé et réussi le concours d'entrée à l'école normale d'instituteurs tout en continuant de se perfectionner et de jouer pour son plaisir. Son attachement pour le violon lui était d'autant plus indispensable qu'elle vivait solitaire, sortait très peu, considérait la vie avec suspicion. Sa mère, parfois, lui lâchait : « Tu te retiens de vivre. »

Ce soir, Juliette se retrouvait tout émue de vivre parmi cette famille ce qu'elle n'avait pas connu : ces frères et sœurs avec leur grand-mère qui s'aimaient de tout leur cœur. Cette vision lui amena une larme de regret qu'elle retint en faisant mine de se moucher.

Le chocolat maintenant était chaud, exhalait un parfum qui mettait du bonheur dans la salle. Jacques et Robert, accoutumés à ces douceurs, ouvrirent la porte du couloir qui donnait sur la cour face à la grande étable et s'en allèrent dire bonjour à leur père. Il en avait terminé de la traite. Sa tâche achevée, Philippe ôtait ses bottes, se lavait les mains, suivait ses fils dans la cour, se changeait dans le cagibi et rejoignait la salle à vivre. Sur la table, la grand-mère avait disposé sept bols avec leurs cuillers et Nathalie apportait le sucrier. Le père adressa un sourire à Juliette, l'invita à s'asseoir.

— Vous m'excuserez, mademoiselle ; mais le lait et les bêtes n'attendent pas. Et trente vaches à traire, c'est long, malgré la mécanique !

— Mais c'est bien normal. Je m'excuse de prendre sur votre temps.

Durant les politesses, mamie Mathilde faisait le tour de la table, remplissait chaque bol avec adresse, versant le chocolat fumant directement avec la casserole.

— Buvez pendant qu'il est chaud. Le chocolat, il faut qu'il brûle la langue. Tiède, il n'est pas si savoureux.

Les paroles de la grand-mère furent-elles prises en compte, ou bien plutôt chacun attendait-il l'entrée en matière ? Le silence se fit, les mains soulevèrent les bols, les lèvres gourmandes s'y portèrent ; pendant quelques instants seule se devinait la satisfaction des papilles. Après quelques gorgées, le père posa son bol. Les garçons, par longues lapées gourmandes, continuèrent de boire ; Juliette elle aussi posa son bol, prête à répondre aux paroles du père. Nathalie et sa grand-mère ne les imitèrent pas, mais cependant, tout ouïe, leur bol dans les mains, toutes les deux cessèrent d'aspirer le liquide chaud pour mieux écouter. Sandrine savourait sans s'interrompre.

— Ainsi, vous avez voulu me voir au sujet de Nathalie ?

— Oui, monsieur. Voyez-vous, votre enfant fait montre d'une réelle passion.

— Une passion ?

— Vous savez qu'en fin de journée, lorsque mes élèves ont bien travaillé durant la classe, je leur joue du violon pour les récompenser.

— Oui, bien sûr. D'ailleurs, souvenez-vous, j'ai soutenu votre initiative. Le fait est que les enfants du village en classe avec vous y ont pris goût et depuis...

Le père cherchait son mot.

— Ils sont plus calmes, vont à l'école avec plaisir, ce qui n'a pas toujours été le cas, compléta aimablement mamie Mathilde.

— Tu as raison, c'est cela. D'ailleurs, c'est bien connu, la musique adoucit les mœurs ! Lorsque j'allais à l'école, c'était pendant l'occupation allemande, et il n'y avait pas de violon. Je soutiens ce que vous faites ; c'est très bien et en plus une bonne distraction. Mais de là à faire de ma fille une violoniste ! Nous ne sommes pas des bourgeois de la ville !

— La musique n'est pas réservée aux riches. Si vous surpreniez le regard de Nathalie lorsqu'elle m'écoute jouer ! Elle couve des yeux le violon. Certains signes ne trompent pas. Votre fille affiche une passion certaine, un réel désir d'apprendre. Mais cela ne serait pas suffisant pour justifier ma démarche. Nathalie possède un don très rare : celui sans doute de l'oreille absolue. Je me réserve d'attendre un peu pour en être convaincue. Nathalie possède ce talent. Il est de naissance et ne s'apprend pas. C'est pour cette raison que je me suis permis de venir insister pour obtenir votre accord. Nul ne possède le droit d'étouffer chez un enfant une disposition de naissance. Imaginez une rose dans un jardin : cela constituerait un crime d'en étouffer la floraison !

Chacun écoutait bouche bée les paroles prononcées par Juliette car nul dans la famille n'avait prévu cet appel de l'institutrice. Buvant ses paroles, même les garçons posaient leurs bols sur la table. La jeune femme, estomaquée de ce qu'elle avait su dire, jeta un regard au père, se rassura de son regard bienveillant, s'enhardit à poursuivre :

— Ce serait vraiment dommage de ne pas donner sa chance à votre fille. Il aurait déjà fallu commencer plus tôt ; dans quelques mois, il sera bien tard pour elle.

Philippe a tout écouté, n'a pas perdu un mot de l'appel lancé par l'institutrice. Il regarde sa mère, puis Nathalie.

— Cela fait longtemps que tu y penses ?

— Oh oui, papa, je voudrais tant !

Philippe interroge Mathilde du regard.

— Qu'est-ce que tu en dis, toi ?

La grand-mère serait si fière ! Il ne faut pas rêver, ni se faire d'illusions. Mais ce serait pour Mathilde une telle revanche : enfant, elle aurait voulu faire tant de choses ! Mais voilà, il y avait du travail à la ferme. Née en 1905, la guerre de 14-18 lui avait pris son enfance et sa jeunesse. Le père se trouvait sur le front, il y avait cinq enfants à la maison : pas question de rester les deux pieds dans le même sabot.

Mathilde, la grand-mère de Nathalie, est native de Sembadel, à quelques kilomètres de La Chaise-Dieu. C'est le pays des forêts, des scieries. À l'école, elle avait appris à lire. Son plaisir interdit, c'était la lecture. Si sa mère la surprenait à la lecture d'un livre prêté par l'institutrice, tombait l'invariable phrase :

— Tu n'as rien de mieux à faire, avec tout le travail ? Si tu n'en vois pas, je vais t'en trouver moi ! Ce n'est pas ce qui manque.

Une fois, la maîtresse d'école avait demandé à la mère de Mathilde, l'arrière-grand-mère de Nathalie, avec son sens de l'humour pince-sans-rire bien connu à Malvières :

— Et vous madame, vous aimez lire ?

— Non madame ; dans la famille, nous n'avons pas ce défaut.

L'institutrice n'avait pu que sourire : tout était dit.

Comme elle voudrait, Mathilde, que sa petite-fille Nathalie réalise son rêve pendant qu'il en est encore temps ! Non pas que femme elle ait été malheureuse, tout au contraire : Mathilde a aimé son mari, aujourd'hui décédé, qui lui a fait de beaux enfants, dont Philippe. Ils étaient de ces couples trop rares à s'être aimés leur vie durant. Mais son enfance, elle ne l'a pas eue telle qu'elle l'aurait voulue à cause des livres absents, des lectures empêchées. Cela serait si bien que Nathalie puisse apprendre le violon puisqu'elle est douée pour ça. Négliger une passion, sans doute un talent, quel dommage !

— Moi ! Ce que j'en pense ? Je regarde Nathalie et je me dis que ce serait merveilleux qu'elle puisse mettre en valeur cette disposition. N'est-ce pas Natachou ?

Les yeux noisette s'éclairent et un si beau sourire s'affiche !

— Oh ! Oui, mamie.

Et Nathalie laisse son bol, repousse sa chaise et court embrasser sa grand-mère.

— Et moi, tu ne m'embrasses pas ?

Cette demande du père vaut bien tous les oui !

Philippe regarde Juliette, s'interroge. Son sens pratique est solide dans sa tête. La grand-mère devine, mais se tait, protège la confidence que Juliette lui a faite tandis que le père s'absorbait dans la traite mécanique à l'étable.

— Pour les leçons, vous nous prendriez combien ?

— Je ne vous en ai pas parlé ; si vous aviez dit non, c'eût été inutile. Il est bien entendu que je ne veux pas être payée ; je fais cela pour Nathalie.

Philippe n'est pas riche, mais il n'est pas non plus pauvre. Soixante vaches, huit chèvres dont les fromages, mis en faisselle par la grand-mère, sont vendus directement à des particuliers qui viennent les acheter à la ferme ou le samedi matin sur le marché de Craponne-sur-Arzon, une cinquantaine d'hectares de prairies, de blé et de maïs, sans compter les bois. Les bûches pour le chauffage, ça se vend bien, de la main à la main, tout en espèces. On a sa fierté, et on ne veut pas passer pour des miséreux ou des pingres.

— Il n'en est pas question. Vous avez vos frais.

— Non, je vous en prie. Je ne veux pas qu'il soit question d'argent pour cela.

Un regard s'échange entre le père et la grand-mère.

— Alors, vous ne refuserez pas des fromages et des œufs ?

Juliette adresse un sourire à Nathalie. Pour ne pas vexer, il faut bien accepter.

— Si c'est en nature, d'accord.

Foncièrement honnête, elle hésite, puis dit tout :

— En revanche...

Le père voit venir, c'eût été trop beau : rien n'est gratuit sur terre !

— En revanche... ?

— Si Nathalie est aussi douée et décidée à apprendre autant que je le pense, d'ici à quelques mois il faudra envisager pour elle une école de musique. Je ne suis pas à la hauteur d'un véritable professeur.

— Nous n'en sommes pas encore là. Si ça marche, on avisera.

Juliette sourit, réfléchit, se décide :

— Puis-je vous poser une question ?

Chacun se demande de quoi il peut bien s'agir.

— Si nous pouvons répondre ?

— Il est très rare que pareille disposition survienne à partir de rien. Parmi vos ascendants, personne n'a jamais été doué pour la musique ?

Mathilde réfléchit, cherche, se souvient :

— Ma grand-mère m'a confié enfant que mon grand-père jouait de la vielle dans les bals... Il était même célèbre et très demandé.

— Il se peut que ce soit cela, et même bien avant votre grand-père. La musique est souvent inscrite dans les gènes. Excusez-moi de vous avoir questionnés : mais je cherche à m'expliquer le don de Nathalie.

Il semble à Juliette lire dans les regards de la mamie et de Philippe un éclair de fierté : ainsi, ce serait de lignée...

Ce fut le moment exactement que choisit la pendule pour sonner ses sept coups. Dès son entrée dans la salle, Juliette avait repéré cette horloge encastrée dans le mur face à la cheminée, et admiré son gros cadran marqué de chiffres romains, surmonté d'une scène champêtre ciselée dans le cuivre. Dans la caisse, derrière sa vitre, un balancier ventru brillait à la lueur des flammes de l'âtre en égrenant les minutes et les heures. Lorsque l'horloge sonna, Juliette l'examina avec plus d'attention et découvrit derrière le balancier deux gros plombs cylindriques suspendus à leurs chaînes.

Au septième coup, par les deux fenêtres dont la conversation avait fait oublier d'en fermer les volets, Juliette découvrit la nuit noire, à peine trouée d'un peu de lune noyée dans les nuages ; poussés par le vent d'ouest, ils couraient vers Saint-Victor-sur-Arlanc. Cependant, la faible lueur de l'astre n'atténuait pas l'obscurité. Juliette s'inquiéta :

— Il faut que je rentre ; il fait grand nuit.

— Vous n'allez pas rentrer ainsi, ce ne serait pas prudent.

— Et pourquoi ne resteriez-vous pas dîner ? proposa la grand-mère.

— Vous êtes vraiment très gentils, mais j'ai toutes mes préparations et mes corrections à faire.

— Alors, les garçons vont vous raccompagner ; à cette heure, en pleine nuit, une femme seule, ce ne serait pas prudent.

— Mais l'école est à cinq cents mètres, à même pas dix minutes !

— Il n'empêche. Jacques et Robert, rhabillez-vous, prenez chacun une lampe de poche et raccompagnez mademoiselle jusqu'à l'école.

II

Juliette attendait que les treize autres élèves fussent partis. Pour Nathalie, elle sourit doucement, d'un sourire qui n'était pas dessiné par ses lèvres, mais épars, très doux sur son visage.

— Nous n'allons pas jouer ici. Nous serons mieux chez moi.

Nathalie répondait par son sourire d'enfant, inquiète cependant de cette première leçon. Tout à l'heure, juste avant la fin de la classe, parmi les autres élèves, elle avait regardé et écouté jouer sa maîtresse comme jamais elle ne l'avait encore fait. Et alors, brusquement, tandis que l'archet allait et venait, que les notes de la mélodie s'envolaient, une énorme interrogation s'était fait jour dans l'esprit de la fillette. Nathalie regardait le violon, se disait :

— Il est bien trop grand pour moi, je ne pourrai jamais !

L'appartement de l'institutrice se situait exactement au-dessus de la salle de classe ; on y accédait par un escalier dont les marches de bois indiquaient par leur silence la légèreté des pas de Juliette et Nathalie, bien que l'institutrice tînt sous son bras la pile des cahiers de la journée et de l'autre main l'étui noir où dormait son violon. Arrivée en haut de l'escalier, Juliette déposa l'instrument, le cala debout au creux de l'angle des cloisons, puis, réfléchissant, le confia à Nathalie.

— Tiens-le par la poignée !

Nathalie n'en revenait pas : l'étui lui paraissait ainsi beaucoup plus long encore que lorsque sa maîtresse le portait elle-même. Il lui venait à l'épaule ! Juliette plongea sa main libre dans la poche de sa blouse, en retira sa clé, l'introduisit dans la serrure, ouvrit.

— Entre.

La fillette n'avait jamais connu d'autres maisons que sa ferme familiale, mis à part le cabinet du médecin de La Chaise-Dieu et les magasins où sa mère l'emmenait, mais aucun appartement. Le logement de l'institutrice comportait un vestibule, une cuisine, une petite salle de séjour meublée d'un unique fauteuil, de quelques chaises, d'une table chargée de papiers et de livres. La maîtresse les repoussa de la main pour faire place aux cahiers qu'elle avait ramenés, et surtout au violon.

— Tu peux poser le violon : bien à plat sur la table.

Nathalie le souleva par la main qui serrait la poignée, glissa l'autre dessous et avec d'infinies précautions, comme si l'étui eût été de cristal, elle le déposa exactement comme la maîtresse le lui avait indiqué. Au fond du vestibule, l'enfant apercevait deux portes : Juliette garda pour elle qu'il s'agissait de celles de sa chambre et du cabinet de toilette.

— Viens, nous allons nous installer ici. Et tout d'abord, il te faut un violon à ta taille.

Elle se dirigea vers un meuble d'angle fleurant la cire d'abeille et qui touchait presque au plafond. Nathalie n'en percevait pas vraiment l'usage, n'en connaissait aucun de semblable et se demandait même s'il s'agissait véritablement d'un meuble compte tenu de sa forme.

— Il se trouvait chez mes parents, dans ma chambre de jeune fille. C'est mon père qui me l'avait offert pour mes seize ans afin d'y ranger mes affaires personnelles.

Juliette ne lui révéla pas la séparation de ses parents. À son âge et dans son milieu, Nathalie n'aurait pas compris. En 1967, dans les campagnes, devant les enfants, on évitait d'évoquer les divorces ou les séparations. Il eût fallu expliquer à la fillette toutes ces histoires d'adultes et ce n'était ni la fonction de l'institutrice, ni le lieu et le temps, ou encore moins l'objet.

— Lorsque j'ai vraiment voulu jouer, j'avais onze ans, trois années de plus que toi. Mon père m'a alors offert un violon adapté à ma taille. Un cadeau inouï et merveilleux. Tu devrais pouvoir t'en servir car tu es grande pour ton âge alors que j'étais plutôt petite. D'ordinaire, pour les enfants, on se contente de louer leurs premiers violons ; l'achat ne se fait qu'à la fin de la croissance. Si un jour tes parents t'en offrent un, ce sera vraisemblablement lorsque tu auras terminé de grandir. Je ne m'en suis jamais séparé. Regarde.

Juliette tourna la petite clé d'acier engagée dans la serrure du meuble d'angle, ouvrit la porte bombée. Dans le compartiment du bas, un étui de violon, couleur bleu ardoise, attendait, rangé debout.

Au-dessus, étaient deux autres compartiments séparés par un rayon, chacun chargé de livres et de feuilles. Nathalie ne pouvait lire celles-ci, haut placées comme elles l'étaient. De toute façon, comme elle ignorait le solfège, la fillette n'aurait pu les déchiffrer.

— Bien. Maintenant, saisis l'étui par sa poignée, porte-le sur la table et ouvre-le.

Très délicatement, comme si elle avait eu peur de commettre un sacrilège, Nathalie fit glisser le crochet, souleva le couvercle.

— Oh !

Elle restait ébahie de ce qu'elle découvrait : calé dans son écrin de feutrine rouge, le violon apparaissait superbe, artistement verni d'un beau rouge orangé, brillant à la lueur de l'ampoule électrique qui pendait du plafond et dont la lumière réfractée par l'abat-jour éclairait toute la pièce. À son côté était rangé l'archet, bien fixé dans ses deux gorges. Pendant qu'elle admirait, Juliette ouvrait l'étui de son propre violon, le saisissait par le manche et rejoignait sa petite élève.

— Le mieux est de faire comme moi, de bien observer mes gestes. Mais, tout d'abord, je vais vérifier quelque chose.

Juliette se met en position de jouer en plaçant le corps du violon comme elle le fait en classe, le maintenant entre sa clavicule et son menton, celui-ci bien appuyé sur la mentonnière.

— Avec ta main gauche, prends ton violon par le manche.

Nathalie avance sa main vers l'étui, fait comme le dit sa maîtresse.

— Très bien. À présent, place le corps exactement comme moi, entre ta clavicule et ton menton. Les doigts de ta main gauche doivent pouvoir se déplacer facilement le long des cordes, comme je le fais avec les miens. Essaie.

Comme ils sont mignons ces petits doigts d'enfant qui tombent à la fois en arrondi et perpendiculairement sur le manche et les cordes ! À n'en pas douter, Nathalie se découvre à l'aise avec l'instrument. Ses doigts semblent aussi doués que son oreille. Juliette, observant l'enfant, vérifie le pressentiment formulé à la grand-mère et au père.

— À présent il convient, comme tu me vois procéder avant de jouer, de régler la tension de la mèche de l'archet. Pour cela, tourne la vis à l'arrière de la hausse.

En même temps que Juliette parle, Nathalie tourne la vis.

— C'est bien ; ne la tends pas trop.

Juliette s'empare de ce qui semble à Nathalie un petit savon de Marseille.

— C'est un pain de colophane. Toujours comme je le fais, prends l'autre pain et enduis-en les crins de la mèche. Sinon, les cordes du violon n'entreraient pas en vibration au contact des crins de l'archet, et aucune note ne sortirait. Fais comme tu me vois faire. J'oubliais : la colophane, c'est de la résine. S'il m'arrive d'utiliser un mot que tu ne connais pas, n'hésite pas à m'en demander la signification.

Nathalie imite sa maîtresse, s'empare du pain de colophane, effectue avec le pain et sur l'archet plusieurs va-et-vient.

— Ça n'est pas trop compliqué, tout ce que je te dis ? Tu repères les objets désignés ?

— Pour le moment, ça va, répond Nathalie tout sourire.

— Alors, avec ta main droite, saisis l'archet. Comme cela, au-dessus de la hausse.

Et Juliette lui indique la hausse de l'archet en même temps qu'elle lui parle.

À huit ans, on apprend vite. Au bout de quelques minutes de gestes parfaitement imités, Nathalie connaît l'essentiel de tous les composants du violon et l'archet.

— Ça va toujours ? Tu veux bien que nous commencions à jouer quelques notes ?

— Oh oui, mademoiselle.

— Excuse-moi ; encore un point. Mais je vais m'en charger moi-même. Je ne veux pas trop t'ennuyer aujourd'hui avec des questions techniques. Avant que tu puisses jouer, je dois accorder les cordes de ton violon. Je t'expliquerai comment faire la semaine prochaine.

Et ses doigts, une par une, pincent les cordes, les font vibrer, jusqu'à la satisfaction de son oreille.

— Ça va aller. Regarde. À chaque doigt de nos mains gauches correspondent deux emplacements, donc deux notes. Nous allons les découvrir toi et moi et les repérer à l'oreille. Place tes doigts comme les miens. C'est cela. À présent, ouvre tes yeux… écoute bien…

Et le miracle se produit : la mèche de l'archet glisse sur les cordes une à une, les premières notes s'envolent…

Le temps passe si vite que ni Juliette ni sa petite élève n'entendent frapper à la porte de la classe située au rez-de-chaussée de l'école. C'est la mamie, venue chercher sa petite-fille comme il avait été convenu. Mathilde doit frapper plus fort, redoubler de coups de poing sur le panneau de la porte. La maîtresse et son élève suspendent brusquement leur archet.

— Mon Dieu, nous n'avons pas vu le temps passer !

Juliette se précipite à la fenêtre, l'ouvre sur la nuit déjà là, se penche :

— Je descends vous ouvrir, madame. Ne range pas ton violon, Nathalie. Il faudra nettoyer les cordes.

Juliette descend aussi vite qu'elle le peut les marches de l'escalier qui pour le coup résonnent de ses pas précipités, ouvre la porte.

— Excusez-moi, madame, mais j'ai préféré fermer la porte à clé afin que nous ne soyons pas dérangées. Jouer requiert tant de silence et de concentration !

— Vous avez bien raison. C'est pourquoi j'ai frappé, sinon vous ne m'auriez pas entendue.

— Jouer fait tout oublier.

Et les grands yeux noirs de Juliette s'illuminent de joie.

— Mais montez plutôt voir votre Natachou. Elle sera si contente.

Nathalie est là, sa main gauche maintient le petit violon par le manche, sa main droite suspend l'archet.

— Mais ? Tu joues avec un violon à ta taille ?

— C'est le mien lorsque j'avais onze ans. Enfant, j'étais plus petite que Nathalie. Elle tient de son père, qui est très grand. Du coup, le violon se trouve à peu près à sa taille.

Mathilde se réjouit de la joie qu'elle lit dans les yeux de sa petite-fille.

— Tu as déjà joué ?

— Un peu.

— Montre-moi ! Je serais si heureuse.

Et Nathalie replace contre elle le violon, saisit l'archet, joue les quelques notes apprises avec sa maîtresse. Pour une mamie, sa petite-fille est toujours la plus géniale. Si seulement Arlette, la mère de Nathalie, se trouvait encore en vie : comme elle aurait baigné de bonheur et de fierté à découvrir le talent de sa fille ! Mathilde écoute, ébahie, comme si elle admirait le premier violon du festival de La Chaise-Dieu ! Mais Juliette s'est trompée : pour Nathalie, sa grand-mère est de trop, rompt la complicité née avec sa maîtresse. Du coup, elle va à l'étui y ranger son violon. Juliette comprend cette rupture pour l'avoir elle-même vécue enfant, lorsque l'un de ses parents voulait assister à une de ses leçons. Mathilde le pressent, n'insiste pas. Cette passion et surtout ce talent qui s'éveillent sont si fragiles ! Il en faudrait tellement peu pour que s'éteigne ce premier souffle s'il était contrarié.

— Non, ne le range pas ! Auparavant, il convient de nettoyer ton violon et de détendre la mèche de l'archet ; sinon, le bois perdrait sa courbure et il serait ensuite impossible de tendre les crins correctement. Ce soir, nous allons le faire ensemble, je vais te montrer.

Cette année 1967, les premières neiges survinrent à la mi-décembre. Il arriva qu'au deuxième jour de chute la neige tomba si fort et à si gros flocons en fin de journée que, au moment de partir chercher Nathalie à l'école, Mathilde s'aperçut que la couche était épaisse de près de vingt centimètres. Ce n'était pas exceptionnel dans ce pays de froidure mais, d'ordinaire, par ces temps et de nuit, chacun restait chez soi. Personne ne s'en était souvenu au début des leçons de Nathalie. Durant la nuit précédente, il n'avait pas neigé et le matin, la route, après le passage du chasse-neige, se trouvait à peu près propre. Un ciel gris, lourd et incertain laissait prévoir une nouvelle chute pour la nuit, mais, selon les anciens, pas auparavant. Cependant, contrairement à leurs dires, vers les 4 heures de l'après-midi, le ciel se referma sur la lumière du jour et, brusquement, les flocons se précipitèrent, s'épaissirent, se resserrèrent violemment en tempête de neige. À 17 heures, la couche atteignait dix centimètres. Les élèves étaient chaussés en conséquence : l'institutrice les laissa partir, et chacun rentra chez soi. Dans ce pays de neige, on ne s'alarme pas. Sans s'inquiéter, Juliette et Nathalie, dont c'était le jour de la leçon, montèrent les marches de l'escalier jusqu'à l'appartement, sortirent les deux violons, s'installèrent. En un mois, par des leçons très régulières, Nathalie non seulement avait réalisé d'appréciables progrès, mais, surtout, son enthousiasme débordait. Juliette lui avait fait entreprendre l'apprentissage du solfège, la lecture des notes, et son élève commençait à déchiffrer la portée. Au début, la fillette trouvait cela rébarbatif mais Juliette lui avait expliqué que, si elle voulait progresser, la maîtrise du solfège devenait indispensable.

À presque 19 heures, la traite terminée, Mathilde ouvrit la porte du couloir qui donnait sur la cour. Dans le halo de l'ampoule électrique, les flocons tourbillonnaient entre eux et c'étaient les plus lourds qui les premiers atterrissaient. Dans la nuit, au-delà de la clarté échappée par la porte ouverte, on n'apercevait pas à trois mètres. Le silence de la neige inquiétait davantage qu'il n'apaisait : la couche épaisse étouffait tout, la densité des flocons empêchait les bruits coutumiers de se propager. Un moment auparavant, en retard sur les autres jours, les garçons étaient rentrés : le chauffeur du car de ramassage avait dû chaîner ses pneus et pu ainsi *in extremis* achever sa tournée. Mathilde chaussa des bottes, traversa la cour, entra dans la grande étable que la chaleur des bêtes, par contraste, tiédissait.

— Philippe, viens voir.

Le père, occupé à renouveler la litière, posa son trident de bois, vint à la porte. Au vu de la couche et de la tempête de neige, il réalisa aussitôt qu'il ne pouvait laisser à sa mère le soin de se rendre à pied chercher Nathalie à l'école. Mathilde restait vaillante, mais elle portait son âge.

— Eh bien !... Une vraie tempête ! Quelle couche ! Tu ne peux pas aller comme cela chercher Nathalie. C'est un coup à vous perdre toutes les deux. Je vais sortir le tracteur et la ramener. Avec les phares, ça ira.

— En ce cas, va te changer. Tu ne peux te présenter ainsi à l'institutrice de ta fille.

— Quand elle est venue nous rendre visite, j'étais habillé de la même façon.

— Oui, mais c'était ici. Je vais te préparer des vêtements présentables. En attendant, va te laver les mains, passe-toi un coup de gant de toilette sur le visage et peigne-toi. De plus, munis-toi d'une couverture pour envelopper Nathalie.

Mathilde, depuis la mort de sa belle-fille, avait repris les choses en main et parlait à son fils comme elle lui parlait enfant.

— Tu ne veux pas que je me rase pendant que tu y es !

— Pourquoi pas ? Raser une barbe de deux jours ne serait pas du luxe !

Les pneus du tracteur accrochent et sculptent la neige de leurs bandes de roulement, profondes de plusieurs centimètres. Les faisceaux des phares dessinent les dénivelés et permettent à Philippe de discerner la différence de niveau de moins en moins perceptible entre les talus et la route, lui évitant ainsi de s'enliser dans le fossé. Par précaution supplémentaire pour être vu de loin, il a activé le gyrophare fixé à l'arrière du tracteur. Malgré sa canadienne et son bonnet, Philippe ressent le froid. Il est vrai que les tracteurs n'ont pas été conçus pour labourer ou moissonner sous une tempête de neige ! Heureusement que Juliette a eu la présence d'esprit de maintenir l'éclairage dans la cour de récréation et de ne pas fermer les volets des fenêtres de son appartement. Philippe repère ainsi l'école, tourne à deux mains son volant et entre dans la cour. Au pied des fenêtres, par de longues pressions, il active le klaxon à tout rompre.

Jouer juste est un véritable défi pour Nathalie qui veut apprendre. À chaque leçon, il en va de même : Juliette et son élève se laissent emporter par leur enthousiasme réciproque, ne voient pas le temps passer, s'interrompent à l'appel de la mamie. Mais ce soir, cet appel féminin est remplacé par un bruit énorme, mécanique, celui du moteur vibrant dans la tempête de neige et du klaxon qui en troue le silence. Nathalie comprend bien vite, reconnaît le bruit, de même que la lumière des phares, la stridence du klaxon et l'odeur d'échappement du moteur diesel. Juliette hésite, réagit, va à la fenêtre et l'ouvre. La bourrasque pénètre dans la pièce, des flocons s'y engouffrent pour fondre presque aussitôt et laisser sur le parquet des petits points mouillés. Malgré l'éblouissement des phares, la maîtresse reconnaît le visage du père de son élève.

— Je descends, crie-t-elle comme s'il pouvait l'entendre. Nathalie ! Referme la fenêtre, c'est ton père !

La fillette l'avait deviné avant elle. Nathalie va à la fenêtre, se penche. Le père arrête le moteur, cesse de klaxonner : la couverture bien pliée sous le bras, il descend dans la neige qui arrive à mi-hauteur de ses bottes ; des neuves, des propres, pas celles engluées de fumier et de paille dont Philippe s'était chaussé pour la traite. La porte s'ouvre, et c'est Juliette. Est-ce la blancheur de la neige et les flocons épais qui, dans le halo de l'ampoule électrique, donnent au visage de l'institutrice un charme que Philippe, jusqu'à présent, n'avait pas décelé ? Est-ce le sourire qu'affiche Juliette, car pour la première fois elle se retrouve seule face à cet homme ? Souvent, depuis plus de deux ans que Nathalie fréquente sa classe, tous les deux se sont rencontrés. Mais jamais seul à seul et jamais comme en cet instant une telle attirance ne s'était révélée entre eux. Avec ses yeux sombres, ses dents si blanches, ses longs cheveux noirs frisés, éclairés des flocons blancs qui s'y posent et dont on dirait qu'ils s'y plaisent tant ils mettent de temps à fondre, Juliette rive les yeux de Philippe dans leur contemplation. Bien qu'il ait presque vingt ans de plus qu'elle – Philippe arrive à mi-parcours de la quarantaine –, l'institutrice réalise pour la première fois combien le père de son élève est bel homme. D'allure rude par le contact des champs, des forêts et des bêtes, la moustache épaisse sur une lèvre gourmande, un grand nez à humer les bons vins, les odeurs et les fumets, les cheveux frisés châtain clair et les yeux noisette, transmis tels quels à sa fille Nathalie, Philippe se pose sous le regard de Juliette comme un grand et solide gaillard, aux traits osseux et vigoureusement dessinés que les femmes n'ignorent pas. Curieusement, comme Philippe pour elle, Juliette n'avait pas encore été frappée par ce visage et la stature de cet homme ; peut-être était-elle d'ailleurs en cela la seule femme de Malvières. L'institutrice du village se montre prudente avec les hommes, en retenue permanente et sans qu'elle sache pourquoi. Pour la première fois de sa vie, un homme lui inspire plus que confiance, attirance. Il faut dire aussi que ce soir Mathilde avait tenu à ce que son fils soit beau, lui avait fait enfiler un pull-over à col roulé offert pour Noël ; une canadienne épaisse, boutonnée serrée sur un pantalon de velours gris tout propre enfoncé dans ses bottes, lui donnait l'allure d'un gentilhomme campagnard. Juliette, quant à elle, n'a même pas pris le soin d'ôter sa blouse de maîtresse d'école. Mais l'attention de Philippe s'attache tout entière sur le visage, encore qu'il ne soit pas indifférent à ce que la blouse habille un corps de femme aux formes évidentes.

— Ne restez pas sous la neige, montez.

Elle le laisse passer devant, comme il sied à une femme en jupe sous sa blouse. La rencontre a été d'un instant, mais un instant de longues secondes. Dès qu'elle eut refermé la fenêtre, Nathalie, ne discernant d'aucune façon le pas de son père sur les marches de bois, est allée à la porte s'assurer qu'il montait. À peine sur la première marche, Philippe aperçoit sa fille sur le palier, redevient père.

— Vu le temps, ta grand-mère ne pouvait pas venir te chercher à pied. J'ai pris le tracteur ; mais, puisque je suis là, si ta jolie maîtresse le permet, fais-moi plaisir, montre à ton père comment tu joues.

Nathalie n'a pas saisi le mot « jolie » mais les pommettes blanches de Juliette ont rosi.

— Cela, je ne peux le décider à la place de Nathalie. Pour ma part, j'en serai ravie. Mais je vous en prie, prenez cette chaise, vous n'allez pas écouter debout.

Une fois assis, Philippe avise ses bottes.

— Merci. Vous m'excuserez : je suis un vrai paysan, je n'ai pas ôté mes bottes ; je vais mouiller votre parquet.

— Il l'est déjà par les flocons ! Vous ne salirez pas beaucoup, la neige de vos bottes a fondu en bas, sur le carrelage.

Juliette considère Nathalie, s'assure que l'enfant désire jouer. Le visage de la fillette est calme, souriant, détendu, et ses mirettes couleur noisette brillent de cette envie que sa maîtresse commence à bien connaître. La première fois, la présence de sa grand-mère la gênait ; ce coup-ci, elle est heureuse de celle de son père. Complicité classique du père et de la fille ? Ou est-ce seulement pour lui faire plaisir et pourquoi pas, inconsciemment, pour le séduire comme savent le faire les filles ?

— Si tu veux, nous t'écoutons.

La main gauche de Nathalie saisit le violon, le place comme il convient ; sa main droite s'empare de l'archet, ses yeux pleins d'attention fixent la partition et les premières notes s'égrènent, celles qu'elle a apprises avec Juliette, et qu'elle repère à l'oreille. Philippe écoute, sourit, mais, rapidement, son regard, discrètement, quitte sa fille et son violon, effleure le visage de Juliette et aussi les genoux découverts par la blouse et la jupe remontées. L'institutrice, tout entière absorbée par le jeu de l'enfant, s'en détourne, surprend l'œil attentif de Philippe et une main blanche, discrètement, ramène les deux tissus. Deux expressions très tendres évitent de se croiser, mais ne peuvent s'éviter. Cette occurrence, ce soir, ni l'un ni l'autre ne l'avait prévue. Mais peut-être qu'en leurs deux cœurs elle germait depuis longtemps. Pendant plusieurs années, une semence peut attendre endormie dans le sol qu'un rayon de soleil la réchauffe, qu'une pluie fine la mouille et qu'ainsi elle germe puis se montre à l'air vif.

Veuf depuis cinq ans, Philippe n'avait pas oublié Arlette dont le portrait trônait toujours sur sa table de nuit. Mais en pleine quarantaine, cet homme aussi vif que fort portait en lui le besoin d'aimer une femme. Certaines bien sûr l'avaient attiré et parfois même il avait cru trouver en elles un amour véritable. Mais cela n'avait pas duré et toujours ces liaisons étaient demeurées extérieures à la ferme et même à Malvières. De fait, Philippe se sentait pris entre son appétence pour une femme dans sa vie et la crainte d'une marâtre pour ses enfants. Mathilde, sa mère, leur grand-mère, assumait si bien la fonction maternelle qu'il craignait qu'un remariage détruise cet équilibre, se retourne contre ses quatre enfants. Cette femme n'était pas naïve : lorsque son fils se rendait à des foires pour vendre des bêtes et qu'il rentrait tard dans la nuit, parfois même au petit matin, elle se gardait de la moindre question, respectait sa vie privée. Mais elle se doutait bien qu'il avait rencontré une femme et ne s'était pas contenté de lui parler du prix des veaux sur pied. Comme si Mathilde eût été son épouse, elle prenait soin de son linge. Il était arrivé qu'elle trouvât accrochés à ses effets de longs cheveux très fins qui n'étaient pas de la maison. La mère aurait trouvé normal que son fils se remarie. Mais, comme lui, si elle souhaitait une seconde belle-fille, elle craignait une marâtre. Pour Mathilde, ses petits-enfants étaient toute sa vie : elle s'angoissait qu'un jour ils eussent à souffrir d'une belle-mère.

Si Nathalie n'eût pas été présente, peut-être des paroles se seraient-elles mêlées à cet échange de préludes amoureux. Mais tous les deux étaient si admiratifs de ces quelques notes offertes à leurs oreilles ! L'élève ne joua pas longtemps, seulement ce qu'en un mois Juliette avait pu lui apprendre : c'est-à-dire bien peu. Nathalie écarta son archet du chevalet, éloigna le violon de son corps. Un sourire interrogea le père et la maîtresse :

— Vous avez aimé ? questionna une petite voix inquiète.

— Oh ! que oui ! Laisse-moi t'embrasser.

Philippe se leva ; sans toucher ni au violon ni à l'archet, exactement entre les deux, il posa un bisou sur le front de sa fille plus un sur chaque joue. Au total, ça faisait trois, le bon compte en Haute-Loire. Juliette, ravie, attendait cet instant.

— Vous voyez, ma prédiction s'est avérée exacte. Dès les premiers apprentissages de solfège, Nathalie a repéré les notes. Votre fille possède véritablement de l'oreille. À mon avis, si son enthousiasme ne se ralentit pas, elle ira loin.

Le père est si heureux : plus qu'heureux, aux anges ! Pour Nathalie, il est plus que fier, exaucé : sa fille possède un don alors que dans sa famille nul ne s'est jamais élevé au rang d'artiste, même si un aïeul possédait des dispositions reconnues pour la vielle avec laquelle il faisait danser la jeunesse dans les bals du dimanche.

Mais Philippe sent à présent son cœur battre la chamade, revenir sans cesse à Juliette. Et l'institutrice elle-même détourne de moins en moins souvent ses sentiments de cet homme. Chacun sait que les hommes très masculins attirent le regard des femmes très féminines et réciproquement. Le père de Nathalie se présente exactement comme le contraire, ou plutôt le complément de l'institutrice. Du cou si gracile qui émerge de la blouse, Philippe devine une peau soyeuse et savoureuse où poser des baisers. Nathalie se doute-t-elle de quelque chose ? Elle perçoit qu'elle n'est plus seule dans l'attention de son père, que celui-ci, venu la chercher dans la neige, ne s'intéresse peut-être plus à elle autant qu'à son arrivée. Mais, surtout, lui qui est toujours si pressé ne paraît pas impatient de repartir. Nathalie a terminé d'essuyer son violon, l'a rangé avec son archet dans l'étui, puis a refermé celui-ci avant de le remettre à sa place dans le meuble d'angle. À présent, elle se tient prête à partir et cependant son père ne bouge pas et sa maîtresse pas davantage. De l'un à l'autre va son intuition et elle n'ose pas interroger. Enfin ils se réveillent de leur état second qui questionne tant son âme filiale. Juliette, la première, surprend les émois de l'enfant.

— Je crois que votre fille vous attend pour rentrer.

— Vous avez raison. Et puis, à travers la vitre, la lumière éclaire et je m'aperçois que la neige tombe toujours. Ton anorak est dans la classe ?

— Oui, nous sommes montées chez moi toutes les deux en vitesse, sans nous changer. Nous avons même gardé nos blouses. Si vous voulez, suivez-moi vers la classe.

Juliette passe menue à côté de Philippe, le frôle et si Nathalie n'était pas là, peut-être prendrait-il l'institutrice par l'épaule, la tournerait-il face à lui et, plongeant ses yeux dans les siens, lui déclarerait-il son amour, tenterait-il de l'embrasser. Les deux petits pieds silencieux de Juliette descendent vite les marches de l'escalier, son élève la suit, puis le père lentement avec ses pas plus lourds. La porte de la classe demeurée ouverte les accueille tous les trois. Comme Philippe paraît immense parmi les pupitres des élèves !

— Eh bien, s'il fallait que je m'assoie !

— Mais vous n'êtes plus un enfant !

— Si seulement ! Vous seriez ma maîtresse ! J'étais à l'école ici, dans cette classe. Il y en avait deux : une pour les garçons, une pour les filles. J'avais un maître sévère.

— Mais, que croyez-vous ? Bien que petite, je possède de l'autorité. Demandez à votre fille.

— Je sais. Vous êtes une bonne institutrice.

Durant ces paroles qu'elle fait semblant de ne pas entendre, Nathalie a enfilé son anorak et remis son bonnet. Juliette déploie la couverture et en enveloppe chaudement son élève tandis que le père reboutonne sa canadienne qui lui tenait trop chaud et dans l'appartement le serrait à l'étouffer. Juliette ouvre la porte de la classe, examine la couche blanche :

— Il doit y en avoir vingt centimètres.

— Oh ! que oui ! regardez, la neige monte jusqu'aux jantes des roues. Viens Nathalie : je vais te prendre dans mes bras pour t'installer sur le siège ; sinon, tu vas te mouiller les pieds et je me ferai gronder par ta grand-mère. Mademoiselle, je vous dis au revoir ; et merci pour ce que vous faites pour ma fille.

Puis, s'approchant d'elle et de son oreille pour pouvoir parler très bas :

— Nous nous reverrons, n'est-ce pas ?

— Rentrez vite chez vous ! Nathalie va prendre froid.

Mais les yeux de Juliette ne parlent pas le langage de ses mots ; son regard dit « oui, bien sûr ».

Philippe s'avance vers le tracteur, la neige arrive plus qu'à mi-bottes. À grands revers de main, il balaie la couche neigeuse accumulée sur le siège. Ses deux bras hissent sa fille ; il grimpe sur le marchepied pour la rejoindre mais, au moment de démarrer, l'homme lance à Juliette transie qui guette cet appel :

— Au revoir, à très bientôt. Ne prenez pas froid !

— Au revoir. Allez vite vous mettre au chaud !

Mais elle ne rentre pas, attend que le tracteur démarre.

Au premier tour de clé du démarreur, le moteur tousse, puis vrombit. Les phares s'allument, leurs deux faisceaux inondent de lumière Juliette dans l'embrasure de la porte, bras croisés sur la poitrine. Cette clarté aveuglante la dessine et la sculpte, en magnifie les formes. Elle ne rentre pas, attend. Philippe la détaille, s'imprègne de son image, s'en trouve plus amoureux. Mais il faut se décider. Sa main droite engage la marche arrière, sa main gauche tourne le volant, le tracteur en reculant, dessine dans la cour un large demi-cercle, un quadruple sillon dans la neige profonde. Philippe engage la première, le tracteur avance vers le portail, quitte la cour. Mordu, le père tourne la tête pour une ultime vision, fait un grand signe du bras.

Juliette l'attendait, ce signe : elle lui répond par un geste large et haut. En ce moment, chez chacun des deux êtres, Nathalie s'est estompée.

Le tracteur gagne la route et s'éloigne. Quatre à quatre, Juliette grimpe les marches de l'escalier, va à la fenêtre, l'ouvre, scrute la route enneigée dans la nuit. Le gyrophare et les feux rouges arrière restent visibles longtemps, jusqu'à ce que le tracteur tourne sur sa droite pour descendre le chemin qui conduit à la ferme. Juliette, avant de refermer la fenêtre, sans se soucier du froid, elle pourtant si frileuse, demeure à contempler les quatre sillons blancs qui dessinent dans la cour des courbes parallèles. Il neige toujours.

— Tu en as mis du temps !

— J'ai voulu écouter Nathalie. Si tu savais comme elle joue bien ! Décidément, j'avais tort d'hésiter : cette institutrice possède toutes les qualités. Et puis, avec la neige, il ne fallait pas rouler vite. La couche s'est épaissie : à présent, elle doit atteindre vingt-cinq centimètres.

Mathilde examine son fils, ne le trouve pas dans son état coutumier. Elle ne saurait expliquer son interrogation, mais Philippe lui semble différent et Nathalie aussi, qui regarde son père avec une attention inhabituelle. Peut-être le froid… ?

— Viens Natachou, je vais te faire un chocolat bien chaud. Tu en veux, toi aussi ?

— Mais oui, pourquoi pas.

Juliette n'est pas coquette mais cependant ne se montre pas indifférente à son corps. Ce soir, à sa toilette, elle se déshabille lentement, essaie de deviner si elle est désirable à cet homme. De ses mains elle apprécie la rondeur de ses seins, les courbes de ses hanches, les creux et nids d'amour de ses reins, la fermeté de ses fesses. Par de douces caresses, elle s'assure de l'élasticité de son ventre, du velouté de sa peau, du satin de ses cuisses. Entre ses doigts et dans le miroir, elle se réjouit de l'arrogance de la pointe du sein, du rose de l'aréole, du reflet translucide de la peau sous l'ampoule électrique. Elle se tourne, recule, prend de la distance par rapport au miroir qui couvre tout entier la porte du cabinet de toilette. Il lui renvoie avec bonheur l'harmonie de son corps et de ses courbes pleines. Timide jusqu'à présent, elle choisissait des vêtements propres à dissimuler ses formes. Elle se retourne encore, admire l'effet de sa chevelure gitane qui tombe en boucles noires sur ses épaules ivoire.

— Décidément, il serait bien difficile !

Philippe se tourne et se retourne dans son lit. Le sommeil ne vient pas. Ce n'est pas qu'il ait bu du café dans l'après-midi. Mais, seul dans la nuit entre ses draps, il réalise intimement être amoureux de Juliette. S'il n'avait pas neigé, peut-être ni lui ni elle ne se seraient-ils rencontrés ainsi. Car il est bien certain pour lui que cette attirance est partagée. Avec Arlette, sa femme, il en avait été de même ; et leur amour avait duré jusqu'à ce que la route le lui enlève. Bien qu'il ne dorme pas, comme dans un cauchemar, il revoit Arlette morte, étendue, rigide et blanche sur une civière à l'hôpital Émile-Roux. Le chauffard ivre qui l'avait renversée et tuée ne s'était pas arrêté. Pendant des mois puis des années, la gendarmerie avait enquêté, recueilli des témoignages, informé Philippe de faux espoirs d'une piste pourtant crédible, mais à ce jour n'avait encore rien trouvé. Parfois, sur les foires et les marchés, puisque Arlette avait été tuée un jour de foire, Philippe scrutait le visage des hommes éméchés, sentait remonter en lui la pulsion de frapper. Depuis, ce veuf n'avait pas posé ses lèvres sur les bords d'un seul verre d'alcool. Mais il n'oubliait pas : si un jour il découvrait l'assassin, peu lui importerait les conséquences pénales, il frapperait. Dans son esprit, les visages des deux femmes se confrontent : peut-il aimer Juliette sans renier Arlette ? D'où son épouse se trouve, le voit-elle, le comprend-elle et, si oui, l'approuve-t-elle ? Si lui avait été tué, qu'aurait-elle fait ?

Mais voilà, l'amour n'a rien à faire de la réflexion, et encore moins du passé. Il découvre son amour pour Juliette, un point c'est tout. Combien de temps s'est-il tourné et retourné entre ses draps avant de s'endormir ? Quelle heure est-il ? Il allume sa lampe de chevet : le cadran du réveil indique 6 heures. C'est le moment de la traite. Il va faire vite. Philippe se lève, marche à la fenêtre, l'ouvre : à la lumière de l'ampoule électrique de la chambre, la neige ne tombe plus, mais depuis hier au soir la couche s'est encore épaissie. Le car de ramassage ne passera pas prendre les garçons, sa grand-mère ne pourra pas davantage conduire Nathalie à l'école. La chance est avec lui : il sortira le tracteur pour pouvoir emmener sa petite violoniste.

Il est 8 heures passées. Sur le siège glacé, Nathalie est heureuse. Sa mamie l'a bien enveloppée, elle n'a pas froid. Discrètement, elle regarde son père, attentif à bien rouler au milieu de la route, à éviter les talus puis les fossés. D'habitude, le gros de l'hiver et les fortes chutes de neige attendent janvier. Cette année, ils sont en avance. Noël enfin sera-t-il blanc ? Sur le talus, dans la neige jusqu'aux genoux, une petite silhouette capuchonnée de rouge s'active et bataille pour soulever ses pieds et progresser pas à pas. Nathalie la reconnaît, même si l'épaisseur de la couche dont il lui faut s'arracher déforme sa démarche. C'est Patrice.

— Papa, c'est Patrice ! Arrête-toi, prends-le.

Il ne reste que trois cents mètres à parcourir jusqu'à l'école, mais c'est bien assez par ce temps. Philippe se souvient de son enfance pendant laquelle gamin il allait à l'école à pied, et par tous les temps. Surtout, pas de coup de frein, éviter tout dérapage ; il lève le pied de l'accélérateur, rétrograde en première, passe au point mort : l'épaisseur de la neige étreint les pneus puis arrête aussitôt le tracteur. S'il était resté en première, même sans accélérer, la puissance du moteur eût continué de faire avancer la machine. Philippe se penche par-dessus Nathalie, tend le bras, tire à lui le jeune garçon :

— Monte !

Patrice grimpe sur le marchepied, s'installe comme il le peut sur le siège trop étroit.

— Merci, monsieur.

La présence du père retient le gamin de placer un bisou sur la joue fraîche de Nathalie. Il ignore que s'il le faisait, ce dernier ne verrait rien : tout à ses pensées amoureuses, Philippe se demande quand et comment il pourra prendre Juliette dans ses bras, lui déclarer son amour. Toute la nuit, se tournant et retournant dans son lit resté trop grand, il n'a pensé qu'à ça : à bientôt quarante-cinq ans, il n'est plus temps d'attendre.

Tous les trois, ils sont serrés. Patrice glisse doucement sa main par-dessus les deux anoraks et, sous la couverture, trouve celle de Nathalie et la serre. Elle ne regarde plus son père.

La neige qui recouvre la cour de l'école est grêlée de traces de pas, quelques enfants se battent à coups de boules, mais la majorité n'a pas attendu l'heure de rentrer : l'institutrice leur a ouvert la porte et, dans la classe, beaucoup se tiennent au chaud autour du poêle.

Après tout, pourquoi pas ? Philippe très calmement braque, engage le tracteur dans la cour. Comme cela, Juliette sortira de sa classe et peut-être pourra-t-il lui parler. Utiliser un solide tracteur rouge pour entrer dans une cour d'école y parler à sa belle n'est pas banal. Les enfants cessent leur bagarre, Juliette sort sur le pas de la porte d'entrée dans le couloir. Patrice, déjà dans la neige et costaud pour ses onze ans, prend Nathalie sous les bras et l'aide à sauter du siège, sans user du marchepied. Philippe arrête le moteur, descend, s'avance vers Juliette. L'éclat de ses prunelles éclaire trop son visage fin pour déguiser sa joie. Il lui reste à faire semblant de jouer l'institutrice :

— Bonjour, mais vous n'auriez pas dû.

— Je ne voulais pas obliger les enfants à marcher dans la neige. Ce matin, la couche atteint peut-être trente centimètres.

Juliette fait aller son regard de droite à gauche, s'assure que personne n'entend :

— Menteur ! Mais c'est gentil d'être venu. Je me demandais si vous le feriez.

— Hier soir, je n'ai pas pu m'endormir. Je me tournais et retournais dans mon lit.

— Chut ! Nous sommes dans la cour de l'école.

— Je reviendrai ce soir ; la neige ne sera pas fondue. Je vous aime.

— Voulez-vous bien vous taire ! Les enfants ont le chic pour se trouver où nous ne les croyons pas. Ils entendent, et ils répètent.

— Mais il faut se parler !

— Demain, c'est jeudi. Les Ponts et Chaussées auront eu le temps de dégager la départementale. Arrangez-vous pour venir au Puy. Je m'y rends chaque semaine pour mes courses. Si vous voulez, donnons-nous rendez-vous au *Majestic*, place Michelet. J'y possède mes habitudes. Souvent, je vais y boire quelque chose avant de repartir. Vers 15 heures, si vous pouvez.

— Non, je préfère à midi. Laissez-moi vous inviter à déjeuner. Nous pourrons parler. Accordez-moi ce plaisir.

— En ce cas, d'accord ; je ferai mes courses le matin et serai au *Majestic* à midi.

Philippe regarde autour du tracteur, n'aperçoit personne.

— Juste un petit bisou ?

— Surtout pas. Vous êtes fou ! En pleine cour d'école !

— Écoutez !

Juliette prêta l'oreille, crut reconnaître un vrombissement sourd.

— Le chasse-neige : il pense à nous pour demain !

Pendant ce temps, dans le couloir, Patrice profitait que la maîtresse parlait dans la cour pour chiper un bisou à Nathalie.

III

— Je dois me rendre au Puy à la maison de l'agriculture. À midi, je ne mangerai pas à la maison.

Comme s'il était encore le jeune garçon qui doit mentir à sa maman pour justifier une escapade, Philippe se croit obligé d'inventer une baliverne pour expliquer son absence. Mathilde n'est dupe qu'à moitié.

— Tu fais bien ce que tu veux ! Je vais te sortir une chemise propre.

Elle va à la chambre de son fils, sourit et marmonne en ouvrant la porte de l'armoire.

— Toi, mon petit, tu me présenterais une femme un de ces jours que je n'en serais pas surprise.

Mathilde se regarde dans la glace, glousse d'un petit rire malin :

— Et il se pourrait bien que je la connaisse !

Il existe quatre places au Puy-en-Velay sur lesquelles s'organise la vie de la cité. Celle du Plot pour son marché du samedi matin, celle du Martouret au pied de l'hôtel de ville pour les cérémonies, celle du Breuil pour la fête et la place Michelet pour son parking et son air officiel. Le restaurant-bar *Le Majestic* donne sur celle-ci. La neige couvre Le Puy comme La Chaise-Dieu et il n'est pas question de déjeuner sur la terrasse. Philippe, de peur d'être en retard, est arrivé en avance. Juliette, par crainte de rencontres inopportunes, devinant que Philippe serait en avance, a attendu midi et quart pour le rejoindre. Debout au bar, il sirote une pression. Outre la chemise blanche, sa mère a choisi la cravate, sans lui faire remarquer que d'ordinaire il aurait refusé pareille tenue pour une rencontre de paysans, d'autant plus qu'il a revêtu un costume bleu marine et des chaussures de ville pour marcher dans la neige. Lorsque Juliette entre, Philippe ne reconnaît pas l'institutrice : la jeune femme, sous son manteau, porte une robe courte et s'est chaussée de bottes longues qui lui vont à ravir. Mais, surtout, il est admiratif de son maquillage réussi alors que jamais à Malvières et à l'école elle ne met son visage en valeur.

— Bonjour.

Elle voit à son regard qu'il la découvre comme il ne l'aurait pas imaginée.

— Bonjour Juliette. Mais vous êtes ravissante ! Je ne vous ai jamais vue si belle. Pourtant, cela va faire bientôt deux ans que vous enseignez à Malvières.

Jusqu'à ces derniers jours, c'étaient presque toujours sa grand-mère ou ses frères qui accompagnaient Nathalie à l'école. Parfois même, elle venait seule ; enfin, pas tout à fait : avec son petit copain Patrice.

— Je n'ai pas eu jusqu'à présent beaucoup d'occasions de vous rencontrer ou d'en prendre le temps.

Je suis le seul homme pour toute l'exploitation. Pour cela, je remercie le violon.

— Mais aussi la neige : vous voyez qu'elle a du bon !

Et elle se fend d'un beau rire moqueur ! Du coup, il se risque :

— Vous me permettez de vous appeler Juliette ?

— Mais vous l'avez déjà fait !

— Vous m'appellerez Philippe ?

— J'essaierai.

— Ici, nous ne sommes pas à Malvières. Personne ne nous écoute dans la cour de l'école !

Il se tourne, examine la salle :

— Puisque vous connaissez la maison, je vous laisse choisir la table.

— Là-bas, au fond, derrière les caoutchoucs et les lierres dans les jardinières : nous y serons à l'abri des regards.

Philippe lui prend le bras, l'accompagne vers la table. Avant de s'asseoir, elle déboutonne son manteau.

— Vous permettez ?

Philippe l'aide à ôter son vêtement, l'accroche à la patère du portemanteau.

— Merci.

Juliette porte une petite robe noire qui, délicieusement, se marie à ses cheveux et ses bottes. D'un sourire et d'un petit souffle muet, Philippe indique combien il la trouve à son goût.

Elle s'assoit, il l'imite et presque aussitôt lui prend la main, la tient au chaud dans la sienne, se penche et l'attire vers sa bouche pour y poser ses lèvres qu'elle ne repousse pas mais retire en apercevant le serveur s'approcher avec les cartes. Celui-ci n'est pas surpris ; c'est la table des amoureux, discrète derrière les plantes vertes qu'héberge le terreau de la jardinière de bois.

— Je vous laisse choisir ?

— Merci. Juliette ?

— Oui ?

— Enfin nous voilà seuls ! Excusez-moi d'être si direct, mais depuis avant-hier soir je ne pense qu'à cela, et vous l'ai encore répété hier matin : moi, je vous aime et c'est vrai. Vous, est-ce que vous m'aimez un peu ?

— Devinez ?

Les yeux noisette et la moustache châtaine plantée drue sont si quémandeurs et implorent tant la réponse que Juliette ne peut se montrer cruelle et faire attendre.

— Si ce n'était pas oui, vous aurais-je accordé ce rendez-vous et serais-je venue ?

Philippe se retrouve jeune homme, se lève d'un bond, fait le tour de la table, plie son corps vers la femme qu'il aime et joint ses lèvres à celles offertes. Quelle idée de se donner rendez-vous dans un restaurant pour une déclaration ? S'ils étaient en forêt ou dans un lieu caché, malgré le froid et la neige, comme longuement ils se seraient embrassés, et sans doute même un peu plus !

— Nous n'allons pas continuer à nous vouvoyer ?

— Non, ce serait idiot.

Entre mains qui se cherchent et se trouvent, délices de mots doux, compliments bien tournés autant qu'imprévus, mets bien choisis et verres de vin fin entrechoqués, la conversation en vient aux deux enfances, aux deux adolescences : on s'aime, on désire se connaître davantage ; l'amour, bien qu'aveugle, aime à savoir et tout savoir.

— Tu me disais que depuis longtemps tu vivais seule entre tes parents séparés ; ils ne s'entendaient plus ?

— Je n'ai jamais compris. Ils s'aimaient ; d'ailleurs, ils n'ont pas divorcé. Je suis certaine qu'ils s'aiment encore car je recueille leurs confidences à tous les deux. Papa – son prénom est Germain – me demande des nouvelles de maman avec beaucoup de tendresse pour elle ; de son côté, maman – elle se prénomme Solange – s'inquiète de lui avec une émotion non feinte. Je m'en souviens comme si c'était aujourd'hui : ce n'est pas compliqué, il y a eu cinq ans le 20 mars dernier, le lendemain des accords d'Évian qui marquaient la fin de la guerre d'Algérie, dont je me souviens très bien car les radios, la télévision, les journaux ne parlaient que de cela.

À l'évocation de cette date, le visage de Philippe se raidit, comme si une émotion profonde y refaisait surface.

— Papa est rentré tard le soir, manifestement ivre. Cela ne lui arrivait jamais. Pour la première fois, je le découvrais en cet état. Il s'est couché. Ma mère l'a rejoint. Que s'est-il dit entre eux, quels échanges les ont-ils fâchés, de quoi se sont-ils accusés ? Je ne l'ai jamais su. Toujours est-il que mon père, dès le lendemain, a quitté la maison avec la voiture et deux valises. Sur le départ, sans un seul mot d'explication, il nous a dit au revoir à mon frère Bruno et à moi ; très tendrement il nous a embrassés tous les deux. Sur le coup, je n'y ai pas trop prêté attention car sa profession de chef d'entreprise l'amenait à nous quitter souvent. Comme après chaque départ, Bruno et moi nous nous sommes aussitôt rendus sur le balcon pour voir de haut et pendant plus longtemps la voiture de papa s'éloigner et lui faire signe de la main. Durant qu'il m'embrassait, je le surprenais plus triste que d'habitude. Un pressentiment m'oppressait le cœur. Sitôt la voiture sur la route du Puy – nous habitions à Saint-Christophe-sur-Dolaizon et ma mère y vit toujours –, je suis allée demander à maman si papa allait revenir. Elle m'a prise dans ses bras, m'a embrassée :

— Ne me demande rien, ma chérie.

Brusquement, j'ai surpris ses larmes : elle ne pouvait les retenir et elle est partie s'enfermer dans sa chambre.

Papa n'est jamais revenu à la maison. Mais il m'a écrit, m'a donné son adresse et son téléphone. Je lui répondais. Maman n'ouvrait pas ses lettres. À l'occasion des vacances scolaires et de certaines fins de semaine, maman nous conduisait au Puy, ici même, place Michelet, mon frère et moi. Il nous y attendait et nous emmenait chez lui, à Billom, d'où il nous ramenait le dimanche soir au même endroit où attendait maman. Jamais je ne les ai aperçus s'embrasser. Avec mon frère Bruno, aujourd'hui installé comme médecin à Retournac, je crois que les rapports sont devenus plus distants. Pour ce qui me concerne, nous continuons de nous rencontrer régulièrement ; je passe parfois mes fins de semaine et une partie de mes vacances chez lui. Après la séparation, papa a vendu son entreprise et s'est installé relieur ; la reliure et les vieux livres ont toujours été son violon d'Ingres. Il s'est acheté un appartement à Billom dans le Puy-de-Dôme, juste au-dessus de son atelier de relieur. Si un jour tous les deux nous allons plus loin, je veux absolument qu'il sache notre bonheur. Mon père serait trop amer de ne pas le partager.

Philippe se taisait pour prêter toute son attention aux propos de Juliette. Se rendait-elle compte que pendant qu'elle parlait il semblait accaparé par sa propre pensée ? L'avant-dernière phrase de Juliette le ramena face à elle, éclaira son visage d'un sourire. Il lui prit la main :

— Mais j'ai toujours pensé que nous irions plus loin. Je te propose même que nos deux familles le sachent.

Philippe marque un silence, hésite, poursuit :

— Mais, vois-tu, la coïncidence est troublante ; tu as peut-être lu sur mon visage lorsque tu t'exprimais : ma première épouse, Arlette, est décédée sur la route le 20 mars 1962.

— Quoi ?

— Oui, le hasard n'est pas neutre. Nous avons vécu tous les deux notre drame le même jour. Nous étions faits pour nous rencontrer.

Leurs mains se retrouvent encore, ils se sourient et, sans avoir à se le dire, de cette coïncidence ils ne parleront plus jamais.

Dans un restaurant, sous les regards indiscrets du public, d'autant plus gênants que les amoureux se trahissent par leurs incroyables efforts pour ne pas se faire remarquer, il n'est pas facile de se montrer galant, tant sont observés les gestes de tendresse. Gêné par ces regards, Philippe s'excusa, se leva pour aller jusqu'au bar régler discrètement l'addition, revint présenter son manteau à Juliette.

— Si tu le souhaites, allons marcher un peu. Nous serons plus tranquilles. Malgré le froid et la neige, je te propose le jardin Henri-Vinay. Durant l'hiver, c'est le seul endroit que je connaisse où nous pourrons être seuls. Lorsque avec les enfants nous venions au Puy, très rarement à vrai dire, c'est là que nous les emmenions promener.

— J'allais te le suggérer ; d'autant plus que sous la neige, les vieux arbres et les cygnes sur l'étang gelé apparaissent féeriques. Et puis, ce n'est pas loin d'ici.

Comme elle avait raison, Juliette ! Les longues branches effeuillées du fayard se soulignaient de blanc, les séquoias se dressaient tels des cônes vert glacé, le plan d'eau gelé permettait aux colverts, aux canes grises et aux deux cygnes d'y imprimer en majesté leurs palmes sur la neige. Des mamans avaient amené leurs bambins : ils jetaient dans l'eau glacée des morceaux de pain et de brioche que les palmipèdes se disputaient. L'eau rejaillissait sur la neige et, tandis que les becs plongeaient, les palmes s'agitaient émergées. Le buste noir de Jules Vallès se gelait parmi les houx dont les petites boules rouges tranchaient sur les verts et les blancs. Philippe serra un peu plus fort la main de Juliette, l'entraîna sur la neige qui couvrait et épaississait la pelouse, dénicha un coin caché entre la statue et les halliers de houx. Qui se rapprocha de l'autre ?

Philippe n'eut pas à attirer Juliette contre lui et elle ne lui donna aucune peine à poser ses lèvres sur les siennes. Ce fut leur premier et vrai baiser. Une main de Philippe prit la nuque de Juliette afin que les deux visages se soudent tandis que l'autre se posait sur ses reins pour bien coller son corps au sien. Juliette avait-elle déjà embrassé un homme ? L'amour supplée à tout : ses lèvres épousaient celles de Philippe, les bouches s'entrouvraient, les langues se nouaient. C'est à peine s'ils pouvaient se dire « Je t'aime ». Faisait-il froid sur la neige à côté de la glace du large bassin gelé ? Sans doute, mais eux avaient très chaud et pour mieux s'embrasser, sans que Philippe y pensât, sa main quittait les reins, déboutonnait le manteau et épousait les formes de Juliette. Sans quitter sa bouche, partout ses longs doigts d'homme amoureux la visitaient et Juliette se prêtait à cette découverte. Dans son impatience amoureuse, il faillit entreprendre de remonter la robe. Un petit « Non » l'arrêta.

— Non, non mon amour, pas ici. Quelqu'un pourrait nous voir. Et puis…

— Et puis ?

— N'oublie pas que nous sommes jeudi. À 17 heures, Nathalie rejoindra l'école pour son cours de violon. Il va être 15 h 30, nous ne devons pas trop tarder. Mais, qui va l'amener ?

— Si la route est nettoyée, elle viendra à pied, accompagnée de sa grand-mère. Sinon, dès mon retour, je te l'amènerai en voiture à l'école pour faire aussitôt demi-tour, me changer, et démarrer la traite. Vois-tu, le problème des paysans, car je préfère dire paysan plutôt qu'agriculteur, est qu'ils dépendent de leurs bêtes. Ce sont elles qui dictent leurs horaires.

Philippe prend à deux mains les épaules de Juliette, la place bien en face de lui, lui parle avec son plus beau sourire :

— Dis-moi : désires-tu vraiment épouser un paysan ?

— Un paysan qui embrasse si bien et autorise sa fille à apprendre le violon, oui.

— Alors, embrassons-nous encore une fois.

Et il la serre si fort qu'elle manque défaillir.

Qu'elle est belle la route entre Sembadel et La Chaise-Dieu lorsque les sapins noirs sont blanchis de neige épaisse ! Son poids colle au sol leurs longues et basses branches. Mordues par les forêts, les prairies se resserrent et s'étouffent entre les douglas aux cimes si pointues qu'elles semblent piquer le ciel. Celui-ci était maintenant dégagé, d'un bleu discret, à peine effleuré par le soleil qui bientôt se coucherait. Cette nuit, le froid allait mordre, glacial. Malheur aux égarés.

Chacun dans leur voiture, les deux amoureux avaient convenu de se suivre. Juliette roulait en tête au volant de sa Dauphine bleue et Philippe la suivait dans le fourgon qui lui servait à tout. Ne perdant pas des yeux la voiture de Juliette, il se disait qu'une fois marié une voiture serait plus convenable et confortable pour conduire sa femme. Tant qu'il avait vécu seul après la mort d'Arlette, il n'attachait pas d'importance à tout cela ; à présent, il devait prendre en compte le partage de sa vie. Arrivée à La Chaise-Dieu, Juliette, comme chaque fois, découvrit émerveillée les hautes toitures pentues de l'abbatiale encore blanchies de neige qu'elle avait à peine remarquées le matin, tant elle s'absorbait à imaginer la journée qui l'attendait. Elle tourna à droite, prit la route de Malvières à peu près nettoyée par le passage du chasse-neige. Tout le long sur sa droite, le ravin presque à pic retenait contre les troncs qui l'habitaient d'énormes entassements de neige déjà noircie d'aiguilles de pins. Juliette pressentait le froid de cette nuit et aussitôt regrettait de se retrouver seule dans son lit. Mais en 1967, dans un si petit village, qu'aurait-on dit si l'institutrice avait invité un homme veuf, père de l'une de ses élèves, à dormir avec elle dans son logement de fonction, avant même de l'avoir épousé ! En ville, cela ne se serait pas su ; mais ici, il convenait d'être prudent. À présent, elle savait que tous deux ne pourraient attendre longtemps. Cet après-midi, lorsque la main de Philippe entreprenait de remonter sa robe, s'ils eussent été en forêt ou chez elle, voire dans n'importe quel lieu fermé, à cette heure, elle ne serait plus vierge. Son corps avait frémi, et elle ne résisterait pas indéfiniment : d'autant qu'elle savait à présent Philippe entreprenant. Au plus tôt et chaque fois que possible, il essaierait d'en faire sa femme. Juliette interrogea le rétroviseur, devina le visage de Philippe derrière le pare-brise du fourgon ; son esprit devait vagabonder sur les mêmes sentes amoureuses que le sien.

À l'entrée dans Malvières, Juliette repéra Nathalie accompagnée de son frère aîné et de Patrice ; du fait de ses quatorze ans, c'est à Robert que la grand-mère avait confié sa petite-fille. Patrice les avait aperçus et rejoints ; Nathalie, petite entre les deux garçons, semblait bien protégée. Philippe lui aussi remarqua le groupe ; mais, pour éviter les ragots, il ralentit afin de ne pas arriver en même temps que Juliette. À la hauteur des enfants, celle-ci arrêta sa voiture devant l'entrée de l'école, abaissa la vitre de sa portière :

— Je vois que j'arrive juste à temps pour ta leçon, Nathalie. Avance jusqu'à la porte de la classe : je te rejoins.

Soulagé, le visage de Nathalie s'éclaira d'un beau sourire. À 17 heures, le jour baissait et la fillette n'apercevait pas de lumière à la fenêtre de l'appartement dont cependant les volets étaient ouverts. Sitôt sa Dauphine garée sous son abri à côté du préau, Juliette en descendit, juste pour découvrir le fourgon de Philippe arrêté devant l'entrée de l'école. Lui aussi s'en extrayait, rejoignait sa fille immobile entre Robert et Patrice, puis Juliette. Redevenu le père, il jouait du mieux possible son rôle répété pendant la route :

— Bonsoir Nathalie ; après ta leçon chez ta maîtresse, il fera nuit et froid. J'en aurai terminé avec la traite : je reviendrai te chercher. Vous, les garçons, installez-vous sur le siège du fourgon et profitez de sa tiédeur. Je vous reconduis.

Ceci dit, le visage de Philippe s'éclaira d'un sourire tout d'amour :

— À mon retour, il faudra me pardonner, Juliette. Je serai vêtu en paysan : faute de temps pour me changer.

Les deux amoureux ne mesurèrent pas la surprise ressentie par les trois enfants à l'usage par le père du prénom de leur institutrice.

Mathilde, dans la grand-salle avec Sandrine et Jacques, rechargeait l'âtre de bûches après avoir mis sa soupe à cuire sur le plus large des cercles du fourneau. La porte s'ouvrit sur Philippe et Robert. Sur la route, ils avaient déposé Patrice chez ses parents. La mamie ne prit pas la peine de se retourner pour dévisager son fils.

— Dépêche-toi, cela fait un moment que les vaches s'agitent et même la Sultane et la Bardette meuglent. Le lait leur fait mal. Je m'apprêtais à commencer à traire avec Jacques.

Philippe aimait ses bêtes ; paysan dans l'âme, l'heure de la traite restait sacrée, quoi qu'il arrivât. Mais ce soir, tout était différent.

— Maman ?

— Oui ?

— J'ai quelque chose à t'annoncer.

— D'accord, mais occupe-toi d'abord des vaches.

Mathilde se releva, observa enfin son fils :

— Elle vient dîner avec nous ?

— Mais, comment sais-tu ?

— Grand fou ! Autant l'inviter tout de suite. Mais dépêche-toi d'aller traire.

— Je t'embrasse !

Les enfants ne comprenaient pas bien cette effusion soudaine : dans la famille, les grandes personnes ne s'embrassaient pas facilement, réservaient les poutous aux enfants. Mathilde dévisagea son fils, s'approcha de lui, et tous deux se collèrent trois baisers sur chaque joue.

Il ne fallut pas trois minutes à Philippe pour ôter costume et chemise blanche, ressortir de la chambre vêtu de sa salopette verte de paysan et gagner la grande étable. Robert, son fils aîné qu'il avait ramené, s'affairait déjà à brancher les embouts de la trayeuse aux pis des vaches.

Comment s'y prirent-ils tous les deux ? Toujours est-il qu'à 7 heures, la traite terminée, la litière renouvelée, Philippe laissait à son fils le soin de fignoler les détails, prétextant pour le quitter l'urgence d'aller chercher sa sœur Nathalie à l'issue de sa leçon de violon.

Sur la route, le gel faisait son œuvre. Le ciel était blanc, l'air aussi paraissait blanc, d'un blanc de glace. La neige fondue s'était durcie, les traces creusées par le passage des voitures et des tracteurs après celui du chasse-neige, dont la lame rasait haut, se figeaient, dures et coupantes : mais comme tout était beau ! Les stalactites accrochées aux chenaux scintillaient sous les reflets de la lune rousse, les prairies blanches brillaient de leurs pépites d'argent et le clocher pointu de l'église semblait couvert d'ardoises rutilantes. Le promeneur surpris eût cru découvrir une carte de Noël. Ce jeudi, comme tous les jeudis, il n'y avait pas eu école. Dans la cour, les pneus du fourgon durent mordre bravement la neige gelée qui craquait à leur passage ; Philippe s'évertuait à éviter les stries tranchantes que tout à l'heure Juliette et lui avaient tracées dans la neige molle avec leurs véhicules.

À travers les vitres, les faisceaux des phares effleurèrent par réfraction le plafond de l'appartement. Nathalie n'en fut pas distraite : plongée dans la symphonie des notes égrenées et le mouvement de l'archet lorsqu'elle jouait, plus rien n'existait autour d'elle et à peine sa maîtresse. Le regard absorbé par la lecture de la portée, rien autour d'elle n'existait plus. Il n'en était pas de même pour Juliette. En conscience, elle suivait Nathalie, lui donnait sa leçon. Mais son cœur voguait ailleurs. Sur le cadran de l'horloge murale, un coup d'œil jeté de temps à autre suivait la progression des aiguilles et du temps. Au clocher de l'église, 7 heures venaient de sonner. Elle savait que Philippe ne tarderait pas. Il venait chercher sa fille, certes ; la nuit, le froid, la neige le justifiaient. Mais s'il n'avait pas été amoureux, peut-être pour ne pas dire sans doute eût-il chargé de cette mission sa mère ou bien son fils aîné.

Avant même son élève, l'institutrice avait repéré le ronflement du moteur, le craquement de la croûte glacée dans la cour, la lumière des phares enfin.

— Continue, Nathalie. Je crois que ton papa arrive. Joue sans moi : à présent, tu le peux. Je descends l'accueillir. Je ne me souviens plus très bien si j'ai fermé ou pas la porte à clé.

Par les marches de l'escalier de bois, les mules de la maîtresse descendent très vite et presque sans aucun bruit ; en bas, Philippe se tient là, devant elle. Sa haute stature, ses yeux où Juliette lit l'amour, sa moustache et son regard où la bonté se voit, font battre la chamade au cœur de la jeune femme. Mais quand il la découvre, que son esprit se perd dans la profonde transparence de ses yeux si émus et profonds, son cœur à lui aussi vacille. Au sortir de la traite, Philippe a seulement pris le temps de se laver les mains. Sans se soucier de l'odeur des bêtes qu'il apporte avec lui, il la prend dans ses bras, la serre fort contre lui et elle se blottit amoureuse contre cet homme qu'elle aime. Le silence est total. Seules les notes du violon à l'étage descendent les marches de l'escalier et enluminent leur baiser. Ils s'embrassent longtemps, si longtemps que Juliette dans l'étreinte se donne du champ pour pouvoir respirer.

— Tu m'étouffes !

— Pardonne-moi !

Et il prononce ces mots très doucement afin qu'ils restent couverts par les notes de musique. Philippe relève la tête vers le haut de l'escalier, le beau sourire qui a rendu Juliette amoureuse s'affiche sur son visage :

— Comme elle joue bien !

— Je ne m'étais pas trompée. J'en avais le pressentiment mais me taisais jusqu'à en être certaine : Nathalie possède réellement le don unique de l'oreille absolue. Si elle continue de travailler, de se passionner, si elle se sent soutenue, elle ira loin, très loin.

Philippe est si fier de sa fille : lui qui a douté ! Il en a les larmes aux yeux.

— C'est grâce à toi Juliette !

Et tous les deux, d'amour et de joie, s'embrassent à nouveau, s'étreignent de toutes leurs forces.

— Nous devons monter la rejoindre. Elle va s'étonner de notre silence.

— Je ne le crois pas : je la sens dans sa musique. J'ai quelque chose d'important à te dire.

Juliette se demande ce que ça peut bien être, tant il lui semble qu'au cours de la journée ils se sont dit beaucoup et même un peu plus.

— Ma mère a deviné. J'ignore comment, mais elle nous attend à dîner.

Juliette ne semble pas s'en étonner ; elle sourit :

— Les mères devinent tout ; elle aura lu sur ton visage !

Elle réfléchit, son visage trahit l'interrogation :

— Mais, je n'ai rien à me mettre !

— Et moi donc ! Demeure habillée comme tu l'es : au Puy, tu étais très élégante. Au restaurant, hommes et femmes te regardaient !

— Merci ! Mais rejoignons vite Nathalie.

Philippe ne s'est pas trompé. La fillette ne les attend pas, ne s'en soucie pas, se tient tout entière immergée dans sa musique. Sa maîtresse et son père s'approchent et alors elle remarque leur présence. Lui se courbe jusqu'à ce que sa bouche soit à la hauteur de l'oreille de sa fille :

— Nous t'écoutions d'en bas : comme tu joues bien ! Je suis fier de toi.

— Il est tard, lui dit Juliette. Si tu le veux, arrête-toi. Ton père va nous ramener.

Nathalie repère le nous, s'étonne :

— Vous venez avec nous, mademoiselle ?

— Oui. Ta mamie m'invite. Je crois qu'elle aura quelque chose à te dire.

Tandis que Nathalie essuie soigneusement le violon et l'archet, comme elle en a désormais pris l'habitude, qu'elle range l'instrument dans l'étui, ses yeux scrutent les visages du père et de l'institutrice. À huit ans, elle est trop jeune pour formuler une hypothèse mais cependant la fillette se doute bien qu'il ne s'agit pas seulement pour sa grand-mère d'annoncer quelque chose d'anodin à sa petite-fille. Elle se sait suffisamment intime avec sa mamie pour que celle-ci n'ait pas pris le soin tout à l'heure de lui révéler, avant de la quitter, ce qu'elle va lui apprendre maintenant. Nathalie ne comprend pas que la grand-mère ait laissé la charge de la commission à sa maîtresse et à son père. Enfermée dans son silence, la petite fille rumine la phrase : « Je crois qu'elle aura quelque chose à te dire. »

Sitôt le fourgon arrêté dans la cour de la ferme, malgré la neige gelée qui pourrait la faire tomber, Nathalie se précipite vers la porte d'entrée, tourne la poignée de la serrure, entre dans la grand-salle, apportant avec elle l'air glacé de la nuit. À peine sur le seuil, surprise de ce qu'elle découvre, la fillette s'arrête, ses deux pieds joints, en oublie même de refermer la porte. Jacques s'approche et s'en charge.

— Oh ! là, là !

C'est vrai qu'elle a de quoi être confondue ! Ses deux frères se tiennent debout, propres, habillés comme pour aller au collège alors que le jeudi ils se plaisent plutôt souillons ; coiffés de frais, les traces des dents du peigne se lisent dans leurs cheveux mouillés. La grand-mère a passé une jolie robe à Sandrine et elle-même s'est habillée avec coquetterie. La longue table de bois est recouverte d'une nappe parfaitement blanche ; les couverts réservés aux repas de famille y sont dressés, bien alignés, alors qu'en semaine et même le dimanche soir, quand il n'y a pas d'invités, la famille dîne directement à même le bois de la table.

— Viens vite, Nathalie : que je te fasse belle !

Mais à peine a-t-elle parlé que la porte s'ouvre, le père entre, donnant la main à Juliette. Mathilde se précipite :

— Bonsoir mademoiselle. Je vous appellerai Juliette après les présentations.

Sans autres explications, elle fait pivoter son fils en le prenant par un bras :

— N'as-tu pas honte ! Tu es le seul à ne pas être changé. Va vite dans ta chambre. J'ai disposé tes habits sur une chaise. Tu reviendras après t'être rendu présentable. Mademoiselle, je vous laisse faire connaissance avec les frères et la sœur de Nathalie. Je m'en vais la faire belle.

Mathilde est si heureuse de voir son fils se remarier alors qu'elle ne l'espérait plus : avec Juliette, elle sait que ses petits-enfants seront heureux, qu'ils auront une seconde maman et non pas une marâtre. Tout émue, sans même s'en rendre compte, elle se perd dans les propos échangés tout à l'heure entre son fils et elle, lui prête les siens !

— Figurez-vous que Philippe ne m'a prévenue que tout à l'heure que vous veniez dîner ce soir.

Juliette n'attend que dix minutes : le temps de briser la glace avec Jacques et Robert, sur leur garde devant cet imprévu, non pas cette inconnue car souvent déjà ils ont croisé l'institutrice, lui ont parlé de choses et d'autres. Sandrine se montre plus curieuse : elle sait qu'à la rentrée prochaine elle ira à l'école, et dans la classe de cette maîtresse dont chacun à la maison dit tant de bien depuis les leçons de violon avec sa grande sœur.

C'est justement Nathalie qui se présente la première : habillée de sa robe la plus belle, sa mamie a peigné et soigneusement brossé ses longs cheveux châtain clair laissés libres. Leur flot tout ondulé couvre ses épaules, presque jusqu'à la taille. Philippe, enfin, se présente : il a revêtu le même costume que celui porté durant la journée – il n'en possède qu'un seul –, mais Mathilde lui a sorti une nouvelle chemise, assortie d'une cravate rayée dont les couleurs rappellent et éclairent le costume bleu marine.

Sitôt entré, il observe et considère sa famille, va à Juliette, lui prend le bout des doigts, l'amène à lui et la fait tendrement pivoter de telle façon qu'elle aussi se trouve face à sa nouvelle famille. Sa peau de brune s'éclaire légèrement et, comme s'il s'agissait d'un signe du destin, des gerbes d'étincelles s'échappent des bûches dans l'âtre, éclairent le bonheur des futurs épousés.

— Je ne vais pas faire de cérémonie. Vous connaissez tous Juliette. Je ne vous en ai pas parlé. Nous nous aimons, et nous allons nous marier.

Tout à l'heure, sitôt que Juliette était entrée dans la grand-salle avec le père, à part Sandrine peut-être, et encore, chacun comprit pourquoi la grand-mère leur avait intimé de se faire beaux, pourquoi la table des jours de fête se trouvait toute dressée. Prévenue trop tard, Mathilde ne pouvait trouver le temps de s'affairer à la préparation d'un repas hors de l'ordinaire. Mais elle possédait plusieurs recettes de dernière minute pour faire face aux imprévus et sur le fourneau mijotait quelque chose dans une cocotte qui, au fumet exhalé, ne devait pas être désagréable à déguster.

Nul ne se montre vraiment surpris, mais personne ne sait comment il faut se comporter. Philippe serre sa future dans ses bras et gaillardement lui pose un baiser sur les lèvres auquel Juliette répond.

— À présent, le mieux est de tous nous embrasser. Nous passerons à table ensuite.

Juliette prend l'initiative, va aux deux garçons, les embrasse avec beaucoup de tendresse, leur dit les mots qu'ils attendent ; puis, elle serre contre elle très tendrement la petite Sandrine, lève l'enfant entre ses mains, lui place trois poutous et lui glisse à l'oreille des mots qui doivent être doux car Sandrine sourit et embrasse Juliette. Mais celle-ci voit bien que Nathalie, sa petite violoniste, attend son tour, les larmes aux yeux. Elle avait deviné, mais n'était pas certaine.

— Tu vas être notre nouvelle maman ?

Sans y prendre garde, elle a tutoyé sa maîtresse : cela lui paraissait naturel du moment que Juliette allait entrer dans la famille.

Chacun a entendu et attend la réponse, car d'elle tout va dépendre.

— Mais oui, si tu le veux, je serai ta nouvelle maman. Et de Jacques et Robert, et bien sûr de Sandrine. Je serai votre nouvelle maman à tous, si vous m'acceptez, cela va de soi.

— Évidemment qu'ils vous acceptent, et moi aussi, rétorque Mathilde. Je suis vieille, et ils ont tous besoin d'une nouvelle maman. Embrassez-moi

Juliette, je suis bien aise que mon fils vous aime et vous épouse.

Philippe se trouve aux anges de voir belle-mère et belle-fille dans les bras l'une de l'autre. Cela faisait si longtemps ! Son visage, bien qu'il s'en cache, se crispe : il n'a pas oublié Arlette, mais a découvert son amour pour Juliette ; aux sourires de chacun, à la chaleur des embrassades, cet homme se persuade maintenant que Juliette saura les aimer tous.

— Mes enfants, à table. Votre père m'a prévenue au dernier moment. Je n'ai pas préparé grand-chose ; vous me pardonnerez. Mais il me restait des cèpes séchés ; ce sont mes deux petits-fils qui les avaient cueillis cet automne.

Jacques et Robert attendaient le compliment : d'un sourire ils se congratulent et remercient ainsi leur grand-mère.

Celle-ci inspecte la table, se tourne vers son fils :

— Tu as oublié le vin !

— Oh ! Pardonne-moi Juliette : mais je suis si ému. Si tu le veux, accompagne-moi à la cave. Il faut que tu la découvres.

Tous les deux se dirigent vers la porte épaisse au fond de la salle : Philippe l'ouvre, appuie sur l'interrupteur et le large escalier de pierre s'éclaire sous sa voûte. Il en descend les marches patinées et Juliette le suit.

— Outre l'omelette aux cèpes, ma mère a dû faire de la soupe et sans doute, au dernier moment, un gâteau ou bien une tarte aux pommes. Tu aimes ?

— Bien sûr, je sens que nous allons nous régaler ! Dis-moi : crois-tu que les enfants vont m'accepter ?

Philippe se tourne, lui prend la main :

— Je voulais te le dire : je suis certain qu'ils t'aiment déjà. Tu les as tous séduits ! Je t'embrasse pour cela ; tu ne peux pas savoir comment grâce à toi je suis un homme heureux ! Tout cela par la magie du violon !

Et ils se reprennent et s'embrassent à nouveau. La porte, en haut de l'escalier, est demeurée ouverte.

— Ils nous attendent et sans doute écoutent : faisons vite.

— Tu as raison. Je crois qu'un côtes-du-forez fera l'affaire. J'en prends une, ou bien deux ?

— Ta mère boit-elle beaucoup ?

— Très peu, et les enfants pas du tout.

— Moi, très peu également.

— En ce cas, une seule bouteille suffira.

Lorsqu'ils remontent, la famille prend place et Mathilde dépose sur le dessous-de-plat la cocotte fumante. Au milieu de la table, deux couverts libres attendent.

— Comme cela sent bon !

— Je vous ai préparé une soupe à ma façon, c'est-à-dire gratinée. Vous aimez ?

— J'adore !

Philippe se recule, présente à Juliette sa chaise, place la sienne auprès d'elle, s'assoit. À leurs côtés se tiennent séparés les deux fils. Face à Juliette, Nathalie ; face à son père, Sandrine. Mathilde occupe sa place en bout de table, à proximité du fourneau. D'ordinaire, le père s'assoit face à elle, à l'autre bout ; mais ce soir, Mathilde a veillé à ce que les futurs mariés se retrouvent côte à côte. Philippe soulève le couvercle, la vapeur un peu dorée et son parfum s'échappent, chacun sent que tous vont se régaler. Philippe demande à Juliette la permission d'ôter sa veste – il ne sait pas manger autrement qu'en chemise, à midi au restaurant il a fait une exception –, puis il saisit la louche, de son autre main prend l'assiette de Juliette, y verse doucement la gratinée dorée. Juliette présente ses mains ouvertes et Philippe y dépose l'assiette ; chacun ensuite à tour de rôle avance son assiette ou bien la fait passer. Pour Sandrine seule il se baisse et la sert.

— C'est vraiment délicieux, madame.

Juliette ne ment pas car le silence règne, signe que la gratinée est appréciée.

— Merci. Mais, puisque vous allez entrer dans la famille, nous n'allons pas continuer à nous donner de la madame et de la mademoiselle. Appelons-nous par nos prénoms, c'est plus simple.

— Alors, Mathilde, je vous dis que votre gratinée est délicieuse.

Le compliment est sincère, mais l'omelette aux cèpes se révèle somptueuse.

— Tout le secret, révèle Mathilde, est de laisser les cèpes séchés se reconstituer dans les œufs une fois battus. Ainsi, l'omelette s'imprègne de leur parfum.

C'est un repas typiquement casadéen, arrosé de côtes-du-forez voisin. Après l'omelette, Philippe se lève, va quérir au cellier une grande assiette de fromages des chèvres de la ferme. Lorsqu'il la dépose sur la table et invite Juliette à se servir, des coups discrets sont frappés à la porte.

— C'est la surprise : allez ouvrir les garçons !

— Bonsoir.

Sur le seuil éclairé de la porte grande ouverte paraît Patrice, le petit voisin, le copain de Nathalie qu'il embrasse en cachette. Sur ses deux avant-bras, le jeune garçon porte une immense tarte aux pommes, rosie de gelée de groseilles ; sûr de lui, sans attendre d'être invité, il s'avance dans la pièce jusque devant la mamie. Cependant, découvrant sa maîtresse, il ne sait plus que dire. Le garçon s'attendait à tout, sauf à la retrouver ici après l'école. Mathilde lit sur les visages la surprise de tous.

— Je vais vous expliquer. Comme je n'avais pas le temps de préparer un dessert, j'ai demandé à la maman de Patrice si elle pouvait me dépanner.

— Eh bien, Patrice, tu remercieras ta maman, dit Juliette.

— Tu vas partager le dessert avec nous. Robert, enfile ton anorak et cours prévenir ses parents : qu'ils ne se fassent pas de souci, lance Philippe à son fils aîné.

Nathalie, sans attendre, se dirige vers le vaisselier, saisit une assiette à dessert, une cuiller et un verre, dresse le tout à son côté.

— Viens t'asseoir.

Elle a huit ans, il en a onze ; ce sont des amours enfantines. Mais les yeux de Mathilde et Juliette les lisent sur leurs visages. Le chat, d'où il se tient, surprend les coups de genou de Patrice sous la table.

La tarte aux pommes à la gelée de groseilles, comme avant elle la gratinée et l'omelette aux cèpes, apporte le silence.

— Tu remercieras ta maman, je me suis régalée.

— Merci, mademoiselle.

Il n'aurait pas été convenable que les parents de Patrice apprennent le mariage par la bouche de leur fils. Philippe se réserve d'en informer lui-même la famille de l'enfant et dès le lendemain. Mais ni lui ni Mathilde et encore moins Juliette ne se font d'illusions : ils questionneront Patrice et devineront la suite.

IV

Les aiguilles de l'horloge indiquaient 11 heures du soir. Sitôt la tarte dégustée, Philippe avait demandé à Robert et à Jacques de raccompagner Patrice chez ses parents. Ils n'habitent qu'à cent mètres : il suffit de traverser la cour de la ferme, puis la route, puis de descendre sur cinquante mètres le chemin qui mène à leur maison. Mais il gèle maintenant à pierre fendre, la neige s'est faite dure comme roche ; il ne s'agirait pas que l'enfant tombe. Cinq minutes après leur départ, les deux frères sont de retour, et rassurent le père. Mais cette coupure a modifié l'ambiance, la conversation stagne et puis, il se fait tard. Demain matin il va falloir se lever pour les vaches et l'école. Sandrine s'endort sur sa chaise et sa mamie va la coucher. Les paupières de Nathalie papillotent. Juliette se lève, s'approche de sa petite élève :

— Il convient d'aller dormir pour être en forme demain.

Un petit sourire accompagne le « Oui » à peine audible.

— Je t'embrasse. Bonne nuit. Je vais rentrer moi aussi.

Philippe n'attendait que ce mot.

— Et moi, je te raccompagne.

Le temps que chacun s'embrasse, se souhaite une bonne nuit, Philippe a présenté son manteau à Juliette ; lui-même a enfilé sa canadienne. Avant de le suivre dehors, Juliette s'approche de Mathilde, sa future belle-mère :

— Bonsoir, et merci pour tout.

— C'est moi qui vous dis merci. Je suis heureuse pour vous deux. Revenez vite, et souvent. À propos, vous n'avez pas parlé de la date du mariage ? N'attendez pas trop !

— Rassurez-vous.

Immobilisé pendant toute la soirée dans le froid et sur la neige gelée, le fourgon est glacé. Juliette, emmitouflée dans son manteau, se pelotonne sur le siège, se blottit contre Philippe pour absorber un peu de sa chaleur. Cependant, le moteur démarre sans tousser. Mais le trajet entre la ferme et l'école est si bref que ce pelotonnement ne leur sert à tous les deux qu'à savourer leurs effluves. Philippe gare le fourgon sous le préau et tous les deux se précipitent jusqu'à la porte du couloir. Juliette cherche sa clé, la trouve, ouvre la porte, pousse Philippe pour qu'il franchisse plus vite le seuil et laisse moins au froid le temps d'entrer ; aussitôt, elle referme la porte. Lui la prend par la main et l'entraîne dans l'escalier. Sur le palier, Juliette, de même qu'au rez-de-chaussée, glisse la clé dans la serrure, ouvre, laisse passer Philippe puis referme. Comme si, à bientôt minuit, quelqu'un risquait de venir à l'école pour tenter de pénétrer dans l'appartement ! Mais Juliette veut absolument qu'ils soient seuls et ce sera la première fois : jusqu'à présent, Nathalie se trouvait toujours avec eux deux. Ce soir, ils dînaient en famille et demain à nouveau ils seront avec d'autres. Sans même attendre que Juliette ait appuyé son doigt sur l'interrupteur et que la lumière électrique les éclaire, Philippe la serre très fort contre lui, écrase ses lèvres contre les siennes. Juliette répond à son baiser, prend sa nuque à deux mains et de la pulpe de ses doigts caresse d'instinct la peau et les cheveux frisés plantés serrés sur la nuque et jusqu'au cou épais et musculeux. C'est la première fois qu'elle aime mais tous ses gestes semblent prédisposés pour l'amour. Philippe, la caresse des épaules jusqu'aux reins ; le long manteau l'embarrasse, il le déboutonne, le fait glisser sur le plancher. Toute à l'ardeur du baiser, Juliette, d'ordinaire si soigneuse de tout et de ses vêtements en particulier, ne s'en soucie même pas, et ses yeux amoureux se plongent dans ceux de Philippe qu'elle ressent très profonds. Pour mieux les dévorer, sa main s'approche de l'interrupteur et allume la lumière. Cet homme se redécouvre l'homme qu'il avait été avec Arlette, son premier grand amour. Ses mains pétrissent les joues aimées, sa bouche mord le cou, sa fougue ne supporte plus que la robe interdise la peau si douce : ses doigts avides dégrafent le haut, font glisser la fermeture Éclair qui sillonne le dos, envoient sur le parquet la robe rejoindre le manteau. Presque nue, Juliette se révèle à Philippe ; il s'empare de son corps, le couvre de baisers. C'est une peau soyeuse, une peau qui respire le soleil, une peau chaude qui aspire à l'amour. L'ardeur des baisers et des lèvres sur ses épaules nues rendent folle la femme aimée. À son tour, elle déshabille Philippe : ses doigts si fins défont les boutons de la chemise pour l'arracher d'impatience, tant l'odeur de sa peau attire ses lèvres sur le torse velu. Elle ignorait que Philippe détestait les maillots de corps et s'en félicite car ses lèvres déjà savourent par les baisers cette peau chaude et rude. Juliette comprend maintenant comme Philippe était sincère quand hier au restaurant il lui révélait qu'il avait toujours chaud. L'envol de la chemise pousse les mains de Philippe à faire glisser les bretelles du soutien-gorge, à l'arracher sans ménagement, à libérer les seins à l'aréole sombre. Philippe découvre la chair moelleuse des deux fruits ronds, y applique sa bouche avide, prend dans ses paumes les globes à la pointe dure, si chargés dans leur forme pure, si gracieusement lourds.

— Que tu es belle mon amour !

Presque dénudée, Juliette offre aux mains de Philippe le soin de faire glisser sa petite culotte à fleurs. Fou d'amour et de désir, il s'agenouille et s'extasie devant la toison noire ; sa bouche, ses lèvres et sa langue s'en régalent. Ardemment, d'un brusque mouvement, il passe ses deux bras sous les reins et les cuisses, soulève la femme aimée, l'emporte, franchit le seuil de la chambre, la dépose ouverte sur les draps. Prémonition ? Désir ? Juliette, le matin avant de partir vers le Puy-en-Velay, n'avait pas fait son lit et les draps s'offrent tels quels à eux deux pour qu'ils deviennent amants. D'un geste vif, Philippe achève de se mettre nu et s'offre tout entier à la vue de Juliette. C'est la première fois qu'elle voit un homme nu : vierge, elle considère celui qui d'elle va faire une femme. Lorsqu'il la pénètre, Philippe se convainc qu'il est bien le premier.

Jusqu'à l'aube, avant l'aurore, les amants se sont aimés. Le sixième coup du clocher tintait dans la nuit glacée et les éveillait tous les deux, lovés l'un dans l'autre. Philippe susurre à l'oreille de Juliette des mots si doux qu'elle affiche un sourire énigmatique de femme apaisée et se rendort contre lui. Mais Philippe, fou d'amour, demeure profondément paysan et ne peut oublier que la traite des vaches n'attend pas. Le lit est éclairé de la lumière provenant du séjour qu'au moment de rejoindre la chambre ils ont omis d'éteindre. Lorsqu'il s'arrache du lit, ses yeux découvrent le corps aimé complètement offert ; gourmand de chair chaude, il applique sa bouche avide sur ce corps, le déguste à nouveau dans ses moindres secrets, durant de longs instants que Juliette endormie ponctue de délicieux petits cris. Il faut que le clocher égrène ses six coups pour extraire Philippe de ses délices ; vite, très vite, il se rhabille, ne peut résister à un ultime très doux baiser sur les lèvres amoureuses, recouvre le corps de Juliette du drap et de la douce couverture molletonnée, quitte la chambre, traverse le séjour, éteint la lumière, tire à lui en silence les deux portes successives mais sans les refermer à clé afin que Juliette ne se retrouve pas prisonnière chez elle.

Est-ce un rêve ? Il semble à Juliette somnolente entendre dans la cour un bruit de moteur transi et de neige gelée qui craque sous les pneus.

La demie de 6 heures sonne maintenant au clocher. Philippe prend juste le temps de se changer ; quand il ressort de sa chambre en pull et salopette de travail, les yeux bouffis de sommeil et les joues rougies de froid, il découvre dans la grand-salle sa mère occupée à raviver les braises de l'âtre, à y poser des bûches avant de relancer le fourneau pour la préparation des petits déjeuners.

— Bonjour maman.

— Tu n'as pas l'air d'avoir beaucoup dormi ! Va vite, les bêtes t'attendent.

Dans la grande étable tiède, les mouvements des vaches traduisent leur impatience. Philippe s'active machinalement à s'assurer que toute la mécanique fonctionne comme elle le doit ; une fois tout en marche, son odorat retrouve la bonne odeur de l'haleine chaude des bêtes, de la litière humide et du foin sec. À deux mains, d'un trident de bois pour ne pas blesser, il approvisionne les bêtes en fourrage, remplace par de la paille fraîche les litières souillées : mais, ce faisant, il ressent son esprit et son cœur demeurés au chaud dans le lit de Juliette. Hier matin, lorsqu'il était parti la rejoindre au Puy, il n'osait espérer que la nuit se passerait dans son lit de jeune fille, qu'il en ferait sa femme. Après le décès d'Arlette, son épouse, plusieurs fois l'occasion s'était présentée d'amours passagères, de femmes en manque, mais jamais aucune qui l'aimât comme Juliette avait su le lui montrer cette nuit. Vierge, son ardeur se montrait telle qu'il pouvait s'imaginer dans les bras d'une femme avertie. Au diable le métier de paysan ! Tout à l'heure, lorsqu'il lui fallut quitter leur lit d'amour pour l'impératif de la traite, comme il aurait voulu rester collé à son corps chaud, refaire l'amour avec elle ! Pour la nuit de ses premières noces, son père manifesta sa délicatesse en prenant soin des bêtes afin qu'avec Arlette ils puissent tout quitter et s'aimer à leur guise. Seul homme à la ferme aujourd'hui, il doit pourvoir à tout, à l'exception énorme du soin des enfants que la grand-mère assume. Cette nuit, leur fougue les poussait à fusionner en corps et en esprit. Ils ne pensaient à rien, même pas à la place d'une jeune femme instruite et raffinée dans cette vie paysanne. Au cours du repas, la joie de Philippe se révélait immense de constater le contact chaleureux, évident, entre Juliette et les enfants, mais surtout entre la jeune femme et sa future belle-mère. Certes, celle qui un jour deviendra sa belle-fille procède comme eux tous d'ascendances paysannes, mais comment Juliette va-t-elle vivre dans cette ferme, au rythme des bêtes et des champs, avec parfois des traces de fumier qui traînent dans la cour, même si leur logis ne laisse rien à envier à celui de beaucoup de citadins ? Tout à l'heure, il conduira Nathalie à l'école et reverra Juliette ; mais leur difficulté demeurera de ne pas s'embrasser à pleines lèvres dans la cour, alors qu'elle aussi eût aimé recommencer l'amour avec lui comme au plus fort de la nuit. Pourront-ils attendre le mariage pour vivre enfin ensemble, devront-ils chaque nuit se rejoindre en cachette ? Au diable les conventions et ce qui se dira dans le pays ! L'appartement de Juliette est celui de fonction réservé à l'institutrice, il ne lui appartient pas : la commune en est propriétaire. Mais elle peut très bien venir vivre à la ferme en attendant le mariage ; et si ça jase au village, tant pis ! Il va falloir célébrer leur union le plus vite possible, mais pas avant mars et ses routes dégagées, afin que puissent venir les deux familles. Il aimerait bien – mais Juliette le voudra-t-elle ? – que les parents d'Arlette, grands-parents de ses enfants, soient présents le jour des noces.

Dans la grand-salle, Nathalie et sa mamie sont attablées devant un plein bol de chocolat, au milieu des généreuses tartines beurrées, nappées des confitures de fruits rouges du pays, préparées par la grand-mère. Sandrine se lèvera plus tard. De retour de la traite, Philippe entre, fait le tour de la table, embrasse sa petite violoniste. Jacques et Robert sont déjà partis avec le car de ramassage ; Philippe note qu'ils ne sont pas venus l'embrasser à l'étable, contrairement à l'usage de la famille qui veut que le matin les enfants disent bonjour en embrassant le père et la mamie et de même le soir avant de se coucher. Sur la table, Mathilde a dressé le bol de son fils, a gardé sur le petit cercle du fourneau le pot de café noir bien chaud. Il est le seul à prendre du café le matin, tous les autres préfèrent le chocolat de la mamie. Outre la miche dans laquelle il taillera ses tartines au couteau, le beurre frais de chez eux, le pot de miel l'attend. Celui récolté dans les ruches de la famille, où depuis des générations l'on élève des abeilles. Philippe adore le miel de sapin : il l'aime tant qu'il en sucre son café ! Comment ne pas aimer ce miel dans une région où tout est sapin, où les forêts en sont plantées, où, à part les paysans, ce sont les forestiers et les scieries qui font vivre ce grand pays de La Chaise-Dieu aux forêts si profondes que l'on s'y perd aussi bien en été qu'en hiver ?

Philippe beurre ses tartines épaisses, les nappe de miel foncé, en respire le parfum.

— As-tu bien dormi Nathalie ? Tout à l'heure, je t'emmènerai à l'école. Les bourrelets de neige sont encore trop épais et surtout gelés comme de la pierre pour que tu t'y rendes à pied.

Les enfants ne s'embarrassent pas de clauses ou d'hésitations. La fillette dévisage son père, pose la question que tout le monde a en tête :

— Et quand tu seras marié avec ma maîtresse, elle habitera ici ? C'est elle qui m'emmènera à l'école le matin ?

Pour le coup, Mathilde sourit :

— Eh bien, tu le lui demanderas !

Ayant déjà tourné en fin de nuit lorsque Nathalie dormait encore, le moteur démarre sans rechigner. À 8 h 20, il fait grand jour et les stalactites accrochées aux bords des toits étincellent sous le premier soleil. Le sommet de la tour qui fortifie l'église se rehausse d'une épaisse couche de neige tandis que ses créneaux sont comblés de coussins blancs à hauteur des merlons ; embellis eux aussi de langes immaculés, ils scintillent de soleil. Cependant, sous cette apparence d'éclat, Philippe ressent un changement de temps, une douceur qui s'annonce. À l'aube, avant l'aurore, lorsque tout à l'heure il a quitté l'école, le froid lui piquait le visage, lui engourdissait les doigts. Maintenant, le froid lui semble différent.

— Regarde les cimes des sapins, Nathalie. Elles bougent, c'est le vent d'ouest. Nous n'aurons pas un Noël blanc. Ce sera seulement pour les cartes postales !

— Tu n'iras pas cueillir un sapin dans nos bois ?

— Bien sûr que si ! Si tu le veux, à présent que tu es grande, tes frères et moi nous t'emmènerons avec nous. Ainsi, tu pourras le choisir.

— Et la maîtresse, elle passera Noël avec nous ?

— Je l'espère bien. Tu lui demanderas si elle t'autorise à amener ton violon. Tu joueras pour le réveillon.

— Oh ! Ça serait très bien : surtout si elle amène le sien pour jouer avec moi !

Et dans l'esprit de Nathalie, tout s'enchaîne et tout brille : elle voit déjà les deux violons sous le sapin ! Elle prête à peine attention au fait que le fourgon est arrivé dans la cour de l'école, que son père a coupé le moteur, et que Juliette attend debout devant la porte du couloir d'où l'on accède aussi bien dans la classe que dans l'appartement tout en haut de l'escalier.

Avant même que Philippe et sa fille soient descendus, Patrice jaillit du couloir, accourt vers Nathalie, l'aide à descendre du fourgon. Les deux enfants échangent deux bisous, se donnent la main et, laissant les grandes personnes dans la cour enneigée, rentrent se mettre au chaud comme aimeraient le faire Philippe et Juliette. Lui, cela ne le gênerait pas de l'embrasser, mais l'institutrice se l'interdit.

Impatient, il tend les bras, mains grandes ouvertes :

— Non, Philippe. Sois raisonnable. Nous sommes dans la cour de l'école, les enfants nous regardent à travers les vitres de la classe, et peut-être d'autres personnes aussi. Ce matin, tu possèdes l'excuse de la neige ; mais, toi qui connais le pays mieux que moi, il ne t'a pas échappé que le vent d'ouest se lève. La neige va fondre. Tu n'auras plus son prétexte pour entrer dans la cour de l'école avec le fourgon, c'est interdit.

Ce discours, il le comprend et même l'accepte. Mais alors, quand se reverront-ils ?

— Juliette, mon amour, je veux vivre avec toi. Nous n'allons pas attendre pour nous aimer. Il faut nous marier au plus vite. En attendant, viens habiter avec moi ; ou alors, laisse-moi te rejoindre tous les soirs.

Les pupilles sombres de Juliette s'élèvent et se tournent vers le haut visage aux yeux clairs et à la moustache fière ; Philippe mesure à ce regard combien elle aussi souffre et aime.

— Il est 8 h 30, je dois rejoindre ma classe. Je viendrai moi-même chez toi ce soir avec ma voiture. Tu termines ta traite vers quelle heure ?

— 8 heures, en général.

— J'y serai. J'entrerai dans l'étable. Nous déciderons.

— Merci, mon amour. Un baiser.

Dans le pare-brise qui fait miroir, Juliette observe les fenêtres de sa classe.

— Non. Ils nous regardent. À ce soir.

Elle s'excuse d'un sourire, se tourne et rejoint ses élèves. Philippe ne lâche pas des yeux la silhouette qui disparaît dans le couloir, remonte dans le fourgon, démarre, fait demi-tour et rejoint la ferme.

Lorsqu'il ouvre la porte de la grand-salle, sa mère est occupée à beurrer et colorer de confiture de myrtilles les tartines de Sandrine. Cette petite dernière, Philippe et Mathilde la couvent peut-être un peu plus que les autres. Arlette, sa mère, est morte si tôt ! Sandrine avait un an : à peine a-t-elle connu celle qui l'a mise au monde et déjà la fillette s'en souvient si peu, pour ne pas dire plus du tout ! Sa vraie mère, c'est sa mamie. Lui, son père, il a fait pour elle tout ce qu'il a pu et l'aime autant qu'il peut. Quand il la contemple, il se dit que c'est le dernier cadeau laissé par Arlette. Le regard de la fillette lui rappelle qu'il fut aimé d'un cœur : celui de sa mère. Pourvu que Juliette la chérisse comme sa propre fille : lui vient à l'esprit une donnée à laquelle il n'a pas encore pensé, dont ils n'ont pas parlé avec Juliette, alors que sans doute la jeune femme y a déjà beaucoup réfléchi. Les quatre enfants conçus avec Arlette s'entendront-ils avec ceux que Juliette lui donnera ? Elle a vingt-trois ans et bien sûr ils auront des enfants et elle en voudra de lui. Ce soir, il faut absolument que tous les deux en parlent. En attendant, il s'approche de sa fille, lui pose par-derrière ses deux mains sur les épaules, l'embrasse sur chaque joue. Sandrine termine d'avaler sa bouchée, s'essuie les lèvres avec sa serviette et lui rend ses poutous.

— C'est bien, je vois que tu fais honneur aux tartines de ta mamie !

— Tels ses frères et sa sœur, Sandrine a bon appétit.

— À ce propos, Juliette reviendra dîner ce soir.

Mathilde dévisage son fils, essaie de deviner :

— Elle restera dormir ? Tu sais, je ne suis pas idiote. Vous avez passé l'âge de vous cacher. Néanmoins, pour elle, dans notre petit village, il vaudrait mieux dès que possible fixer la date du mariage. Si Juliette n'était pas l'institutrice de la commune, ce serait différent. Mais tout se sait, ici. Les parents vont jaser. À votre place, j'annoncerais votre mariage.

— Nous déciderons ce soir.

Le car de ramassage scolaire, qui ramenait les élèves de La Chaise-Dieu, s'arrêta à l'entrée de Malvières, face à l'école primaire. Avec le changement de temps, la cour de l'école s'était transformée en gadoue visqueuse, malaxée par les chaussures, parsemée de flaques de neige fondue. Les chenaux crachaient un liquide gris, des plaques de neige glissaient des toits ; les stalactites de glace s'étaient détachées et gisaient éclatées sur les trottoirs sous l'avancée des toits. Partout, les caniveaux gonflés étalaient leur trop-plein d'eau trouble sur la grande rue du village. La tour de l'église avait retrouvé son aspect féodal, merlons et créneaux dessinaient à nouveau leurs lignes crénelées sur les nuages lourds que poussait avec force le vent d'ouest. Sur la route forestière qui longe des déclives parfois précipices et relie La Chaise-Dieu à Malvières, Jacques et Robert, comme leurs condisciples et surtout le chauffeur de l'autocar, s'inquiétaient : les branches mortes arrachées des sapins obstruaient la petite route redevenue noire. Les cimes se penchaient, se redressaient, luttaient contre le vent ; le chauffeur priait qu'un tronc ne craque pas, qu'un arbre déraciné ne se couche pas sur la route ou pire sur l'autocar. À n'en pas douter, cette nuit ou au plus tard demain matin, la pluie s'abattrait sur le pays, laverait tout. À l'arrêt de Malvières, dès la descente du car, les collégiens attentifs écoutaient les sifflements du vent à travers les *fenestrous* des granges, autour des cheminées.

Devant le portail d'entrée de la cour de l'école, Juliette, inquiète, tenait Nathalie par la main ; Patrice, au côté de la fillette, guettait cet arrêt. Le mercredi soir, le retour du car coïncidait avec la sortie de l'école et Nathalie rentrait chez elle accompagnée de ses deux frères. Patrice attendait, en profitait pour revenir avec elle lui aussi. Sitôt les collégiens descendus, l'autocar redémarra, Jacques et Robert se présentèrent à la maîtresse pour récupérer leur sœur cadette ; mais, face à Juliette, ils hésitaient quant à leur attitude envers elle. Ce n'était plus seulement la maîtresse qu'ils saluaient jusqu'à la veille d'un rapide « Mademoiselle », mais aussi leur future belle-mère. Hier au soir, lors du dîner familial, la mamie avait proposé que chacun s'appelât par son prénom. Cela ne leur plaisait qu'à moitié. Mais ce qui inquiétait vraiment les deux frères de Nathalie était cette présence d'une nouvelle femme dans la maison, d'une femme qui allait se marier avec leur père. Non seulement, vu leur âge, ils n'avaient pas oublié leur vraie maman, Arlette, mais Mathilde, leur grand-mère, s'était doucement et insensiblement substituée à celle-ci. Lorsque l'institutrice se serait effectivement mariée au père, qu'allaient-ils devenir ? Leur donnerait-elle des ordres ? Devraient-ils lui obéir ? Ils se représentaient difficilement cette nouvelle situation. Leur père, c'était le leur ; à part la mamie, Sandrine et Nathalie, ils ne le partageaient avec personne. Mais les deux frères vivaient peut-être plus mal un autre changement. Au tréfonds d'eux-mêmes se faisait jour un autre non-dit. Depuis que Nathalie apprenait le violon, et semaine après semaine avec davantage de succès, Jacques et Robert avaient le sentiment de vivre un véritable déclassement dans l'amour de leur père. À l'école, ils avaient récité le vers fameux de Victor Hugo : « Chacun en a sa part et tous l'ont tout entier ». Il leur semblait que Nathalie en recevait un peu plus. Dans la ferme, il n'y en avait plus que pour leur jeune sœur. C'est pour cette raison, sans se donner le mot, que ce matin tous les deux avaient quitté la ferme dans l'oubli de leur père : comme si, mais hors de tout aveu, ils avaient voulu le punir.

Du coup, face à cette Juliette qui leur prend le papa et rehausse Nathalie, leur mal-être se fait jour. Ils ne savent comment nommer l'institutrice et se contentent d'un maladroit « Bonjour » qui n'est suivi ni d'un « Juliette » ni d'un « Mademoiselle ». Gênés, Robert et Jacques saisissent chacun une main de leur jeune sœur, sans même lui dire ni bonjour ni bonsoir, et l'entraînent entre eux deux. Patrice, tout surpris lui aussi, suit en courant et les rattrape alors que les autres mercredis soir c'est lui qui prend la main de Nathalie.

Juliette, quant à elle, se mord les lèvres, devine. Décidément, ce soir, que de choses ils auront à se dire Philippe et elle.

Hier, sur la route du Puy qui traverse les forêts de sapins à partir de La Chaise-Dieu, la couleur bleue de la Dauphine tranchait sur le blanc de la neige recouvrant les bas-côtés. Ce soir, dans la nuit noire et sur le sol de la cour de la ferme déneigée et trempée, la petite automobile se distingue à peine. Juliette la gare face à la nouvelle étable ; sur le siège du passager, elle prend le sac où elle a enfermé ses affaires de nuit, au cas où elle dorme ici ce soir. Philippe et elle n'ont rien décidé. S'aimeront-ils chez elle comme la nuit dernière ou à l'inverse chez lui ? Elle s'extirpe de la voiture, de la pointe du pied tâte le gravier détrempé par où la boue remonte parfois, marche en visant les espaces clairs pour éviter la gadoue. Prévoyante, elle a chaussé ses bottes, élégantes mais peu faites pour une cour de ferme sous la pluie. L'odeur des bêtes passe par-dessous la porte et cet effluve d'enfance ne déplaît pas à Juliette. Elle pousse un vantail en silence et tous les parfums chauds des vaches et de leur litière lui arrivent au visage. Philippe, occupé entre deux laitières, n'offre que sa nuque au regard de Juliette. Sans qu'il s'y attende, elle s'approche sans mot dire de l'allée centrale et lui lance un « Bonsoir ! » qui l'arrache à son travail.

— Oh ! Pardonne-moi. Mais tu es comme les chattes, on ne t'entend pas venir !

Philippe s'approche et très délicatement, prenant garde à ne pas la salir, il pose sur ses lèvres un baiser qu'elle lui rend. Quel galant homme ! Juliette apprécie que, pour ce rendez-vous rustique, il ait pris soin de se raser, se passer un coup de peigne dans ses cheveux frisés, égaliser et peigner sa moustache. Même ses mains paraissent propres : il a dû veiller à les souiller au minimum. Juliette, quant à elle, a évité toute toilette particulière, est venue dans sa tenue de classe, jupe et pull, après ses préparations et corrections ; elle ne veut pas passer pour une coquette parmi cette famille paysanne où l'on ne dispose guère ni du temps ni de l'occasion pour se faire beau.

— As-tu passé une bonne journée ?

— Moi ? Oui. Et toi ?

— Tout à l'heure, sitôt après mon retour de l'école, j'ai réfléchi à notre conversation de ce matin. Puisque nous sommes décidés, inutile d'attendre : nous devrions nous marier le plus vite possible.

Juliette sourit et, sans souci de se salir, se blottit contre Philippe. Il pose sur le flanc de la vache son trident de bois et la serre dans ses bras.

— Merci, c'est également ce que je désire le plus.

Les deux vaches retournent leurs têtes et assistent, bucoliques, à ce très long baiser. Juliette se dégage, tend le manche du trident à Philippe :

— Je t'aime, Philippe, mais termine ton travail. Nous parlerons après.

Elle trouve du bonheur dans la contemplation de cet homme appliqué à bien faire. Ses gestes pour soigner les bêtes, veiller à ce qu'elles ne manquent de rien, sont précis, ni agités ni inutiles. Elle se dit que s'il pouvait l'observer dans sa classe, attentive autant qu'exigeante, claire dans ses explications, il conclurait de même. Ce sont deux êtres faits pour s'entendre, attachés aux vraies valeurs, étrangers aux apparences, au fatras de l'inutile. Lorsqu'il a terminé sa tâche, Philippe s'assure d'un dernier regard circulaire qu'il n'a rien oublié, que tout est en ordre dans l'étable, comme son père le lui enseignait adolescent. Il se dirige alors vers un petit lavabo, se savonne énergiquement les mains. Cela encore fait plaisir à Juliette, la rassure. Son grand-père maternel, paysan à Saint-Christophe, se tenait très propre lui aussi :

— Je dois te confier quelque chose.

Philippe se retourne tandis qu'il s'essuie les mains, sourit :

— Peut-être la même chose que moi ?

— Je ne sais pas. J'ai l'impression que Jacques et Robert sont jaloux des talents de Nathalie et qu'ils m'en considèrent responsable.

Au-dessus de ses yeux, les sourcils de Philippe s'abaissent et se rapprochent :

— Je comprends à présent pourquoi ce matin ni l'un ni l'autre ne sont venus m'embrasser en partant pour le collège. Dans la famille, c'est un rite : on ne se quitte pas sans se dire au revoir.

— Il faudra bien veiller à les aimer davantage. Mets-toi à leur place : ce sont deux enfants, et ils vont changer de mère.

— Oui, je le sais, j'y ai réfléchi. Mais nous nous aimons. Nous ne pouvons pas renoncer à vivre. À ce propos, dis-moi, je voudrais tant que tous les deux nous ayons des enfants.

— Mais moi aussi, mon amour !

Et ils s'embrassent à nouveau.

Philippe ferme à deux verrous la porte extérieure, remonte avec Juliette toute la grande étable par l'allée centrale ; ils sortent, traversent la cour, entrent dans le cagibi. Philippe y ôte ses bottes et se chausse de mules ; Juliette pousse alors la porte du couloir ; les deux amants le longent et se retrouvent devant la porte qui donne sur la grand-salle. De l'autre côté, cela sent bon la soupe laissée à mijoter sur le fourneau. Philippe ouvre la porte et doucement propose à Juliette d'entrer la première :

— Je t'en prie.

La famille, assise autour de la longue table, est tirée de ses occupations : Jacques et Robert font leurs devoirs, Nathalie lit les *Enfances d'Heidi*, Sandrine colorie et la mamie tricote.

— Bonsoir à tous !

Et aussitôt Juliette va à Jacques et Robert, se baisse et les embrasse sans qu'ils l'aient prévu :

— Tout à l'heure, dans la rue, devant tout le monde, je ne pouvais pas. Maintenant, je me rattrape.

Elle tend la joue, mais elle sent bien que leur réponse à ses baisers n'a rien d'empressée : il va lui falloir du temps pour être aimée comme nouvelle maman.

Par contre avec Sandrine, tout va bien. Elle poursuit son tour de table, s'arrête à Nathalie :

— Toi aussi je t'embrasse. En classe, ce n'était pas le lieu.

— J'avais bien compris, maîtresse.

Mathilde est complice, comprend et approuve que Juliette l'embrasse la dernière pour donner la priorité aux deux garçons. La mamie n'attendait que Philippe et Juliette pour dresser la table ; chacun rassemble ses affaires, les emporte dans sa chambre ou ailleurs à leur place.

— Ce soir, c'est le menu de tous les jours : saucisse cuite dans la soupe, fourme et pommes.

— C'est parfait. Chez moi, lorsque je suis toute seule, je cuisine à peine et me contente de peu.

Le début du repas est plutôt silencieux mais certains silences parlent. Le père hésite, et Juliette sent bien que c'est à elle de faire le premier pas vers les garçons. Après-demain, ce sera vendredi, le dernier jour du trimestre, le début des vacances de Noël. Sans doute, à part une journée à Saint-Christophe pour présenter Philippe à sa mère et une autre à Billom pour rencontrer son père, passera-t-elle ses congés à Malvières, dans cette ferme qui va devenir sa demeure. Il convient donc de rassurer, de donner aux garçons la tendresse qu'ils attendent.

— Vous vous plaisez au collège de Craponne ?

Les deux frères maintiennent leurs cuillers en suspens, se regardent. C'est Robert, l'aîné, qui se lance et répond :

— Oui, tout le monde se connaît.

— Et les études, ça va ?

Pour se donner le temps, il choisit de porter sa cuiller à la bouche. Autour de la table, chacun sourit. Ce n'est un secret pour personne : l'école et les études ne sont pas le fort des deux frères. Pour plus tard, Robert, parfois, ne dit pas non à la reprise de la ferme, mais ne se décide pas ; quant au cadet, Jacques, il confie avoir déjà son idée, mais ne la révèle pas. Souvent, on le surprend en conciliabule avec Patrice, le petit voisin entiché de Nathalie, mais lui non plus ne dit rien, même pas à ses parents.

— Nous n'aimons pas trop.

— Les maths ou le français ?

Le père prend sur lui de donner la répartie :

— Je crains qu'ils ne préfèrent ni l'un ni l'autre ; et pourtant, aujourd'hui, pour être paysan ou artisan, il faut connaître des tas de choses autrefois accessoires.

Juliette adresse aux deux frères brouillés avec leurs études un sourire engageant.

— Si vous voulez, à la rentrée de janvier, le soir, je vous aiderai.

— C'est vrai ?

— Enfin, si votre papa le veut.

— Tu sais bien que je ne demande que ça !

Ce n'était certes pas suffisant, l'inquiétude des garçons n'était nullement dissipée, mais Juliette avait su montrer qu'elle était disponible, qu'ils pouvaient lui parler. Le dîner se poursuivit plus agréablement qu'il n'avait commencé, la conversation s'établit même. Nathalie, à la fin, posa la question que tout le monde attendait, mais que les « grands » n'osaient pas poser.

— Vous allez rester dormir ici, ce soir ?

Juliette piqua son fard et Philippe demeura interdit. Robert et Jacques regardaient leur jeune sœur, abasourdis de son initiative. Sandrine observait chacun, consciente qu'il se tramait quelque chose mais sans pouvoir se l'expliquer exactement. Heureusement, la mamie veillait : elle vola au secours des deux intéressés. La réponse, elle la connaissait : lorsque Juliette était entrée dans la grand-salle, son premier geste avait été de poser sur la chaise la plus proche son bagage qui n'était pas un sac à main.

— Il faut toujours répondre aux enfants par la vérité. Puisque votre père et Juliette vont se marier, il est préférable que ce soit elle qui dorme ici chez nous, plutôt que lui à l'école où il n'est pas chez lui.

Ce Noël 1967 ne se trouvait qu'à cinq mois à peine de mai 1968. Nul encore ne le savait et encore moins imaginaient les conséquences sur les mœurs de ce prochain printemps. Mathilde ignorait prendre un peu d'avance pour pareille déclaration. Son souci était celui de la réalité. Si Juliette ne dormait pas sous leur toit, Philippe, jusqu'au mariage, irait dormir chez elle à l'école et la ferme chaque nuit serait privée de maître. Une vieille femme, quatre enfants, les bêtes, pas d'homme en cas de pépin : Mathilde n'avait pensé qu'à ça durant presque toute la dernière nuit. Enfouie sous son édredon, la mamie épiait les bruits depuis son lit, calculait le temps qu'il faudrait à son fils pour revenir à la ferme à partir du moment où les tourtereaux sursauteraient dans la chambre de Juliette lorsqu'ils entendraient la sonnerie du téléphone. C'était seulement après la mort de son mari, le père de Philippe, que son fils et Arlette firent installer le téléphone. Son défunt n'en voulait pas, affirmait que ce serait une dépense dont on s'était toujours passé.

D'autant plus que la chambre était prête : le lit conjugal où dormait Philippe veuf n'avait pas été remplacé et Mathilde, prévoyante et décidée, avait durant le jour refait le lit avec des draps propres, de même pour la taie du traversin et les housses des oreillers.

— Vous êtes bien d'accord, Juliette ?

La main gracile de la jeune femme se pose sur celle de Philippe : hâlée et solide, une belle main d'homme.

— Bien sûr ; j'ai d'ailleurs apporté mon sac avec mes affaires.

Pour la seconde fois en deux jours, sans mesurer à nouveau son erreur, Nathalie oublie le vouvoiement dû à son institutrice, la tutoie comme elle le ferait pour une grande sœur :

— Si tu dors ici pendant les vacances, tu vas pouvoir amener le violon, me faire jouer.

— J'y ai pensé, et même davantage. Vois-tu Nathalie, comme disent les musiciens, tu possèdes de l'oreille, peut-être davantage. Mais ce n'est pas suffisant pour devenir une grande violoniste. Pour cela, tu te dois de jouer tous les jours. J'amènerai ici ton violon et le mien. Nous jouerons à deux chaque matin, ou chaque soir selon les jours. Ce qui ne t'empêchera pas, tout au contraire, de t'entraîner seule en mon absence.

Nathalie ne se sent plus : ses grands yeux noisette, qui ressemblent tant à ceux de son père, se couvrent de joie et se mouillent de larmes. La fillette se lève, se précipite vers Juliette et l'embrasse. Le père et la mamie en sont tout émus ! Les deux frères se regardent, Jacques lui aussi se lève sans que, personne y prenne garde, tant les attentions sont absorbées par l'émoi de Nathalie. À l'oreille de Robert, il susurre :

— J'espère qu'elle jouera bien, qu'elle ne va pas nous casser les oreilles !

V

Le temps se présentait radieux, l'air de la forêt tellement savoureux dans sa fraîcheur matinale que tous les cinq avaient envie d'y mordre comme dans une bûche glacée. Philippe organisait cette promenade avant chaque Noël, comme son père le pratiquait. La famille, autant que sa mémoire pouvait remonter, avant même les documents notariés, possédait de grandes parcelles de forêt : au total plusieurs dizaines d'hectares ; non pas seulement à Malvières et sur la commune de La Chaise-Dieu, mais aussi et surtout à Sembadel où l'exploitation forestière demeurait la seule industrie, à tel point qu'une gare de marchandises y avait été construite uniquement pour l'expédition des grumes. La famille n'exploitait pas elle-même toutes ses parcelles : elle en concédait les coupes et cela lui rapportait presque autant que les bêtes. Philippe se réservait sa parcelle de Malvières pour le bois de chauffage familial. Robert et Jacques surtout couraient les bois et connaissaient par cœur les coins à champignons. En été, dans les clairières situées sur les hauteurs, comme sur les bords des sentiers, poussaient des framboisiers sauvages et des fraises des bois. La mamie excellait dans les confitures et les desserts : à sa demande, les deux frères cueillaient de pleines biches de ces délicieux fruits rouges.

Ce samedi, le premier des vacances de Noël, Philippe, Juliette et les deux garçons avaient, comme promis, emmené Nathalie en forêt avec eux afin qu'elle choisisse elle-même le sapin. Jamais dans la famille on en avait acheté ; c'eût été une dépense inutile quand on possédait les siens dans sa propre forêt. La veille, les futurs mariés avaient annoncé, au déjeuner, avoir choisi le jour des noces : le premier samedi de mars. Il ne fallait pas trop attendre ; partageant le lit de Philippe, Juliette risquait de se retrouver enceinte et il convenait que le mariage soit célébré avant qu'une éventuelle grossesse parût visible, surtout à l'école. Les futurs époux désiraient absolument que les deux parentés soient présentes. À cause de la neige à venir qui encombrerait les routes, il s'avérait risqué de prévoir une date plus rapprochée. Début mars, l'hiver serait apaisé, les routes praticables, les deux familles pourraient assister sans problème au mariage et même les trois, si les parents d'Arlette répondaient à l'invitation de se joindre à la noce. Juliette avait téléphoné à sa mère, puis à son père et enfin à son frère Bruno. Demain, dimanche, elle se rendrait avec Philippe à Saint-Christophe-sur-Dolaizon pour dire bonjour à sa mère et lui présenter son futur gendre. Lundi, ce serait Noël et ils resteraient en famille à Malvières. Il fallait que ce Noël fût celui des quatre enfants, sans aucune autre personne afin de bien montrer à chacun l'affection qu'on leur portait, le temps qu'on leur réservait. La veille, immédiatement après le déjeuner, Philippe et Juliette s'étaient rendus au Puy pour l'achat des cadeaux. Comme chaque année, Mathilde, prévoyante, avait déjà choisi les siens depuis longtemps. Puis, dès le lendemain de Noël, mardi, Juliette accompagnerait Philippe à Billom, à côté de Clermont, pour le présenter à son père. Celui-ci avait-il comme il se disait refait sa vie avec une autre femme ? Jamais il ne confiait quoi que ce fût de sa nouvelle existence à sa fille. Chaque fois qu'elle lui rendait visite dans son atelier de relieur, elle le trouvait seul, taciturne comme toujours depuis ce fameux jour de la séparation. Il ne se livrait guère mais à chaque visite de Juliette il ne manquait pas de lui demander des nouvelles de sa mère. Celle-ci se comportait de même lorsque Juliette lui rendait visite à Saint-Christophe. Ainsi, la fille se retrouvait l'interlocutrice de ses deux parents qui cependant ne partageaient pas avec elle, pas plus qu'avec son frère, un secret dont elle devinait l'existence. Que s'était-il donc passé qui les avait amenés à se séparer alors que leur fille ne pouvait s'empêcher de ressentir chez chacun d'eux un amour sincère demeuré réciproque ?

Enfin, Philippe et Juliette décidèrent que pour le réveillon de la Saint-Sylvestre, ils inviteraient les deux parents de Juliette afin que chacun pût faire connaissance avec la nouvelle famille de leur fille. Bruno passait Noël, comme chaque année, avec ses beaux-parents dans leur maison de Retournac. Médecin des pompiers, il se trouvait pour cette année d'astreinte la nuit de la Saint-Sylvestre. Il fut convenu en conséquence que Juliette et Philippe se rendraient chez lui et son épouse vendredi soir : la charge de travail du cabinet de Bruno ne lui permettait pas de se libérer suffisamment longtemps à midi. Comme Philippe, de son côté, devait tenir compte de la traite du soir, ils arriveraient à Retournac vers les 20 heures.

Robert et Jacques connaissaient si bien leur forêt qu'on n'eut pas à marcher très longtemps. Après la clairière où trônait le calvaire de la croix de Bancillon, ils prirent le sentier qui s'élevait sur quelques dizaines de mètres puis descendait tout droit sur la Gérolle, ruisseau d'eau claire où se plaisaient les écrevisses. Philippe se souvenait d'y avoir braconné, enfant. Dans les parcelles leur appartenant, inondées ce jour-là d'un clair soleil, poussaient des sapins de dix ans replantés après une coupe sombre pour perpétuer la forêt. Devant l'émerveillement de Nathalie, son père lui proposa de choisir. Elle aimait la forêt, ses odeurs végétales, ses écorces rugueuses qu'elle se plaisait à frotter de ses paumes. Ses sous-bois si profonds et si sombres, les murmures tristes de ses arbres lorsque les troncs trop effilés s'entrechoquaient au moindre vent, leur balancement si désespéré la hantaient comme dans un rêve, suscitaient en son esprit toutes sortes de récits imaginaires. La fillette entreprit de s'introduire entre les sapins, d'en respirer les odeurs de résine, d'en caresser les branches et leurs aiguilles tendres d'un vert si frais. Elle retirait sa main, en inhalait sa paume après chaque caresse. Nathalie tournait et retournait autour de chacun des jeunes arbres, prenait du recul pour admirer leur cime, l'harmonie de leurs branches, imaginait l'effet que tel ou tel ferait dans la grand-salle, la place qu'il y tiendrait. Chacun attendait son choix et Juliette observait combien ce goût romantique des arbres allait de pair avec la musique aérienne des violons. Philippe avait promis à sa fille qu'elle choisirait elle-même son sapin : il respectait son silence, attendait sa décision. Enfin, le choix de la fillette se porta sur un sapin de trois mètres de haut environ. Il conviendrait de le raccourcir pour en éliminer les basses branches et faire en sorte que sa cime n'atteignît pas le plafond de la grand-salle pour offrir à l'étoile son espace nécessaire.

Robert s'empara de l'égoïne, se glissa à quatre pattes sous le sapin, entreprit de le scier le plus près possible du sol. Les dents bien affûtées de la lame d'acier mordaient le bois frais et s'engluaient de sève : son parfum libéré fleurait jusqu'aux narines des spectateurs qui se penchaient pour mieux voir s'enfoncer la lame dans la chair mouillée du tronc. Une sciure douce et collante s'épandait de chaque côté du passage de la morsure.

— Eh bien ! Tu scies comme un vrai bûcheron !

À part Nathalie, dépositaire des confidences de son grand frère Robert, presque pour elle un second père, personne n'a ni vu ni entendu l'homme et son chien s'approcher. À présent, tous les deux ne se trouvent qu'à quelques pas. Tous demeurent si attentifs au travail de Robert qu'ils se laissent surprendre par l'interjection. Robert a reconnu la voix, s'interrompt, se redresse :

— Vous ? Je ne vous avais pas entendu venir. Papa, je te présente Firmin et son chien Rufus. Ce sont eux qui m'ont appris des coins de champignons que même toi tu ignores.

Philippe examine l'homme et le chien, un brave corniaud. Il conçoit vite que si le chien n'a pas aboyé, c'est qu'il connaît Robert et surtout que son maître lui a intimé de se taire. Sous sa casquette grise et poisseuse, l'homme paraît avoir la trentaine ; son visage en couteau, encadré de longues moustaches tombantes, se dessine mélancolique. Le plus frappant chez lui sont ses grands yeux bleus à la fois tristes et doux : ils rappellent ceux de certains grands animaux craintifs de la forêt, les chevreuils et les biches par exemple.

— Mon fils ne m'avait jamais parlé de vous, rétorque Philippe un peu choqué et peut-être davantage inquiet que son fils adolescent fréquente seul en forêt un homme parfaitement inconnu.

— Il ne vous a rien dit ? Comme il vient de le déclarer, nous nous sommes rencontrés en cherchant des champignons. Je demeure au hameau de Lagrifolle, à un kilomètre d'ici en passant par les bois.

— Je connais.

— Alors vous êtes sans doute passé devant la vieille ferme de mon père où je vis seul depuis son décès.

Firmin ne dévoile pas ce qu'il a confié à Robert avec promesse de ne pas le raconter. Un jour, l'homme l'a emmené dans son gîte, lui a conté son histoire : le garçon a su la taire, sauf à sa sœur.

À dix-huit ans, Firmin s'est disputé avec son père, jusqu'à se battre avec lui et le renverser à terre. Avant le retour de sa mère, Firmin s'est enfui. Par les sentiers, les chemins puis les routes, il a rejoint Retournac ; de là et par le train, il a rejoint Saint-Étienne et enfin Lyon. En gare de Perrache, il s'est renseigné. Le bureau de recrutement de la Légion se situait à la caserne de la Part-Dieu. Au plus fort de la guerre d'Algérie, il a signé pour cinq ans sans difficulté. Durant ces cinq années, Firmin n'a donné nul signe de vie à sa famille, n'a pas écrit. Son temps et la guerre terminés, ne sachant que faire ni où aller, il est revenu chez lui. Comme tous les deux ont pleuré quand il s'est précipité dans les bras de son père ! Mais la mère n'était plus là : elle n'avait pas pardonné à son mari cette dispute qui la privait de son fils et elle aussi était partie.

Pendant quelques années, père et fils ont vécu ensemble, puis l'abus d'eau-de-vie de *pialosses*[1] et la maladie ont emporté le père. Depuis, Firmin vit en sauvage, de braconnes, de cueillettes et de petits boulots.

Philippe dévisage Juliette qui a jaugé Firmin : l'homme n'est pas méchant. Avec plus d'attention il examine l'homme des bois : son regard sympathique l'amadoue, il lui tend la main, se retourne vers Robert.

— Pourquoi ne m'as-tu rien dit ?

1. *Prunelles noires (*Dictionnaire du français régional du Velay*).*

— Il craignait sans doute que vous lui interdisiez ma fréquentation. Un homme des bois n'inspire guère confiance. Pourtant, nous sommes souvent moins dangereux que ceux bien habillés.

— Je ne suis pas comme cela et ne me fie pas aux apparences. Mais vous devez trouver normal que je sois averti des fréquentations de mes enfants, surtout quand il s'agit de personnes de votre âge.

— Bien sûr, je comprends. Attention !

Tandis que les deux hommes se parlent, Robert s'est remis à quatre pattes pour terminer de scier. Firmin a prévu la chute et, les yeux fixés sur la cime, guette l'inclinaison. Il avance ses deux mains grandes ouvertes, serre le jeune tronc qui se penche vers lui et doucement le couche sur le lit d'aiguilles sèches, de brindilles et de mousses qui recouvre le lieu du sacrifice. Robert se relève et cueille quelques poignées de fougères jaunies pour essuyer la lame de l'égoïne engluée de résine.

— Qu'il est beau ! s'exclame Nathalie. Mais comme c'est dommage de l'enlever à la forêt : enfin, c'est Noël.

— Bah ! Il y en a plein les bois, ponctue Robert qui, au contraire de sa sœur, n'est pas du tout sentimental et tout entier dans la réalité.

— Il faudrait ramener des plaques de mousse pour la crèche.

— Viens avec moi, Nathalie. Nous allons les ramasser délicatement toutes les deux. Les hommes marcheront devant, porteront le sapin.

Firmin sourit dans sa moustache, soulève sa casquette, se gratte le front, réalise qu'il est de trop.

— Je vous laisse. Passez un bon Noël ! Rendez-vous à la Saint-Georges pour les premiers champignons.

Il s'adresse à Philippe :

— Enfin, si vous l'acceptez, monsieur.

— À présent que nous nous connaissons...

À travers le sous-bois, Nathalie regarde s'éloigner cet homme dont souvent Robert lui a parlé, comme s'il exerçait sur le jeune garçon une fascination secrète.

La crèche familiale avait été menuisée autrefois par le grand-père qui en avait façonné lui-même et au couteau les personnages durant les longues veillées d'hiver. L'Enfant Jésus, Marie, Joseph, le bœuf, l'âne, les bergers, il avait tout sculpté. L'avant-veille de chaque Noël, on ressortait la crèche, on en couvrait le toit avec des écorces ou de la paille selon l'inspiration de l'année et Mathilde puis Nathalie garnissaient le plancher de mousse. Sur celle-ci, les enfants disposaient les personnages.

— Venez avec moi, maîtresse, je sais où il y a de la mousse.

Les deux précédents tutoiements avaient constitué des exceptions remarquées de tous. Mais Nathalie s'était reprise sans difficulté : elle ne comprenait pas ce qui lui était arrivé d'appeler Juliette par son prénom. C'était sa maîtresse et elle se repérait encore mal dans les « Maîtresse » à l'école et les « Juliette » à la maison.

L'endroit était humide, à l'ombre même en été. La mousse s'étalait épaisse, drue et douce à la fois, colorée d'un vert parfait. Quelques aiguilles de sapin, quelques feuilles sèches la parsemaient. On les ôterait à la maison. Nathalie avait tout prévu, y compris un vieux tablier prêté par la mamie. Juliette et elle, accroupies, leurs dix doigts appliqués, elles soulevaient la plaque, la détachaient du sol, attentives à ne pas la déchirer. La crèche n'était pas si grande : elles eurent tôt fait de récolter la surface nécessaire. À quatre mains, toutes deux étalèrent le tablier, ressaisirent et déposèrent la plaque de mousse sur le tissu. Le tenant bien tendu, elles se relevèrent, veillant à ne surtout pas lâcher prise. Puis, doucement, prenant garde à éviter de s'entraver les pieds dans des racines ou des branches basses, elles entreprirent de rejoindre leurs compagnons qui les attendaient un peu plus loin sur le sentier ; Philippe portait le sapin par la base du tronc, Robert et Jacques le tenaient par les branches, veillaient à ne pas les abîmer, à protéger sa cime où brillerait l'étoile.

Au Puy, en même temps que les cadeaux, Philippe et Juliette avaient fait provision de guirlandes, de boules et d'étoiles. L'une d'entre elles, plus grande et plus brillante que les autres, s'accrocherait à la cime. Comme chaque année, car pour la fête de Noël, tout réside dans la tradition et il n'est pas question d'en changer le moindre rite, sauf à ne plus croire au miracle, Philippe installa le sapin au fond de la grand-salle, au lieu équidistant le plus éloigné possible de l'âtre et du fourneau. Après lui avoir scié la base afin que sa hauteur corresponde au plus près à celle de la pièce, il cloua le tronc sur deux planches fixées en croix, le tout renforcé de quatre tuteurs. Ses effluves de forêt et de résine fraîche parfumaient l'air de la salle et Nathalie respirait à pleins poumons cette fragrance qu'elle aimait tant. L'horloge carillonna six coups, l'heure de la traite. Philippe et ses deux fils rejoignirent l'étable tandis que Mathilde, Juliette et Nathalie s'emparaient des guirlandes et autres ornements, en décoraient le sapin, puis installaient la crèche. Sandrine adorait les dessins, les formes et les couleurs : trop petite pour atteindre les branches, elle accompagnait en observant, donnait son avis sur les boules et les guirlandes.

Juliette avait apporté à la décoration du sapin une touche d'esthétique personnelle ; tout en respectant la tradition, elle lui donnait un aspect nouveau, plus festif, plus joyeux. Mathilde qui, elle aussi, l'avait accompagnée dans la mise en œuvre, se persuadait encore davantage du bon choix de son fils. Une femme qui possédait le sens du beau à l'instar de Juliette ne pouvait qu'apporter le bonheur dans la maison.

Après avoir ôté la litière souillée, remplacée par une abondante paille fraîche, Philippe avait proposé aux garçons de rejoindre les femmes. Les deux frères avaient préféré rester, intéressés qu'ils étaient par la mise en place et l'observation de l'aspect mécanique de la traite.

Un sifflet d'admiration lui répondit mieux que toute parole : au bout d'une demi-heure, les garçons en avaient assez vu de la traite et choisissaient de découvrir le sapin décoré.

— Que c'est beau !

Robert et Jacques découvraient maintenant que depuis l'arrivée de Juliette la salle était plus belle !

Nathalie regardait le sapin et la crèche à la mousse odorante et se perdait dans ses pensées.

— Tu sais ce que je te propose ? questionna Juliette.

La fillette réfléchissait, devinait la réponse dans l'éclat des yeux de sa maîtresse.

— De nous rendre à l'école pour jouer du violon ?

— Tu as presque deviné. Nous allons bien nous rendre à l'école, mais pour en ramener les deux violons. Dorénavant, nous en jouerons ici.

Juliette surprend les mines des deux frères et de Sandrine, devine leur dépit de rester seuls.

— Venez avec nous, il y a cinq places autorisées dans la Dauphine. Mais il faut la permission de votre papa.

Juliette aussitôt se rend à sa chambre pour y prendre son sac avec ses clés, s'habille chaudement car la nuit tombe et il fait froid ; Robert, Jacques et Nathalie agissent de même, et leur mamie, pendant ce temps, aide Sandrine à s'habiller.

— Au revoir, mamie.

— À tout à l'heure, Juliette. Il faut que je vous avoue quelque chose : je n'ai jamais touché de violon.

— Je m'en doute.

— Ni nous non plus, rétorquent Jacques et Robert.

— Eh bien, dès ce soir, voilà qui sera réparé.

À la queue leu leu, tous les cinq s'engagent dans le couloir et débouchent sur le gravier de la cour pour rejoindre le père à l'étable. Philippe surveille des yeux et des oreilles les mouvements des bêtes et le ronronnement saccadé de la trayeuse mécanique.

— Où allez-vous à cette heure ?

— Chercher les violons à l'école !

— C'est une très bonne idée. Vous serez surpris des jolies notes que votre sœur obtient déjà du sien.

La terre appartient à celui qui la cultive : Philippe applique ce précepte paysan à Nathalie et son violon, en oublie que c'est celui de Juliette enfant. Les voyant tous les cinq immobiles, il les encourage une nouvelle fois.

— Eh bien, allez vite, à tout à l'heure. Nous écouterons le concert après dîner !

Comme est triste une école sans élèves ! Le bâtiment semble orphelin, la classe vide. Robert et Jacques l'ont fréquentée avant le collège de Craponne mais ne l'ont connue que bondée d'enfants et débordante de vie. Nathalie l'avait déjà découverte dépeuplée lorsqu'elle redescendait du logement de sa maîtresse après son premier cours de violon : mais ce soir-là, le couloir comme la classe demeuraient encore chauds et imprégnés de leurs odeurs d'élèves et de craie ; même son oreille conservait le souvenir des bruits. Aujourd'hui, tout est mort. Sandrine, qui sait qu'à la rentrée de septembre elle y sera admise, s'imagine parmi ces tables inoccupées, devant ce tableau noir sans aucune trace de mots ou de chiffres et par conséquent bien triste ; il n'est à ses yeux qu'une vaste tache rectangulaire et triste collée au mur. Juliette ressent cette tristesse qu'elle aussi connaît à la veille de chaque rentrée avant de redonner vie à l'école. Il convient de ne pas s'y attarder.

— Ne restez pas ici. Montez.

Elle charge Nathalie d'indiquer le chemin, de passer la première. Quant à elle, prenant Sandrine par la main, elle monte la dernière. Arrivés sur le palier, les enfants silencieux se serrent pour lui faire place ; curieux, ils regardent Juliette glisser la clé dans la serrure et ouvrir la porte d'entrée de son appartement. Elle avait oublié que le soir où elle a quitté son logement pour venir rejoindre Philippe à la ferme, son ménage n'était pas fait ; par la porte ouverte de la chambre, elle découvre son lit resté ouvert, ce lit où pour la première fois elle a connu l'amour avec Philippe. Vite, elle ramène la porte à elle, invite les enfants à entrer dans le séjour.

— Maintenant, Nathalie, à toi. Je te laisse présenter les violons.

Devant ses frères et Sandrine attentifs, leur sœur va au meuble d'angle, tourne la petite clé dans la serrure, se dresse sur la pointe des pieds, saisit l'étui à deux mains, le dépose sur la table de la salle à manger.

— Ouvre-le, il faut que chacun le voie.

De l'index, Nathalie pousse le taquet, ouvre l'étui.

— Oh !

Jacques, Robert et Sandrine s'approchent doucement comme s'ils craignaient de réveiller le violon dans son écrin de feutrine rouge. Juliette soulève Sandrine par la taille afin qu'elle aussi le voie bien.

— C'était le mien lorsque j'avais l'âge de votre sœur. C'est mon papa qui me l'avait offert.

Maintenant, Nathalie, tu sais où je range le mien. Montre-le à tes frères et à Sandrine.

Quelle marque de confiance ! C'est la première fois. Jusque-là, Juliette saisissait elle-même son violon, l'ouvrait devant Nathalie avant de l'accompagner pour bien lui montrer les postures, le mouvement de l'archet, la vibration des cordes au passage de la mèche de crins. La fillette va au fond de la pièce où sur le canapé repose le violon dans son étui. Elle le saisit, l'apporte et le tient debout. L'étui paraît presque aussi grand qu'elle !

— Fais comme pour le tien : place-le sur la table.

Ce n'est pas facile de soulever à deux mains l'instrument quand on est une petite fille ; néanmoins, Nathalie y arrive.

— Je l'ouvre ?

— Bien sûr, Robert et Jacques veulent le voir et ta sœur Sandrine également.

Nathalie ouvre l'étui et paraît le violon de Juliette : de la volute à la mentonnière, il doit à vue d'œil mesurer environ soixante centimètres de haut. À son côté repose l'archet dont la mèche, comme celui de Nathalie, se repose détendue. Juliette soulève à nouveau Sandrine :

— Il te plaît ?

Sandrine ne répond que par un petit oui plus amène qu'enthousiaste.

— Ce serait bien si tu apprenais. À ton âge, c'est l'idéal ; tu serais en avance sur nous deux. Mais nous jouerons à la maison. À présent, il faut rentrer car votre papa et mamie Mathilde nous attendent.

Dans la Dauphine, chacun doit bien choisir sa place pour ne prendre aucun risque concernant les violons. Juliette indique à Robert de s'asseoir à sa droite sur le siège du passager ; entre ses jambes, il serrera le violon dans son étui. Sur le siège arrière, Sandrine se fait toute petite entre Jacques et Nathalie, le violon de celle-ci posé bien à plat sur leurs jambes. Lorsqu'au volant de sa voiture, Juliette franchit le portail de l'école, elle ressent par ses violons qui l'accompagnent son vrai déménagement.

Plutôt que de se garer dans l'arrière-cour contre le bâtiment de la nouvelle étable, Juliette arrête sa Dauphine devant la ferme, face à la porte d'entrée. Ils ne vont pas faire traverser l'étable aux deux violons. Sur la table, dans la grand-salle, Mathilde a déjà dressé les couverts et Philippe quitte la chambre où il a pris soin de se changer après la traite et le soin des bêtes.

— Mamie ! Mamie ! Regarde.

Nathalie repousse son couvert pour faire place à l'étui, le dépose pour l'ouvrir. Le violon apparaît, resplendissant dans son écrin tout habillé de rouge. Mathilde avait dit vrai : jamais de sa vie elle n'avait observé un violon de si près. Elle en avait aperçu à travers la vitrine d'un magasin d'instruments de musique boulevard Saint-Louis au Puy, mais alors elle ne pouvait imaginer qu'un jour l'un de ses petits-enfants introduirait un violon à la ferme. Comme elle se félicite d'avoir appuyé la proposition de Juliette d'enseigner le violon à sa petite Nathalie ! Pour découvrir un objet, elle ne peut se contenter de regarder : ses doigts parcourent le bois rutilant de la caisse, glissent sur les cordes, tentent de deviner les secrets du chevalet et de l'archet. Du regard, elle interroge Juliette et Nathalie, pose la question attendue :

— Vous nous jouerez quelque chose après dîner ?

— Bien sûr. Et par la suite, tous les soirs ou tous les matins selon les jours. Je répète pour bien me faire comprendre : il est nécessaire que Nathalie s'exerce tous les jours si elle souhaite réellement progresser.

En 1967, de nombreux foyers en France possédaient déjà la télévision. Mais, comme pour le téléphone, le grand-père avait résisté à l'acquérir et, après son décès, le drame de la mort accidentelle d'Arlette avait tellement plongé Philippe dans le désarroi qu'il en avait repoussé l'achat. Cependant, à Craponne, Jacques et Robert se retrouvaient parmi les rares élèves dont les parents ne possédaient pas la télévision. De plus en plus souvent ils revenaient à la charge, appuyés par Mathilde qui semblait les soutenir. Nathalie elle aussi la désirait mais le faisait moins savoir.

Cette soirée musicale consacrée à l'écoute des violons fut donc la bienvenue, surtout pour les garçons qui, durant quelques jours, s'étaient montrés jaloux de la place accordée à leur jeune sœur.

Le menu du soir se présentait presque toujours le même : la soupe de légumes à laquelle s'ajoutaient les restes du repas de midi ou bien, si tout avait été dévoré, des produits de la ferme – saucisson, jambon cru ou omelette. Mathilde apportait ensuite, à moins que l'un des enfants ne prît l'initiative de se lever pour aller les quérir au cellier, des fromages et des fruits.

Sandrine croquait le dernier quartier de la pomme découpée par sa mamie. Sans attendre qu'elle eût fini, Nathalie se leva et tous les autres suivirent ; Juliette aida à débarrasser les couverts et à faire la vaisselle qu'essuyèrent les enfants tandis que le père déposait dans l'âtre, à même les braises, de grosses bûches de fayard, les meilleures pour se chauffer et tenir longtemps le feu. Tout était prêt désormais pour savourer en famille le petit concert à deux violons. Juliette et Nathalie placèrent les étuis sur la table bien essuyée, ouvrirent chacune le sien. Leur premier geste fut de saisir les deux archets. Juliette ne put s'empêcher de redevenir institutrice : elle expliquait leurs gestes à la famille, détaillait les instruments.

— Il convient tout d'abord de régler la tension de la mèche grâce à la vis qui se trouve derrière la hausse.

En même temps qu'elle parlait, la jeune femme indiquait du pouce les pièces du violon correspondant aux mots qu'elle prononçait.

— Mais il ne faut pas trop tendre la baguette ; celle-ci doit toujours demeurer légèrement courbée et dans le même sens, mais jamais droite. La tension doit permettre de jouer sans que les crins ne viennent la toucher. Ensuite, Nathalie ? Que devons-nous faire ?

— Passer la colophane sur les crins ! s'empresse de répondre la fillette tout heureuse de savoir ; en même temps, elle désigne le pain bleu qui ressemble à un morceau de savon.

— Bravo ! Oui, les crins doivent être enduits de colophane afin qu'ils puissent faire vibrer les cordes.

Seule Nathalie le sait. Juliette doit répéter au reste de la famille :

— La colophane est une résine solide en provenance d'Asie Mineure, issue de la distillation de la térébenthine. C'est elle qui permet aux cordes d'entrer en vibration au contact des crins sur la mèche de l'archet.

En même temps que Juliette explique tout cela, la maîtresse et l'élève passent et repassent sur les crins en un long va-et-vient le pain de colophane.

— Maintenant, nous pouvons prendre les violons. Pour bien apprécier le travail de Nathalie, je vais vous répéter ce que je lui ai déjà expliqué chez moi, à l'école. Si vous voulez, rapprochez-vous.

Juliette et Nathalie reculent, dos à la cheminée, et tous les autres se forment en demi-cercle, face à elles.

— Regardez.

Elles saisissent leur violon par le manche, le placent presque sous les yeux de la famille.

— Voici le chevalet. C'est une pièce très importante du violon : elle maintient les cordes en position. S'il est mal réglé, il devient impossible d'obtenir les notes désirées. Les cordes sont guidées par les petites encoches que vous apercevez sur le chevalet. La courbure du chevalet et les écarts entre les encoches permettent de maintenir la bonne hauteur entre chaque corde afin que la mèche de l'archet ne touche jamais deux cordes à la fois. Les cordes de nos deux violons sont des fils d'acier. Laissez-moi vérifier ; ce réglage nécessite un tour de main. Nathalie l'apprendra plus tard.

Des doigts et du regard, Juliette vérifie la position du chevalet.

— Il n'a pas bougé. Je craignais les effets du transport et des écarts de température entre l'école et ici. Il en faut si peu ! C'est tellement sensible un violon ! Et maintenant, avant de jouer, il convient d'accorder l'instrument. Cela se fait à l'oreille. La tienne, Nathalie, est meilleure que la mienne. Je te laisse faire.

Nathalie, heureuse et fière de montrer aux siens son savoir-faire et son talent, pince une à une les cordes de son violon, attentive à chaque son. Selon la note perçue, elle tend ou détend plus ou moins la corde par un léger mouvement qu'elle imprime à la cheville fixée dans le cheviller. Chacun, émerveillé, s'efforce d'observer un silence absolu seulement troublé par quelque éclat dans l'âtre de bûche incandescente. Les flammes rouge et or montent dans la cheminée, se reflètent sur le vernis de la caisse ; on dirait alors un violon d'or. Les yeux noisette et les longs cheveux châtain clair de la fillette se peignent de ces flammes en camaïeu doré. Les yeux de Philippe et Mathilde en reflètent les ardeurs, leurs regards brillent de fierté. Pour la première fois, Robert et Jacques prennent conscience sans jalousie du talent de leur sœur. Seule Sandrine semble plus absorbée par l'alchimie des couleurs de l'âtre que par les notes émises au pincement des cordes.

— Très bien. Donnez-moi le temps d'accorder le mien et nous allons pouvoir jouer. Vous n'imaginiez sans doute pas qu'il fallait tant de préparations pour le plaisir des oreilles !

— Nous sommes prêtes. Je vous propose de vous asseoir car on écoute mal debout.

Chacun va chercher une chaise, reforme le demi-cercle face aux deux violonistes, debout dos à la cheminée.

Juliette laisse à Nathalie l'initiative de saisir son violon pour montrer à la famille qu'elle sait toute seule prendre la bonne position. Presque aussitôt, l'archet entreprend son mouvement, la mèche en sautillant parfois glisse sur les cordes et les notes s'envolent. Juliette, peut-être la plus émue de toute la famille, ne peut se retenir d'accompagner son élève : très attentive à se montrer discrète, elle saisit son violon, se place en position de jouer, observe Nathalie et épouse son jeu. On dirait que par magie les deux violons sont entrés en symbiose. Les yeux fixés sur la portée, Nathalie ne s'aperçoit d'abord de rien, tout entière absorbée à jouer l'arpège que lui a appris Juliette et que répètent tous les débutants : *Au clair de la lune !* À la fin, tout le monde fredonne l'air ! Mais son oreille est sans faille : bien vite elle repère le violon. Dans l'instant, les deux violonistes conjuguent leurs talents et naît de leurs instruments une seule musique toute de grâce et d'harmonie.

Sandrine écoute, distraite : ses yeux sont fascinés par les reflets de l'âtre.

— Bravo ! Bravo Nathalie !

Son père la prend dans ses bras, la soulève et l'embrasse tandis que l'enfant garde serrés dans ses mains l'archet et le violon.

— Et bravo à toi Juliette. Tu en as fait une petite violoniste !

À tour de rôle, la fillette reçoit de chacun des poutous en récompense. Juliette garde en mains archet et violon. Il lui faut modérer l'enthousiasme de Philippe :

— Merci, mais pas encore. Chaque jour il faudra qu'elle joue, même et surtout lorsque je ne serai pas là. Tu es d'accord, Nathalie ?

— Oui mais, après les vacances, les violons retourneront à l'école !

— Ne te fais aucun souci pour cela.

La plus heureuse et la plus fière de tous est peut-être Mathilde. Sa petite-fille la rachète. Elle la voit faire fructifier le don reçu alors que le sien n'avait pu vivre.

— C'est bien demain, Juliette, que vous allez chez votre maman à Saint-Christophe-sur-Dolaizon ?

— Oui, il faudra que je me fasse beau pour te faire honneur auprès de ta mère !

— Oh ! Tu sais, c'est une femme toute simple. Sa vie, c'est la dentelle du Puy. Elle passe son temps avec son carreau. N'empêche que son travail est réputé : elle reçoit beaucoup de commandes et, d'après ce qu'elle me confie, elle en vit.

— Combien de temps faut-il pour s'y rendre depuis Malvières ?

— Une bonne heure et demie au moins.

— Si tu le veux, nous partirons à 10 heures. Nous n'allons quand même pas arriver chez elle uniquement pour nous mettre les pieds sous la table.

— Ne t'en fais pas. Je lui ai téléphoné, elle nous attend.

— Ne rentrez pas trop tard, surtout. Demain, c'est la veille de Noël : nous réveillonnerons au retour de la messe de minuit.

— Sois sans soucis, maman : nous serons de retour avant la nuit. De toute façon, il y a la traite.

La traite ! Cette sacrée traite, horloge des paysans et qui, deux fois par jour, les rappelle à leur devoir.

C'est Juliette qui conduit. Ils ont pris la Dauphine. La main gauche de Philippe s'aventure sur la cuisse de Juliette, la caresse doucement. Cette nuit, comme celles d'avant, ils se sont aimés avec fougue et Juliette sent se construire en elle le désir d'enfant. Une fois au Puy, au bas du boulevard Saint-Louis, elle emprunte la route de Vals, grimpe dans les gorges du Dolaizon, montre à Philippe les *chibottes* à moitié écroulées dans les prés, ces cabanes de pierres assemblées à sec et en dôme que les bergers se construisaient pour s'abriter de la foudre, de la pluie, du soleil et du froid. À l'entrée de Saint-Christophe, la voiture roule sur un petit pont au-dessus de la Ceysse, puis se dirige vers le centre du bourg ; Juliette gare sa voiture sur la place face à l'église. Derrière un muret surmonté d'une balustrade de bois peint couleur bleu ciel, une maison de pierres noires à un étage s'érige au fond d'un jardinet. Chaque fenêtre s'enlumine d'un rideau de dentelle.

Solange, la maman de Juliette les attendait. Affairée dans sa cuisine à la préparation d'un repas digne de ce nom pour honorer son futur gendre, elle a repéré la Dauphine bleue à travers les vitres de la cuisine protégées de rideaux de grosse dentelle rustique à la façon vellave.

Juliette pousse le portillon du jardinet en même temps que s'ouvre la porte d'entrée de la maison.

— Bonjour, je te présente Philippe. Ma maman, Solange.

— Bonjour madame.

— Bonjour monsieur.

Et ils se serrent la main.

— Embrassez-vous. Point tant de cérémonie !

— Juliette a raison. Mais entrez donc, dehors il fait frais, malgré le soleil. Une fois de plus, nous aurons un Noël sans neige. Il faut remonter loin pour trouver un Noël blanc. La neige survient tantôt avant, comme cette année, tantôt après, ou les deux à la fois. Mais rarement pour Noël.

Sitôt qu'il entre dans la pièce, Philippe est saisi par une bonne odeur de cuisine. La maman de Juliette ouvre la porte du four, retire une pintade odorante généreusement bardée de lard.

— Juliette m'avait prévenue de l'heure de votre arrivée. J'ai mis ma pintade à cuire il y a une demi-heure. Elle sera à point dans une heure. Permettez.

Elle incline le plat, saisit une cuiller, recueille du jus, en arrose la pintade à plusieurs reprises jusqu'à ce que la volaille en soit complètement mouillée. Par la croupe béante se devine la farce, dépassent les tiges de thym, s'aperçoivent les feuilles de laurier. Cet arrosage effectué, Solange enfourne le plat et referme sur lui la porte du four. Quelle délicieuse odeur ! Philippe, qui est gourmand, s'en régale à l'avance. Au fait, il s'avise qu'il ne s'est pas encore enquis des talents culinaires de Juliette ; jusqu'à présent, c'est Mathilde qui a préparé les repas. Peut-être lui réserve-t-elle une surprise à ce sujet ? Mais dans quel sens ?

L'arôme et la vue de la pintade, l'un des mets préférés de Philippe – quelqu'un aurait-il renseigné sa future belle-mère ? –, l'ont empêché de remarquer le va-et-vient du balancier de cuivre dans sa haute armoire de chêne sombre. Comme à Malvières, le fourneau où rôtit la pintade est placé à un bout de la pièce et tout à l'autre bout flambent dans l'âtre de belles bûches de fayard, fendues minces pour la main d'une femme qui vit seule dans sa maison ; sur le balancier doré se reflètent les flammes et parfois les étincelles qui jaillissent des bûches.

— Vous allez bien boire quelque chose ?

— Mais je veux bien.

— Toi aussi Juliette ?

— Tu ne t'imagines pas que je vais vous regarder !

— C'est la veille de Noël. Je vous laisse le soin d'ouvrir une bouteille de champagne en apéritif. Nous la terminerons avec les huîtres.

— Des huîtres ? Tu nous gâtes.

— Et moi aussi par voie de conséquence. Il faut bien se faire plaisir.

VI

TANDIS QUE PHILIPPE, debout, serre et tourne le bouchon pour le faire sauter, il remarque sur un côté de la salle une porte entrouverte par laquelle le jour se montre. La pièce doit être très claire, posséder de grandes fenêtres. Au moment où Solange surprend son regard vers la porte, la main de Philippe libère le bouchon dans une pétillante exhalaison parfumée, aussi sucrée que fruitée. Sans perdre une seule seconde, il emplit les trois flûtes, rebouche la bouteille avec un fermoir d'acier *ad hoc* et l'immerge aussitôt dans la glace du seau.

— À votre santé !

Les trois flûtes s'entrechoquent, libèrent leurs notes de cristal. Yeux dans les yeux, chacun savoure, s'efforce de garder en bouche. Solange a choisi du brut de brut ; ses bulles accrochent le palais.

— À votre bonheur, surtout ; je voudrais tant que vous soyez heureux.

De ses yeux émane une indicible crainte ; Juliette comprend, vole au secours :

— Maman, je me suis permis d'expliquer à Philippe le départ de papa ; il fallait qu'il sache. Je ne voulais rien lui cacher.

— Tu as bien fait. D'ailleurs, il n'y a rien à dissimuler.

Tandis qu'elle prononce cette phrase, sa voix change de ton et Philippe comme Juliette sent bien qu'elle garde par-devers elle le secret du départ de Germain, le père de Juliette.

— Vous avez prévu de rencontrer ton père, je suppose ?

— Bien sûr, et sans attendre. Tu sais que je n'ai jamais voulu faire de différence de traitement entre vous deux. Vous êtes mes parents, je vous aime de la même façon. La ou les causes de votre séparation ne me regardent pas. Je les regrette, c'est tout. Je vous inviterai tous les deux à notre mariage, avec Bruno et les siens, bien entendu. Philippe et moi serions très tristes si vous n'y veniez pas.

— J'y serai. Il n'existe aucune raison que ton père n'y soit pas. Ce sera la première fois que nous nous reverrons depuis notre séparation.

— Merci maman. Pour terminer de répondre à ta question, nous irons à Billom après-demain mardi, dès le lendemain de Noël.

— Tu embrasseras ton père pour moi. Comment va-t-il, et comment vont ses affaires ?

— Lorsque je lui ai téléphoné pour le prévenir, il allait bien et son atelier aussi. Papa est aujourd'hui reconnu comme un relieur de très grande classe. Ses clients lui sont fidèles et viennent de loin.

— Je suis heureuse pour lui.

Solange hésitait, mais finit par poser la question qui lui taraudait le cœur encore plus que l'esprit.

— Dis-moi : peu d'hommes vivent sans femme. Ton père a-t-il refait sa vie, selon l'expression d'usage ?

La mère de Juliette ne s'aperçut qu'après coup de sa bourde : sans le vouloir, elle évoquait la situation de sa fille et de son futur gendre. Philippe fit mine de ne s'être aperçu de rien.

— Papa ne m'en a pas parlé, et je n'ai pas à le lui demander.

— La présence d'une femme, ça se remarque.

— Ne sois pas si curieuse ! Tu n'auras qu'à lui poser toi-même la question le jour du mariage. Eh bien, non. Je n'ai rien remarqué.

Juliette se retint d'ajouter : « Et à vrai dire je ne m'en suis pas souciée. »

Pour faire diversion, et se garder de toute intrusion entre mère et fille durant cette passe d'armes, Philippe retira du seau la bouteille de champagne, souleva les ailettes du bouchon, l'ôta et compléta les flûtes entamées. Solange l'observait :

— Dites-moi : tout à l'heure, je vous voyais attiré par la porte ouverte de cette pièce. Juliette vous a parlé de mon activité ?

— Oui, elle m'a confié votre talent. Vous êtes reconnue comme l'une des meilleures dentellières du Velay.

— Merci. Mais elle exagère. Néanmoins, j'arrive à en vivre.

— Autrefois, toutes les femmes en faisaient. Ma mère garde une photo de *couvige*[1] où ma grand-mère figure.

1. *Réunion de femmes pour discuter et travailler manuellement ; par exemple, les dentellières (*Dictionnaire du français régional du Velay*).*

— Eh oui ! Nos aïeules arrondissaient ainsi leurs fins de mois ! Mais cela leur permettait aussi de papoter entre elles : l'été, elles se réunissaient sur la place, à l'ombre d'un tilleul, pour sa senteur et la qualité de son ombre. L'hiver, les mêmes se retrouvaient à tour de rôle, bien au chaud tantôt chez l'une, tantôt chez l'autre autour d'une lampe à prismes pour y voir plus clair. Tout cela est presque fini. Mais, si vous aimez la dentelle, je vous ferai visiter mon atelier après déjeuner. Pour le moment, nous allons passer à table ; sinon, la pintade sera trop cuite.

Il n'était pas nécessaire de se rendre à l'atelier pour apprécier le talent de Solange. La table ronde entièrement recouverte d'une immense nappe blanche couronnée de dentelle à l'aiguille le disait assez : la broderie pendait plus bas que les genoux ! Le regard admiratif de Philippe récompensait Solange.

— Comment la trouvez-vous ?

— Je suis en admiration ! C'est vous qui l'avez faite, bien sûr ?

— Toutes les dentelles de la maison sont de moi. Mais je vous montrerai cela. En attendant, nous allons nous régaler. Je vais chercher les huîtres. Je vous laisse trancher le pain de seigle. Toi, Juliette, accompagne-moi.

Sans se retourner pour vérifier que sa fille la suit, Solange se dirige vers la cuisine.

— C'est une surprise. Tu offriras de ma part cette pochette à ton futur. J'ai brodé son initiale hier.

— Tout de suite ?

— Certainement. Tu la glisseras toi-même dans sa poche supérieure. C'est mon cadeau de bienvenue.

— Ferme les yeux.

— Quoi ?

— Ferme les yeux.

Philippe s'exécute, sent les doigts qui glissent quelque chose dans la poche.

— Tu peux regarder ; mais suis-moi jusqu'au miroir.

— Oh !

— C'est maman qui te l'offre en guise de bienvenue. Ôte-la de ta poche.

Philippe s'exécute, déplie la pochette, admire la finesse de la dentelle rehaussée du P brodé. Juste à ce moment Solange sort de la cuisine, un plateau de marennes posé bien à plat sur ses deux mains.

— J'ai demandé au poissonnier du Puy d'ouvrir les huîtres. Je ne suis pas experte et je ne voulais pas vous faire travailler.

— Je n'y suis pas très habile non plus ! Merci, merci beaucoup pour la pochette ; mais elle est trop belle pour une veste de paysan ! Je vous embrasse !

Le repas fut délicieux, les mets parfaitement cuisinés, les vins bien choisis, la conversation joyeuse, aussi pétillante que le champagne. Juliette ne cachait pas sa joie ; elle avait craint un manque d'empathie entre Philippe et sa mère qui ne faisait pas toujours montre d'un caractère facile. Parfois, elle avait ressenti ce trait comme la cause éventuelle du départ de son père. Mais, au fil du temps, Juliette avait compris que là ne pouvait être la vraie raison. Toutefois, à la fin du repas, peut-être à cause du champagne et des autres vins trop généreusement honorés alors que d'ordinaire Solange buvait surtout de l'eau, celle-ci posa la question que Juliette n'aurait pas souhaitée : à la fois surprise et gênée, elle eut beau contrer sa mère du genou, Solange persista.

— Juliette m'a confié que vous étiez veuf ?

— Oui, il y a cinq ans déjà : j'ai perdu ma femme dans un accident.

— De voiture ?

— Elle a été renversée par un chauffard ivre qui a pris la fuite.

Solange entre dans une profonde rêverie, se tait, regarde intensément son futur gendre.

Philippe saisit la main de Juliette, la serre, hésite. Il ne peut mentir.

— Elle s'appelait Arlette ; si j'avais croisé son assassin, je crois que je l'aurais tué.

— Maman, tu n'aurais pas dû poser cette question, tu fais souffrir Philippe, et moi par conséquent.

— Je vous demande pardon : j'ai tant souffert moi aussi du départ de mon mari. Certaines séparations sont plus cruelles qu'un deuil. Je n'ai pu m'empêcher de raviver cette blessure sachant que…

— Je t'en prie maman, cela suffit !

— J'aime Juliette, mais je n'ai pas oublié Arlette, ni le chauffard qui l'a tuée.

— Je t'en aime encore plus, mon chéri. Je n'aurais pas pu aimer un homme oublieux de son premier amour.

Solange réalise seulement le trouble qu'elle n'a pu s'empêcher de provoquer, mais certaines blessures sont si profondes, si mal cicatrisées qu'il est bien difficile de ne pas résister à les sonder.

— Excusez-moi encore. Allons visiter mon atelier.

Mais le cœur n'y est plus. Tous les trois regardent distraitement les carreaux, les aiguilles, les bobines de fil, les magnifiques dentelles.

— Excuse-nous, maman. Il est 17 heures. Philippe doit être rentré à 18 heures. Il y a bien plus d'une heure de route, et la nuit tombe.

— La traite, madame, vous ne connaissez pas les contraintes des paysans.

— Oh que si ! J'en suis issue !

Le curé de Malvières, à la demande gourmande de ses paroissiens, et il faut bien le dire à sa suggestion déguisée car chaque famille, à tour de rôle, l'invitait pour le réveillon, célébrait la messe de minuit à 9 heures du soir. Ainsi, dès 23 heures, chaque famille pouvait se retrouver à table et disposer de son temps pour réveillonner sans souci. Philippe ne s'en était pas vanté à Juliette : elle avait bien succombé au charme de sa voix grave mais ignorait qu'il chantait si bien. Au début de la cérémonie, à peine la famille était-elle assise que le brave curé vint solliciter Philippe :

— Vous ferez bien l'amitié à la paroisse de chanter le *Minuit, chrétiens* comme les autres années ?

— Mais bien sûr, père, ne vous faites pas de souci !

— Tu ne m'avais pas confié cela ?

— C'est la revanche de la pochette : ma surprise de Noël !

La pochette de dentelle, aussi fine qu'immaculée, attirait tous les regards sur son costume bleu. À Malvières, à part les mariés, aucun homme depuis longtemps ne portait plus de pochette !

Vers la fin de l'office, comme il convenait, Philippe attendit le signe du célébrant. Son regard amoureux rencontra celui de Juliette : il s'avança vers le chœur, se retourna face aux fidèles. Le temps de poser sa voix et le chant s'éleva, magnifique et puissant. Juliette, mais aussi Mathilde, Nathalie et Sandrine également, avaient les larmes aux yeux ; Jacques et Robert quant à eux se contentaient de se tenir très droits, fiers de leur père. Juliette se pencha vers Nathalie, lui murmura à l'oreille :

— Je ne m'étonne pas que tu aies de l'oreille avec un pareil père : outre ton aïeul et sa vielle, le sang de la musique coule dans tes veines !

À la sortie de la messe, le froid pinçait, les flaques d'eau et la boue étaient gelées, dures comme la pierre. Une énorme lune nageait au-dessus de la tour de l'église, éclairait les fidèles emmitouflés qui battaient la semelle. À part celui des pas et des confidences en famille, aucun bruit au-delà ne se faisait entendre. Chacun imaginait à sa façon les animaux repliés dans leurs abris au milieu des forêts, les oiseaux transis cachés dans les trous d'arbre. Toutes ces images tranchaient sur celles des dindes aux peaux dorées aussi juteuses que croustillantes, sans parler des autres mets brûlants qui attendaient les familles à la maison. Sur tout le ciel, une généreuse poussière d'étoiles constellait cette nuit de Noël : il ne manquait que celle des bergers.

— Ce sera un Noël froid, mais sans neige.

Philippe reconnut la voix du père de Patrice. Le jeune garçon avait fait en sorte de manœuvrer subtilement dès la sortie de la messe pour se placer avec sa famille derrière celle de Nathalie et se glisser à son côté.

— Tu sais ce que tu auras ?

— Non, et toi ?

— Pas plus.

Malheureusement pour les deux enfants, leurs chemins s'écartaient bientôt, la famille du gamin habitait plus près du bourg que celle de Nathalie. Discrètement, Juliette observait leur manège, cherchait parmi ses souvenirs si elle aussi avait vécu des amours enfantines. Hélas, elle ne se souvenait de rien et aussitôt envia les deux enfants. Ce fut Mathilde qui ouvrit la porte d'entrée, de même qu'elle l'avait fermée au départ pour la messe. À chaque Noël, elle agissait ainsi : le rôle lui revenait, avant de quitter la maison, de déposer l'Enfant Jésus sur la paille de la crèche afin de bien montrer que sa mère l'avait mis au monde pendant la messe.

Vite, au chaud ! Chacun se précipita derrière elle, courut à l'âtre, ôta ses mitaines pour se réchauffer les mains, délaça ses grosses chaussures pour présenter à la chaleur de la braise ses pieds engourdis par le froid. Tandis que Philippe, par conscience paysanne, prenait le temps d'aller jeter un coup d'œil à l'étable pour s'assurer que les bêtes ne manquaient de rien, Jacques et Robert saisissaient des bûches dans le *cantou* et en regarnissaient l'âtre.

Auparavant, vers 6 heures et demie, mais la nuit était tombée depuis déjà une bonne demi-heure,

Juliette et Philippe étaient presque rentrés à temps pour la traite ; durant la route, Juliette avait tenté d'expliquer le comportement surprenant de sa mère auquel elle ne s'attendait pas.

— Je pense que c'est le vin. Heureuse de notre mariage et pour te faire honneur, elle s'est laissée aller à boire un peu, elle qui ne boit jamais d'alcool. Du coup, elle a perdu ses limites. Pardonne-moi.

Philippe se surveillait en conduisant car lui aussi avait fait honneur au champagne et au château bordelais.

— Tu n'as rien à te faire pardonner, et ta mère non plus. Elle vit seule, sans personne à qui se confier. Elle n'a pu s'empêcher de laisser sortir le trop-plein. Ça lui a fait du bien.

— En tout cas, tu lui plais. Je ne l'ai pas toujours connue aussi aimable.

Philippe se tait, puis pose encore une fois la même question :

— Dis-moi : elle ne t'a vraiment jamais fait aucune confidence sur le départ de ton père ?

— Aucune, et lui non plus. C'est un secret entre eux deux : et pourtant, ils s'aiment. Je désespère de comprendre un jour.

Sitôt arrivés, Philippe s'était changé, avait rejoint la grande étable pour la fameuse traite du soir. Mathilde s'affairait à la préparation du réveillon ; un repas dans la tradition – personne n'imaginait qu'il pût se présenter autrement – et qui devait satisfaire les appétits à la sortie de la messe d'autant plus que l'on n'aurait, pour ainsi dire, pas dîné avant la cérémonie : un simple bol de soupe brûlant avalé debout juste avant de sortir dans la nuit froide pour se rendre à pied jusqu'à l'église ; soit un bon kilomètre ou un quart d'heure de marche.

Au retour de la messe, le froid aidant, chacun aurait faim. Juliette dès leur retour la rejoignit à la cuisine et montra qu'elle aussi savait cuisiner. Ni plus ni moins que les autres repas, le réveillon se préparait à partir des produits de la ferme. Gratinée pour réchauffer, irremplaçable dinde rôtie et ses marrons, fromages de chèvre secs et bûche. La mamie se chargea de la dinde et Juliette de la bûche. Nathalie aidée de Sandrine dressait une table de fête. Ainsi quand la famille rentrerait de l'église, la dinde se trouverait dans le four, et la bûche bien au frais à la cave. Philippe n'aurait plus qu'à ouvrir les bouteilles mises à chambrer avant le départ.

De se trouver au chaud face aux flammes de l'âtre, devant le sapin de Nathalie et la crèche où Mathilde avait déposé l'Enfant Jésus, Juliette se sentait véritablement heureuse, heureuse comme peut-être cette jeune femme ne l'avait jamais été, elle qui trop longtemps à Noël s'était retrouvée seule, tantôt avec l'un de ses parents, tantôt avec l'autre. Philippe, assis à table à son côté, se montrait amoureux, lui disait les mots qu'elle attendait, avait pour elle les gestes qu'elle aimait. Les enfants les regardaient, et Mathilde contemplait le bonheur de son fils.

Même Sandrine ne croyait plus au Père Noël. Cependant, chacun savait que leur papa et la mamie ne déposaient les cadeaux dans les sabots qu'une fois les enfants couchés. La succulence du repas de réveillon et les rires de la tablée avaient dispensé chez eux une douce euphorie. Le carillon de l'horloge n'allait pas tarder de sonner les douze coups. Un peu auparavant, Sandrine s'était endormie sur les genoux de sa mamie, immédiatement après la bûche ; Mathilde l'avait conduite au lit. Au douzième coup, Philippe surprit les yeux de Nathalie papillotant depuis un petit moment.

— Juliette, je crois que notre petite violoniste ne nous jouera rien ce soir !

— Ou plutôt ce matin ! Il est minuit passé. D'ailleurs je crois que même les garçons commencent à avoir sommeil !

L'observation était exacte : Jacques et Robert s'efforçaient de paraître à l'abri de la somnolence, de faire les grands, mais quelques bâillements cachés indiquaient leur lassitude.

— Bien, en ce cas, tout le monde au lit et rendez-vous demain matin autour du sapin !

On échangea les poutous et chacun rejoignit sa chambre après un dernier regard aux sabots. Mamie demeura la dernière : elle tenait à jouer seule et en premier les mères Noël, laissant à Philippe et Juliette le plaisir de poursuivre la distribution quand il leur plairait. Leur chambre – car sans que ce fût dit, décidé ou précisé, chacun tout naturellement avait dénommé la chambre du père « leur chambre » – était la plus facile d'accès, elle s'ouvrait sur la salle : ils s'y rendirent l'un après l'autre, le temps d'un rapide « Bonsoir » à Mathilde et d'un passage dans les chambres des enfants pour s'assurer que tout allait bien.

— Tu as passé un bon réveillon ?

— Oui, je crois qu'à présent je suis vraiment de la famille. J'ai franchement trouvé mon bonheur dans cette soirée de Noël.

— Moi aussi, j'étais heureux pour toi. Et tu verras demain, lorsque les enfants découvriront leurs cadeaux !

— Nous ne nous sommes pas concertés. Qu'est-ce que tu leur as offert ?

— Pour les garçons, chose promise, chose due : chacun un vélo. Ce sera leur premier. Pour Sandrine et Nathalie, leur mamie s'en est occupée. Elle est davantage que moi la confidente de leurs souhaits. Mais je réserve également une grande surprise à toute la famille : ce sera le cadeau commun ! Y compris à nous deux ! D'ailleurs, je vais te demander ton aide, car il est volumineux.

— Voyons cela.

Philippe sourit, ouvre la porte d'un cagibi placé tout au fond de la chambre : de fait, c'est un débarras. L'index de Juliette appuie sur l'interrupteur :

— Oh !

Les deux vélos de course attendent, brillant de tous leurs chromes : triple plateau au pédalier et cinq pignons à l'arrière.

— Eh bien ! S'ils ne sont pas satisfaits !

— Je leur avais promis cet été, au cours d'une conversation à bâtons rompus. Tous les trois, nous sommes allés voir passer le Tour de France à Bellevue-la-Montagne. Ils ont aperçu Anquetil et Poulidor, mais cette année Roger Pingeon gagnait à Paris. Jeune homme, j'ai fait des courses locales et eux aussi aiment le vélo.

— Il y a beaucoup de choses que tu ne m'as pas dites…

— Nous avons toute la vie !

— Et cet énorme carton, c'est la surprise familiale ?

— Oui, depuis le temps que tous la réclament !

— Laisse-moi deviner ? C'est un poste de télévision ?

— Bravo ! Là, je suis certain de ne pas me tromper.

Et tous les deux s'emparent du colis, traversent la chambre et le déposent juste sous le sapin, entre les sabots et le pied : ainsi disposé, chacun verra que le contenu du paquet est pour tous. Ensuite, ils retournent au cagibi, empoignent les deux vélos par le guidon.

— Amusons-nous Philippe !

Juliette enfourche celui de Jacques, davantage à sa taille ; sa robe courte remonte, dévoile jarretelles et cuisses.

— Eh bien ! Que vois-je ?

— Tu as les yeux trop coquins ! Suis-moi : on fait la course !

Juliette appuie sur les pédales, traverse la chambre à vélo, fait le tour de la salle. Philippe la rejoint et, tels deux grands enfants, ils font la course tout autour de la table. Le chat, couché sur son coussin, les suit des yeux et de la tête : il n'avait jamais vu ça ! Une porte s'ouvre, c'est Mathilde. Elle s'esclaffe :

— J'ai entendu du bruit, comme je vous envie ! Il fait bon être jeune : ce que c'est que l'amour, quand même ! Amusez-vous bien, bonsoir.

Et elle rentre dans sa chambre en opinant :

— Comme quoi, quand on s'aime…

Mais il faut bien poser les vélos, ils ne vont pas tourner toute la nuit.

— À moi maintenant, c'est le tour de mes surprises. Suis-moi dehors : tout est dans le coffre.

Sitôt ouverte la porte d'entrée, la nuit glacée s'engouffre ! Il gèle à pierre fendre.

— Mon père disait : un froid à faire éclater les arbres dans la forêt ; il paraît que c'est arrivé !

Le froid est si intense, le ciel si pur, que la lune et les étoiles brillent plus intensément qu'à la sortie de la messe.

— Vite ! Ne prenons pas froid.

Heureusement, Juliette n'avait pas fermé à clé le coffre de la Dauphine : la serrure eût été gelée. Face au pare-brise enluminé d'étoiles de givre qu'on croirait argentées tellement les éclairent leurs sœurs stellaires, Juliette soulève la tôle, révèle la présence d'un long colis en forme de violon enveloppé dans un papier doré.

— Tu lui en fais cadeau ?

— Oui. Je le conservais en souvenir de mon père. Mais il est préférable qu'il appartienne désormais à Nathalie, puisqu'elle en a l'usage. D'ailleurs, j'en informerai mon père après-demain. Je suis certaine qu'il approuvera mon choix.

— Ce sera le plus beau de ses Noëls !

— Non, ne dis pas ça ; ses plus beaux Noëls, elle les a vécus avec sa vraie maman.

D'entendre cette parole, Philippe en a les larmes aux yeux ; il se rapproche de Juliette, s'apprête à l'embrasser.

— Nous allons prendre froid ! Tout à l'heure, dans la chambre...

Elle se baisse, saisit un à un quatre autres paquets et les dépose sur les bras de Philippe.

— Sandrine, Jacques, Robert et ta mère. Je ne te dis rien ; tu en auras la surprise demain matin !

Ils ont refermé la porte d'entrée, laissé le froid dehors. Le chat, rassuré quant à la tiédeur de la salle, se rendort sur son coussin. Après avoir disposé les cadeaux tout autour du sapin, tous les deux à la fois entrent dans leur chambre ; Philippe en repousse la porte puis donne un tour de clé.

— Je ne veux pas attendre demain matin.

— Moi non plus.

— Tu as eu la même idée ?

— Je crois.

— Embrassons-nous d'abord.

Il la serre dans ses bras, très fort ; elle se fait toute souple et se love menue contre lui pour ne pas qu'il l'étouffe comme parfois, dans ses élans, cela lui arrive : Philippe quand il l'embrasse ne mesure plus sa force. Leurs bouches se retrouvent et leurs lèvres se collent. Dans leurs yeux dont les regards s'épousent, ils lisent leur amour vrai. Sans aucun mot pour se le dire, leurs mains déshabillent leurs corps ; nus et soudés, les amants basculent sur le lit. Attentif à ne pas écraser Juliette, Philippe la caresse doucement comme elle aime, encouragé par sa complaisance à s'offrir, à s'ouvrir. Débordant d'amour et de tendresse, penché sur elle sans l'étouffer, il lui murmure des choses naïves et folles, insoupçonnées du paysan qu'il est. De rire, elle en soulève ses reins ! Sa bouche contre son oreille, Philippe réclame ce que Juliette ne songe pas à lui refuser... S'ils ne craignaient les oreilles de la mamie et des enfants, ils crieraient de plaisir !

Ils s'enroulent, légers entre leurs bras, si joyeux, si simples, si amoureux.

L'aurore éclaire les volets ; c'est l'heure où les vaches s'agitent, impatientes de la traite. Philippe s'éveille enfin, promène ses lèvres sur le corps chaud endormi à ses côtés. L'amante s'éveille, demande l'heure qu'il est. Philippe ne répond pas, dirige une main vers le tiroir de la table de nuit, la retire, saisit de l'autre celle de Juliette errante sur son torse, en repère l'annulaire et y passe une bague en or sertie d'une topaze dont le doré chatoie sous la lumière. Du coup, Juliette s'éveille tout à fait, s'émerveille de son doigt devenu digne d'une reine :

— Mais, c'est une folie !

— Rien n'est trop beau pour toi.

— Merci, merci mon amour. La tienne est ici.

Nue, elle se lève et Philippe nu lui aussi admire qu'elle soit si belle : une Vénus du Midi aux longs cheveux d'ébène naturellement frisés et libres sur son dos ! Juliette s'étire vers le haut de l'armoire, en retire un écrin, l'ouvre, présente à Philippe une chevalière d'or fin, et la passe à son doigt. Sur le plateau, sont gravées ses initiales.

— Et toi qui me reproches une folie !

Debout, leurs corps se collent et leurs lèvres s'embrassent.

— Hier soir, nous ne pouvions nous offrir nos cadeaux de Noël devant toute la famille !

Si dans l'aurore glacée le meuglement d'une vache ne s'était pas fait entendre, ils auraient refait l'amour. Le paysan, c'est comme le soldat, le devoir avant tout !

Au retour de la traite, Philippe découvre tous les cartons ouverts, les papiers dorés ou bleus parsemés d'étoiles étalés sur les dalles de la salle. Jacques et Robert à vélo tentent un numéro d'équilibre immobile, Sandrine examine une à une les richesses de sa boîte de couleurs, Mathilde semble émue par le cadeau reçu : un électrophone et des disques choisis par Juliette. Sa future belle-fille avait remarqué que la mère de Philippe ne possédait dans sa chambre ni poste de radio, ni quoi que ce fût pour écouter de la musique.

Mais tout cela n'est rien. Nathalie a déballé son violon, le tient par le manche et en saisit l'archet comme si jamais elle n'avait joué avec. Juliette l'observe et son père lui sourit dès son retour.

— C'est bien vrai qu'il est à moi ? Tu m'en fais vraiment cadeau ?

Du coup, d'émotion et de joie, à nouveau elle tutoie Juliette.

— Oui, je te le donne, il est à toi ; tu le garderas ici, dans ta chambre.

— Mais toi, tu ne l'auras plus ?

— Non, un cadeau est un cadeau. C'est ton violon pour toujours. Mais tu vas bien nous jouer quelque chose.

— Oh ! oui.

Sandrine retend la mèche, passe la colophane, accorde l'instrument, positionne et maintient son violon comme il convient. À travers les vitres givrées, l'on aperçoit les branches des arbres où brillent sous le soleil naissant des larmes de givre diaphanes. La famille fait silence, se pelotonne devant l'âtre allumé par Mathilde. Les hautes flammes se reflètent sur la caisse du violon parfaitement lustrée par Juliette avant l'offrande. Les premières notes s'égrènent…

Deuxième partie

L'ACCIDENT

VII

Dans la nuit qui suivit celle de Noël, le froid s'atténua et la neige reprit ses droits. Au moment de partir, les petites routes n'étaient pas déneigées. Le plus sûr itinéraire pour se rendre à Billom était d'éviter La Chaise-Dieu et d'emprunter celle qui longe le cimetière, traverse la clairière de la croix de Bancillon et va jusqu'à Surgères où elle rejoint la D 202 au plan d'eau de la Tour. Là, elle rencontre la D 906 en direction d'Arlanc puis d'Ambert, le pays d'Henri Pourrat et de Gaspard des montagnes. Cette petite route est plus courte et surtout moins sinueuse que celle qui remonte vers La Chaise-Dieu en longeant des ravines. Elle serpente doucement parmi les prairies et la forêt. Arrivés à cette bifurcation, Philippe et Juliette trouvèrent la D 906 déneigée. Par prudence, Philippe avait préféré prendre son fourgon plutôt que la Dauphine qui, avec son moteur à l'arrière et sa traction de même, se comportait mal sur la neige. Du plan d'eau, ils roulèrent jusqu'à Arlanc, puis Ambert d'où ils ne se trouvaient plus qu'à soixante-dix kilomètres de Billom.

La veille, le jour même de Noël, Mathilde et Juliette s'étaient ensemble surpassées à préparer un menu de fête dont chacun se souviendrait, bien que le réveillon de la veille fût déjà savoureux. Les interrogations de Philippe quant aux talents culinaires de Juliette furent ainsi totalement levées tandis qu'il se régalait. Juliette et Mathilde l'observaient tout occupé à savourer en silence ainsi que le reste de la famille.

Ce fut Mathilde qui intervint sous le regard enjoué de Juliette :

— Alors, tu te régales ? Je n'ai presque rien préparé : Juliette seule a quasiment tout fait.

Philippe posa sa fourchette :

— On dit que le silence à table constitue le meilleur éloge pour la maîtresse de maison : c'est plus que délicieux. Mais je n'étais pas inquiet. J'avais savouré la cuisine de ta mère et elle ne pouvait que t'avoir transmis son savoir-faire.

Il interrompit son éloge, regarda sa mère, puis ses enfants, termina par Juliette :

— Mes enfants, avec deux cordons-bleus à la maison, nous ne serons pas malheureux !

Du coup, saisissant la bouteille de saint-pourçain, il en emplit les verres. C'était Noël : même Jacques et Robert buvaient du vin ; seules Nathalie et Sandrine n'eurent droit qu'à une larme de champagne.

Après le dessert et le café, la famille était sortie marcher pour prendre l'air et digérer. C'était aussi l'occasion pour les garçons d'essayer leurs vélos. Dès qu'ils furent dehors, tous perçurent le changement de temps : l'intensité du froid s'était apaisée, il ne mordait plus et le ciel se couvrait.

— Ça sent la neige pour cette nuit, prophétisa Mathilde.

— Ne joue pas les mauvais augures ! Tu sais que demain, nous roulons, nous allons à Billom, chez le père de Juliette.

— Tu verras, j'espère me tromper.

— De toute façon, nous irons. Tu es d'accord ?

Et Philippe prit la main de Juliette où au doigt de la jeune femme brillait la topaze dont la couleur se mariait au jour. Hier, la famille était tellement heureuse de la joie de Nathalie ! Elle n'avait remarqué la bague et la chevalière aux doigts de Juliette et Philippe qu'une fois joué le morceau de violon. Quant au poste de télévision réclamé depuis si longtemps, l'énorme carton qui le contenait et le papier cadeau l'enveloppant ne furent défaits qu'ensuite ! Il est vrai que les remerciements à Philippe ne tarirent pas. Heureusement que pour recevoir l'image sur l'écran, il fallait attendre la visite de l'installateur ! Sinon, les enfants eussent-ils honoré tout du long le menu aussi bien qu'ils l'avaient fait ? Jacques et Robert s'étaient aventurés à vélo sur le chemin qui conduit à la clairière où s'élève la croix de Bancillon. Les deux garçons, arrivés les premiers, s'arrêtèrent devant la plaque puis attendirent. Le chemin goudronné finissait à la clairière : les brindilles, les *babets*[1], les herbes folles recouvraient le sol d'une litière grise. Ils n'allaient pas risquer d'abîmer leurs vélos neufs sur les fougères couchées et roussies par le gel.

1. *Pommes de pin (*Dictionnaire du français régional du Velay*).*

— Regarde ! La mamie avait raison : un premier flocon.

Dans l'air froid, sur l'écran noir des sapins poussés serrés, les deux frères l'observaient tourbillonner et disparaître parmi les herbes au contact du sol. Lorsque la famille à pied les rejoignit, les flocons se multipliaient et leur nombre commençait à saisir la clairière dans une blancheur poudreuse. Bientôt, ils s'épaissirent.

— Qu'est-ce que je vous disais ? Il faut croire les anciens !

— Rentrons, dit Philippe. Je vais changer les roues, équiper le fourgon de pneus cloutés. Demain, nous en aurons besoin.

Prudemment, sans un seul coup de frein, uniquement en jouant sur les vitesses, Philippe arrivait à Ambert dont on apercevait le clocher flamboyant flanqué de sa tour couronnée de mâchicoulis. Il ne neigeait plus mais la route demeurait recouverte d'une épaisse couche durcie, marquée de traces de pneus. Il ralentit pour prendre à gauche en direction de Clermont et Billom. Jusqu'ici, Juliette avait profité des paysages et s'était laissé conduire par Philippe. Il est vrai que les forêts, les prairies et les hameaux endormis sous la neige se prêtaient à rêver, à se laisser aller dans une douce somnolence. Dans les haies, sous les lisières des bois, tout autour des hameaux, la jeune femme observait les oiseaux affamés qui tournoyaient autour des clochers et des arbres creux où ils avaient coutume de passer la nuit. Plus ils étaient petits et plus ils montaient, descendaient, ébouriffant leurs ailes, cherchant leur nourriture. Lorsqu'ils apercevaient des points de couleur sur la neige, ils s'y posaient, tentaient de picorer ce qui, peut-être, était des graines transportées par le vent. Mais la neige se révélait trop froide pour leurs petites pattes : sitôt la nourriture avalée, ils s'envolaient vers d'autres quêtes, dans les vieux murs aux pierres disjointes, partout où ils pensaient trouver un abri ou quelque chose à avaler. Philippe roulait doucement et Juliette prenait le temps d'observer leur manège. À partir d'Ambert, sur la route de Billom, elle s'absorba davantage en elle-même ; chaque kilomètre parcouru la rapprochait de son père. En fait, son esprit y réfléchissait sans qu'elle l'y forçât : depuis la séparation de ses parents, Juliette ne pensait qu'à cela chaque fois qu'elle venait à Billom ; quel événement secret et sans doute imprévu avait poussé ce couple qui s'aimait à une brusque séparation ? Elle avait examiné plusieurs hypothèses, mais nulle ne la satisfaisait. D'autant plus qu'aussi bien son père que sa mère veillaient à n'indiquer aucun début de piste, ne trahissaient par aucun signe ou attitude un commencement d'explication.

— À quoi penses-tu ? Tu es bien silencieuse.

La portion de route se présentait droite ; malgré la couche neigeuse, Philippe confia le volant à sa main gauche et posa la droite sur le genou de Juliette.

— Non, je t'en prie, pas d'imprudences ! Je somnolais, j'observais la nature sous la neige et puis…

Sur le visage de Juliette un instant tourné vers lui, Philippe lut la réponse.

— Nous approchons de Billom et tu penses à ton père.

— C'est vrai. Je cherche à comprendre pourquoi deux êtres qui s'aiment, car je suis certaine qu'ils s'aiment, se séparent brusquement et sans explication à leurs enfants. Aujourd'hui, si vous sympathisez tous les deux, entre hommes, papa se laissera peut-être aller à quelques confidences.

Juliette ne s'applique pas à y songer, mais ses pensées reviennent à Nathalie. Ce matin, une fois la traite terminée et les bêtes soignées, le temps de faire leur toilette et de se changer, Philippe et elle avaient quitté Malvières vers 9 heures. D'un sourire, sans appuyer, Juliette avait désigné son violon à Nathalie, d'un air de dire :

— N'oublie pas !

La fillette avait souri : il n'était même pas nécessaire de le lui rappeler !

Vers les 11 heures, les toits blanchis de Billom et les tours de l'église au chœur roman, haut perchée sur son massif rocheux, apparurent. Le fourgon s'approchait et la neige sur la ville paraissait épaisse, aussi bien sur les toits qu'elle dessinait compacts et consistants, que dans les campagnes alentour, endormies sous son manteau. Il protégeait ainsi du gel les millions de bulbes d'oignons hibernant dans ces champs ; c'est le père de Juliette qui avait appris à sa fille cette spécialité du pays.

Le fourgon grimpait vers le cœur historique où Germain, le père de Juliette, avait installé son atelier rue de l'Étezon, derrière l'église Saint-Cerneuf.

— C'est bizarre, son clocher semble raccourci !

— Tu as le coup d'œil : au prétexte d'égalité, il a été raboté pendant la Révolution.

À présent, dans les rues déneigées par les engins de la ville, Philippe progressait sans difficulté.

— Arrête-toi, c'est ici.

Devant une lourde porte patinée d'huile de lin, de l'autre côté de la rue, un tout petit espace laissé libre permettait de stationner. Philippe y gara son fourgon. La porte s'ouvrait entre trois fenêtres, deux sur sa droite et une sur sa gauche. Le père de Juliette devait surveiller la rue, à moins qu'il ne travaillât devant une fenêtre car, dès que sa fille et Philippe descendirent du fourgon, la porte s'ouvrit et il parut sur le seuil. C'était un homme de taille moyenne, plutôt sec, très brun, rasé de près, au nez gourmand. Quelques traits du visage permettaient au premier coup d'œil de deviner que Juliette était sa fille. Elle s'approcha de lui et, avec une infinie tendresse qui ne pouvait être feinte, ils se prirent dans les bras, s'embrassèrent à plusieurs reprises et avec affection. Une fois seulement après leur effusion, Juliette présenta Philippe à son père :

— Papa, je te présente Philippe.

— Enchanté ! Germain, papa de Juliette, comme ma fille vous l'a dit.

Leurs deux mains se serrèrent.

— Soyez le bienvenu. Mais entrez donc. Je me faisais du souci à cause de la neige. Puis, je me suis dit que si vous n'aviez pu venir, vous m'auriez téléphoné. Ne faites pas attention : l'atelier d'un relieur est toujours encombré.

Au contraire, tout était parfaitement rangé, mais dans un ordre discret qui ne présentait rien d'obsessionnel. Philippe sentait que Germain veillait seulement à savoir où se trouvaient les objets qu'il cherchait. Presses, massicots, réchaud pour faire chauffer la colle, rames de papier, feuilles de carton, rouleaux de cuirs, lettres d'imprimerie pour incruster les mots, flacons de poudre d'or, toutes sortes d'outils possibles et imaginables que Philippe découvrait, rien ne manquait. Les deux fenêtres juxtaposées éclairaient l'atelier. Devant l'autre fenêtre, sur des étagères solides, s'entassaient de vieux livres à relier, aux dos déchirés, parfois même arrachés, aux tranchefiles râpées et aux tranches maculées. Plus loin, derrière eux, à l'abri de la lumière, les livres remis à neuf attendaient que leurs propriétaires revinssent les chercher. Ils faisaient penser aux animaux confiés à un refuge pour les vacances et qui, tour à tour, attendent confiants mais à la fois inquiets le retour de leurs maîtres. *Objets inanimés avez-vous donc une âme ?* Philippe n'y connaissait rien mais il possédait inné le sens du beau et de la belle ouvrage. Germain, fier de son travail, alluma la lumière pour lui permettre ainsi qu'à sa fille d'admirer ses chefs-d'œuvre.

— Tu sais, papa est un artiste. Nombreux sont les bibliophiles qui viennent de loin pour lui confier leurs vieux livres à relier.

— Ou plutôt à faire revivre, voire à ressusciter ! Regardez l'état de certains ! J'hésite parfois à accepter. Mais c'est une passion : plus ils sont malades et davantage j'ai de plaisir à les guérir. Vous aimez les livres ?

— Aujourd'hui, j'aimerais pouvoir lire davantage. Ma mère a été malheureuse de ne pouvoir s'y adonner. Enfant, j'aimais lire et mes parents m'en accordaient le temps. Nous autres paysans, à la campagne, nous n'avons guère le temps de lire ou faire autre chose que travailler. Nous sommes tributaires des tâches et des bêtes. Plus tard, à la retraite, je relirai.

— J'y veillerai ! s'exclama Juliette.

— Avec une femme institutrice, je serai entre de bonnes mains !

— Très bien. Mais, dites-moi, vous devez avoir faim ? Vous vous êtes levés matin et le froid creuse l'appétit. Je ne suis pas grand cuisinier : aussi, je vous ai préparé un plat tout simple, dans mes capacités. Mais, montez plutôt à l'appartement. Vous reconnaîtrez le menu à l'odeur. Je prends le devant.

Germain se dirigea vers le fond de l'atelier d'où s'élevait, derrière une porte, un escalier en colimaçon dont chaque marche cirée était de chêne.

— L'appartement recouvre exactement la surface de l'atelier. Mais suivez-moi.

Au fur et à mesure que Juliette et Philippe grimpaient les marches une à une, le menu se devinait. Une agréable odeur de chou et de lard annonçait une potée auvergnate. Cela tombait bien car Philippe n'en avait pas savouré depuis plusieurs années au motif que sa mère n'aimait pas le chou alors qu'Arlette, cantalienne d'origine, l'aimait bien. Arrivé sur le palier, Germain poussa la porte, s'effaça devant Philippe et Juliette. L'appartement était grand et dans le séjour une cheminée dont l'âtre brasillait de braises donnait à la pièce un aspect confortable. D'où ils étaient, s'apercevait la cuisine dont la porte demeurait entrebâillée.

— Aimez-vous la potée auvergnate ?

— J'adore ! J'avais reconnu son parfum.

— J'ai pensé que par ce temps de froidure et de neige, vous apprécieriez.

— Papa, Philippe n'a pas mangé de potée depuis longtemps. Tu as visé juste, et je ne t'ai rien dit au téléphone !

— Exact. Voici mon antre. Juliette a dû vous le décrire car elle vient quelquefois rendre visite à son père.

— Papa, tu exagères, je viens plusieurs fois dans l'année, et régulièrement.

— C'est vrai, je plaisantais et n'ai pas à me plaindre. De toute façon, je vis en ours et la solitude ne me pèse pas. Je trouve toujours à m'occuper.

— Comme moi, alors.

Philippe hésita, puis se lança.

— Juliette vous a confié que j'étais veuf depuis plus de cinq ans. Le travail et les enfants m'ont sauvé. Notre rencontre, votre fille et moi, a constitué un miracle. Je ne croyais plus qu'un nouvel amour fût possible. Juliette, tu m'as rendu le bonheur. Dis-moi que ta joie est réciproque.

— Tu le sais bien. Sinon, nous ne serions pas ici.

Et, sous les yeux du père, ils échangent un baiser. Germain se lève, va à un coffre dont il soulève le couvercle.

— J'ai ici du véritable salers. Juliette l'apprécie. Et vous ?

— Également, c'est l'une des meilleures d'Auvergne.

— Alors, à table. Nous allons la savourer en guise d'apéritif. J'ai coutume de l'accompagner avec de fines tranches de saucisse sèche. Vous aimez ?

— Décidément, tout est parfait.

— Alors, pendant que je sers le salers, je vous laisse le soin de trancher la saucisse.

Germain avait prévu son coup. Sur la table se trouvait une petite planche à découper où le père de Juliette avait posé une saucisse sèche pliée en deux et un laguiole ouvert.

— Pas de problème !

Juliette observait les deux hommes. Elle avait un moment imaginé que son père allait profiter de la confidence de Philippe relative à son veuvage pour évoquer sa séparation. Tandis que Germain remplissait les trois verres d'odorante liqueur verte et que Philippe se levait pour trancher la saucisse à deux mains, elle se risqua à relancer son père.

— Comme je te l'ai confié au téléphone, nous sommes allés, avant-hier dimanche, à Saint-Christophe-sur-Dolaizon. J'ai présenté Philippe à maman.

— C'est bien normal. Ta mère va bien ?

— Oui, sa dentelle marche aussi bien que ta reliure. Elle te donne le bonjour et m'a chargée de t'embrasser.

— Merci. Fais-le !

Germain se remit debout et présenta sa joue à Juliette.

— En réponse, tu l'embrasseras de ma part.

Philippe, amusé de cet échange, souriait, oubliait le salers et les rondelles de saucisse sèche.

— Mais vous ne mangez rien !

Philippe croqua une ou deux tranches.

— À votre santé !

Et il choqua son verre contre ceux de Juliette et Germain.

— Cinq années vous aussi ! C'est long.

Prononçant ces mots, le visage de Germain parut n'exprimer aucune émotion. Ou bien son cœur s'était durci, ou bien le père de Juliette se maîtrisait parfaitement. Celle-ci adressa un regard à Philippe d'un air de dire : « Tu vois, je te disais qu'il ne confiait rien. » Les deux hommes se resservirent tandis que Juliette les observait.

— Figurez-vous que certaines coïncidences sont troublantes : nous nous sommes retrouvés seuls la même année.

— Oui, Juliette m'a confié cela aussi. Qui pourrait comprendre la vie ? Sans votre drame, nous ne serions pas ici ensemble.

Il sembla à Juliette que son père revivait des souvenirs terribles et qu'il ne les avait enfoncés si profondément en lui-même que pour ne plus leur laisser la possibilité de ressurgir. Germain se leva :

— Bon, assez parlé du passé. Nous n'allons pas pleurer. Vous êtes venus ici pour me parler de votre mariage. Mais prenez place, je fais le service !

Germain se dirigea vers la cuisine, en revint avec un plat fumant.

— Régalez-vous ! Une véritable potée auvergnate : c'est le plat que je réussis le mieux. Il est vrai que la recette en est toute simple et sans aucune difficulté pour la réaliser : elle nécessite seulement de bons produits. Entre nous, j'ignore si Juliette vous a dévoilé ses talents de cordon-bleu mais, si vous aimez la bonne cuisine, vous ne serez pas malheureux !

— Pas plus tard qu'hier ! répliqua Philippe tandis que Juliette prenait l'initiative de servir. C'est elle qui, avec ma mère, a cuisiné le menu du réveillon et celui du jour de Noël. Nous nous sommes régalés.

— Tu devrais dire que ta mère les a préparés avec moi, rectifia Juliette en commençant de servir son père une fois remplie l'assiette de Philippe.

— J'ai pensé à un châteaugay ? Ce vin vous convient-il ?

— Je serais bien difficile !

Le silence se fit car la potée se révélait parfaite. Rien n'y manquait : le petit salé était goûteux, les saucisses fondantes, le lard ferme et savoureux ; les poireaux, le cœur de chou blanc, les carottes, les navets et les pommes de terre cuits comme il convient. Germain profita que les appétits commençaient à se calmer pour lever son verre de châteaugay : après l'avoir miré dans la lumière qu'à travers les vitres de la fenêtre la neige réfléchissait des toits, il le huma de son grand nez, aspira une gorgée, la tourna et retourna dans sa bouche pour l'avaler enfin.

— Il est bon et tient en bouche. Vous pouvez y aller.

Philippe lui aussi se révélait un fin palais. Le soir du réveillon, il avait observé Juliette : savourant le saint-pourçain servi, elle montrait ses connaissances dans la dégustation des crus.

— C'est rare chez une femme de connaître autant le vin : tu fais plaisir à voir !

— Je tiens mes connaissances de papa. Un véritable œnologue, un spécialiste des vins d'Auvergne : il m'a transmis sa science. À Billom, demande-lui de te faire visiter sa cave. Tu ne le regretteras pas.

Après la potée, Germain les régala d'une assiette bien assortie de fromages auvergnats accompagnée d'un saint-pourçain rouge.

— Juliette m'a suggéré une visite de votre cave ?

— Elle a bien fait ; vous verrez : entièrement taillée dans la roche ! C'est une cave parfaite. Aujourd'hui, j'ai préféré vous faire découvrir des vins d'ici, de pays. Mais je possède une belle collection de bourgognes, de bordeaux et de côtes-du-rhône, sans compter tous les autres.

Seul le dessert avait été commandé chez un pâtissier. Une fois le café bu, Juliette regarda sa montre.

— Je ne crois pas que nous ayons le temps de visiter la cave. Il est 15 heures, et nous devons être de retour pour 18 heures, à cause de la traite.

Germain posa son regard sur Philippe, réfléchit un instant :

— Si je comprends bien, vous êtes obligé de tout faire par vous-même ?

— Pour le moment, oui. Robert, mon fils aîné, n'a que quatorze ans. D'ici un an, je pense qu'il pourra parfois me remplacer ; avec la traite mécanique, c'est moins pénible.

— Moi aussi, je suis tout seul. Mais les livres anciens sont plus patients que les vaches : ils attendent parfois depuis des siècles !

— Vous me suggérez de me reconvertir dans la reliure ?

Juliette regarda sa montre à nouveau :

— J'interromps votre conversation, mais nous n'avons pas encore parlé du mariage.

— Tu as raison, et nous sommes venus en partie pour cela.

— Avez-vous fixé la date ?

— Le premier samedi de mars. Nous comptons sur toi.

— Ta mère y sera ?

— Oui. Et elle espère ta présence.

— Elle te l'a dit ?

— Oui.

— Alors, j'y serai. Nous nous reverrons pour la première fois depuis cinq ans.

— C'est également pour cela que tu dois être présent. Bruno y sera aussi avec Maryse, sa femme, et leurs enfants.

— Ils viennent si rarement me voir... Je serai heureux de les embrasser.

Juliette alors se tait, son regard observe les deux hommes, puis elle se lance :

— C'est ta faute. Ils t'aiment, mais tu vis comme un ours.

— Pardonnez-moi tous. Je le reconnais, je suis un ours.

— Tu ne l'étais pas auparavant.

Juliette marque une pause, se décide :

— D'autant plus que ni maman ni toi, vous ne m'avez jamais rien confié de la cause de votre séparation.

Les traits du visage de Germain se figent. Juliette ne s'était pas préparée à poser cette question, n'imaginait pas la poser. La première, elle se surprend de son audace. La phrase a franchi ses lèvres sans son autorisation. C'est le cœur qui a parlé, non l'esprit. Philippe se tait, surpris lui-même. Il ne s'attendait pas à ce que brusquement Juliette se décidât à questionner. Son père, surpris, fixe sa fille d'un regard si malheureux que celle-ci aussitôt regrette la souffrance provoquée.

— Tu es une femme à présent. Tu peux comprendre que certaines choses ne peuvent se dire. Les raviver ferait trop mal.

Juliette hésite. Doit-elle à tout jamais se taire, n'en plus parler, au risque d'accepter le silence, c'est-à-dire renoncer à savoir, laisser pourrir entre elle et ses parents leur secret de couple ?

— De toute façon, pour en parler, il faudrait que ta mère soit là. On ne se sépare pas tout seul.

Juliette eut pitié. Aurait-elle insisté en l'absence de Philippe ? Il était à peine de la famille et elle comprenait que son père fût réticent à s'exprimer devant lui. Elle se promit qu'à la prochaine occasion où ses deux parents se retrouveraient en sa présence elle tenterait de savoir, quitte à les forcer. Si Juliette avait perçu entre eux un désamour profond, une haine véritable, elle n'aurait pas insisté. Ils n'allaient pas s'ignorer le restant de leur vie alors qu'elle savait leur amour réel. Bruno semblait peu se soucier de cette séparation ; lorsque sa sœur lui en parlait, il répondait évasivement : « C'est leur affaire... », puis se taisait. Il appartenait en conséquent à elle, leur fille, Juliette, de les rapprocher. Mais pour ce faire, il fallait savoir. Il s'agissait peut-être d'une incompréhension dégénérée en dispute, d'un dérapage verbal que l'on se refuse à comprendre pour pouvoir pardonner. En ce cas, il suffisait souvent de se parler, de dire les mots. Et si c'était plus grave, voire un drame abominable, l'avouer ne serait peut-être pas suffisant, mais de toute façon absolument indispensable.

Philippe observait les visages d'amertume du père et de la fille, écoutait le silence, souffrait pour Juliette. Lui troisième, absorbé par ce silence, ne lui appartenait-il pas de le rompre ? Il considéra Juliette, lut son assentiment dans ses yeux sombres.

— Je m'excuse, mais la route est longue et nous ignorons son état. Le problème est la montée vers La Chaise-Dieu, bien que nous quittions la route un peu auparavant pour rejoindre directement Malvières.

À ces paroles, Germain se montra subitement soulagé. Cela se voyait à la détente des traits de son visage, au regard paternel dont on voyait bien qu'il caressait Juliette.

Celle-ci s'interrogeait, de la même façon et pour la même raison que lors de la visite à sa mère : elle leur présentait son futur mari de vingt ans son aîné, de surcroît veuf et père de quatre enfants, sans qu'ils lui posent la moindre question, fassent la moindre allusion à cette situation. Était-ce par l'échec de leur couple qu'ils se désintéressaient, se montraient au fond indifférents malgré les apparences ? Juliette aurait préféré les voir évoquer cette question avec elle et Philippe, quitte à leur rétorquer, en guise de réponse, un bien assené « Cela nous regarde ». Mais non, ni l'un ni l'autre n'en avait parlé. Juliette comme Philippe se sentait frustrée par cette absence de curiosité.

— Normalement, vous devriez rouler plus facilement. Il me semble que le froid s'est légèrement apaisé.

Scrutant le visage de son père, Juliette sentait cependant qu'il s'inquiétait d'un autre point qu'il ne savait formuler. Pour se donner du temps, il en posa une autre à Philippe :

— Vous êtes obligé de toujours traire vos vaches à la même heure ?

— Eh oui ! La traite deux fois par jour et aux mêmes heures – 6 heures matin et soir – est devenue chez elles un réflexe conditionné. J'essaie de m'y astreindre ; enfin, disons à une demi-heure près. Mais, si je les fais trop attendre, elles mugissent, leur lait les fait souffrir.

— En ce cas, je ne vais pas vous retarder.

Il ouvrit la bouche, attendit une dernière seconde. Juliette sentit que son père allait enfin se confier : hélas ! Ce n'était pas de ce dont elle avait espéré.

— J'hésitais à poser cette question devant mon futur gendre, elle s'adresse davantage à ma fille. Je sais que vous ne manquez pas de moyens pour le bonheur de Juliette, mais il est de tradition qu'un père aide ses enfants à se mettre en ménage. Dis-moi : qu'est-ce qui te ferait plaisir ?

En revanche, Juliette s'attendait à cette évocation, mais n'en avait pas parlé à Philippe de crainte que son père ne proposât rien. Germain se montrait souvent tellement imprévisible qu'elle s'était accoutumée à se préparer à tout. De plus, Juliette ne désirait rien, tenait absolument à ne rien devoir qu'à elle. Sur son salaire d'institutrice, en comptant juste, elle avait économisé. Certes, pas une fortune, mais de quoi faire face à l'imprévu. Philippe, quant à lui, apportait tout ce qu'il possédait : ils ne seraient pas malheureux.

— Merci, papa. Mais nous n'avons besoin de rien. Ce que tu m'offriras me fera très plaisir. J'en aurai la surprise.

— Laissez-moi cependant vous faire une suggestion. Juliette m'a confié au téléphone que votre fille Nathalie possédait un don pour le violon et qu'elle la faisait travailler en ce sens. Juliette aussi était douée pour le violon. Je lui avais même offert un violon acheté dans le commerce, mais adapté à sa taille d'enfant.

— Que j'ai d'ailleurs transmis à Nathalie pour son Noël.

— Tu as bien fait. Si votre fille se révèle vraiment douée, il lui faudra au sortir de l'enfance un vrai violon fabriqué par un luthier et un véritable archet fabriqué par un archetier. Nous autres, artisans d'art, nous nous connaissons tous. Un excellent luthier se trouve au Puy ; pour l'archet, je connais un archetier à Lyon. Je vous recommanderai auprès d'eux.

— Merci, merci beaucoup, répondit Philippe sincèrement touché.

Dans l'instant, revint à l'esprit de Juliette que sa mère à Saint-Christophe-sur-Dolaizon n'avait rien proposé.

Durant la journée, grâce au travail des Ponts et Chaussées, la route, libérée de sa croûte jaunâtre de neige tassée, était redevenue noire. Seuls les grands sapins conservaient sur leurs branches sombres des épaisseurs neigeuses qui les courbaient vers les talus recouverts des longs rejets grisâtres repoussés par les chasse-neige. Comme Philippe le redoutait, ce fut après Arlanc, dans la montée vers La Chaise-Dieu, qu'ils retrouvèrent les difficultés hivernales. Avec le froid et l'altitude, les paquets de neige tombés des branches en début d'après-midi avaient gelé sur l'enrobé et Philippe devait s'efforcer de slalomer pour ne pas risquer un accident. Redescendant le col vers La Chaise-Dieu, la route était à nouveau propre. En revanche, la petite départementale 202, qui remontait vers Malvières avant La Chaise-Dieu, cheminait parmi les bois noirs et longeait des ravines comblées de neige, s'avéra difficile. La voie déjà étroite, et que la neige rétrécissait encore, se trouvait encombrée de tas neigeux tombés des sapins et mêlés de branches brisées ; durant les vacances scolaires, compte tenu de l'absence du passage des cars de ramassage, les services de déneigement, au contraire des grands axes, semblaient peu se soucier de ces petites routes. Philippe roulait en seconde, et souvent même au pas pour éviter les écueils ; parfois, il devait ralentir encore davantage pour ne pas risquer une embardée dans un fossé dissimulé sous la neige ou une ravine comblée. Tout en se concentrant sur la conduite, son esprit analysait le silence de Germain, son refus de répondre aux questions de sa fille. Sans quitter la route du regard, il questionna Juliette :

— Cela ne me regarde peut-être pas, mais il ne te semble pas curieux que ton père ignore tes questions ?

— Nous allons nous marier et ton droit est de savoir. C'est justement ce à quoi je pensais. Il existe un mystère entre mes parents, un secret qui les a conduits à se séparer mais en même temps les lie. C'est pour le moins curieux. Quoi qu'ils en disent, cela me concerne : je suis leur fille, je les aime et j'en souffre car eux-mêmes se font souffrir.

— Tu crois qu'ils te le confieront un jour ?

— Il faudra une circonstance imprévisible, extraordinaire, un événement incontrôlable et qui les y contraindra.

À force de rouler et de parler, on s'approchait de Malvières. Les phares creusaient la nuit par un long cône jaune dont la base balayait à la fois les talus et les basses branches des sapins. Le faisceau de lumière éclaira enfin le panneau *Malvières*.

— Nous y sommes. Il est 6 heures et demie. Le temps de me changer et je pourrai traire les vaches sans trop de retard.

— J'aimerais bien savoir si Nathalie a joué.

— Je pense que oui. À mon avis, elle a même voulu profiter de ton absence pour se prouver qu'elle pouvait jouer seule.

Philippe ralentit, rétrograda en première et s'avança prudemment dans la cour jusqu'à se garer de façon légèrement décalée, à gauche de la porte d'entrée. Juliette et lui descendirent de leur siège, les deux pieds dans la neige. Ils perçurent alors le son de quelques notes. Elles glissaient sous la porte et venaient jusqu'à eux.

— Écoute !

Tendant l'oreille, tous les deux l'un derrière l'autre, ils se collèrent au panneau et écoutèrent. Comme Nathalie jouait bien ! Après quelques semaines, on sentait que l'enfant maîtrisait son instrument, s'épanouissait dans les notes envolées. Doucement, très doucement, comme sait le faire la main d'une femme, Juliette abaissa la poignée de la porte et suivie de Philippe pénétra silencieuse dans la pièce. Seul le chat, lové sur son coussin, les surprit. À vrai dire, le mérite de cette entrée inaperçue en revenait tout entier à Nathalie. De même que les autres soirs, elle jouait à quelques mètres de la cheminée, face aux flammes de l'âtre qui se reflétaient une nouvelle fois dans la caisse du violon ; elles le coloriaient d'or, éclairaient les traits fins et les cheveux châtains de la fillette où s'accrochaient leurs lumières ardentes. Mathilde, Sandrine, Jacques et Robert écoutaient, assis en demi-cercle autour d'elle, eux aussi légèrement face aux flammes. Ils étaient fascinés, n'accordaient aucune attention à autre chose qu'à la musique et aux mouvements de l'archet ; serré entre les doigts de la main droite de Nathalie, ses crins effleuraient les cordes du violon, paraissaient les embrasser pour en extraire les sons. D'où il se tenait, le chat perçut l'air froid : il observa la porte restée entrebâillée que ni Philippe ni Juliette n'avaient pensé à refermer. D'un bond, il sauta jusqu'à l'ouverture et fila dans la cour. Le bruit du saut, même léger, amena Philippe à refermer la porte. Nathalie devina, tourna la tête, et tous de même. La fillette aimait jouer, mais l'arrivée du père et de Juliette était bien supérieure encore dans l'échelle de ses attachements : elle posa bien à plat le violon et l'archet sur le siège de sa chaise, se précipita et les autres la suivirent.

— Papa ! Juliette !

— Comme tu joues bien ! Nous sommes fiers de toi, tu sais ! Tu jouais depuis longtemps ?

— Presque une heure, répondirent fièrement ses deux frères à la fois.

Oublié le brin de jalousie dissimulé par Jacques et Robert tout au début de l'apprentissage ! À présent, ils admiraient Nathalie, se montraient fiers de leur jeune sœur. De toute la famille, seule Sandrine se tenait en retrait du succès de sa sœur.

— Il faut que je me change pour la traite. La route n'était pas très bonne et nous avons failli arriver encore plus en retard pour les bêtes.

— Nous y pensions, Jacques et moi. Tu es le seul à connaître le mécanisme. Si tu nous apprenais, nous pourrions t'aider et traire en ton absence.

Toute la famille se montra sidérée des propos de Robert, l'aîné des deux garçons. À bientôt quinze ans – il fêterait son anniversaire dans quelques semaines –, il atteignait son père à l'épaule et avait souvent prouvé sa force. Philippe, estomaqué, regarda son fils dans les yeux, sourire aux lèvres et fier de lui.

— Eh bien ! C'est la soirée du bonheur : Nathalie qui joue comme une vraie violoniste et Robert qui veut se lancer dans la traite ! Tu me fais plaisir, si tu le veux, nous commençons ce soir. Fais comme moi, va mettre des habits sales pendant que je me change puis rejoins-moi à l'étable.

Jacques écoutait, oreilles grandes ouvertes.

— Quant à toi, Jacques, ce ne sera pas de refus lorsque tu auras l'âge de ton frère.

— À part la route, votre journée s'est bien passée ? demanda Mathilde à Juliette lorsque père et fils, pour se changer, eurent rejoint leurs chambres.

— Très bien. Mon père s'est montré charmant, nous a très bien reçus. Nous avons sa promesse d'être présent au mariage. J'aurais aimé en savoir plus sur les raisons de la brusque séparation de mes parents, mais, comme ma mère, il se tait.

Mathilde dévisageait Juliette, lisait sa déception sur son visage. Lorsque, avec Philippe, sa future belle-fille entra dans la grand-salle, la musique du violon éclairait son visage d'un immense sourire, d'une profonde joie. Mathilde regretta sa question. La mamie était de ces femmes qui estiment que les enfants doivent savoir, que certaines vérités n'ont pas à leur être cachées et encore moins altérées. En conséquence, malgré la présence de Jacques et de Sandrine, elle ajouta :

— Chaque famille cache un secret. Il faut s'y faire. Mais c'est dommage : un jour ou l'autre, il ressort en plein jour et fait encore plus mal car le temps l'a déformé. Les secrets, vois-tu, c'est comme les vieux tonneaux oubliés dans les caves : leur bois moisit et leurs douves se tordent ; lorsqu'on les ressort au plein jour, ils ne sont plus bons qu'à brûler ! Et ça sent très mauvais, avec beaucoup de fumée !

Juliette souriait à la comparaison, observait les enfants : leur avait-on dit la vérité sur la mort de leur mère ?

VIII

— Il faut commencer par bien ajuster les griffes des embouts aux trayons ; ensuite, assure-toi que les tuyaux vont bien jusqu'au tank où se recueille le lait, et qu'ils sont bien fixés. L'essentiel consiste à surveiller les bêtes en permanence, à bien vérifier qu'aucun embout ne se détache. Une vache, parfois, d'un coup de pied, essaie de le faire sauter. Pour cette raison, au début, ne trais pas davantage que cinq bêtes à la fois. Ensuite, progressivement, tu pourras augmenter le nombre de vaches.

Dans l'étable bien tiède, Robert se trouvait à son aise. Ce n'était pas la première fois qu'il s'occupait des bêtes. Enfant, il les rejoignait dans les prés, les faisait ramener par le chien. Souvent, en l'absence de son père, il approvisionnait lui-même en fourrage les râteliers. La grande étable figurait un long caravansérail où les vaches trouvaient tout à profusion pour leur confort et leur subsistance. Robert, jusqu'à ce jour, jamais n'avait demandé à être initié à la traite mécanique. Il s'imaginait que, par la complexité de l'opération et les exigences d'hygiène, son père le trouvait trop jeune pour cela. Aussi bien, comme ce soir il fallait rattraper le retard et que lui-même se trouvait en vacances scolaires, avait-il proposé ses services pour la traite.

— Dis-moi, t'intéresserais-tu au métier de paysan ?

— J'y réfléchis souvent. Je ne t'en ai pas parlé, mais je m'en suis ouvert à mes copains du collège. Nous n'y sommes qu'une minorité de fils de paysans. Nous parlons entre nous. Tous nous voulons continuer le métier.

Philippe écoutait, s'attendait à tout, sauf à cette déclaration. Du temps de son enfance, cette question ne se posait même pas : un fils de paysan prenait la suite de son père et ainsi avait-il fait. Philippe dévisageait Robert et les larmes montaient presque aux yeux du père.

— Tu en as parlé à ta grand-mère ?

— Non. Tu es le premier ; c'est aussi pour cela que je voulais t'aider, être seul avec toi.

Philippe posa le trident de bois et les deux mains du père, sous le coup de l'émotion, serrèrent le fils par les épaules ; cette décision de Robert, ou de Jacques, il ne l'espérait plus. Philippe faisait son travail machinalement, puisqu'il fallait le faire, mais se résignait à l'avance à devoir vendre son domaine lorsque ses fils seraient grands et gagneraient leur vie par leur propre métier. Droit dans les yeux, son regard fixait Robert : le père laissait deviner sa fierté et sa joie.

— Tu ne peux pas t'imaginer comme tu me redonnes goût au travail. Juliette m'a rajeuni le cœur, Nathalie me comble de joie par son talent pour le violon : je ne doute pas qu'un jour Sandrine et Jacques se révéleront à leur tour. Cela faisait des années que des décisions étaient à prendre, des équipements à renouveler, des méthodes à moderniser pour développer l'exploitation, lui donner un avenir. Je ne me décidais pas, m'abandonnais à dire « à quoi bon ? ». Si tu es vraiment décidé, je vais m'y mettre.

Robert scrutait le visage de son père, s'étonnait :

— Mais pourquoi ne m'en parlais-tu pas, ou à Jacques ?

— Parce que le métier de paysan devient de plus en plus dur, de plus en plus difficile, de plus en plus aléatoire. Je me refusais à embarquer mes fils dans cette galère.

Robert ne perdait pas un mot, écoutait en souriant :

— Et tu changes d'avis brusquement ?

— Mais bien sûr ! C'est le plus beau métier du monde : être son patron, nourrir les gens ! Écoute-moi : c'est la seule profession incontournable ; les méthodes changeront, l'agriculture ne sera sans doute plus la même, il faudra produire des aliments différents, mais les gens ne pourront jamais se passer de manger : il faudra toujours des paysans. Contrairement aux dires des imbéciles, l'agriculture, c'est l'avenir. Embrasse-moi !

Et père et fils de se serrer dans leurs bras.

— Maintenant, ce n'est pas le tout. Les longs discours font les courtes journées : les vaches ont donné tout leur lait. Nous devons libérer leurs trayons. Sitôt fait, n'oublie pas d'en nettoyer les bouts avec la solution iodée.

Juliette, de la pulpe des doigts, tâtait avec une extrême attention les crins en mèche de l'archet :

— Je sens qu'ils sont un peu usés. C'est normal : ils sont restés trop longtemps sans servir. D'ici deux ans, il te faudra un violon de grande personne ; en attendant, ceux-ci ne tiendront pas. Il convient de les changer. On appelle cette opération remécher l'archet. Pour cela, il existe deux solutions : soit nous rendre chez un archetier qui changera la mèche, ce qui nécessitera d'aller à Lyon, soit nous adresser au Puy chez le marchand d'instruments du boulevard Saint-Louis qui nous vendra un archet de série sur lequel tu pourras effectuer toi-même le changement de mèche chaque fois que nécessaire. Nous en parlerons à ton père : c'est lui qui décidera.

Juliette, s'apercevant que Nathalie allait ranger son violon dans son étui, caressa la caisse du bout des doigts :

— Fais comme moi, touche le bois de la caisse.

Nathalie s'exécuta, découvrit sous ses doigts une légère poussière.

— C'est normal : tu as joué devant l'âtre et des cendres invisibles sont tombées sur le violon. Il faut bien le nettoyer avec ton chiffon doux, ainsi que les cordes d'ailleurs. D'ailleurs, à l'avenir, pour jouer, éloigne-toi davantage de l'âtre. Imagine qu'une étincelle touche un crin, il faudrait changer la mèche.

Mamie Mathilde, Jacques et Sandrine écoutaient les conseils, regardaient Nathalie s'exécuter.

— Ton père et Robert ne vont pas tarder. Nous allons mettre le couvert. En tout cas, Juliette, je ne sais ce que vous en pensez, mais je trouve que Nathalie progresse très vite.

— Ne le dites pas si fort : elle va rougir ! Tu sais, Nathalie, à ce train, je pourrai te suivre encore quelques mois seulement : ensuite, il faudra t'inscrire aux cours d'une école de musique. Je ne pourrai plus t'apporter l'art et la technique dont tu auras besoin.

— Tu viendras avec moi ?

— Je t'y conduirai et te ramènerai à Malvières, mais ce n'est pas pour tout de suite. Tu commenceras en septembre, dans huit mois. Par contre, il faudra t'inscrire sans attendre. Il existe davantage de demandes que de places. Nous parlerons de tout cela avec ton papa.

Parler du loup le fait sortir du bois : Juliette achevait à peine de prononcer ces propos que la porte d'entrée s'ouvrait, laissait pénétrer le chat qui, après tous ses tours et détours dans le froid de la cour et la reconnaissance de ses lieux secrets, préférait rejoindre la tiédeur de son coussin ; Philippe et Robert le laissaient filer entre leurs pieds et entraient à leur tour.

À la connivence de leurs regards, à leur maintien, tous et peut-être même Sandrine lurent aussitôt une complicité, devinèrent un événement nouveau qui les liait à présent tous les deux. Chacun se regardait, échangeait sa surprise : cette entente paraissait inexistante au moment de leur départ pour la traite. Père et fils s'en aperçurent.

— Qu'avez-vous à nous examiner ainsi ? interrogea Philippe tout sourire.

Juliette plus que les autres repérait le changement.

— Tout à l'heure, au moment de nous quitter pour la traite, vous ne sembliez pas autant main dans la main.

— Tu vois Robert : notre famille est si soudée que nul d'entre nous ne peut rien cacher ! Eh bien, c'est exact, vous avez deviné juste : il y a du nouveau. Robert est décidé à reprendre la ferme.

— C'est vrai ? s'écria Mathilde, c'est bien vrai ? Si ton grand-père vivait, tu ne peux t'imaginer comme il serait content ! Mais ton père et moi, nous le sommes pour trois. Notre appréhension était de voir disparaître la ferme alors que tant de générations s'y sont usées l'échine. Viens, je t'embrasse.

À presque quinze ans, le petit-fils dépasse sa grand-mère : c'est lui qui la prend dans ses bras pour la serrer contre lui ; le vieux visage de Mathilde plaqué contre son torse, Robert ne peut discerner les larmes dans les rides : elles semblent labourer les joues de sa mamie, telle la pluie nourrissant les sillons.

Finalement, Jacques est soulagé : lui-même ne se sent pas une âme de paysan ; à douze ans seulement, il ignore encore ce qu'il fera. Mais si son frère aîné n'avait pas voulu reprendre l'exploitation, peut-être se serait-il sacrifié : pas question de voir mourir la ferme des ancêtres.

Le plus ému, c'est Philippe. Devant les siens, il ne peut s'empêcher de prendre Juliette dans ses bras et de la serrer longtemps. Il se persuade que sans elle rien n'aurait pu se révéler.

Pour le dîner, mamie s'était contentée de resservir les reliefs du réveillon et du déjeuner de Noël. Avec

Juliette, elle avait vu grand pour ces deux repas de fête et les restes étaient suffisants pour satisfaire les appétits. À midi, à Billom chez le père de Juliette, Philippe et elle s'étaient resservis de potée, avaient fait honneur aux fromages et au dessert : tous les deux n'avaient guère faim. Pour le déjeuner, Mathilde s'était mis en tête de préparer un petit salé aux lentilles à ses quatre petits-enfants : ils raffolaient de ce plat, s'en étaient régalés et eux non plus ne manifestaient pas ce soir un gros appétit. Chacun *pichorgnait*[1] lentement ; nul comme parfois ne se jetait sur la nourriture, le nez dans son assiette, sans songer à rien d'autre que se rassasier au plus vite : ainsi fait-on lorsque la faim exige d'être calmée. Ce dîner semblait chez tous plus propice à la réflexion qu'à se nourrir.

Sa première bouchée de dinde froide avalée, Sandrine n'y peut tenir. Cette télévision dont l'écran ne brille pas lui semble une offense aux cadeaux de Noël.

— Dis, papa, quand est-ce qu'elle va marcher la télévision ?

Philippe mâche ce qui lui reste d'une tranche de jambon cru, observe sa dernière fille, avale, prend son temps pour répondre.

— Tu fais bien de me le rappeler : je dois téléphoner à l'installateur de Craponne. Il lui faudra tout d'abord fixer l'antenne sur le toit, puis relier le téléviseur. Il s'agit d'un travail de professionnel. Mais je laisse passer le Nouvel An. En ce moment,

1. *Manger sans appétit* (Dictionnaire du français régional du Velay).

il est débordé. J'ai tenu à ce que l'appareil soit dans la maison le jour de Noël : vous avez pu le vérifier, j'ai tenu ma promesse.

— Votre père l'a toujours respectée, s'empressa d'ajouter Mathilde soucieuse de l'image paternelle.

Nathalie n'avait guère plus faim que Sandrine et observait Juliette. Sitôt l'assiettée de celle-ci terminée, elle lui adressa un clin d'œil qui se passait de mots.

Juliette sourit. Nathalie n'osait pas encore demander elle-même.

— Philippe ?

— Oui ?

— Comme tu l'as vérifié ce soir en l'écoutant jouer lorsque nous rentrions de Billom, Nathalie est en plein progrès. Elle avance plus vite que je n'osais l'espérer. D'ici à septembre, je crains de n'être plus à même de lui apporter les connaissances nécessaires à sa progression. Dans un premier temps, nous devrions envisager de l'inscrire à l'école de musique du Puy : l'enseignement d'un véritable professeur lui devient nécessaire.

Pour la plus grande joie de Nathalie, mais aussi de Juliette et encore plus de Mathilde, Philippe ne se montra guère surpris :

— Je ne m'étonne pas. Sans être musicien et encore moins violoniste, j'ai un peu d'oreille et j'ai remarqué ses progrès. Continue ma fille, continue : ton père est fier de toi !

À ce compliment, les joues de Nathalie rougissent comme si les braises de l'âtre se reflétaient sur sa peau !

— Tu penses qu'il faut l'inscrire sans attendre ?

— Si nous voulons être certain qu'elle ait une place, il est prudent de la réserver dès janvier.

— Tu es d'accord Nathalie ? Pour toi, tu devras ajouter ce travail à celui de l'école.

— Je le sais, mais je voudrais tant devenir une vraie violoniste !

— En ce cas, si Juliette accepte de te conduire au Puy, il n'y a pas de problème.

Le regard de leur père se posa sur Jacques et Sandrine :

— Pour Robert, le problème est résolu, puisqu'il a décidé de reprendre la ferme. Pour vous deux, quel que soit votre choix, je ferai ce que je fais pour Nathalie. Je veillerai à ce qu'il en soit de même pour tous les quatre. Il n'y aura pas de jaloux. Tu as déjà une idée, Jacques ?

— Non, pas encore.

— Eh bien, sitôt que tu l'auras... Je ne t'en parle pas Sandrine : à six ans... tu ne peux pas encore savoir.

— Le Jour de l'an, ce sera mon anniversaire : j'en aurai sept !

Chaque année, elle le rappelait : Arlette, sa maman, l'avait mise au monde le premier jour de janvier 1961. Et cela lui avait parfois valu une confusion des cadeaux entre Noël et son anniversaire, confusion dont elle se défendait avec acharnement !

Dans la chambre, il faisait très froid. Le grand-père s'était toujours opposé à l'installation du chauffage central : « Si je vous écoutais, nous deviendrions de vraies mauviettes. La famille s'est toujours contentée de la cheminée et du fourneau de la grand-pièce.

Et encore, le fourneau date d'après la guerre : tu te souviens Mathilde, mon père n'en voulait pas. Ma mère l'a tellement tarabusté qu'il a bien dû céder. On faisait cuire la soupe, les daubes et le pot-au-feu dans un chaudron suspendu à la crémaillère, on tournait les volailles à la broche et on profitait des jours où le four était allumé pour cuire des tartes en même temps que le pain. Toute la famille mangeait bien, personne n'était jamais malade. »

Du plus vite qu'ils le peuvent, Philippe et Juliette se déshabillent, font leur toilette à deux puis se glissent dans le lit. Tout au fond, leurs pieds rencontrent les briques brûlantes enveloppées dans le papier journal. Tous les soirs, c'est la même cérémonie : Mathilde met à chauffer six briques dans le four. Après le repas, elle les saisit brûlantes avec un torchon plié en quatre, les enveloppe dans un journal, avec toutes ses feuilles pour ne pas brunir les draps. Le grand-père, lorsqu'il voyait faire Mathilde, prononçait toujours la même sentence : « La presse, ça sert deux fois ! » Ce qu'il n'exprimait pas devant les enfants était son amertume lorsque, tenant son journal à deux mains, il le lisait une fois ceux-ci au lit. « Décidément, que des mauvaises nouvelles : ce n'est pas encore demain que les pauvres seront riches. » Sitôt les briques enveloppées, Mathilde les distribuait et chacun portait la sienne une bonne demi-heure avant de se coucher. La seule exception restait celle de Sandrine : accompagnée de sa petite-fille, Mathilde lui portait sa brique, ouvrait le petit lit, le bassinait en y passant et repassant la brique brûlante sur le drap du dessous, la plaçait bien au milieu et recouvrait le lit. Ainsi, la fillette trouverait son lit tiède et, dans quelques années, saurait se débrouiller toute seule. Pour les autres, il le trouverait comme ils l'auraient préparé : « Comme on fait son lit on se couche ! » rappelait-elle toujours.

Juliette avait glissé deux briques dans le lit après en avoir bien bassiné les draps.

Aussitôt couché, la jeune femme déjà lovée contre son torse, Philippe la serre contre lui. À son tour, de ses deux bras, elle répond et rapproche sa bouche de la sienne. Au début, ils s'embrassent sans hâte, lèvres, langues et haleines mêlées. De tous les miracles, le plus grand est celui qui se tisse entre deux êtres : Juliette, sans attendre son étreinte, ou pour la provoquer, brusquement et par surprise, enlace Philippe tel un serpent, presse ses lèvres sur les siennes, vole à l'homme sa respiration. Il revoit l'institutrice sage dont leurs nuits d'amour ont fait une amante gourmande. Toutes leurs chairs alors se livrent : de désir, avec des soupirs et des mots murmurés, elle s'ouvre à lui pour l'accueillir…

Plusieurs fois, l'étreinte a fait d'eux un seul corps et même un seul esprit. Repus, les amants sont figés, soudés l'un à l'autre. Seules leurs hanches frémissent encore, par spasmes espacés ; comblée, effondrée, bouche ouverte, Juliette gît telle une noyée. Philippe se redresse sur un coude, s'abîme sur le visage aimé : l'amante pleure doucement d'une joie infinie, tout à son bonheur du plaisir partagé.

À travers les fentes des volets, les rais de nuit blanchâtre les ont surpris et troublés. Philippe se dit qu'il devait reneiger. Leurs corps nus, immobiles dans la quiétude et la tiédeur du lit, demeuraient en repos. Éparse, la longue chevelure de Juliette ruisselait sur l'oreiller. Durant le sommeil, leurs bras ne s'étaient point ouverts. Peu importait ce matin qu'approchât l'heure de la traite : ils refirent l'amour et puis se rendormirent.

Lorsque à 7 heures, il sortit de la chambre, Philippe n'alla pas frapper à la porte de Robert. Malgré le choix de son fils dévoilé la veille, le père eut pitié du jeune âge de celui qui sortait de l'enfance et le laissa dormir. Il traversa la grand-pièce vide et à peine tiède, contempla les cendres de l'âtre sous lesquelles il devina que les braises veillaient : tout à l'heure, il savait que Mathilde les réveillerait au *bouffadou*[1] après en avoir écarté la couche de cendre grise. Passant près du fourneau, il posa sa main sur la plaque, la trouva encore tiède. Jamais la mamie ne se serait couchée sans garnir le fourneau. Sitôt levée, elle en ranimerait le foyer.

Philippe chaussa ses bottes, déverrouilla la porte, tourna sans bruit la clé dans la serrure, ouvrit. Le froid s'était fait moins vif, mais la neige tombait à gros flocons serrés. Ils recouvraient d'une épaisse couche toutes les traces de la veille. L'ampoule allumée au fronton de la porte arrivait à peine à en percer la ruée, n'éclairait qu'une nuée de minuscules aigrettes blanches et à peine une petite aire ronde sur la couche immaculée. Pour se lever, Philippe s'était extrait du lit le plus doucement qu'il avait pu, prenant garde surtout à ne pas réveiller Juliette. Il fit quelques pas dans la neige, se retourna pour

1. *Soufflet – cylindre de bois creux avec lequel on souffle sur les braises.*

un regard aux volets de la chambre. Leurs fentes demeuraient noires et il en fut satisfait : si Juliette s'était éveillée, elle aurait allumé la lumière. Les deux véhicules garés dans la cour se trouvaient enfouis sous une épaisseur d'albâtre et la neige arrivait à hauteur du châssis. Pour traverser l'espace de la porte d'entrée à la grande étable, Philippe se voyait obligé à chaque pas de soulever ses bottes enfoncées jusqu'à ras bord. Une fois arrivé, il dut tirer de toutes ses forces pour faire venir à lui la longue et lourde porte. Malgré son retard – une heure, c'est beaucoup –, les bêtes, devinant sans doute le temps qu'il faisait, demeuraient pour la plupart couchées sur l'épaisse litière bien épandue la veille. Philippe respira à pleins poumons la douceur paisible qui avait imprégné son enfance. Cette savoureuse odeur tiède de vaches au repos, de foin sec, de litière humide et de pis pleins de lait le berçait chaque matin depuis quasiment sa naissance. Il regrettait encore la douce intimité de l'étable des aïeux où toutes les bêtes de la ferme se trouvaient rassemblées à l'exception notable des chevaux et des porcs : vaches, veaux de lait, chèvres, cabris, parfois même brebis et lapins dans leurs cages avec, perchés sur les poutres, les pigeons alignés. Ce temps était fini. « Si mon père voyait ! », se disait parfois Philippe. Père et fils s'étaient souvent disputés, Philippe avait failli partir, mais le « vieux », comme il le nommait derrière son dos, n'avait pas cédé. Après sa mort, une fois réalisés ses projets, Philippe parfois, silencieux au milieu des bêtes, demandait pardon au père.

Il repoussa la porte pour ne pas laisser entrer le froid. À sa vue, quelques vaches s'étaient levées, puis les autres avaient suivi. Toutes savaient bien que l'arrivée du maître signifiait pour elles le soulagement des pis que le trop-plein de lait travaillait. Tout se passa très bien. La Bardette, une montbéliarde rouge, incontestée conductrice du troupeau dont la Sultane, une prim'holstein noire et blanche, avait dû reconnaître la primauté, se leva dès que le maître parut. De fait, presque toutes se montraient parfaitement conditionnées et se dirigeaient généralement seules. Mais certaines se révélaient capricieuses et têtues : Philippe, d'un léger coup, leur faisait reprendre place.

À part cela, la baguette ne servait quasiment jamais, sauf en cas de bagarre. Ces querelles se produisaient lorsque deux vaches se disputaient la tête du troupeau. Si le pouvoir de l'une était bien établi, tout entre elles se passait sans heurts, qu'il s'agisse de sortir ou d'entrer, de rejoindre telle ou telle aire, voire de se diriger vers les prairies ou de revenir à la ferme sous la conduite du chien. Le problème se reposait à chaque changement de meneuse : il fallait bien un jour se séparer des vieilles, rajeunir le troupeau. Les autres l'imitèrent. Philippe, sans attendre, commença la traite.

En deux heures, il en eut terminé. Le changement de litière, l'affouragement des râteliers avec du bon foin sec, le renouvellement de l'eau des abreuvoirs par celle du robinet, tout cela il le ferait après s'être sustenté d'un solide petit déjeuner. Les bêtes, elles, se nourrissaient à leur guise, y compris parfois la nuit. Lui, non seulement il n'avait rien pris, mais plusieurs fois dans la nuit il avait aimé Juliette et l'amour creusait son appétit. Philippe se dirigea vers le lavabo pour s'y laver les mains avec le plus grand soin : il savait bien que Juliette, à cette heure, serait levée et qu'elle aimait voir propres ses belles mains d'homme.

Tous les siens se trouvaient réunis, attablés à mordre dans leurs tartines beurrées, rougies, dorées ou noires des confitures de la mamie selon qu'elles étaient de fraises, d'abricots, de mûres ou de myrtilles. Comme il le savait, Mathilde avait relancé le feu dans l'âtre où les flammes s'élevaient luisantes et chaudes, laissaient s'envoler les gerbes d'étincelles des bûches qui éclataient. Le fourneau aussi ronflait. Juliette, en robe de chambre, le manche de la poêle tenu serré dans la main, y faisait cuire des œufs. Leurs deux regards se croisèrent. Avant que d'embrasser ses enfants, il se rapprocha d'elle : du bout des lèvres ils s'embrassèrent puis Philippe posa les siennes sur la peau de la nuque dégagée du vêtement.

— Tu t'es levée ?

— Bien sûr. Presque en même temps que ta mère. Pendant qu'elle relançait le feu dans l'âtre, je rallumais le fourneau. Nous avons beaucoup parlé. Lorsque les enfants sont descendus de leurs chambres, il faisait bon dans la grand-pièce. Robert voulait te rejoindre. Vu le temps et la neige, nous l'en avons dissuadé.

Son père se retourna :

— Juliette et ta mamie ont eu raison. La neige est trop épaisse. Mais je n'ai pas tout fait. J'avais faim, et j'ai préféré vous rejoindre. Vu le temps, nous ne pouvons pas travailler dehors. Rien ne presse aujourd'hui. Si tu le veux, dans la matinée, nous descendrons de la grange des bottes de foin et de paille pour les prochains jours.

Juliette remuait la poêle afin que les œufs n'attachent pas :

— C'est pour moi ?

— Oui, j'ai pensé que tu aurais faim.

— Tu as bien pensé : les œufs au plat, c'est mon régal.

— Tu t'es lavé les mains ?

— Regarde !

Comme un enfant à la demande de sa maman, il présente ses mains, les tourne et retourne pour la satisfaction de Juliette.

— Je t'aime aussi pour cela : tu es un homme propre.

— Alors, un bisou.

Comme s'il avait été la femme, il présenta ses doigts et Juliette y déposa un baiser.

— À présent, va vite à table. Ils vont être trop cuits.

Dans l'assiette, les œufs se révélaient savoureux. Pour eux-mêmes, mais aussi parce que Juliette les avait fait cuire. Philippe trempait son pain dans les jaunes appétissants, portait les bouchées à ses lèvres. Puis, il saisit son couteau et sa fourchette, découpa ce qu'il n'avait pas saucé, et termina ses œufs frits.

Nathalie n'avait rien oublié de la conversation de la veille. Sitôt qu'après les œufs son père porta à ses lèvres son grand bol de café noir, elle l'entreprit entre deux gorgées :

— Avec la neige, nous n'allons pas pouvoir nous rendre au Puy, à l'école de musique.

Philippe lorgna sa fille, surpris de la déclaration.

— Tu veux aller trop vite ! Non seulement la neige gêne la circulation et il est inutile de risquer un accident, mais surtout, pendant les fêtes, l'école est fermée. Tu n'as aucun souci à te faire : je tiendrai ma parole. Dès la rentrée de janvier, Juliette téléphonera pour prendre rendez-vous et elle t'emmènera au Puy. N'est-ce pas Juliette ?

— Absolument. Tu sais, Nathalie, dans la vie, il faut le temps. Tout ne se fait pas tout de suite. Rassure-toi : la neige ne va pas durer ; je t'emmènerai au Puy dès le premier jeudi de libre après la rentrée. En attendant, à quel moment de la journée préfères-tu répéter : le matin ou le soir ?

Nathalie leva la tête, réfléchit un instant :

— Je préfère continuer en fin d'après-midi.

— Ça tombe bien, observa le père. Avec le froid et la neige, nous aurons tout le temps pour t'écouter. À propos de la neige, impossible d'installer l'antenne de la télévision : le monteur ne va pas se risquer sur le toit.

— Et nous ne pourrons pas non plus profiter de nos vélos, ponctua Jacques qui s'exprimait rarement.

— Nous n'allons pas pourtant demeurer enfermés comme des oiseaux en cage, riposta Juliette. Malgré la neige, je propose une promenade en forêt.

— Bravo ! s'écria la mamie. Je m'équiperai et Sandrine de même. Toute la famille sortira.

— En ce cas, Robert, il est temps de grimper à la grange.

Vers midi, la neige cessait de tomber mais le froid garantissait sa persistance. Le ciel peu à peu s'éclaircissait, laissait passer la lumière d'un pâle soleil d'hiver. Dans ces pays où l'altitude moyenne frise ou dépasse les mille mètres, chacun, dès qu'il sait marcher, est équipé pour le froid et la neige. Bonnets, cache-nez, passe-montagnes, anoraks, bottes fourrées, tous avaient revêtu leur équipement d'hiver. La couche atteignait les trente centimètres et l'on ne pouvait que progresser lentement, levant et arrachant un pied après l'autre. Philippe et Juliette tenaient Sandrine entre eux et par la main, la soulevaient presque en permanence. Bientôt, son père trouva plus expédient de la hisser sur ses hautes épaules d'où la fillette découvrait au loin les paysages endormis.

À cette époque de l'année, les jours sont les plus courts : lorsque la famille quitta la ferme vers les 2 heures de l'après-midi, l'astre se trouvait déjà très bas sur l'horizon et paraissait vouloir s'y poser. L'ombre épaisse des lisières s'allongeait sur les couches blanches recouvrant prairies et champs, les transformait en un désert ponctué de boursouflures sombres mais chapeautées de blanc. Toute la famille, même Sandrine, devinait les arbres et les buissons écrasés par la neige. Nathalie avait téléphoné à Patrice pour qu'il se joigne à eux. Le garçon ne se l'était pas fait dire deux fois. Outre l'aubaine de la compagnie de Nathalie, chacun le savait expert à repérer les traces dans la neige, les minuscules empreintes des oiseaux, les coussinets et les griffes des renards et des chiens errants, les marques plus enfoncées des sabots des chevreuils qui progressent par bonds. Poursuivant le chemin vers la clairière, tous les huit entrèrent dans la forêt. Il fallait s'appeler Philippe et connaître par cœur les sous-bois pour discerner le relief des sentiers sous la neige. La couche se faisait moins épaisse, une partie des flocons accumulés puis soudés s'accrochait aux rameaux, s'agglutinait en couches étroites mais épaisses et lourdes, les empâtait, les enfonçait vers le bas. Certaines ramures n'avaient pas résisté et l'on remarquait des branches de sapins, de chênes, de fayards ou de bouleaux, quand il ne s'agissait pas de jeunes troncs, fraîchement brisés, même pas détachés, dont les chairs jaunes en échardes pointaient comme des lames de couteaux.

— Cette nuit, il ne fera pas bon être dehors. Le ciel s'est éclairci, il va geler à pierre fendre.

On débouchait sur la clairière de la croix du Bancillon. Le calvaire ne formait plus qu'une masse blanche étouffée dont émergeait seulement la croix épaissie sur ses bras d'une arête de neige. La tête de la croix se prolongeait d'un cierge blanc ; Jacques et Patrice visèrent. Les deux boules frappèrent et le cierge explosa en une multitude de petites paillettes blanches. Ce fut le signal. Robert les rejoignit, puis Nathalie, puis Juliette. Philippe descendit Sandrine de ses épaules pour se joindre à la bataille. La fillette ne demandait pas mieux. Immobile tout là-haut, elle commençait à ressentir le froid. Comme les grands, elle se baissait, attrapait la neige dans ses mitaines, façonnait sa boule comme elle voyait le faire ses frères et sa sœur, puis, de toutes ses forces, la lançait sur le plus proche. Du coup, la grand-mère entra dans la mêlée. Juliette riait à cœur joie, mitraillait Philippe. Bientôt, ce fut le baptême de la jeune femme : elle n'était pas encore tout à fait de la famille. Dans de grands éclats de rire, les boules se dirigeaient sur Juliette pour mesurer sa résistance. Celle-ci se défendait, ne prenait plus la peine de bien serrer ses boules, jetait des paquets de neige à deux mains comme on jette l'eau à la plage ou à la piscine. Autour d'elle, les sept autres se resserraient. Elle allait succomber. Du coup, Philippe changea de camp, la rejoignit et, dos à dos, ils firent front. À ce rythme, ils se fatiguèrent vite. La mamie tomba et l'on eut pitié d'elle. Son fils lui tendit la main, l'aida à se relever. Seuls les trois garçons et Nathalie poursuivaient la bagarre entre eux comme si les autres combattants en eussent été indignes.

Dans la clairière, à l'abri des grands arbres, on ne voyait plus le soleil et le jour finissant devenait sombre. Dans un moment, il commencerait à faire grand froid. Philippe frappa dans ses mains nues qui claquèrent dans l'air gelé.

— Vous êtes trempés. Nous allons marcher vite pour ne pas prendre froid. Dans moins d'une heure, il gèlera à – 10.

IX

Fière de ses progrès en violon, Nathalie avait confié à Patrice qu'une fois sa famille rentrée à la ferme elle jouerait comme chaque fin d'après-midi. Jaloux de ne pas être présent, le jeune garçon, lorsqu'on passa à proximité de la maison de ses parents, avertit qu'il s'échappait un instant, le temps de demander l'autorisation à sa mère – son père profitait des intempéries pour avancer des chantiers en intérieur – d'assister à la répétition. Philippe profita de l'opportunité pour se rendre avec lui en famille dire bonjour à sa mère. C'était une maison solide, vaste et spacieuse, une maison de maçon que le père de Patrice avait construite lui-même. La mère de Patrice, une forte femme de quarante ans, entourée de ses deux autres enfants, ouvrit la porte à tous, découvrit son fils trempé de neige et de sueur.

— Entrez, entrez tous, ne restez pas dehors. Vous allez prendre froid.

Philippe dut tout expliquer de la balade, de la bataille de boules de neige et du désir de Patrice d'écouter Nathalie et son violon.

— C'est vrai ? Il paraît que tu fais des progrès ?

— Beaucoup plus rapides que je ne l'aurais prévu, répondit Juliette.

La mère de Patrice laissa alors aller son regard de Philippe à Mathilde, et ensuite à Juliette. Philippe en profita :

— La rumeur court vite au village. Juliette et moi, nous allons nous marier. Sans attendre les dragées et l'invitation, je préfère vous le dire dès aujourd'hui, puisque l'occasion s'en présente.

— Effectivement, on en parle au village. Je suis contente pour vous.

Elle se montrait embarrassée. Sur le moment, elle ne savait que dire. Puis elle se reprit :

— Eh bien, je vous souhaite à tous les deux beaucoup de bonheur. On se fait la bise ?

De Juliette à Philippe, puis à la mamie et aux enfants, finalement tout le monde s'embrassa. Les bises terminées, la mère de Patrice examina son fils, encore rouge comme une pivoine et le visage en sueur.

— Tu ne vas pas partir comme cela : monte à ta chambre, essuie-toi et change-toi.

— Vous avez raison : nous allons faire de même, décida d'autorité Mathilde. Inutile d'attraper du mal.

— Va vite, Patrice, tu les rejoindras ensuite.

Sitôt la famille de Nathalie éloignée et la porte refermée, sa mère apostropha son fils :

— Je ne te connaissais pas ce goût pour le violon. Tu ne m'en cacherais pas un autre ?

S'il n'avait pas déjà eu la peau cramoisie, Patrice aurait rougi. La petite sœur et le jeune frère de Patrice, qui fréquentaient l'école de Malvières avec lui, pouffèrent derrière leur mère. Ils voyaient bien depuis longtemps leur frère en pincer pour Nathalie.

Depuis la nuit des temps, les femmes sont les maîtresses du feu. Souvenirs des grottes où, tandis que les hommes chassaient, leurs compagnes entretenaient les braises entre les pierres. Sitôt la famille revenue à la ferme, Mathilde se soucia d'abord de relancer les flammes de l'âtre en y posant plusieurs bûches sur celles incandescentes qu'elle avait disposées avant de partir. Juliette agit de même avec le fourneau dont elle regarnit le foyer.

— Les enfants, montez vite dans vos chambres vous essuyer et vous changer. Vous êtes grands, vous pouvez le faire tout seuls. Ne perdez pas de temps. Sitôt changés, redescendez vous chauffer devant la cheminée. Toi, Sandrine, reste avec moi près de l'âtre que je te frotte et puis te change.

Juliette et Philippe laissèrent l'enfant avec sa grand-mère, se dirigèrent vers leur chambre. Qu'il y faisait froid ! Il convenait de se déshabiller en vitesse, de s'essuyer, de se frotter puis de revêtir des vêtements secs, mais à la température de la chambre, empilés dans l'armoire. C'était la première fois que les amants se déshabillaient mutuellement et si vite. Philippe en profitait néanmoins pour s'attarder à essuyer Juliette et réciproquement elle prenait plaisir à le frotter de toute sa vigueur. Tenant chacun leur serviette à deux mains, ils profitaient de la liberté des lèvres pour égarer des baisers sur leurs deux nudités.

— Vite, nous allons nous enrhumer.

— Dommage que nous n'ayons pas le temps de nous réchauffer au lit !

— Coquin !

Nue, Juliette fouillait dans l'armoire et Philippe en profitait pour admirer son corps aimé, ses courbes dont pourtant maintenant il n'ignorait plus rien mais qui l'excitaient à chaque fois. C'est bien connu : l'amour ne s'use que si l'on ne s'en sert pas !

— Dépêchons-nous ! Tiens, agrafe-moi mon soutien-gorge !

Et Juliette offrait son dos.

Lorsqu'ils sortirent de la chambre, toute la famille se chauffait devant l'âtre. La mamie venait d'en terminer avec Sandrine.

— Mets-toi le dos au feu. Je vais me changer à mon tour.

Elle ne fut pas plutôt chez elle que Patrice ouvrait la porte ; se considérant de la famille, il n'avait pas frappé. Nathalie adressa un regard à Juliette comme si d'elle dépendait que la répétition pût commencer.

— Oui, oui, bien sûr ; c'est à toi de décider si tu te sens prête à jouer.

Nathalie ne dit mot, répondit en allant dans sa chambre y quérir son violon. Chaque soir, elle prenait soin après l'avoir nettoyé de bien enfermer l'instrument dans son étui afin qu'il y dorme en paix. La fillette revint, le tenant à la main. Selon le rite, elle le posa sur la table avec délicatesse, bien à plat. Patrice, comme tous ses condisciples, avait déjà observé et écouté sa maîtresse lorsqu'en fin d'après-midi elle jouait du violon ; mais jamais il n'avait vu Nathalie en jouer. Les yeux bleus de

Patrice ne perdaient pas une miette du moindre de ses gestes. Lorsque Nathalie souleva le couvercle, il ne put résister, quitta sa place et s'approcha. Sous la lumière du lustre, le violon luisait aussi clair qu'au soleil. La main gauche de Nathalie saisit le violon par son manche tandis que sa droite dégageait l'archet. Son regard croisa celui de Patrice : d'un sourire, il l'encouragea. La fillette s'approcha de la cheminée. Juliette se leva, la prit doucement par le bras :

— Pas si près, comme je te l'ai dit hier soir. Attention aux étincelles.

Chacun prenait une chaise et faisait cercle. D'elle-même, Nathalie plaça la sienne un peu plus loin. Cette répétition de fin d'après-midi semblait, depuis quelques jours, prendre l'allure d'un cérémonial quotidien. Mais Nathalie attendait pour jouer la présence de sa mamie. Philippe regardait l'heure à l'horloge, soucieux de celle de la traite. Il voulait absolument écouter une partie lui aussi de la répétition. Enfin, la mamie sortit de sa chambre. Elle s'était dépêchée pour ne pas faire attendre ; impatiente d'écouter, elle prit sa chaise, s'assit parmi les siens et fit silence. Ses yeux brillaient comme si un miracle déjà connu allait à nouveau se produire. Mathilde ne se lassait d'écouter et admirer sa petite-fille. Sous le regard de sa mamie, Nathalie souriait.

— Je suis certaine que vous reconnaîtrez l'air. C'est le seul que j'arrive à jouer ; et encore, pas tout, seulement les premiers arpèges de la mélodie.

— Eh bien ! Tu en as appris des mots, ne put s'empêcher de remarquer son père.

Emmené par la main droite, l'archet entama sa danse sur les cordes du violon et les premières notes s'envolèrent. Chacun se tenait coi, tout ouïe, mais Patrice plus encore que les autres.

— *Au clair de la lune* ! ne put-il s'empêcher de s'exclamer.

Mais aussitôt il se tut, gêné de son exclamation qui, trouant le silence, empêchait les autres d'écouter. Nathalie cependant, bien qu'elle s'appliquât à s'absorber tout entière dans son art, ne put réprimer un sourire à Patrice.

Décidément, ce serait la soirée des interruptions. Le téléphone sonna. Philippe, contrarié, se leva, adressa à Juliette un regard interrogatif. Elle le suivit des yeux ; d'instinct, elle subodora que la communication était pour elle. À pas rapides, Philippe traversa la grand-salle ; le téléphone avait été installé vers la porte d'entrée, à l'opposé de la cheminée. Il décrocha, écouta sans dire mot, puis prononça seulement cette phrase en sourdine, bouche masquée par la paume :

— Je vous la passe.

Juliette, sans attendre que Philippe le lui eût confirmé, comprit que l'appel était pour elle, se leva, marcha vers le guéridon où était posé l'appareil.

— Ton père, prononça le plus bas possible Philippe à l'oreille de Juliette.

Il ne voulait pas interrompre à nouveau Nathalie lorsque tout à l'heure il devrait se lever pour la traite et choisit de s'y rendre aussitôt. Si l'appel se révélait important, Juliette le rejoindrait à l'étable. Les enfants s'absorbaient tout entiers dans la musique mais Mathilde qui, cependant, se concentrait elle aussi dans l'admiration des progrès de sa petite-fille, entendit la dernière phrase et la comprit. Curieusement, elle n'en présagea rien de bon.

— Papa ? interrogeait Juliette du plus bas qu'elle le pouvait.

Au fur et à mesure qu'elle écoutait, Mathilde observait son visage pâlir. Parfois, son oreille attentive surprenait par bribes des propos de Juliette.

— Tu ne peux pas nous faire ça !

— …

— Tu avais promis !

— …

— Et maman ? As-tu pensé à elle ?

— …

— Je ne veux pas t'en dire davantage au téléphone. Je serai chez toi à Billom demain, avant midi. Il va falloir que tu t'expliques. Bonsoir.

Juliette raccrocha et, sans un mot, sans un regard à sa nouvelle famille, même pas à Nathalie qui s'efforçait de continuer de jouer, quitta la salle sans prendre ni le soin ni le temps de revêtir un vêtement chaud et des chaussures pour la neige. Elle ouvrit la porte, s'engouffra dans le froid glacial qui la saisissait, marchant en pantoufles dans la neige gelée qui craquait sous ses pas et dont les arêtes de la croûte glacée lui griffaient les mollets. La nuit avait tout envahi et dans le ciel figé de froid les étoiles elles-mêmes semblaient transies. La lune, à son petit quartier, éclairait à peine et Juliette pour ne pas s'égarer se repérait aux lueurs qui s'échappaient des lucarnes de la grande étable. Elle craignait qu'en cas de chute Philippe ne la retrouve que dans une heure ou plus, en totale hypothermie ou pire encore, gelée, tellement le froid mordait. L'après-midi, dans la forêt, il avait annoncé – 10 degrés durant la nuit et sa prévision se vérifiait. Du plus vite qu'elle le pouvait, croisant les bras sur sa poitrine pour se protéger du froid, elle franchit l'espace jusqu'à la porte d'accès à la stabulation, la tira, entra, repoussa vite la porte.

Comme il faisait bon ! Toute cette tiédeur animale retrouvée lui pénétrait la peau, lui enserrait le corps dans une douce chaleur. Philippe, tout occupé à la traite, ne la vit pas entrer. Marchant vite sur l'allée centrale, elle traversa la grande étable pour rejoindre Philippe occupé à surveiller la bonne marche de toute la mécanique. Dans les tuyaux translucides, on voyait couler le lait jusqu'au tank.

— Philippe !

Il se retourna brusquement. Les bruits d'une étable de trente bêtes en cours de traite – multiples tic-tac mécaniques, mouvements des vaches – rendent inaudible une voix :

— Toi ? Je ne t'ai pas entendue.

Au visage de Juliette, à la fois contrarié par l'annonce de son père et rougi par le froid, Philippe comprit aussitôt qu'elle apportait ici quelque chose de grave. Il s'approcha d'elle :

— Mais tu es venue sans t'habiller ? C'est comme cela que l'on attrape du mal. Qu'arrive-t-il ? C'est le coup de téléphone de ton père ?

— Il ne veut plus venir !

Les larmes retenues aussitôt coulèrent sur ses joues. Philippe ne l'avait jamais vue pleurer. Ses parents paysans lui avaient donné une éducation tout entière basée sur le respect de l'autre et par conséquent de la parole donnée. Il prit Juliette contre lui et la serra très fort pour bien lui montrer qu'elle n'était pas seule.

— Mais il nous l'avait promis ! Il a prévenu ta mère ?

— Je ne crois pas.

— Une parole est une parole. Si tu en es d'accord, demain matin nous irons à Billom.

— Je lui ai dit que je serai demain matin chez lui.

Philippe la serra encore plus fort. Brusquement, il la saisit à deux mains par les épaules, la regarda droit dans les yeux ; cet homme, qui allait devenir son mari, lui déclara :

— Mon amour, nous allons nous marier. Il faut le voir ensemble.

Philippe réfléchissait, Juliette n'y avait pas pensé : demain, ce serait vendredi et, le soir même à Retournac, ils devaient être reçus à dîner chez Bruno. Il allait falloir faire vite, un simple aller-retour.

Et tandis qu'il parlait, ses yeux exprimaient une infinie tendresse : peut-être même se voilaient-ils de larmes. Juliette, à cette vision qu'elle n'aurait pas imaginée tellement elle savait Philippe fort, se persuadait qu'il l'aimait encore plus qu'elle ne le croyait. Ignorant le tissu maculé de la combinaison de travail, elle se fit toute petite et à son tour se blottit contre lui. De ses mains qui sentaient le lait, il lui caressait ses longs cheveux noirs et bouclés, les promenait sur sa nuque. Il retira ses mains, dans un geste d'amour saisit son visage et tendrement l'embrassa. Leurs deux bouches n'en faisaient qu'une.

Les pis vidés des vaches, les trayons prisonniers des embouts qui ne pompaient que du vide amenèrent les bêtes à s'agiter, certaines à meugler. Les amants se séparèrent.

— À ta place, je téléphonerais à ta mère. Elle devrait venir avec nous. Mais tu ne vas pas traverser la cour en cet état. Viens.

Philippe conduisit Juliette à un passage qui menait à un petit local nommé le laboratoire.

— Qu'est-ce que c'est ?

— Le laboratoire d'Arlette. Elle y faisait des fromages que le samedi matin elle vendait sur les marchés de Craponne, voire du Puy durant l'été. Après son décès, ma mère a repris cette activité qui rapportait bien. Nous ne pouvions la laisser. Je n'ai touché à rien. Si ça ne te gêne pas, enfile ses bottes et son anorak. Sinon, j'irai te chercher tes vêtements dans notre chambre.

Juliette hésitait, ne savait que décider. Tout émue, elle considéra la proposition de Philippe comme une marque d'amour puisqu'il lui confiait les vêtements de l'épouse qu'il avait aimée. Elle se dit qu'il ne s'agissait pas d'effets intimes mais de ceux que tout le monde peut porter. Juliette enfila les bottes, revêtit l'anorak.

Tous les deux avaient mal mesuré le temps passé ensemble. Lorsque Juliette rentra dans la grand-salle, Nathalie rangeait son violon, Mathilde dressait les couverts, Jacques rechargeait l'âtre de bûches sous le regard de Sandrine qui toujours s'extasiait devant la danse des flammes et les jets d'étincelles.

— Patrice est parti ?

— Oui, Robert l'a raccompagné. Vu le froid, je n'ai pas voulu qu'il rentre seul chez ses parents. Ton fils sait qu'on l'attend pour dîner : il ne va pas tarder.

On parle du loup, il sort du bois. La porte s'ouvrait, c'était Robert, emmitouflé de son passe-montagne, d'un gros anorak et chaussé de bottes chaudes. Mathilde examinait Juliette dans les habits d'Arlette ; les enfants faisaient de même. La jeune femme comprit.

— Il fait si froid. Philippe m'a demandé de m'en protéger.

— Tu as bien fait de les avoir enfilés. Lorsque tu es sortie en coup de vent sans t'habiller, j'ai compris qu'il se passait quelque chose de grave.

— Demain, Philippe et moi, nous irons à Billom voir mon père.

— Il est malade ?

— Non. C'est tout autre chose.

— Mais, vous croyez que les routes seront praticables ?

— Il le faudra bien. Je dois maintenant téléphoner à ma mère.

Juliette retira ses bottes, ou plutôt celles d'Arlette, puis son anorak. Les enfants n'avaient rien dit mais Mathilde comme la jeune femme percevaient leur malaise. Sans attendre, elle récupéra les vêtements :

— C'était pour dépanner. Votre papa ne voulait pas que Juliette prenne froid. Je vais les porter dans ma chambre. Plus jamais personne ne les mettra.

De fait, à part Sandrine qui était trop jeune pour avoir assez connu sa mère et s'en souvenir, Robert, Jacques et Nathalie n'avaient pas vraiment fait leur deuil. Il suffisait qu'un événement, un geste coutumier ou un objet leur rappelle leur maman pour qu'aussitôt ils la revoient parmi eux. À part leur père et leur grand-mère, elle n'appartenait qu'à eux et nulle autre personne ne pouvait la remplacer ni se l'approprier. Ils avaient bien accepté Juliette et sans doute l'aimaient, mais à la condition qu'elle ne la remplace pas. Le mariage avec le père les offusquait peu car ils n'avaient pas assisté à son mariage avec leur mère. Mais ses bottes et son anorak ! Ils avaient vu Juliette les porter : comme leur avait fait mal cette vision de deux vêtements maternels sur une autre femme.

Avant de téléphoner, Juliette rencontra le regard de Nathalie.

— Tu me pardonneras, mais ce n'est pas ma faute. Tu as pu jouer toute la mélodie d'*Au clair de la lune* ?

— Oui, mais je ne sais pas si j'ai bien joué. Tu n'étais pas là et les autres ne connaissent pas la musique.

— Est-ce qu'ils t'ont regardée et écoutée en permanence ?

— Oh ! que oui. Surtout Patrice !

— Eh bien ! S'ils n'ont pas perdu une seule de tes notes, c'est que tu as bien joué.

Juliette se baissa, saisit les deux mains de Nathalie, chuchota à son oreille :

— Dis-moi, mais réponds seulement si tu le veux car c'est ton secret : Patrice, il t'aime bien ?

— Oh oui, maîtresse, et moi aussi.

— Alors, il faut être très sage.

Et elle lui posa un bisou sur le front ; du coup, les joues de Nathalie devinrent toutes roses.

— Maintenant, range bien ton violon dans son étui et porte-le dans ta chambre. Demain soir, ton père et moi, nous sommes attendus à Retournac chez mon frère Bruno.

Nathalie dévisage Juliette, trouve ces démarches bien compliquées et très abstraites pour elle.

— Tu feras comme ce soir et joueras seule. Après-demain, je te promets qu'avec ton père nous t'écouterons jusqu'au bout. Mais, si tu le veux, demain matin, dans ta chambre, entraîne-toi toute seule. Deux fois par jour, c'est encore mieux.

— Oui, mais il fait froid dans la chambre. J'en ai les doigts tout gourds.

— Alors, dans la salle, à la chaleur de l'âtre, mais pas trop près.

D'un doigt, Juliette lui toucha la joue :

— Maintenant, je dois téléphoner.

Après avoir composé le numéro, pour un maximum de discrétion, Juliette protégea l'écouteur de ses mains.

— Maman ? C'est Juliette.

— Oui ?

— Papa a téléphoné. Il ne veut plus assister au mariage.

Solange se taisait, ne répondait pas.

— Allô ? Maman ? Tu m'entends ?

— Oui, je t'entends, et cela ne m'étonne qu'à moitié.

— Mais pourquoi, pourquoi, puisqu'il avait dit oui ?

Solange à nouveau se taisait.

— Mais réponds, vous êtes horripilants à la fin, tous les deux !

— Je comprends ta déception, mais lui seul peut répondre.

— Maman ?

— Oui ?

— Philippe et moi, nous irons à Billom demain matin. J'aimerais que tu nous accompagnes. Je veux connaître la vérité. Vous me cachez quelque chose : et ce, depuis votre séparation. J'ai le droit de savoir.

Dans l'écouteur, Juliette n'entendait que le silence. Enfin, Solange se décida :

— Tu sais, il est des blessures qu'il ne faut pas rouvrir.

— Si. Lorsqu'en nous quelque chose demeure captif, cela fait souffrir et empêche de guérir.

Juliette sentait que sa mère réfléchissait.

— Tu l'auras voulu. À quelle heure partez-vous ?

— La dernière fois, nous sommes partis à 9 heures. Mais il faut le temps d'aller te chercher à Saint-Christophe. C'est plus d'une heure de route.

— Je prendrai ma 2 CV et vous attendrai à 9 heures, sur la place de La Chaise-Dieu, au pied de l'escalier qui monte à l'abbatiale.

— Merci.

— Ne me dis pas encore merci. Tu le regretteras peut-être.

— Non ! Quelle qu'elle soit, je veux savoir la vérité. Mais pourquoi ne viens-tu pas jusqu'à Malvières ? Il ne faut pas dix minutes depuis La Chaise-Dieu.

— Non, ce serait prématuré.

— Mais enfin, quels sont tous ces mystères ?

— Il est encore temps pour toi de ne pas vouloir les connaître.

Juliette restait sidérée, ne comprenait rien à rien.

— Comment sont les routes à Saint-Christophe ?

— Les Ponts et Chaussées les ont nettoyées. Comme il gèle, il ne neigera pas cette nuit.

— Ici, la neige est partout. Enfin, il faudra bien. À demain.

Juliette raccrochait lorsque Philippe revint de la traite. La table était mise et Mathilde posait sur le dessous-de-plat la soupière fumante.

— Il gèle encore plus fort que tout à l'heure. - 10 degrés au thermomètre accroché au mur. Demain matin, au lever du jour – le moment où il fait le plus froid –, nous aurons – 15.

— Tu crois que nous pourrons rouler demain ?

— Peut-être auront-ils dégagé les routes ? De toute façon, je vais emporter les chaînes au cas où. Tu as téléphoné à ta mère ?

— Oui. J'ai fini par la convaincre. Ça n'a pas été facile.

Juliette, contrariée, faillit vider son sac. Mais, aussitôt, la vue des enfants l'en dissuada.

— Bon, votre père et moi, nous n'allons pas vous gâcher la soirée avec mes histoires de famille.

Comme elle était encore debout, pour s'occuper l'esprit à quelque chose d'utile, elle s'offrit à servir et proposa à chacun de tendre son assiette. Ce faisant, elle ne mesurait pas la symbolique du geste : du vivant d'Arlette – leur mère –, c'est elle qui servait. Dès la connaissance de son décès, au soir de l'accident, ce fut au tour de Mathilde, la grand-mère.

Prenant la place des deux femmes, Juliette s'installait ainsi en fonction maternelle. Chaque enfant tendait son assiette selon le rite inversement proportionnel à l'âge, comme si le plus jeune avait besoin de plus d'amour. Mathilde tendit celle de Sandrine, avertissant elle-même de ce qu'il fallait verser. Nathalie avança alors la sienne, précisant elle-même le moment d'arrêter. Ensuite, ce furent Jacques, puis Robert. Philippe présenta celle de sa mère, puis, à deux mains, il avança leurs deux assiettes. Juliette remplit celle de Philippe et versa ensuite deux louches dans la sienne.

C'était de la bonne soupe toute simple avec les pommes de terre, les carottes, les poireaux et un gros quartier de courge, le tout passé au moulin à légumes. Mathilde y avait ajouté une belle tranche de lard. Une fois les assiettes vidées, Juliette demanderait à chacun s'il désirait être resservi. Pendant que les gros mangeurs termineraient leur seconde assiettée, Mathilde, qui ne pouvait supporter de rester sans rien faire, trancherait le lard dans une grande assiette selon ce qu'elle savait de l'appétit de tel ou tel. Philippe couperait le pain, distribuerait les tranches. La vie se déroulait ainsi dans ces familles paysannes des années soixante : tout demeurait encore codifié, chacun tenait sa place et savait ce qu'il avait à faire. Le litre de vin rouge restait à la portée du père ; pour faire glisser le lard, il en verserait un demi-verre à Mathilde et à Juliette – un verre entier à lui. Robert se leva : la mamie avait oublié les cornichons, n'avait sorti que la moutarde. Le lard terminé, on fit tourner la tomme de chèvre achetée à Craponne-sur-Arzon. Dressant la table, Mathilde l'y avait disposée, avec une coupelle de noix et une jatte de pommes.

Philippe réfléchissait. Entre la tomme et les fruits, s'étant assuré d'un coup d'œil circulaire qu'aucun ne manquait de pain, il attarda son regard sur Robert. Le garçon s'en aperçut, tourna la tête vers son père.

— Demain matin, Juliette et moi, nous devrons partir tôt pour Billom. Vu l'état des routes, j'ignore si nous serons rentrés pour la traite. De plus, nous devons être à 8 heures du soir à Retournac, chez Bruno, le frère de Juliette. Est-ce qu'avant notre départ tu pourras m'accompagner demain matin à la grande étable ? Je te montrerai quelques détails pour conduire la traite. Ensuite, tu t'occuperas toi-même des bêtes, tu sais le faire, puisque tu veux devenir paysan…

— Pas de problème, papa. Si je ne suis pas réveillé, frappe à la porte.

— Merci. Autre chose : si nous ne sommes pas rentrés à 18 heures, pourras-tu mettre en route ?

— Oui, bien sûr. D'autant plus que j'aurai répété le matin !

— Merci bien. Tu auras tes quinze ans l'année qui vient ; pour moi, j'ai obtenu mon certificat d'études à quatorze ans, en juillet. Sitôt le papier en poche, ou plutôt le rouleau à la main[1] !

— Il est encore dans ton armoire, précisa Mathilde entre deux bouchées.

— C'est vrai ?

---

1. *À cette époque, le « certif » était délivré sous la forme d'un grand document.*

— Bien sûr, dans le tiroir de droite. Vous vérifierez, Juliette.

— ... Sitôt le papier en poche, ton grand-père m'a pris avec lui et a fait de moi un paysan. Tu as l'âge. Enfin, ce n'est pas la même époque. Il convient d'abord de terminer tes études.

Philippe ne pouvait laisser Mathilde sans rien lui dire ; mais cela ne regardait pas les enfants. Afin d'envoyer chacun d'eux se coucher, une fois la table desservie et la vaisselle essuyée, Philippe prétexta que la journée avait été longue, que le lendemain lui et Juliette devraient se lever tôt.

— Assieds-toi, maman.

— Oh ! Je devine bien que cela ne va pas comme Juliette voudrait.

— C'est exact, et je ne veux pas vous mentir. Mon père est revenu sur sa promesse. Il décline l'invitation à notre mariage. J'ai obtenu que demain ma mère nous accompagne chez mon père. Face à face, ils ne pourront plus se taire ; il va bien falloir qu'ils se décident à parler. Je veux savoir.

— Dans toutes les familles, il existe un secret. Je devine que c'est à cause de lui que vos parents se sont séparés.

Mathilde regarda son fils.

— Dans notre famille aussi, il en existe un. Tu le lui as dit ?

— Non, pas encore.

— Pourquoi ? Tu as peur que je ne t'aime plus pour cela ?

— Tu sais bien que non ! Aujourd'hui, plus rien n'est à cacher entre nous. C'est seulement parce que nous n'avons jamais rencontré l'occasion d'effleurer le sujet. J'avais une sœur aînée.

Philippe hésite, poursuit :

— J'espère l'avoir toujours d'ailleurs. Pendant l'Occupation, elle est tombée amoureuse d'un Allemand qui lui a fait un enfant. À la Libération, les résistants ne badinaient pas avec ça.

Une seconde fois, Philippe observe un silence, réfléchit au passé.

— Elle nous a quittés. Après la guerre, nous avons reçu une lettre d'Allemagne ; ma sœur vivait là-bas, mariée avec lui. Depuis, nous sommes sans nouvelles. Nous avons eu beaucoup de problèmes au moment de l'épuration ; on nous reprochait une prétendue collaboration. À présent, c'est terminé.

— Pas tout à fait. Il arrive que des gens malintentionnés ne se gênent pas pour me jeter des sous-entendus à la figure.

Juliette serra la main de Philippe, lui sourit tendrement.

— Tu n'as pas à rougir : nul ne maîtrise l'amour ! Allons nous coucher : demain, la journée ne sera pas facile.

La 2 CV attendait, exacte au rendez-vous, garée sur la place au pied du grand escalier qui accède à l'abbatiale, celui-là même que dut gravir – penaud – le cardinal de Rohan exilé à La Chaise-Dieu en 1786, après l'affaire du Collier de la reine. Dès qu'elle surprend l'arrivée du fourgon sur la place, Solange, totalement emmitouflée, pousse de l'intérieur la portière de sa voiture, la referme aussitôt, donne un tour de clé et s'approche du véhicule. Juliette en ouvre la portière, donne la main à sa mère et la tire vers elle pour qu'elle puisse en gravir le marchepied sans trop de risques et d'efforts. Juliette se pousse contre Philippe pour lui laisser la place de s'asseoir. À trois, devant, ça ira et ils se tiendront chaud. Solange se penche, attrape la poignée de la portière, la tire d'un coup sec et la fait claquer pour qu'elle soit bien fermée.

— Bonjour maman.

— Bonjour madame.

— Bonjour mes enfants.

— Nous ne vous avons pas trop fait attendre ?

— J'arrivais. Vous croyez que les routes seront praticables ?

— Les chasse-neige sont passés. Le fourgon est équipé pour l'hiver et j'ai des chaînes dans le fourgon. Pour venir de Malvières, ça allait à peu près et c'est le passage le plus difficile. Je roulerai doucement dans la descente vers Arlanc. Les Ponts et Chaussées ont dû sabler en passant les chasse-neige.

Ces propos liminaires énoncés, chacun se tut. Philippe roulait doucement, attentif à la route recouverte de neige verglacée ô combien dangereuse malgré le sablage. Parfois, le fourgon cahotait, trépidait sur la neige gelée d'inégale épaisseur. Solange regardait défiler les arbres prisonniers de leurs gaines glacées et les sapins chargés de blanc dont les branches ployaient. Les plus basses touchaient la couche neigeuse sur les talus et les lisières et semblaient collées par le gel. Juliette observait tout cela, considérait les mains fermes de Philippe sur le volant, parfois souriait, savait que d'elles tout dépendait. Il ne lui déplaisait pas d'abandonner sa sécurité et celle de sa mère à l'homme qu'elle aimait. Son esprit revenait sans arrêt à Saint-Christophe-sur-Dolaizon, à ce fameux matin du 21 mars 1962 lorsque son père les avait quittées toutes les deux. Cette date, toute sa vie, elle s'en souviendrait avec précision. Sans pouvoir s'en empêcher, elle questionna sa mère :

— Tu sais à quoi je pense, maman ?

— Au refus de ton père, j'imagine ?

— Non, même pas. Je pense à ce 21 mars 1962 lorsque papa nous a quittés tous les trois après m'avoir embrassée. La veille au soir, il était rentré dans un état de telle émotion ! Dis-moi : c'est bien pendant la nuit du 20 au 21 mars 1962 qu'a surgi entre vous l'événement imprévu, cause de votre séparation ?

Philippe, totalement absorbé par la négociation de l'un des virages les plus serrés dans la descente du col, ne réagit qu'après avoir retrouvé la ligne droite :

— Tu as bien dit le 20 mars 1962 ?

— Oui, parfaitement. Le lendemain même où de Gaulle a annoncé les accords d'Évian et le cessez-le-feu en Algérie.

— Décidément !

— Décidément ?

— C'est le 20 mars 1962 qu'en revenant de la foire de Craponne-sur-Arzon, Arlette s'est fait tuer par un chauffard ivre.

Brusquement, Solange se tourna vers Philippe ; elle allait parler, mais ses lèvres se collèrent et ses yeux se perdirent dans la forêt engoncée dans le blanc.

X

Au pied du col, la route s'aplanit, la traversée d'Arlanc fut presque facile ; Philippe roula ensuite sans problème dans la direction d'Ambert où les difficultés recommencèrent jusqu'à Saint-Dier-d'Auvergne. Ce n'étaient que montées et descentes, parfois coupées de congères entassées par la bise. Il convenait de rouler à la fois suffisamment vite pour les traverser sans en demeurer prisonnier et en même temps de faire preuve de la plus grande prudence pour ne pas déraper et partir dans un fossé. Le pire était les croisements ; quand survenait un autre véhicule, il fallait les aborder au pas, éviter le moindre dérapage qui aurait conduit à l'accrochage. Juliette et Solange se taisaient : elles aussi se tenaient à l'abri d'une parole mal interprétée provocatrice d'affrontement. Enfin, à la sortie de Saint-Dier-d'Auvergne, la route étroite doucement s'aplanit. À Billom, de même qu'au premier voyage le lendemain de Noël, les rues se trouvaient dégagées : le fourgon put les gravir sans encombre.

Philippe gare le fourgon rue de l'Étezon, sur la placette face à l'atelier de reliure. Solange descend, tout engourdie d'être restée immobile si longtemps, attentive à bien poser ses pieds en descendant le marchepied. Juliette la suit ; Philippe, après avoir fait le tour du fourgon pour un examen attentif d'éventuelles cabosses ou rayures, les rejoint.

— Ça va bien, je n'ai rien accroché.

— Les volets sont ouverts : il nous attend, constate Juliette avec soulagement.

Plusieurs fois, elle soulève le heurtoir de bronze, le laisse retomber sur sa plaque de métal. De l'atelier, aucun bruit ne parvient ; derrière les vitres des fenêtres aucune silhouette ne se laisse deviner. D'ailleurs, la lumière reste éteinte.

— Décidément, quel caprice de dernier moment va-t-il encore nous jouer ? s'exclame Solange.

Juliette s'approche, colle son oreille à la porte :

— Je n'entends rien. Frappe plus fort, toi.

Philippe soulève le heurtoir et l'assène sur le métal avec la même force que s'il eût frappé une enclume d'un grand coup de marteau.

Tous les trois demeurent immobiles dans la rue, tentent de discerner le moindre bruit.

Le bruit du heurtoir fut tel qu'une voisine sortit. Solange s'avança à sa rencontre, s'efforçant de lui offrir son sourire le plus avenant.

— Pardon madame, vous ne savez pas si le relieur est chez lui, nous avions rendez-vous.

— Il doit y être. Je l'ai aperçu ce matin lorsqu'il ouvrait ses volets ; il ne me semblait pas bien aller. Je lui ai demandé s'il lui fallait quelque chose, s'il souffrait, mais je n'ai obtenu aucune réponse. Depuis, je ne me souviens pas l'avoir aperçu ressortir. Lorsque vous frappiez du heurtoir, aucun bruit ne vous parvenait ? Pourtant, Dieu sait si monsieur a frappé fort ! Le bruit m'a fait sursauter !

Et elle souriait à la vue de la carrure de Philippe.

— Mais j'y pense, si vous le souhaitez, entrez chez moi ; j'ai le téléphone ; vous l'appellerez.

— Merci beaucoup, madame, répondit Juliette.

Philippe resta seul dans la rue à observer les fenêtres. L'appareil téléphonique se trouvait dans le couloir, juste derrière la porte d'entrée que la voisine laissa ouverte. Lorsque la sonnerie dut retentir dans la maison de Germain, il sembla à Philippe apercevoir une silhouette passer en vitesse derrière une fenêtre obscure.

— Papa ? C'est Juliette. Qu'est-ce qui te prend de ne pas vouloir ouvrir ? Tous les trois, nous avons roulé presque toute la matinée sur la neige verglacée pour te voir. Ouvre-nous ! Je t'en prie ! Tu ne crois pas que tu m'as fait assez souffrir comme cela ? Ouvre-nous, papa ! C'est ta fille.

Elle entendait dans l'écouteur le souffle de son père et presque en devinait l'odeur, tellement elle l'aimait et croyait le connaître, ce père qui l'avait fait tant souffrir. Enfin, après de longues secondes de silence, elle entendit parler dans l'écouteur :

— Excuse-moi, Juliette, mais pour moi c'est un supplice. Je descends.

Dans la rue, devant la porte, tous les trois attendaient. Une clé tourna dans la serrure, la porte s'entrouvrit : un homme très pâle, visiblement amaigri, tout ébouriffé, ni lavé ni coiffé, aux joues salies de barbe, à la tenue aussi lugubre que la face, s'effaça pour les laisser entrer :

— Mon Dieu ! Germain ! Comme tu es !

Solange, qui n'avait pas revu son mari depuis bientôt six ans, ne le reconnaissait pas. Elle conservait le souvenir d'un homme pimpant, tiré à quatre épingles, bien nourri. Inconsciemment cependant, elle se rassurait ; pour se traîner dans un tel état, il ne pouvait vivre avec une femme. Car elle l'aimait cet homme ; certes, la vie l'en avait séparée, mais sans jamais le lui faire oublier. Femme à n'aimer vraiment qu'une fois, elle l'avait dans la peau.

Juliette et Philippe, sans besoin de se le confier, se demandaient quant à eux comment Germain, en moins d'une semaine, pouvait avoir changé à tel point. Il n'y avait pas une semaine, tous les deux ici même étaient reçus par un homme avenant, bien portant, soigné autant qu'attentionné : aujourd'hui, ils découvraient un autre homme.

— Mais papa, tu es malade ?

Germain releva la tête, dévisagea sa fille, examina sa femme, scruta l'expression du visage de Philippe, son futur gendre.

— Venez vous asseoir.

Ils le suivirent dans l'escalier dont Germain, avec peine, montait les marches. Philippe, avant de les rejoindre, prit le soin de refermer la porte et de tourner la clé. Il savait que la scène à venir ne supporterait pas d'être interrompue par une visite inopportune.

La salle reflétait le désordre, tout traînait.

— D'ordinaire, ma femme de ménage vient deux heures chaque semaine. Mais j'ai préféré demeurer seul. Je lui ai téléphoné sous un prétexte quelconque pour qu’elle ne vienne pas. Je vous en prie, asseyez-vous.

Et Germain se laissa choir dans son fauteuil.

Juliette et Solange, par la porte de la cuisine restée ouverte, observaient celle-ci : rien n’y traînait, ni reste de repas ni rien. Manifestement, Germain, depuis bientôt une semaine, se laissait mourir de faim.

— Mais enfin, papa, que se passe-t-il ?

Comment exprimer certaines choses ? Comment dévoiler certaines vérités sans tuer ceux qu’on aime ?

— Lorsque vous êtes venus me voir, une date, une coïncidence m’ont frappé. Sur le coup, je ne vous ai rien fait observer ou préciser, je ne vous ai pas demandé de détails, je voulais vérifier mes dates, ne pas vous faire souffrir inutilement. Malheureusement, ce que je subodorais s’est avéré exact. J’ai repris les coupures des journaux de l’époque.

L’écoutant, Philippe se remémorait les dates avancées tout à l’heure par Juliette dans le fourgon, l’attention qu’il y avait portée : il scrutait le visage de Germain, craignant d’avoir déjà compris. Juliette se montrait si tourmentée qu’elle n’osait même pas tenter de s’efforcer à deviner tellement elle souffrait. Son père la dévisageait, effaré, sachant combien il allait martyriser ces deux êtres qui s’aimaient et qui sans son passé eussent tout possédé pour être heureux. Solange, qui en savait davantage sans cependant tout connaître, se tenait crispée dans son fauteuil, effarée de ce qu’elle allait apprendre.

Germain reprit son souffle.

— C'est pour cela Juliette que je t'ai téléphoné. Il me fallait te prévenir de mon refus d'être présent à ton mariage. Manque de courage ou réflexion de ma part, vous vous seriez épousés sans connaître mon passé et ainsi auriez pu vivre heureux. Tous les trois, vous m'en auriez voulu de mon absence, nous serions restés fâchés, mais vous auriez fini par oublier. C'est pour cela que tout à l'heure j'ai fait le mort et ne vous ai pas ouvert. Je dois vous le confesser : l'idée de mourir pour mettre un terme à tout cela m'a effleuré. Mais lorsque j'ai entendu la sonnerie du téléphone, un pressentiment m'a averti que c'était toi Juliette. À la pensée de ne pas répondre à ma fille, je n'ai pu m'empêcher de décrocher ; au bout du fil, ta voix me suppliait. Je ne pouvais plus me taire et je vous ai ouvert la porte.

Tous les trois observaient le père : il écoutait leur silence.

— Juliette, tu veux vraiment savoir ?

Elle hésitait, n'en pouvait plus d'ignorer, de ne pas comprendre :

— Papa, si tu nous joues la comédie, c'est ignoble. Soulage-toi, décide-toi une fois pour toutes à tout nous révéler : quelle que soit la vérité, nous devons la connaître.

Germain hésitait encore, mais il fallait en finir.

— Soit. Le 19 mars 1962, c'était la foire à Craponne-sur-Arzon. C'était aussi le jour de la signature du cessez-le-feu en Algérie.

Germain se tourna vers Philippe :

— Je suis né en 1922. Pendant l'Occupation, comme beaucoup de jeunes gens, j'ai fait un peu de Résistance. En cette journée du 19 mars, des anciens appelés d'Algérie récemment libérés ont profité de la foire et du cessez-le-feu pour faire la fête. Certains anciens résistants, dont moi-même – et cela, Solange, je te l'ai déjà confié – se sont joints à eux et nous avons arrosé la paix ensemble. En fin d'après-midi, je me suis souvenu d'un rendez-vous d'affaires à Ambert. J'étais terriblement en retard. J'ai téléphoné pour m'excuser puis me suis précipité au volant de ma voiture. Sur la route de Craponne à La Chaise-Dieu, à la sortie de Bonneval, juste à la hauteur du panneau de signalisation, j'ai renversé une femme. J'étais ivre, ne contrôlais plus ce que je faisais. Engourdi par l'alcool, j'ai poursuivi ma route. Arrivé à Ambert, l'effet de mon ébriété s'était atténué, j'ai pu à peu près dissimuler mon état à mon interlocuteur. Lorsque je suis reparti, ma lucidité s'était rétablie ; le bruit, la sensation du choc, la vision de la femme renversée par la voiture, tout s'éclaircissait en moi. Un besoin irrépressible m'a pris de revenir sur les lieux. Arrivé à l'entrée de Bonneval, j'ai aperçu les pompiers et surtout les gendarmes sur le lieu de l'accident. Ma mémoire libérée de l'alcool retrouvait peu à peu les détails du drame, y compris le panneau de signalisation. J'aurais pu m'arrêter, prendre des nouvelles, me dénoncer ; lâche, j'ai poursuivi ma route. Ce n'est pas une excuse, mais je dois dire que les gendarmes n'effectuaient aucun contrôle, se contentaient de tracer à la craie des marques sur la route. La victime n'était plus là.

— Salaud, c'est toi !

Philippe, vengeur, furieux, les yeux hagards, se levait et tel un fauve se précipitait hors de lui sur Germain. À deux poings, il le soulevait par les épaules, l'empoignait par le col de sa chemise, l'assommait de coups. Déjà, le nez de Germain éclatait ; son visage se couvrait d'ecchymoses et de blessures sanglantes. Philippe, dans l'âge où l'homme se trouve encore au sommet de sa forme, ne mettrait pas longtemps à le tuer. D'autant plus que Germain ne se trouvait pas au niveau de son adversaire : toute sa vie il avait exercé des métiers qui ne nécessitaient pas vraiment de force physique. Mais, surtout, le pauvre homme ne désirait pas se battre, considérait cette raclée comme méritée. Peut-être même l'idée du désir de la mort, telle que tout à l'heure il l'avait évoqué, subsistait-elle encore en lui. Juliette et Solange se précipitaient, tentaient de toutes leurs forces de retenir Philippe, de le séparer de sa victime. Mais que pouvaient-elles faire contre cet homme ? Il ne contrôlait plus ni sa colère, ni son désir de vengeance longtemps inassouvi et frappait à tour de bras.

— C'est toi qui as tué Arlette, salaud, crapule : tu vas le payer ! Sitôt que je l'ai découverte morte, je lui ai promis de tuer son assassin. D'où elle se trouvait, dans l'autre monde, elle pouvait m'entendre.

Cinq années de rumination vengeresse ! Il l'aurait achevé.

Pour tenter de le retenir, Solange le ceinture, mais inutilement. Juliette, désespérée mais décidée à sauver son père tout autant qu'à empêcher Philippe de commettre ce crime, se glisse entre les deux hommes, offre son visage en larmes aux poings de celui qui frappe. De tant de fureur exacerbée, Philippe en avait oublié Juliette. Le visage aimé se présente là, devant lui, raviné de larmes et de sanglots. À nouveau, il allait lever le poing.

— Juliette, non, pas toi, pas toi, laisse-moi. Écarte-toi.

Dans sa rage, il oublie que Germain est le père de la femme aimée.

— Philippe, arrête, arrête, je t'aime.

Et elle le prend dans ses bras où à son tour il pleure. Germain, assommé, inanimé, effondré entre les deux amants, gît au sol dans les bras de Solange.

— Vite, vite, ton père va mourir.

Le visage de Germain effraie : nez éclaté, arcades sourcilières ouvertes, lèvres tuméfiées, incisives brisées ; par endroits, le cuir chevelu s'est déchiré sous les coups et inonde le visage de sang. Par contre, le cou, le torse, le reste du corps ont été épargnés par les poings. Il semblerait que Philippe ait voulu le défigurer pour le rendre méconnaissable, détruire l'homme qu'était Germain le jour de l'accident. Cependant, immobile sur le parquet, tel un gisant, sa victime ne bouge plus.

— Je crains que vous ne l'ayez achevé. Vous cogniez si fort, pleure Solange.

— Il méritait la mort. Il a tué Arlette, ma première femme, la mère de mes enfants.

Tandis que Solange se lamente, se retient de dire que ce n'est pas une raison, qu'un homme civilisé ne se fait pas justice lui-même, elle demeure immobile, totalement attentive à celui qu'elle a aimé. Juliette se défait de Philippe, l'entraîne par la main jusqu'au fauteuil le plus proche :

— Surtout, ne bouge pas. Je t'aime, je t'aimerai toujours. Mais laisse-moi examiner mon père.

Elle sent bien que celui qui souffre le plus, c'est lui, son futur mari, qui pourtant n'est pas blessé. Juliette le sait malheureux d'avoir frappé à mort, car Philippe est un doux ; elle mesure sa souffrance de contempler sanglant celui qui a tué Arlette, l'épouse qu'il aimait. Malgré son amour pour elle, Juliette, il ne l'a pas oubliée. Accablé sans doute, car sa rage maintenant apaisée il doit mesurer l'étendue de son drame. Il va épouser la fille de celui qui a tué sa femme, la mère de ses enfants. Après celui de la mort de leur mère, comment tous les quatre vont-ils pouvoir vivre ce nouveau calvaire ?

Juliette lui caresse la joue, pose un baiser très doux sur ses lèvres fermées. Philippe ne réagit pas, mais comme est tendre le regard qu'il lui porte !

Rassurée, Juliette rejoint ses parents, s'agenouille, prend le pouls paternel. Elle regarde sa montre, compte les pulsations.

— Quatre-vingt, compte tenu des circonstances, c'est normal. Il faudrait s'assurer de l'absence d'un traumatisme crânien. Nous ne pouvons le conduire à l'hôpital. Il faut protéger Philippe. Tu m'entends, papa ? Bouge tes paupières si tu m'entends.

Yeux grands ouverts, les paupières se ferment et puis s'ouvrent.

— Bouge tes pieds à présent.

Germain remue ses pieds, vers la gauche, vers la droite, en avant, en arrière.

— Très bien. Et tes doigts ?

Il en est de même des doigts : il les plie, les déplie.

— Est-ce que tu peux parler ?

Le blessé tente d'écarter les mâchoires, puis de bouger les lèvres, mais renonce. Ses yeux sont suppliants.

— Je crois qu'il souffre tellement de tous les coups reçus sur la face qu'il ne peut ouvrir la bouche, remarque Solange. Le mieux est de désinfecter ses blessures puis de les panser.

Heureusement, Juliette sait où se trouve la pharmacie. Mais avant de s'y rendre, elle va auprès de Philippe et de ses doigts lui câline le visage.

— Ça va aller ? Ne te fais pas de souci. Je m'occupe de tout.

Ils sont quatre, et c'est elle, la plus jeune, qui après le drame prend sa famille en charge. Toujours agenouillée, Solange se contente de tenir entre ses mains la tête de son mari.

L'armoire à pharmacie occupe un coin du meuble de la salle de bains. Ses mains y dénichent un grand flacon de solution antiseptique. Vite, faire bouillir de l'eau, trouver des mouchoirs propres.

En toute femme sommeille une infirmière. À elles deux, elles entreprennent la toilette, nettoient le sang ; mais leur art ne sera pas suffisant. Des points de suture apparaissent nécessaires sur les arcades sourcilières, le nez, les lèvres, le cuir chevelu. Comment faire sans médecin ? Soigner Germain est indispensable, protéger Philippe de toute suite judiciaire s'avère tout aussi nécessaire. Que ce soit à l'hôpital ou dans un cabinet libéral, les médecins ont obligation de savoir, et de signaler. C'est Germain qui a tué Arlette ; il ne manquerait plus que Philippe soit le seul à se retrouver devant un tribunal.

— Je ne vois qu'une solution : Bruno. Nous devions être chez lui ce soir à Retournac pour lui présenter Philippe. Je vais lui téléphoner ; lui seul pourra soigner son père et se taire. Dis-moi, maman, Bruno est-il au courant du secret de votre séparation ?

Solange intensément considère sa fille, puis Philippe :

— Non, mais je vais terminer ce que ton père n'a pu vous raconter.

Lorsqu'elle prononce cette phrase, elle surprend un battement de paupières de son mari : l'approuverait-il ?

— Lorsque ton père est arrivé à la maison au soir du 20 mars, j'ai tout de suite compris qu'un événement grave s'était produit. Son visage était défait, très pâle, alors que, comme tu le sais, son teint ordinaire est plutôt du genre rosé. « Que t'arrive-t-il ? Tu es malade ? Tu ne sembles pas dans ton assiette. » D'un air pitoyable, suppliant, il m'a répondu : « Viens. » Je l'ai suivi dans la chambre. Bruno et toi, vous étiez dans les vôtres. Ton père s'est assis sur le bord du lit, je l'ai rejoint, me suis assise à côté de lui. Curieusement, il ne m'a pas enlacée comme chaque fois que nous nous asseyions sur le lit. « J'ai provoqué un accident. » De retour à la maison, sa voiture ne portait pas de trace de choc et lui-même ne paraissait pas blessé. « Si ce n'est pas très grave… » « J'ai renversé une femme. »

À ces mots prononcés par Solange, Philippe serre les poings, doit à nouveau se retenir. Un regard de Juliette le raisonne.

— « Quoi ? Elle est blessée ? » « Je crains que ce soit pire. » « Comment, tu ne le sais pas, tu ne t'es pas arrêté pour appeler des secours, la secourir toi-même ? Ne me dis pas... » Nous nous sommes regardés fixement dans les yeux. « Si, j'ai continué ma route jusqu'à Ambert où j'étais en retard pour un rendez-vous. Toute la journée à la foire de Craponne, entre anciens résistants et anciens d'Algérie, nous avions fait la fête pour arroser la signature des accords d'Évian. J'étais ivre. » Immédiatement, je me suis levée. Je ne pouvais rester assise auprès d'un homme qui avait fui. C'était plus fort que moi. Toi et Bruno, vous avez dormi comme chaque nuit chacun dans votre chambre. J'ai refusé à ton père de dormir avec moi. Il me dégoûtait. Il a couché dans la chambre d'amis. Au petit matin, je me suis levée en vitesse, j'ai enfourché ma bicyclette et pédalé comme une folle jusqu'à la boulangerie qui faisait dépôt de presse. Je ne voulais pas que la boulangère devine ; j'ai pris le pain, prétextant que nous n'en avions plus, et j'ai ajouté : « Pendant que j'y suis, je prends le journal ! Ça m'évitera de revenir. » Dès mon retour, je me suis enfermée dans la chambre. L'accident était annoncé en caractères gras et en première page : *Une jeune mère de famille de Malvières tuée par un automobiliste qui prend la fuite.* En page intérieure, les circonstances de l'accident se trouvaient parfaitement relatées, à l'exception bien sûr de l'état d'ivresse de ton père. Je me rendis à la chambre d'amis. Ton père n'y était pas, il terminait sa toilette dans la salle de bains. Je lui présentai la première page du journal. « Regarde, elle est morte. Je ne vais pas te faire la morale et je ne te dénoncerai pas. Mais je ne peux plus continuer de vivre avec un assassin, qui de plus s'est enfui. » Le visage de ton père se faisait livide. « Soit tu t'en vas, soit je pars avec les enfants. Choisis. » Il n'insista pas, comprit ma détermination et rejoignit la chambre où je l'aidai à faire ses valises. Il emporta ce qu'il voulut. Bruno et toi, vous vous étiez levés. Votre père vous embrassa, chargea ses valises, monta dans sa voiture et démarra. Voilà, tu en sais autant que moi.

Tous avaient écouté en silence et demeuraient sidérés. Philippe contemplait l'homme à terre, l'assassin de sa femme.

— Inutile de revenir sur le passé. Mais pourquoi ne m'as-tu pas dit tout cela plus tôt, maman ?

— Je ne pouvais te le confier tout de suite, tu étais une enfant. Ensuite, moi aussi je me suis montrée lâche. Je savais que ton père et toi vous voyiez régulièrement. J'étais un peu jalouse. J'ai estimé que c'était à lui de tout te révéler.

— Le titre de l'article du journal indiquait Malvières. Lorsque je t'ai présenté Philippe, tu as forcément fait le rapprochement.

— Je me suis efforcée de croire qu'il s'agissait d'une coïncidence : troublante, certes, mais je t'assure que je n'avais pas vraiment saisi. C'est tout à l'heure seulement, dans le fourgon, lorsque vous avez, Philippe et toi, évoqué le double drame que j'ai frémi d'avoir compris.

— Tu as mis le temps. Toi aussi tu m'as menti en te taisant. Toi aussi tu mériterais que je ne te revoie plus. Tout à l'heure, tu me rappelais ta terrible phrase à papa : « Je ne peux plus vivre avec un assassin. » Mentir est tué la confiance. Mais ne recommençons pas. Il faut sauver papa. Tu téléphones à Bruno ou je l'appelle ?

Solange respira profondément, épuisée par ce qu'elle avait révélé et qu'elle gardait par-devers elle depuis de si longues années.

— Appelle ton frère, je n'en peux plus.

Juliette n'obtint pas Bruno, mais sa belle-sœur Maryse qui depuis l'appartement gérait le standard et le planning de rendez-vous de son mari. Les deux femmes se voyaient rarement et ne reconnurent pas spontanément leurs voix.

— Je suis bien au cabinet du Dr Bruno M… ?

— C'est exact.

— Je suis Juliette, sa sœur ; est-ce que je pourrais lui parler ?

— Excuse-moi, je n'avais pas reconnu ta voix. Je suis Maryse. Vous venez bien ce soir Philippe et toi ?

— Oui, mais pas de la façon prévue. Voilà. Nous vous expliquerons tout à notre arrivée à Retournac : mon père a été victime d'un accident. Est-ce que Bruno peut le soigner ?

— Je te passe Bruno, c'est préférable.

Le médecin avait dû écouter la conversation, car il réagit aussitôt :

— Papa est accidenté ? Qu'est-ce que c'est ?

— Plusieurs traumatismes à la face.

— Mais vous êtes où ?

— Chez lui, à Billom.

— Mais, de quoi s'agit-il ? Si c'est grave, mieux vaut le faire hospitaliser à Clermont.

— C'est très compliqué. Maman et moi, nous t'appelons pour cette raison. Pouvons-nous te l'amener ?

— Décidément, je n'y comprends rien. Oui, amenez-le-moi. De quel véhicule disposez-vous ?

— Du fourgon de Philippe.

— En ce cas, sans le déranger et sans le moindre choc, installez papa sur un matelas et glissez-le sur le plancher du fourgon. Couvrez-le bien. Dans son état, il se trouve sans défense contre le froid et risque une hypothermie. Soyez prudents sur la route, pas de coup de frein, d'autant que les routes sont verglacées et enneigées. Il ne manquerait plus qu'arrive un nouvel accident ! Vous m'expliquerez tout. À tout à l'heure.

Avant qu'il ne raccroche, Juliette entend son frère déclarer à Maryse :

— Qu'est-ce qu'il a bien encore pu faire comme connerie ? Décidément !

XI

Le problème était l'escalier. Un matelas de 180 n'y pouvait pas passer. Il faudrait le plier en deux. On défit le lit, on tira le matelas pour l'étaler sur le parquet. Philippe souleva Germain par les épaules tandis que Solange et Juliette opéraient de même par les jambes. Une fois délicatement déposé, il fallait trouver des cordes ou des courroies pour lier le matelas plié en deux dans le sens de la longueur. Juliette entreprit de chercher. Elle venait assez souvent passer ses fins de semaine ou parfois quelques jours de vacances chez son père et connaissait à peu près la maison. Dans l'atelier, elle ne trouva rien. Elle chercha au grenier où elle fit chou blanc. Juliette se souvint du garage ; la jeune femme y dénicha trois sangles ; déroulées, elles paraissaient suffisamment longues pour faire l'affaire. On procéda par ordre : tandis que les deux femmes relevaient les deux côtés du matelas à hauteur des épaules, Philippe passait la sangle pour en enrouler le matelas et serrer suffisamment fort afin que le blessé ne puisse bouger durant le transport. Tous les trois firent de même à hauteur de la ceinture puis des pieds. À deux mains, Philippe tira ensuite le matelas jusqu'à l'escalier alors que Solange et Juliette soulevaient la partie à hauteur des épaules et poussaient. Dans l'escalier, Philippe passa le premier pour empêcher le matelas de glisser. Une fois en bas, face à la porte d'entrée, le problème se posa d'agir sans être vus. À 4 heures de l'après-midi, la nuit n'était pas encore là et il aurait suffi que la voisine aperçût son voisin emporté ainsi le visage ensanglanté et lié dans un matelas pour qu'elle prévînt la gendarmerie. Philippe sortit dans la rue, repéra la placette où il avait garé son fourgon. L'espace s'avérait suffisant pour manœuvrer et placer le véhicule perpendiculairement à la porte de telle façon que l'arrière, portières ouvertes, dissimulât l'entrée.

— Souhaitons que personne ne passe dans la rue pendant que nous chargerons ton père.

— Rassure-toi. Chaque fois que je suis venue, j'ai rarement vu beaucoup de circulation dans cette petite rue, presque une ruelle.

À Billom, la rue de l'Étezon, dissimulée derrière l'église, porte un nom au-dessus de sa condition : en fait il s'agit d'une ruelle en zigzag permettant de rejoindre basse et haute ville. Pratique pour les piétons, les automobilistes l'évitent.

La manœuvre achevée, Philippe passa à l'arrière du fourgon pour tirer à lui le matelas que poussaient les deux femmes.

— Vous devriez aller chercher des couvertures et des coussins pour couvrir le blessé, le caler avec les coussins et vous y asseoir durant le voyage. Nous en avons pour deux bonnes heures de route ; outre le froid, le plancher de tôle n'est pas très confortable.

Le temps d'amener coussins et couvertures, d'en recouvrir Germain, d'éteindre les lumières, de fermer la porte à clé, de refermer les portières, Philippe pouvait renouveler sa manœuvre à l'inverse et démarrer. Dans le rétroviseur, il aperçut dans la maison de la voisine un rideau qui s'écartait :

— Trop tard ! La curiosité est un vilain défaut.

Au pied de Billom, les champs de neige s'assombrissaient, les corbeaux disparaissaient. Sans doute se réfugiaient-ils dans les arbres de lisières, là où le froid se faisait moins vif. Jusqu'à la sortie d'Arlanc, la route se trouvait à peu près praticable ; les longs faisceaux des phares balayaient l'enrobé à nouveau noir, décelaient parfois à temps une plaque de neige durcie et verglacée. Philippe slalomait, l'évitait. Régulièrement, il jetait un coup d'œil dans le rétroviseur, se préoccupait de l'état de Germain, du confort des deux femmes.

— Ça va ?

— Il a l'air de dormir.

Le matin, à l'aller, Juliette et Solange s'étaient assises à côté de Philippe, sur le siège avant, où elles bénéficiaient de l'air chaud soufflé par le moteur. Dans ce fourgon destiné à tout transporter sauf les humains, rien n'était prévu à l'arrière.

— Nous voici au pied du col de La Chaise-Dieu.

Plus le fourgon montait, plus la route conservait sa plaque de neige d'un jaune douteux sous les faisceaux des phares, salie par les pneus des véhicules et les dépôts des gaz d'échappement. Une fois traversée La Chaise-Dieu, Philippe s'engagea sur la route qui s'échine à trancher la forêt quasiment jusqu'à Bellevue-la-Montagne. Sur ce plateau à loups, l'un des plus froids de la Haute-Loire, la neige n'avait pas lâché prise. Les hauts sapins ployaient leurs branches sous des langues de neige ; elles les couvraient, les rejoignaient entre elles en un unique manteau blanc semé d'aiguilles noires repérées par la lumière des phares. De temps à autre, des bêtes affamées et peu sensibles au froid – sangliers, chevreuils, renards ou lapins – traversaient la route en un éclair fauve, surprenaient Philippe au risque d'une embardée.

— Décidément, ils vont nous envoyer dans le fossé.

— Qui ?

— Des sangliers qui traversent à quelques mètres du capot. Nous arrivons à Bellevue. Je vais prendre à gauche et amorcer la descente sur Vorey. Tenez-vous bien : c'est plein de virages. Comment va-t-il ?

— Il ne doit pas dormir, mais seulement somnoler. De temps à autre, il soulève les paupières, semble nous rassurer d'un battement de cils.

Sous la neige qui étouffait les gorges, l'Arzon s'enfonçait profondément, parfois dissimulé sous une voûte blanche de cimes enneigées. Peu de véhicules avaient dû circuler durant la journée car la neige conservait tout son éclat, accrochait dans ses cristaux la lueur des étoiles et surtout de la lune. À Billom, quand Philippe démarra en fin d'après-midi, le ciel était couvert. Depuis La Chaise-Dieu, les nuages disparaissaient, faisaient place à un ciel très profond, tapissé d'étoiles, éclairé d'un magnifique globe lunaire. Du coup, le froid se faisait encore plus vif ; cela se voyait aux passementeries de givre qui se tissaient et se collaient sur les vitres du fourgon. Comme l'avait annoncé Philippe, les virages se resserraient de plus en plus et, malgré les pneus neige, il devait braquer au pas, en première, pour ne pas déraper.

Enfin, il aperçut les premières maisons de Vorey.

— Nous arrivons en bord de Loire ; à présent la route est large et presque plate jusqu'à Retournac. Dans une demi-heure, nous y serons.

Tout le long du voyage Philippe avait pris soin de détailler à Juliette et Solange les pays qu'elles ne pouvaient voir compte tenu de l'absence de vitres à l'arrière du fourgon. Germain entendait-il, savait-il où il allait ?

Vorey, bercé par la Loire encore jeune, c'est la porte de l'Emblavez, riche pays de moissons, de prairies et de maisons cossues. C'est le contraire des plateaux et des hauteurs où se nichent Malvières et La Chaise-Dieu, pays des longs hivers, où il faut travailler dur pour récolter peu. Philippe, tout comme Juliette et Solange, y venait rarement. Sa vie s'ancrait sur Arlanc dans le Puy-de-Dôme, Craponne-sur-Arzon et parfois le Puy-en-Velay. Après Vorey, Chamalières-sur-Loire dormait sous le ciel clair. La rivière ondulait lourdement sur son lit de galets noirs. Les premières lumières de Retournac s'aperçurent au pont qui enjambait la Loire. Là, elle se faisait plus large, s'apprêtait à bientôt devenir fleuve. Ses vaguelettes, que la lune argentait, se renversaient dans le courant sur les pierres qui affleuraient.

— Tu me diras où se tient le cabinet de ton frère ?

— À la sortie du pont, roule encore une centaine de mètres. Tu apercevras la plaque de cuivre sur ta droite.

Effectivement, au lieu indiqué par Juliette, Philippe aperçut la plaque couleur jaune carminé : *Docteur Bruno M…, Médecine générale.*

Lui et Maryse devaient les attendre : la lumière était allumée au-dessus du perron.

Presque aussitôt une jolie femme blonde ouvrait la porte. Philippe devina que c'était Maryse. Elle était suivie d'un homme mince et assez maigre ; la couleur noisette de ses yeux, le teint châtain clair de ses cheveux coupés très court indiquaient assez qu'il était le frère de Juliette. Bruno descendit les deux marches de l'escalier du perron, alla embrasser Solange, sa mère, puis Juliette, sa sœur, sans poser de questions. Alors seulement Bruno prit conscience de la présence de Philippe, son futur beau-frère qu'il salua d'une poignée de main.

— Bruno, je suis le frère de Juliette.

— Philippe.

— Nous ferons plus ample connaissance tout à l'heure et vous m'expliquerez tout.

Prononçant le « vous », Bruno assenait un regard circulaire à Philippe et aux deux femmes.

— Je veux d'abord m'assurer de l'état de mon père.

Il grimpa dans le fourgon, s'avança près de Germain. Devant le visage traumatisé, quasi cadavérique, Bruno dut se forcer à être avant tout médecin pour ne pas pousser un cri d'effroi et de stupéfaction.

Ce n'était qu'ecchymoses, boursouflures et blessures. Il se pencha :

— Pauvre papa, que t'ont-ils fait ?

Germain souffrait horriblement de ses mâchoires contusionnées et ne pouvait les desserrer ; il ne répondit que par un battement de paupières. Pour le médecin, il était évident, avant même la moindre exploration, qu'il s'agissait de coups, de rixe et non pas d'accident. Examinant attentivement le visage, palpant le crâne, il se rassura : un traumatisme crânien paraissait improbable. Il se pencha plus près de lui, colla sa bouche à son oreille :

— Je devine que tu m'entends. Tes blessures me paraissent plus spectaculaires que réellement graves. Je vais te soigner. Dans quelques semaines, il ne devrait plus y paraître. Quand tu le pourras, tu me raconteras tout. Je veux savoir.

Bruno se tourne vers Juliette :

— Vous allez m'aider à le transporter jusqu'à mon cabinet, à ouvrir le matelas puis à installer mon père sur ma table d'auscultation. Ensuite, vous me laisserez seul avec lui.

Philippe et Bruno prirent Germain par les épaules ; Juliette lui soulevait la tête, Solange et Maryse le portaient par les jambes. Le cabinet se situait au rez-de-chaussée ; la difficulté des escaliers n'existait pas comme à Billom. Sitôt Germain installé sur la table, la famille se retira, laissant le médecin seul avec son patient.

Durant l'intervention de Bruno, Solange et Juliette avaient préféré se taire. Maryse et Philippe, mal à l'aise tous les deux, se rencontraient pour la première fois. Juliette proposa à Maryse d'attendre le retour du médecin pour tout exposer définitivement, ne pas avoir à répéter. L'attente fut d'ailleurs animée par l'arrivée des trois enfants qui s'inquiétaient de l'absence des parents. On en profita pour se présenter, prendre des nouvelles, parler de Malvières, de Saint-Christophe-sur-Dolaizon, et même du talent de Nathalie pour le violon. Philippe brusquement pensa à la traite, à Robert.

— Excusez-moi, puis-je téléphoner ? Ma famille nous attendait à Malvières. Nous devions y passer avant de descendre chez vous, à Retournac.

— Bien sûr. Vous trouverez le téléphone dans le hall de l'entrée, sur le guéridon.

— Merci.

— Allô ? Robert ?

— Oui ? Papa ?

— Nous n'avons pas pu rentrer pour la traite. Nous sommes à Retournac. Comment ça s'est passé ? Tu as pris toutes les initiatives ?

— Oui, Jacques m'a aidé. Il n'y a pas eu de problème. Et vous ? Les routes n'étaient pas trop verglacées ?

— Non, ça allait.

Juliette fit un signe, se leva.

— Ne raccroche pas : je te passe Juliette. Bonne nuit à tous et merci.

— Robert ? Bonsoir. J'ai entendu : félicitations à toi et à Jacques pour le travail. Vous êtes presque des hommes à présent. Je suis heureuse pour votre père qu'il puisse compter sur vous. Si Nathalie est à côté de toi, je voudrais lui parler.

— Je vous la passe. Nathalie ? C'est Juliette.

— Oui ? C'est moi, Nathalie.

— Bonsoir, mon trésor. Est-ce que tu as répété ?

— Deux fois, ce matin et ce soir. J'ai joué tout ce que tu m'as appris.

— Tout ? Mais c'est merveilleux ! Je suis fière de toi. À demain matin. Je te souhaite une bonne nuit.

Une bonne heure environ après, lorsque les enfants de Bruno et Maryse s'apprêtaient à s'en aller se coucher, leur papa entra dans le séjour. Son visage était à la fois contrarié d'avoir eu à soigner son père dans des conditions à la limite de la déontologie, mais apaisé à présent d'avoir pu vérifier l'absence de lésions graves par les réactions positives qu'il avait obtenues des stimuli neurologiques.

— Comment va-t-il ? questionna Maryse.

— Papa est indemne de traumatismes sérieux. C'est l'essentiel. Il n'existe pas non plus de fractures des mâchoires ou d'autres os du visage et en particulier du nez, ce qui aurait nécessité son hospitalisation. Pour le reste, tout est très spectaculaire, douloureux certes, mais il s'en remettra. Je vais le garder à la maison pendant quelques semaines afin de pouvoir renouveler ses pansements. J'en profiterai également pour accompagner sa guérison et surveiller sa convalescence.

Bruno se tut, observa chacun, puis s'assit, le visage sévère.

— Maintenant, je veux savoir la vérité. Je suis prêt à tout entendre. Je vous écoute.

Solange, Juliette et Philippe s'observaient, silencieux ; la mère prit la parole.

— C'était bien notre intention.

Elle dit tout : l'accident du 19 mars 1962, la séparation, le coup de sang de Philippe, la route verglacée jusqu'à Retournac. Pendant qu'elle parlait, interrompue de temps à autre par une interjection de Juliette, Philippe et Bruno s'observaient, ne perdaient pas une seule des expressions de leurs visages. Tous les deux se taisaient, se jaugeaient. Ayant parlé, Solange se tut. Bruno gardait le silence, se faisait violence pour accepter les faits. Ce n'est pas facile d'apprendre que son père a tué, encore moins d'avoir face à soi le mari de sa victime. Pour tenter de briser l'assourdissant silence, Solange reprit :

— Voilà, tu en sais autant que nous tous. Pardonne-moi ces années de mutisme. Je vous ai tu la vérité à ta sœur et à toi. Mais je ne pouvais parler. J'estimais qu'il appartenait à ton père de le faire. C'était lui le coupable.

Bruno, blême, se contenait. Maryse demeurait coite, atterrée. Maîtresse de maison, elle ne savait comment se comporter. Tous étaient ses invités. Le silence perdurait et l'épouse de Bruno ne le supportait plus. Elle proposa, comme si Solange n'avait rien révélé que d'ordinaire :

— Nous allons passer à table. Il était convenu que vous restiez ce soir pour nous présenter Philippe : ne changeons pas notre programme. De toute façon, j'avais préparé le dîner avant que vous téléphoniez.

Chacun se leva. Bruno marcha vers son futur beau-frère :

— À présent, je vous comprends. À votre place, j'ignore comment je me serais comporté. Mais, quoi qu'il ait fait, c'est mon père.

— Et pour moi, c'est le père de Juliette.

— Je le conçois également.

Le repas ne fut pas aisé. Chacun, comme il le pouvait, relançait la conversation. À la fin du dîner, au moment du café, Bruno posa sur Juliette et Philippe un regard attendri :

— Ça ne va pas être facile d'expliquer tout cela à vos enfants.

— Non.

Juliette pensait aux deux garçons, à Robert et à Jacques. 23 heures sonnaient au carillon. Le lendemain matin, chacun devrait se lever. Il fallait se quitter ; mais comme il fut difficile de s'embrasser et encore plus de se dire au revoir. Juliette et Solange voulurent revoir Germain.

— Non, ce n'est pas opportun. Je l'ai fait dormir. Laissons-le se reposer. Téléphonez-moi plutôt demain.

Le retour en pleine nuit sur des routes piégées de plaques verglacées ne fut pas très commode. Philippe choisit de ne pas revenir par le même itinéraire ; descendre les gorges de l'Arzon était une chose, les remonter depuis Vorey lui paraissait beaucoup trop risqué. Il choisit un autre itinéraire, plus sûr, celui par le plateau. Le froid sous le ciel clair avait miraculeusement redessiné les lisières des sous-bois par la neige et le givre. Tous les trois auraient pu admirer ces paysages de rêve mais chacun en esprit revivait la révélation du jour.

Parfois, un grand gibier traversait la route et les tirait de leurs pensées. Juliette se tenait serrée et frileuse entre Philippe et sa mère, elle-même plaquée contre la portière du fourgon. À Craponne, au débouché sur le plateau, la route redevenait plus facile.

Solange se décida :

— Comment allez-vous faire pour en parler ? À moins que vous ne vous taisiez ?

Philippe et Juliette échangèrent un regard. Sans s'être concertés, ils étaient déjà d'accord.

— Nous taire, mentir, faire endurer aux enfants ce que nous avons souffert par votre silence, jamais ! Pourquoi dites-vous cela ? Vous êtes bien placée pour savoir que tout se sait un jour. Ni ma mère ni les enfants ne me pardonneraient. Le tout est de savoir comment leur dire. Toi, Juliette, tu n'y es pour rien. Je crois que je vais commencer par en parler à ma mère. Elle me conseillera. Qu'en penses-tu, Juliette ?

— Tu as raison. J'allais te le proposer. Mathilde sera de bon conseil.

À partir de ce moment, Juliette se tut tandis que défilaient les sapins enneigés qui à la fois bordaient la route et semblaient la conduire.

— Mon souci est Nathalie. Dès demain matin, lorsqu'elle pénétrera dans la grand-salle, à notre façon d'être entre nous, sans même que nous en soyons conscients, elle percevra un élément nouveau. Selon les circonstances et les opportunités, elle posera des questions et voudra savoir. Nous ne pourrons lui mentir ; de toute façon, elle le devinerait et nous perdrions sa confiance.

— Tu as raison. Nous devons nous tenir prêts. Décidément, être père constitue une bien grande aventure.

On arrivait à Bonneval et d'énormes piles de grumes entassées sous la neige faisaient songer à de longues dunes blanches.

— Mais ce n'est pas Nathalie qui m'inquiète le plus.

— Moi non plus.

— Tu as deviné qui ?

— Oui, ce sont les garçons, Jacques et Robert. Sandrine, à même pas sept ans, ne se souvient pas de sa mère ; elle avait guère plus d'un an le jour de son décès. Mais enfin, si elle pose des questions, il faudra bien répondre sans mentir. Pour mes deux fils, ce sera difficile : ils étaient et sont restés très attachés à Arlette, leur vraie mère. Je crains le pire. Je ne devrai pas commettre d'impair. Ils n'accepteront pas la vérité venant d'une autre bouche que la mienne, y compris celle de leur grand-mère.

Bonneval touche presque à La Chaise-Dieu. En cinq minutes, Philippe rejoignit l'abbatiale et la place du village où sous une belle couche blanche attendait la 2 CV de Solange. Il était minuit passé. Pour se rendre à Saint-Christophe-sur-Dolaizon, compte tenu du froid et de toutes les inconnues concernant l'état des routes, il fallait compter une heure et demie au moins.

— Maman, tu ne vas pas rentrer maintenant. Tu es fatiguée et ce ne serait pas prudent. Tu vas dormir chez nous.

Solange hésitait ; l'heure avancée de la nuit, le spectacle de sa voiture prisonnière sous la neige, la vision des routes qu'elle devrait affronter à nouveau, la fatigue et le sommeil qui titillait ses paupières eurent raison de sa réticence.

— C'est la première fois que je ne dormirai pas chez moi depuis le départ de ton père ; mais je crois que tu as raison, ce ne serait guère prudent. Je me suis levée très tôt et puis tous ces événements m'ont épuisée.

— Laissez donc la 2 CV sur la place. Elle ne craint rien. La faire redémarrer sous la neige gelée prendrait trop de temps. Demain matin, Juliette ou moi vous ramènerons à La Chaise-Dieu.

La route vers Malvières ne se présentait guère plus praticable qu'au matin. Certes, les chasse-neige avaient œuvré, généreusement épandu le sable, mais les flocons serrés étaient réapparus dans la soirée et du coup tout serait à refaire pour le lendemain matin. Philippe s'efforçait de rouler lentement ; à cette heure de la nuit, si le fourgon dérapait, si une embardée le conduisait au fond d'une ravine, personne ne les secourrait avant demain, et encore...

Toutefois, vers minuit et demi, tous les trois devinèrent le clocher de l'église : revêtu d'une chape blanche immaculée, la neige qui l'habillait brillait sous le ciel étoilé. Philippe et Juliette observèrent l'école dont la cour elle aussi dormait profondément sous son manteau glacé ; encore deux cents mètres, Philippe prit le petit chemin sur sa droite. Mathilde ou les garçons, pour faciliter leur retour, avaient laissé éclairée l'ampoule électrique au-dessus de la porte. Pour n'éveiller personne, Philippe éteignit les phares pour entrer dans la cour puis coupa le moteur avant même d'atteindre la porte d'entrée. Doucement, sans un mot, Solange et lui ouvrirent chacun leur portière, posèrent leurs pieds dans la couche épaisse qui assourdissait tous les bruits de la nuit ; Juliette les suivit, repoussant doucement sa portière comme l'avait fait Philippe. Pas à pas dans la neige, elle s'approcha, glissa sans bruit sa clé dans la serrure, ouvrit. Tous les trois pénétrèrent dans la pièce bien tiède.

— Ma mère a chargé le poêle et l'âtre avant d'aller se coucher, murmura Philippe à l'oreille de Juliette.

— Chut ! lui répondit-elle par un doigt sur les lèvres. Je te rejoins dans la chambre, le temps de conduire ma mère dans la sienne. C'est la première fois qu'elle met les pieds dans la maison.

La porte de la chambre d'amis s'ouvrait sur le fond de la grand-salle, à l'opposé de celle du couloir qui permettait de se rendre dans la cour puis à la grande étable. La grand-salle, avant la construction de ce bâtiment à l'extérieur de la ferme, était l'étable. Du temps du père de Philippe et encore plus de ses aïeux, les prairies n'étaient pas closes de barbelés et encore moins de clôtures électrifiées. De la fête de la Saint-Georges jusqu'à la Saint-Martin, on embauchait un berger pour garder les bêtes dans les prés, les empêcher surtout de brouter les blés verts dans les champs des voisins. Le berger dormait dans un recoin ouvert sur l'étable, ce qui en permanence permettait à cet homme de veiller le cheptel. Dès l'installation des clôtures de barbelés, le père de Philippe n'eut de ce fait plus besoin de berger. La nouvelle étable construite, l'ancienne fut agencée en grande salle à vivre et le recoin aménagé en chambre d'amis. Au-dessus de cette pièce se tenait celle de Robert.

Solange ouvrait la porte de sa chambre, puis tout grand les deux portes de l'armoire. L'une grinçait…

Le grincement tira Robert de son rêve et le garçon se réveilla. Il n'avait pas seulement rêvé ; dans la chambre au-dessous de la sienne, il percevait, à travers le plancher malgré ses planches jointes, un bruit de mouvement, de manipulation, de portes qu'on ouvre.

— Chut ! Nous allons réveiller Robert.

Celui-ci reconnut la voix à peine perceptible de Juliette, se leva doucement sur la pointe des pieds, s'agenouilla et colla son œil sur un interstice entre deux lattes qu'il avait repéré un soir. Sa chambre se trouvait dans le noir et du plancher s'échappait un très fin rai de lumière ; il émergeait du bois et traversait la nuit. Il put apercevoir sa grand-mère Mathilde ; elle avait allumé la lumière pour venir quérir quelque chose dans l'armoire.

À présent, il repérait Juliette au côté d'une femme plus âgée qu'elle ; cherchant dans sa mémoire, elle lui était inconnue.

— Bonsoir maman, disait Juliette, dors bien, malgré tout. À demain.

— À demain toi aussi. Philippe et toi, pardonnez-moi pour tout. Profitez de votre nuit.

Ainsi, cette femme, c'était la mère de Juliette. Que venait-elle faire chez eux, à cette heure ?

Solange se déshabilla, demeura nue quelques instants avant de passer une chemise de nuit que Juliette avait extraite de l'armoire ; elle se glissa dans le lit, se coucha, éteignit la lumière. À même pas quinze ans, c'était la première fois que Robert surprenait vu d'en haut le corps nu d'une femme. Du coup, il ne put se rendormir. Le sommeil allait peut-être pouvoir revenir lorsque des bruits, des voix mal contrôlées, se firent entendre dans la grand-salle. Le garçon se releva, pieds nus et sans lumière, alla ouvrir sa porte, descendit sans bruit, marcha jusqu'à la porte de la grand-salle qu'il trouva à peine fermée, seulement tirée. À travers la porte, Robert reconnut facilement les voix de son père, de Juliette et de Mathilde. Intrigué au plus haut point et subodorant une relation entre ce qu'il surprenait et ce qu'il avait découvert un instant auparavant dans la chambre d'amis, il se colla à la porte, l'oreille contre le trou de la serrure.

— Mon Dieu, mais qu'allons-nous devenir ? Tu n'y es pour rien, ma pauvre Juliette, mais comment faire comprendre et accepter ce crime aux enfants ? Nathalie avait trois ans en 1962 ; aujourd'hui, à huit ans, elle se souvient à peine de sa mère. Sandrine avait un an ; elle ne l'a pour ainsi dire pas connue. Mais Robert et Jacques, ils aimaient tant leur mère ! Mais quel malheur, quel malheur ! Si encore ton père ne s'était pas enfui, c'eût été un accident ; mais c'est bien d'un crime qu'il s'agit !

À ces mots et au silence qui s'ensuivit, Robert changea de position, colla cette fois son œil au trou de la serrure dont la clé était absente.

Mathilde s'effondrait sur sa chaise, son visage enfoui dans ses mains. Elle pleurait à chaudes larmes, reniflait, avalait, cherchait son mouchoir, ne le trouvait pas, s'essuyait le visage et les yeux avec les deux pans de sa robe de chambre.

— Et moi qui étais si heureuse de votre mariage. Qu'avons-nous fait au Bon Dieu pour qu'il nous envoie pareille catastrophe ?

Robert observait son père et Juliette, craignait de comprendre, hésitait à entrer.

— De toute façon, demain matin, je leur parlerai à tous les deux, tenterai de leur expliquer. Juliette est innocente, n'est pour rien dans le drame. Mon amour, tu es bien assez malheureuse comme cela.

Et Philippe prenait Juliette dans ses bras, la serrait très fort contre lui.

— Juliette, Juliette, je t'aime. Je sais que tu sauras te faire aimer de mes enfants.

Juliette se dégageait, son regard désormais semblait plus assuré.

— Non, Philippe. Demain matin, c'est moi qui leur parlerai à tous les deux et puis ensuite à Nathalie et enfin à Sandrine car elle aussi doit savoir. Il faut que tous les quatre, de ma bouche, apprennent la vérité : c'est mon père qui a tué leur mère et puis s'est enfui. Je leur dirai ma droiture ; si j'avais connu ce drame, j'aurais fait en sorte de ne jamais accepter de poste à Malvières, de ne jamais rencontrer la famille de sa victime. Je n'aurais pas dénoncé mon père, car c'est mon père. Mais je serais partie bien loin, ne l'aurais jamais revu, ne serais jamais revenue.

Sidéré, Robert se détache de la porte, chancelle, se reprend, s'accroche au mur et à la rambarde de l'escalier, retourne dans sa chambre. D'un seul coup, il sent son corps frissonner et en même temps étouffe. Ce n'est pas de froid ; l'émotion est telle qu'il ne peut plus respirer. Malgré la nuit glaciale, il ouvre grand la fenêtre, puis les volets, respire à fond. Le garçon ne ressent pas la froidure ; il attend, regarde la nuit, s'inspire des étoiles qui dans le ciel sont libres, puis prend sa décision : il n'a plus rien à faire ici. Lorsque son père leur avait présenté Juliette et annoncé son nouveau mariage, Jacques comme lui avaient été choqués. Ils aimaient tant leur mère, Arlette ! Ils la revoyaient comme si encore elle allait apparaître. D'ailleurs, cette nuit, lui-même en avait rêvé. Mais cette Juliette décidément s'était montrée si douce et maternelle qu'ils avaient pardonné à leur père. Ce qu'il vient d'apprendre constitue un parjure, une honte.

— Comment papa peut-il ? Ou alors, il n'aimait pas vraiment maman. S'il l'avait aimée pour de vrai il n'aurait pu se remarier avec la fille de son assassin.

Non, il faut partir, se sauver et tout de suite, malgré la nuit glaciale. Dans la chambre au-dessous de la sienne dort la femme du criminel. Dans le lit de son père va dormir sa fille. Robert hésite : doit-il prévenir Jacques ? Non, son cadet décidera lui-même quand il saura.

Robert va à l'armoire de sa chambre, enfile l'un sur l'autre deux maillots de corps, une chaude chemise d'hiver, deux pulls, passe une grosse canadienne, protège sa tête d'un passe-montagne, n'oublie ni son couteau ni deux mouchoirs, emmène l'argent de poche dont il dispose, enfile aux pieds deux paires de chaussettes de laine, celles que lui a tricotées sa grand-mère, chausse ses grosses chaussures montantes, les lace et bloque les lacets d'un double nœud. La chambre se trouve à l'étage mais, sportif comme il est, avec en plus la couche de neige, il ne se fera pas mal. Vite, éteindre la lumière. La pleine lune parmi les étoiles éclaire suffisamment. Robert grimpe sur le rebord de la fenêtre, saute. Tout va bien, pas un bruit dans la neige. C'est alors seulement qu'il constate l'oubli de ses mitaines. Peu importe ! Il glisse ses mains nues dans les poches latérales de sa canadienne. Où aller ? Il le sait : au hameau de Lagrifolle, dans la ferme abandonnée mais au toit encore solide où vit Firmin, l'ancien légionnaire rencontré souvent dans la forêt et encore dernièrement lorsqu'en famille ils sont allés couper le sapin de Noël.

Robert est persuadé que cet homme saura l'accueillir, le cacher, l'écouter. Lagrifolle n'est pas éloigné de Malvières : à peine deux kilomètres par des chemins de terre, mais bordés de lisières. Malgré la neige, Robert les reconnaîtra et ne se perdra pas. Il faut passer par la clairière de Bancillon et cela tombe bien car le chemin longe le cimetière. À sa hauteur, Robert monte au portail, l'ouvre, se rend par l'allée centrale à la tombe de sa mère.

— *Beauseigne*[1] ! Comme elle doit avoir froid la pauvre, sous cette couche blanche !

Brusquement, sans qu'il y prenne garde, les larmes viennent, l'étouffent. Il se jette à genoux, se colle le visage dans la neige comme pour embrasser sa mère, lui dit tout :

— Maman, ma chère maman. Je sais maintenant qui t'a tuée. Je ne vivrai plus sous un toit où va te remplacer la fille de ton assassin.

Depuis sa communion solennelle, Robert n'était guère retourné à la messe : à présent, ses prières lui reviennent. Il se relève, les dit, se signe, quitte le cimetière.

La neige est profonde, mais gelée en surface ; sa croûte porte si bien ses pieds que rarement ils la font craquer. À la croix de Bancillon, elle semble plus épaisse et la pierre de César s'y cache, totalement enfouie. Quant au calvaire, il faut vraiment connaître son existence sous le cône de neige ; même la croix n'en émerge pas.

Vite, marcher vite pour ne pas laisser le froid pénétrer dans son corps. Robert, à quatorze ans, est un solide garçon ; il n'empêche, le froid lui brûle la peau et il doit geler à peut-être – 15. Nulle bête ne se montre et toutes doivent se tenir sous la protection des branches enneigées, des troncs creux et des terriers secrets. Une demi-heure sans doute après Bancillon, Robert distingue les fermes et les maisons de Lagrifolle, pelotonnées, bien au

1. *Interjection locale exprimant la tendresse à l'égard de quelqu'un (*Dictionnaire du français régional du Velay, *éditions Bonneton, 1993).*

chaud sous la neige. Le garçon sait lire le temps ; le froid lui semble moins piquant, quelques liserés gris de nuages se profilent au-dessus de la forêt de Maillet dans le ciel moins profond. Les hautes cimes blanches des épicéas paraissent hésiter sous l'effet du vent d'ouest qui survient. Il fait trop froid pour qu'il pleuve demain. Mais il neigerait que cela n'étonnerait pas cet enfant du pays. La vieille ferme du légionnaire, ainsi le nomment les gens de Lagrifolle, s'aperçoit légèrement en retrait du hameau, à la jonction des champs et des bois.

Robert pénètre dans la cour et le chien n'aboie pas. Il doit dormir au pied du lit de son maître, bien au chaud sur sa peau de chèvre ; car si le légionnaire n'élève aucuns bestiaux, il prend soin de quelques chèvres, volailles et lapins pour lui fournir son ordinaire, comme il dit. Sous la neige dort même un potager bien soigné, un vrai jardin de curé, pour les soupes du soir.

C'est un très ancien bâtiment jamais rénové ni même réparé, en deux corps joints à angle droit, l'un pour le logement, l'autre pour les dépendances. La porte d'entrée à deux panneaux de vieux chêne gris fendillé par le temps ouvre au creux de l'angle, bien abritée des vents. Quelle heure peut-il être ? Robert avise la lune ; sans doute le milieu de la nuit, vers les 3 heures du matin. Le garçon retire ses deux mains des poches de sa canadienne, frappe le panneau du haut de toutes ses forces et plusieurs fois. C'est seulement à présent que ses mains mesurent le gel ; ses poings lui font mal quand il cogne. Il sent également le froid engourdir ses pieds ; il ne s'en était pas préoccupé tandis qu'il marchait du plus vite qu'il pouvait. Malgré tout, comme personne ne répond, il cogne à nouveau et, ce coup-ci, à grands coups de pied répétés sur le panneau du bas.

Les aboiements de Rufus, simple corniaud recueilli par Firmin mais ô combien dévoué, lui parviennent, violents, suivis presque aussitôt des pas du maître. Robert maintenant sent celui-ci derrière la porte.

— Qui est-ce ?

— Robert, je viens de Malvières.

— Robert ? Oh ! nom de Dieu !

Aussitôt tourne la clé dans la vieille serrure forgée ; la porte s'ouvre.

— Toi ?

Rufus à son côté, l'homme apparaît en pyjama, cheveux ébouriffés, moustache gauloise encore marquée des plis du traversin. Ses yeux bleus et profonds portent en eux toute la bonté du monde.

— Entre vite, tu vas prendre froid. Ne reste pas dehors. Tu me raconteras après. Installe-toi devant la cheminée. Je vais regarnir l'âtre.

L'homme va à la pile de rondins de fayard appuyée au jambage, charge ses bras de bûches, les dispose dans l'âtre sur le lit de belles braises.

— Tu vois, ça sert le soir de poser une grosse souche avant d'aller au lit ; elle tient la pièce tiède jusqu'au matin. Avant que tu me dises, enlève tes chaussures, mets-toi pieds nus, tu vas prendre un bon bain de pieds bien chaud. Enlève également ta canadienne, elle est gelée.

Le légionnaire dirige ses pas vers le fourneau, pose sa main sur la plaque de fonte pour s'assurer de sa chaleur, saisit une louche, la plonge plusieurs fois dans la bouillotte pour remplir une cuvette d'eau bien chaude, l'apporte et la dépose aux pieds de Robert.

— Assieds-toi sur cette chaise, trempe tes pieds et laisse-les se réchauffer.

Robert ouvre la bouche.

— Tais-toi. Ça ne me regarde pas. Je vais te faire un vin chaud, brûlant, bien sucré de miel, tu l'avaleras cul sec et puis, au lit. Demain, si tu veux, tu parleras.

XII

Bien que Philippe et Juliette se fussent couchés tard et endormis difficilement par les conséquences du conciliabule avec Mathilde, il fallait comme chaque matin se lever à 6 heures pour la traite. Philippe n'avait depuis des années plus besoin de réveil. Les horaires de la traite s'étaient comme inscrits dans ses gènes.

Il en était de même de celle du soir, hiver comme été, dans les champs ou ailleurs, son organisme ressentait l'heure de rejoindre l'étable. Son père n'avait guère de mérite : les vaches dormaient à l'étable à côté de la pièce à vivre et manifestaient le matin par le bruit des chaînes sur le bois des mangeoires le besoin d'être soulagées de leur lait. L'été, dans les prairies, elles se regroupaient d'elles-mêmes devant les barrières dans l'attente qu'on leur ouvre pour rentrer à l'étable et s'y faire traire.

Avant de se lever, dans le noir, Philippe se penche sur Juliette pour lui poser un baiser dans le cou mais très doux pour ne pas la réveiller. Elle en sent la douceur dans son sommeil mais continue de dormir. Le peu de petit jour qui passe par les volets lui suffit. Il n'a pas besoin d'allumer la lumière pour s'habiller, sait exactement où se trouvent ses habits, se comporte comme un aveugle qui se repère sans voir. C'est seulement arrivé dans la grand-salle qu'il appuie sur le commutateur : les braises vivent encore dans l'âtre, il y pose deux bûches afin que la salle soit tiède lorsque les autres se lèveront, c'est-à-dire entre 7 et 8 heures. Comme tout le monde à la campagne, même Sandrine est matinale.

Puis il sort par le couloir pour ne pas donner accès au grand froid en ouvrant la porte d'entrée. Dans la cour, même si ses bottes brisent la croûte de neige gelée, il ressent l'annonce du changement de temps. Un peu de vent d'ouest naissant, quelques cimes encore blanches qui oscillent :

— D'ici ce soir, il neigerait que cela ne m'étonnerait pas.

Il ouvre la porte de la grande étable, y trouve la plupart des bêtes en attente, affalées sur la litière, mais quelques-unes déjà debout tirent par vigoureux coups de langue le foin des râteliers. D'autres, plus impatientes, attendent déjà de se faire traire. Tandis qu'il entreprend de brancher les embouts aux trayons, l'idée vient à Philippe que peut-être son fils Robert va le rejoindre. Hier, avec Jacques, tandis que Juliette et lui se rendaient à Billom, les deux garçons l'avaient remplacé. L'annonce de Robert l'avait ému ; lui, son père, n'espérait plus guère qu'un de ses fils se fasse paysan. S'il y avait pris goût, peut-être viendrait-il ce matin pour montrer son savoir-faire. Philippe aurait souhaité que son fils le rejoigne ; presque d'homme à homme, sans témoins, il aurait pu lui parler, lui faire comprendre, lui faire admettre l'innocence de Juliette. Celle-ci, comme elle l'avait annoncé, ferait front, ne disculperait pas son père, assumerait, mais affirmerait la vérité. Le temps de traire toutes les bêtes, de renouveler les litières, d'évacuer le fumier de la veille, d'approvisionner les râteliers en foin et les mangeoires en graines, de renouveler l'eau dans l'abreuvoir, lui prit deux bonnes heures. Il se changea, se lava les mains, sortit dans la cour. Il ne s'était pas trompé : quelques nuages remontaient de l'ouest, du côté d'Arlanc ; les cimes engourdies des épicéas se penchaient vers l'est et le froid mordait moins. Une fois dans le couloir, il ôta ses bottes, glissa ses pieds dans ses pantoufles et se dirigea vers la salle.

— Bon appétit !

— Bonjour papa, répondent en chœur Jacques, Nathalie et Sandrine.

Toutes et tous se tiennent à table. Seuls deux bols vides et des tartines fraîchement tranchées attendent Philippe et Robert.

— Robert n'est pas descendu ?

— Nous le croyions avec toi, s'étonnent Juliette, Mathilde et Solange.

Un nuage passa sur les fronts. Philippe, sans savoir pourquoi, entrevit un immense désastre. Il fila vers l'escalier, suivi de Juliette et Mathilde. Solange, qui n'était pas encore de la famille et ne savait plus vraiment par cette absence qu'elle devinait très grave si elle en était un jour, choisit de rester avec les enfants. Mais seule Sandrine demeura sur sa chaise, sa tartine dans sa bouche. Jacques et Nathalie eux aussi devinèrent le pire à la façon dont le père monta les marches de l'escalier, se levèrent, attentifs et inquiets.

— Merde, Robert !

Dans la chambre glacée, devant le lit vide, la fenêtre et les volets grands ouverts, Philippe demeurait sidéré, les poings serrés. Il alla à la fenêtre, se pencha du plus qu'il put, appela plusieurs fois et de plus en plus fort :

— Robert ! Robert !! Robert !!!

Juliette, derrière lui, tentait de le retenir à deux bras ; il la repoussa, sauta par la fenêtre sur les traces de son fils qu'il avait repérées sur la neige. En pantoufles, il marchait désormais à grands pas, suivait les traces. Juliette s'époumonait, le suivait : elle avait sauté elle aussi, bientôt suivie de Jacques.

Calmement, méticuleusement, Mathilde faisait l'inventaire de l'armoire, découvrait l'absence de la canadienne, du passe-montagne, des vêtements chauds, des grosses chaussures d'hiver. Ses sinistres prévisions mâchées et remâchées toute sa nuit sans sommeil se réalisaient : le malheur était sur la famille et Dieu seul savait jusqu'où il le laisserait aller. Elle s'assit sur le lit, se sentit mal, se laissa aller sur la couverture. Nathalie, éperdue, eut le réflexe d'aller à la fenêtre, de la fermer. Elle revint à sa mamie toujours étendue et silencieuse, lui tapota la joue :

— Mamie, mamie Mathilde, c'est Nathalie. Réveille-toi ! Réveille-toi !

Alors, elle s'élança sur les marches de l'escalier, déboula dans la grand-salle :

— Madame, madame, ma mamie est morte !

Solange bondit, grimpa jusqu'à la chambre, suivie de Nathalie et Sandrine : la fillette prenait conscience du drame qu'elle vivait.

— Non, rassurez-vous : votre mamie est juste évanouie. Aidez-moi, nous allons la descendre au chaud et appeler le médecin. Je vais la soulever par les épaules, portez-la chacune par un pied.

Hélas, mamie Mathilde, une forte femme de la campagne, était trop lourde pour elles.

— Nous ne pouvons la laisser dans cette chambre glacée. Dans l'état où elle se trouve, elle va prendre froid. Connais-tu des voisins qui pourraient nous aider ?

— Oui, les parents de Patrice.

— Ils habitent loin ?

— Presque en face.

— Tu sais téléphoner ?

— Oui.

— Appelle-les vite.

Quelques minutes après, Patrice et sa maman pénétraient dans la chambre.

— Que lui est-il arrivé ?

— Un malaise sans doute. Il faut la descendre au chaud. Ensuite, je téléphonerai au médecin.

Ni Patrice ni sa mère ne connaissaient Solange. D'où venait cette femme ? Elle semblait commander en l'absence de Philippe et Juliette. Mais le moment n'était pas aux questions.

— Vous, madame, aidez-moi à la soulever par les épaules. Votre fils et Nathalie peuvent peut-être lui soulever les pieds ?

— Bien sûr. À onze ans, Patrice est déjà costaud.

Les deux femmes soulevèrent Mathilde par les épaules, s'engagèrent sur les marches de l'escalier. Patrice et Nathalie suivaient, portant chacun un pied. Une fois en bas, Sandrine, sans que personne ne le lui demande, prenait l'initiative d'aligner côte à côte plusieurs chaises ; on coucha la mamie sur les sièges.

La DS 19 entrait dans la cour, s'arrêtait ; on devinait le médecin coupant le contact avant de descendre. Lorsqu'il frappa à la porte, il entendit venant de l'intérieur le son d'un violon. Solange lui ouvrit.

Sitôt sa mamie installée, un coussin sous la tête, bien enveloppée de couvertures, au chaud devant l'âtre que Solange avait regarni, Nathalie était allée chercher son violon. Respectant rigoureusement les consignes de Juliette, elle s'était installée dos aux flammes de l'âtre pour protéger l'instrument et elle avait joué. L'archet allait, venait, glissait, sautait, dansait presque tandis que les petits doigts suivaient les cordes, les pinçaient, les caressaient. Les notes s'élevaient, aussi joyeuses que Nathalie pouvait les faire éclore pour réveiller sa mamie et l'accompagner dans son rêve car sa petite-fille ne doutait pas qu'elle entendît. Lorsque la porte s'ouvrit et que le médecin s'avança, les paupières de Mathilde se soulevèrent.

C'était un vrai médecin de ce temps, un médecin de famille. Cette famille, il la savait solide, de robuste constitution. Il prit la tension, examina les yeux, écouta la respiration, sourit :

— Rien de grave. Un malaise vagal dû à une émotion car elle ne montre aucun signe de fatigue.

Il regarda Mathilde dans les yeux, faillit l'interroger.

— Pouvez-vous nous laisser ? Je dois lui parler.

Pour ne pas gêner, Nathalie leva son archet, cessa de jouer pour rejoindre, son violon à la main, les quatre autres tout au bout de la salle.

Le médecin se penchait sur Mathilde et posait la question :

— Vous m'entendez ?

La mamie fit signe que oui.

— Avez-vous éprouvé une forte contrariété, un gros souci durant ces dernières heures ?

— Oh que oui !

— Quoi donc ? Dites-moi tout, que je puisse vous soigner.

À voix basse comme au confessionnal, Mathilde se vida, confia tout, jusqu'à la disparition de Robert.

— Vous pouvez revenir.

Maintenant qu'il savait, il les dévisagea tour à tour, arrêta son regard sur Solange.

— Vous allez installer la mamie dans son lit et lui donner ce médicament pour la faire dormir. Ensuite, vous téléphonerez à la gendarmerie pour l'informer de la fugue de Robert. Par ce temps, il faut mettre en place les grands moyens. Il importe de le retrouver, et le plus vite possible. Si Robert a passé la nuit dehors, il se trouve en danger d'hypothermie.

Ses yeux reviennent alors sur Nathalie et son violon.

— Il y a longtemps que tu sais jouer du violon ?

— Trois mois environ.

— C'est le tien ?

Nathalie hésita, songea au cadeau de Noël :

— Oui.

— D'après ce que j'ai entendu en entrant, tu joues très bien. Tu vas t'installer dans la chambre de ta mamie et tu vas jouer pour elle jusqu'à ce qu'elle dorme profondément.

Son regard se reporta sur Solange :

— Ou plutôt, ne donnez rien à la mamie : le son du violon de sa petite-fille lui fera plus de bien qu'un cachet. Inutile de prescrire un médicament. Qu'elle dorme et se repose au son du violon.

Sans y prendre garde, Nathalie s'était trop approchée de l'âtre. Le médecin la prévint :

— Sois prudente. Ne te tiens pas trop près. La caisse de ton violon est toute dorée du reflet des flammes ; on dirait un violon d'or !

Philippe, Juliette et Jacques reconnurent facilement l'arrière de la DS 19 du médecin qui s'éloignait de la ferme pour rejoindre le bourg de Malvières. Sans doute rejoignait-il son cabinet de La Chaise-Dieu ; le matin normalement, sauf urgence, il n'effectuait pas de consultations à domicile. Philippe lia immédiatement cette visite à la réaction de sa mère après la disparition de Robert.

Tous les trois étaient fourbus, exténués, désespérés ; mal chaussés de pantoufles et autres chaussures d'intérieur, leurs chevilles et leurs mollets saignaient, blessés par la croûte glacée qui cisaillait leur peau chaque fois qu'ils posaient un nouveau pas ; à peine vêtus, ils transpiraient cependant tout en frissonnant car leur sueur à son tour se collait à la peau et les saisissait de froid. Au début, courant sans se préoccuper d'autre chose que de rattraper les traces, ils avaient débouché sur le cimetière où ils avaient reconnu le passage de Robert sur la tombe de sa mère. Philippe et Jacques en avaient profité pour pleurer de rage tandis que Juliette se mordait les lèvres ; plus le temps passait, et davantage elle se sentait coupable de tout. C'était comme si le crime de son père la rendait seule coupable. La jeune femme en souffrait le martyre, se persuadait que son futur époux n'allait plus l'aimer, que Mathilde et les enfants obligeraient Philippe à la repousser. Elle se trompait, il l'aimait ; même si sa famille n'osait dire ce qu'elle ressentait : comment peut-on être heureux avec la fille d'un criminel ?

Sans un seul mot, Philippe en tête et Jacques en dernier, tous les trois avaient quitté le cimetière, repris le chemin et suivi les traces jusqu'à la clairière de Bancillon. Là, les empreintes s'emmêlaient, se compliquaient, s'embrouillaient, s'enchevêtraient. Robert avait dû réfléchir, aller et revenir. Du coup, il devenait impossible de savoir avec certitude quelle direction il avait pris. Tous les trois convinrent de chercher chacun de son côté, de s'appeler souvent et de revenir dès que l'on ne s'entendrait plus. Leurs recherches ainsi limitées ne durèrent que quelques minutes, sans résultats. Philippe surprit Jacques à claquer des dents, prit peur et Juliette qui elle aussi avait grand froid le conforta dans sa décision de revenir. Tous les deux placèrent Jacques entre eux, espérant ainsi lui apporter un peu de leur propre chaleur. Du plus vite qu'ils pouvaient, ils se pressaient de rentrer. Mais plus ils s'efforçaient d'accélérer leur marche et plus ils s'épuisaient. Juliette finit par craindre une chute dont ils ne se relèveraient pas.

— Marchons moins vite, nous nous épuisons. Jacques, vas-tu pouvoir tenir jusqu'à la ferme ?

Un petit « oui » répondit. Philippe ne dit rien, serra les dents, enlaça plus fort son fils.

— Merci de ton conseil, Juliette. Toi, ça va ?

— Oui, regarde, nous arrivons.

Et en effet, Philippe distingua la masse blanche de la ferme et les cimes des sapins qui, caresse par caresse sous le vent d'ouest, se défaisaient de leur neige.

— La DS bleue, murmura Jacques.

— Un dernier effort : il est arrivé quelque chose.

Ils entrèrent dans la cour ; Juliette tournait la poignée de la porte tandis que Philippe soutenait son fils et l'aidait à entrer dans la grand-salle bien chaude. De la chambre de la mamie, Juliette, la première, perçut les notes du violon. Patrice n'avait pas voulu quitter Nathalie ; assis à l'entrée de la chambre, il s'abandonnait dans la musique. Sa maman était rentrée chez elle. Assise devant l'âtre, Solange écoutait elle aussi, Sandrine sur ses genoux. On les aurait tous crus dans l'attente d'un miracle. La musique de Nathalie semblait leur prière.

Tous les trois à peine entrés, Sandrine bondissait des genoux de Solange, elle-même se levait et le violon cessait. Devançant Solange, Nathalie, son violon et son archet dans les mains, se précipitait vers son père et Juliette, tandis que Solange glissait une chaise sous les fesses de Jacques ; ce dernier s'y effondrait. De rouge vif, son visage était devenu très pâle et le garçon de douze ans n'aurait pas résisté encore longtemps à l'épreuve de cette course dans la neige et le froid. Juliette referma la porte puis rejoignit Philippe auprès de Jacques. La ferme ne disposait pas encore de salle de bains. Chacun se lavait dans un unique cabinet de toilette équipé d'un lavabo. Les adultes, pour leur toilette complète, emplissaient d'eau chaude, prélevée dans la bouilloire du fourneau, une grande et profonde cuvette dans laquelle ils entraient nus, se savonnaient et se rinçaient. La mamie laissait les garçons se laver seuls. Par contre, elle participait encore aux toilettes de Nathalie et de Sandrine. L'idéal eût été que Jacques pût prendre un bain. Juliette alla quérir quatre briques, les enfourna, chargea de bois le foyer du fourneau.

— Tu vas aller te coucher. Mets-toi en pyjama ; sitôt que les briques seront brûlantes, je les glisserai dans ton lit. Pendant qu'elles chauffent, je vais te faire un chocolat brûlant comme ta mamie sait les préparer.

Philippe, dès son entrée dans la grand-salle, avait perçu l'absence de sa mère ; ne s'enquérant de rien d'autre, il s'était immédiatement rendu dans la chambre de Mathilde.

— Maman !

Juliette, préoccupée d'abord par l'état physique de Jacques, n'en avait pas pris conscience. Réveillée par l'exclamation de Philippe, elle mesura son oubli : suivie de Nathalie, Sandrine et Solange, elle le rejoignit dans la chambre de la mamie. Patrice, discrètement, réalisant que la situation devenait strictement familiale et ne le regardait plus, adressa un discret mais affectueux clin d'œil à Nathalie ; sitôt qu'elle le lui eut rendu par un sourire, il s'éclipsa par la porte d'entrée.

Mathilde dormait d'un sommeil si léger que l'arrêt de la musique, le brouhaha de la grand-salle, l'avaient réveillée.

— Tu dormais, maman ?

— Le violon de Nathalie me faisait somnoler. Vous n'avez pas retrouvé mon petit Robert ?

— Non. Nous avons marché jusqu'à la clairière de Bancillon, avons cherché, mais ses traces devenaient illisibles et introuvables dans l'enchevêtrement des sous-bois.

— Qu'allons-nous faire, Philippe ?

— Lorsque le médecin a été mis au courant, il a conseillé de prévenir les pompiers et la gendarmerie.

Solange, silencieuse jusque-là, introduite la veille et sans bruit dans la famille, tenait à exprimer sans attendre ce qu'effectivement le médecin avait recommandé.

— De toute façon, je comptais bien le faire dès à présent. Comment te sens-tu, maman ?

— Mieux. Ce n'est rien. C'est l'émotion.

Une odeur de brique trop chaude, de vieille terre cuite, se répandait dans la grand-salle, s'introduisait dans la chambre. Cette senteur, chacun la connaissait : elle annonçait les lits chauds pour les nuits d'hiver.

— Les briques ! s'écrie Juliette. Je les ai mises à chauffer pour bassiner le lit de Jacques afin qu'il s'y réchauffe. Je dois également lui préparer le chocolat brûlant que je lui ai promis.

Mathilde se retourne, se redresse, inquiète :

— Qu'est-il arrivé à Jacques ?

— Il a sauté comme nous par la fenêtre de la chambre de Robert pour nous rejoindre et partir à sa recherche. Lorsque je l'ai aperçu près de nous deux, je ne pouvais l'obliger à retourner sur ses pas. À douze ans, la course était trop dure pour lui ; sur le retour, dans les dernières centaines de mètres, Juliette et moi nous avons dû l'aider. Le pauvre était épuisé, et surtout commençait à être victime d'hypothermie.

— Décidément ! Mais Juliette agit bien : rien de tel que le lit, des briques chaudes, un chocolat brûlant pour le réchauffer.

Sur la porte ouverte du four, Juliette enveloppe les briques dans leurs journaux avant de les porter dans le lit de Jacques.

En ville, appeler la police, c'est anodin. À la campagne, faire venir les gendarmes est une décision lourde à prendre. Chacun dans le village va voir, questionner, vouloir savoir et puis, surtout, parler. Cependant, il le faut ; c'est la vie de son fils qui en dépend, tant pis pour les ragots. Philippe réfléchit, se décide, s'approche du téléphone.

— Papa, tu vas téléphoner aux gendarmes ? questionne Nathalie.

— Oui, il le faut bien. Nous devons à tout prix retrouver ton frère avant qu'il ait trop froid.

— Je sais où il est.

Juliette revient de la chambre de Jacques, entend ; Mathilde aussi perçoit l'affirmation de sa petite-fille et la fillette ne la révélerait pas sans en être certaine. Mathilde s'extrait des draps, pose ses jambes sur la descente de lit, se lève flageolante et rejoint la grand-salle où elle s'assoit.

Sandrine fixe sur sa sœur un regard appuyé, se doute d'un secret qu'elle ignore. Souvent elle a surpris des messes basses entre sa sœur et Robert ; ils s'en disent des choses, ces deux-là ! Solange, une biche à la main, à cent lieues de s'attendre à une telle révélation, interrompt sa marche vers le cellier. Pour se rendre utile, elle s'apprêtait à y quérir le lait nécessaire au chocolat que Juliette voulait préparer.

Philippe, surpris, ne s'avance pas davantage vers le téléphone.

— Tu es sûre de toi ?

— Oui papa.

— Mais pourquoi n'as-tu rien dit plutôt ?

Juliette couve des yeux son élève, s'assure par son regard que Nathalie dit vrai.

— Je n'y avais pas encore pensé. Il se trouve chez le légionnaire.

— Le légionnaire ? Quel légionnaire ?

— L'homme que nous avons rencontré avec son chien lorsque nous sommes allés couper le sapin de Noël dans la forêt de Bancillon est un ancien légionnaire. Robert et lui sont très amis. Il m'en a souvent parlé.

— Et Robert ne t'en parle qu'à toi ?

— Oui.

Et son oui est sans appel ; il fait partie des secrets que s'échangent frères et sœurs dans les familles et nul autre n'y a accès.

— Souviens-toi : le légionnaire t'a dit où il habitait.

— Oui, au hameau de Lagrifolle, à la limite des champs et de la forêt. Son prénom me revient : Firmin.

— Robert ne l'appelle que le légionnaire.

— Qu'en penses-tu, Juliette ? Je m'y rends ou j'appelle d'abord les gendarmes ?

— Nathalie n'invente pas : si elle l'a dit, c'est vrai. La présence des gendarmes affolera tout le monde, à commencer par Robert. Mais, si tu permets, je vais t'accompagner. C'est à moi que Robert en veut : je dois lui parler, tout lui expliquer. Ce qu'il sait, il l'a appris sans doute en surprenant notre conversation d'hier soir. Solange, nous te confions la maison, les enfants et la mamie. Prépare vite le chocolat de Jacques.

— Bien sûr ! Ne vous faites pas de soucis. Allez vite.

Juliette hésite, persuadée d'un oubli.

« Mais bien sûr, le violon pour la mamie », se dit-elle en elle-même.

— Nathalie !

— Oui ?

— Sois gentille, de temps à autre joue du violon pour la mamie. Tes jolies mélodies lui remontent le moral.

Les yeux de Nathalie expriment la joie de se sentir aimée ; elle se défend :

— De toute façon, je voulais jouer pour répéter.

Lorsqu'ils se trouvèrent dans la cour, il neigeait. Absorbée par les révélations de Nathalie, toute la famille restait indifférente à ce qu'elle aurait pu observer à travers les vitres. Les flocons tombaient piquants, minuscules et durs, à peine visibles dans le halo de l'ampoule qu'avait éclairée Philippe tellement le ciel paraissait sombre. Ils picotaient la peau de Juliette et celle de Philippe où ils semblaient vouloir s'incruster, se posaient sur leurs cils, leurs sourcils et leurs lèvres avant d'y fondre.

Tous les deux s'étaient chaussés de bottes, habillés de canadiennes, protégés les mains de mitaines.

— La meilleure solution est de prendre le tracteur.

Philippe souleva Juliette jusqu'au marchepied et la poussa sur le siège. À son tour, il se hissa, la rejoignit de l'autre côté.

— Mince ! J'ai oublié des couvertures pour y emmitoufler Robert au retour.

Le temps de descendre, de revenir les bras chargés, il tendait le paquet à Juliette qui le déposait sur ses jambes. Déjà, il était installé, s'efforçait de lancer le moteur gelé qui toussa à plusieurs reprises avant de démarrer. Philippe alors alluma les phares ; dans leurs faisceaux, les flocons redoublaient, plus épais. La neige s'écrasait sous les dessins des pneus, se creusait derrière les roues en deux rails profonds et blancs.

Solange, Nathalie et Sandrine avaient rouvert la porte et regardaient la masse du tracteur et ses feux rouges arrière disparaître dans les flocons.

XIII

Comme tous les gens de la campagne, Firmin était un lève-tôt. Pour ne pas risquer de réveiller Robert, il reprit sur son chevet un livre entamé et entreprit de lire. Le « légionnaire » se connaissait suffisamment pour savoir qu'une fois interrompu son sommeil ne le revisiterait pas. En revanche, Rufus ne l'entendait pas ainsi ; l'animal voulait sortir et savait l'obtenir en grattant le panneau de la porte d'entrée. Le raclement de ses griffes sur le bois, ses plaintes obligèrent Firmin à interrompre sa lecture et quitter son lit. Dans la plus extrême douceur, il ouvrit la porte de sa chambre afin que Robert n'en fût pas réveillé. L'homme tenait par-dessus tout à ce que le garçon puisse récupérer de la fatigue et de ses émotions. Sans aucun bruit, il se dirigea en pyjama non pas vers la porte d'entrée qui gémissait lorsqu'on l'ouvrait, mais en direction d'une plus discrète, à l'arrière de la ferme ; Robert ne pourrait l'entendre grincer. Tout allait ainsi dans le vieux bâtiment ; pas plus que son père, Firmin ne l'entretenait ni ne se préoccupait d'une goutte d'huile dans les serrures. Rufus le rejoignit, son maître lui ouvrit. Tous les deux notèrent le changement de temps. Le froid semblait moins vif et des flocons serrés obscurcissaient le ciel, opacifiaient au sol les cristaux de la neige gelée, se déposaient pressés sur la fourrure du chien et les cheveux de son maître qui avait oublié sa casquette. Rufus leva sa truffe pour humer l'air mouillé et neigeux, l'abaissa pour tâter du museau et des griffes la croûte glacée, à peine recouverte de flocons frais, chercha et trouva sous un arbre dénudé un endroit approprié pour se soulager puis s'éclipsa dans les entours où il avait ses habitudes. Du coup, Firmin l'imita contre un buisson gelé et puis rentra au chaud pour se remettre au lit. Était-ce l'effet de l'air vif ? Le sommeil le reprit et, quand il se réveilla pour de bon, le jour se devinait à travers les fentes des volets. L'homme décida de se lever, de préparer le petit déjeuner de la même façon et sans plus ni moins de bruit que s'il eût été seul. Il dut s'interrompre : Rufus grattait à la porte d'entrée. Le plus silencieusement possible, Firmin alla lui ouvrir, lui tapota l'échine en lui adressant les mots que le chien connaissait, revint à la cuisine, poussa les volets des fenêtres, puis vaqua à ce qu'il avait à faire. Tout en préparant le café et les tartines pour deux, sans oublier de réchauffer la soupe de Rufus, Firmin essayait de deviner ce qui avait bien pu pousser Robert à commettre cette fugue car, manifestement, c'en était une ! Au cours de leurs brèves et inopinées rencontres précédentes en forêt, Robert lui avait paru un garçon heureux de vivre. Lorsque la veille de Noël il avait surpris la famille en forêt, le père, malgré son accueil peu amène, lui avait cependant paru un brave homme. Quelle dispute était donc survenue pour expliquer cette escapade ? Bien entendu, Firmin ne pouvait s'empêcher de se remémorer celle qui l'avait conduit à s'enfuir après la bagarre avec son père à lui. Mais ce ne pouvait être le cas pour Robert. Apparemment, nulle trace de coups sur son visage n'étayait cette hypothèse. Non, il fallait chercher ailleurs. Néanmoins, quoi qu'il en fût, Robert était mineur et il faudrait bien qu'il accepte de retourner chez son père. Il ne pouvait être question pour Firmin de se faire son complice. De surcroît, ce n'était pas la solution pour le jeune homme. À son âge, sa place se trouvait dans sa famille.

Le café achevait de passer lorsque deux faisceaux de phares trouèrent l'épaisseur des flocons. Le bruit caractéristique d'un moteur de tracteur précéda l'apparition de l'engin rouge. Il se dirigeait vers la ferme. Bientôt, il entra dans la cour pour s'immobiliser devant la porte d'entrée. Philippe coupa le moteur ; Juliette n'attendit pas, s'empara du paquet de couvertures, descendit. Firmin, qui avait pris la peine de s'habiller dès son second lever, ouvrait et se présentait devant elle. Dans le même temps, Philippe les rejoignait.

— Vous venez chercher votre fils ?

— Il se trouve chez vous ?

— Oui, il dort. Entrez, vous allez prendre froid.

Prononçant cette phrase, Firmin se remémore que cette nuit il a accueilli Robert de la même façon.

Une fois la porte de la cuisine refermée, le légionnaire prie ses hôtes de s'asseoir.

— Je crois que le mieux est de le laisser dormir tout son soûl. Arrivé tard dans la nuit, complètement frigorifié, seul le sommeil peut le rétablir. Je me suis interdit toute question sur quoi que ce soit, mais lui ai fait prendre un bain de pieds très chaud et avaler un verre de vin brûlant avant de lui proposer d'aller au lit. Je ne l'ai pas entendu de la nuit, fatigué comme il l'était. Je me trouvais occupé à préparer le petit déjeuner lorsque les faisceaux des phares de votre tracteur ont percé la neige qui tombe serrée. À mon avis, à présent, il ne devrait plus tarder à se réveiller. Désirez-vous une tasse de café ? À moins que vous n'ayez pas pris le temps de manger quelque chose avant de venir et que vous désiriez partager mon petit déjeuner ?

Philippe et Juliette, apaisés par la chaleur de l'accueil et rassurés de savoir Robert retrouvé, se regardent en souriant. C'est leur premier sourire depuis la découverte de la fugue. Philippe, à jeun depuis la veille, lorgne effectivement sur la miche et le beurre, savoure le parfum du café chaud. Mais auparavant, il voudrait bien prévenir les siens demeurés à Malvières dans la plus totale inquiétude.

— Possédez-vous le téléphone ?

— Ah ! pour cela, non ! Nous ne l'avons jamais eu. Mon père n'en voulait pas et moi-même, je n'en voyais pas l'utilité. Souvent, j'ai hésité et puis ai renoncé. Je ne connais personne ; à qui téléphonerais-je ?

Firmin hésite à avouer :

— Et puis, ce serait une dépense. Vu mon haut grade dans la Légion, ma retraite ne me permet pas d'excès. Je complète par des bricolages et autres expédients. Vous voudriez sans doute prévenir votre famille que Robert est retrouvé ?

— Bien sûr. Vous imaginez l'inquiétude dans laquelle nous l'avons laissée.

— Je l'imagine. Mais, dites-moi : pourquoi avez-vous commencé vos recherches chez moi ?

Philippe hésite, laisse à Juliette le soin de répondre :

— C'est très simple. Nathalie, la sœur de Robert – vous l'avez aperçue lors de notre rencontre en forêt au pied du sapin que Robert sciait pour Noël –, se trouve être sa confidente. Elle se disait certaine que son frère s'était sauvé chez vous.

Firmin emplit de café noir et fumant les trois tasses qu'il a sorties du placard. Lorsqu'il est seul, il boit dans son bol. Mais aujourd'hui, il tient à faire honneur à ses hôtes.

— C'est curieux. Nous nous rencontrons à l'improviste en forêt, et Robert ne m'a accompagné qu'une ou deux fois ici pour voir ma maison. Je ne me doutais pas qu'il éprouvait pour moi autant d'amitié.

— Vous lui avez raconté votre vie ?

— Quelques épisodes seulement. Mais servez-vous, beurrez vos tartines. J'ai oublié : il doit me rester un bocal de confiture de mûres que j'ai faite moi-même début septembre. Vous voyez, madame, je sais me débrouiller.

Philippe a faim, n'attend pas la confiture, mord à belles dents sa tartine beurrée. Un bruit sec s'entend dans la chambre : elle ouvre de l'autre côté du couloir. Rufus redresse la tête, dresse les oreilles, quitte la cuisine, gratte à la porte de la chambre. Firmin s'exclame :

— Mince ! Pourvu que...

Tous les trois ont compris, se précipitent. La porte de la chambre est fermée de l'intérieur.

— Vite, le tour !

Firmin fonce à la porte d'entrée, l'ouvre, sort dans la cour, sous la neige qui tombe épaisse.

Philippe et Juliette le suivent, longent et contournent le mur : la fenêtre est grande ouverte, deux traces de chaussures s'enfoncent profondément dans la neige dont elles ont brisé la croûte. La trace des pas rejoint la lisière de la forêt où l'on distingue à peine une silhouette qui s'efface dans les flocons à couvert des branches chargées de neige.

— Robert ! Robert ! Ne fais pas le fou ! Reviens ! lui crie son père dans ses deux mains en porte-voix.

— Il faut à tout prix le rejoindre. Là où il se dirige, la forêt dissimule une déclive raide et un ruisseau sans doute gelé.

Firmin examine les bottes et les canadiennes de Philippe et Juliette qu'ils n'avaient pas ôtées.

— Je cours chercher les miennes.

Rufus le suit. Tous les deux reviennent presque aussitôt : Firmin s'est chaussé de rangers et vêtu d'une tenue camouflée délavée ramenée de la Légion. Sur sa veste, il a passé un gilet matelassé couleur kaki.

— Il suffit de marcher vite et sans perdre de temps. La neige tombe si épaisse que dans une demi-heure les traces seront couvertes. Votre fils ne peut aller bien loin, ni plus vite que nous trois.

— Décidément, songe-t-il sans l'exprimer, il s'est passé quelque chose de grave.

Firmin marche en tête, pose ses pieds quand il le peut sur les basses branches des sapins collées au ras de la neige afin d'un peu moins s'enfoncer. Juliette s'applique à profiter de ses passages ; Philippe, de temps à autre, renouvelle ses appels.

— Robert ! Robert ! Attends-nous, ne fais pas de sottise.

Le garçon ne peut avoir que cent mètres d'avance ou à peu près tant la progression est difficile : mais c'est beaucoup par cette neige épaisse et en forêt. De temps à autre, tous les trois croient apercevoir sa silhouette déjà blanchie. Firmin s'inquiète : il connaît cette partie de la forêt. Robert file droit sur la déclive où coule le ruisseau qui se jette dans la Dorette. Le garçon la découvrira trop tard. S'il glisse, s'il chute, il brisera la couche de glace et son corps sera entièrement dans l'eau. Par ce temps, le jeune homme ne tiendra pas longtemps. Cette déclive est presque abrupte et il ne remontera pas seul.

De plus en plus souvent, sa silhouette s'entrevoit. Il doit se fatiguer, ralentir son rythme car tous les trois maintiennent le leur. Sur les conseils du légionnaire, ils n'ont pas commencé trop rapidement, pour pouvoir tenir longtemps. Comme tous les jeunes gens, Robert tout au contraire est parti vite, a peut-être même tenté de courir, a gaspillé ses forces.

Il semble qu'ils ne sont plus qu'à une cinquantaine de mètres de lui. Philippe et Juliette devinent même parfois son profil lorsque le garçon se retourne et les aperçoit ; inéluctablement, ils se rapprochent de lui.

— Robert ! Robert ! Attends-nous ! Arrête-toi !

Par un suprême effort, le garçon tente de se reprendre, de relancer son rythme. Dans ses yeux brûlés par la neige et fatigués par la concentration, des myriades de lueurs l'empêchent de se repérer. Il ne discerne pas la pente sous ses pieds ; ses mains d'instinct tentent de s'accrocher aux extrémités des branches mais glissent à la fois sur la neige gelée et les flocons amassés, de plus en plus épais. Ses pieds inertes, ses jambes sans forces ne peuvent le retenir. Son corps dérape, ripe, part en luge et s'étale sur le ruisseau gelé. La glace craque et Robert s'enfonce. Sa fatigue et son refus sont tels qu'il ne peut ni lutter, ni hurler, même pas appeler.

— Merde ! Vite ! Vite ! Il a glissé.

En une minute, tous les trois ont rejoint le bord de la déclive. Philippe, sans se soucier de lui, attrape à pleines mains les troncs des bouleaux et jeunes sapins qui poussent sur la pente, enfonce ses jambes le plus profond possible, pas à pas dans la neige rejoint son fils. Il lui parle comme parlerait une mère :

— Mon petit, mon pauvre petit ! Mais qu'as-tu fait ? Donne-moi ta main !

Robert ne peut la lui donner tant il est épuisé, frigorifié, et tant il refuse sans doute. Son père entre dans le ruisseau, ses bottes s'emplissent d'eau. Peu importe. À deux mains, par les épaules, il soulève le corps mouillé, l'arrache. Firmin est là. Les deux hommes prennent chacun un bras, le passent sur leur cou, s'efforcent à remonter la pente. Juliette elle aussi est descendue empruntant les passages, s'accrochant aux jeunes troncs.

— Par ici, par ici, vous pourrez vous agripper.

Et elle indique les arbres. Des mains qui s'accrochent, des pieds qui s'enfoncent et forcent dans la neige tassée au fond des marques, Philippe et Firmin remontent Robert au sommet de la déclive. Juliette les rejoint, serre contre elle le visage de Robert comme s'il était son fils. Rufus lui-même se frotte et semble avoir compris.

— Vite, vite, ne perdons pas de temps, insiste Juliette. Nous parlerons au chaud.

Le père soulève son fils, serre son torse dans ses bras, Firmin agit de même autour du bassin et Juliette porte les genoux. Les yeux demeurent fermés et les lèvres crispées.

En silence, tous les trois rebroussent chemin, repèrent leurs traces que la neige, acharnée à tomber, n'a pas encore effacées.

Malgré ses bottes pleines d'eau qui font « floc ! » à chaque pas, Philippe refuse de prendre le temps de s'arrêter pour les vider. L'urgent est de ramener son fils au chaud, d'éviter la pneumonie. Du plus vite qu'ils le peuvent, ils marchent. Juliette surveille le visage qui perd ses couleurs, la bouche et les yeux qui jamais ne s'ouvrent. Robert respire par le nez.

— Sitôt rendu chez vous, il faudra entièrement le déshabiller, le frotter et le placer dans un bain chaud, déclare Juliette tout en marchant. Disposez-vous d'eau chaude et d'une grande bassine ?

— D'eau chaude, oui ; dans la bouillotte du fourneau, comme hier soir pour le bain de pieds. J'ai mieux qu'une bassine : la cuve dans laquelle je me lave. On est pauvre mais propre.

Philippe se tait, craint le pire. Pourvu qu'ils arrivent. Mais que lui a-t-il pris, bon sang de bon sang, de s'enfuir une seconde fois ?

Ouf ! La lisière est là, le temps de traverser la prairie, on devine la masse enneigée du tracteur. Firmin avait refermé la porte ; la ferme sera tiède. D'un tour de main, il l'ouvre ; tous les quatre et le chien entrent dans la cuisine. Juliette referme du pied, la chaleur ne doit pas sortir.

— C'est la pièce la plus chaude : posons-le sur la table. Vous deux, bourrez l'âtre de bûches, faites un feu d'enfer. Je vais le déshabiller et le frotter. Pendant ce temps, allez chercher la cuve, remplissez-la d'eau chaude.

Pas de fausse pudeur ; Juliette déboutonne tous les vêtements, les retire un à un en commençant par le haut pour pouvoir frotter le torse. Elle arrache les bottes, les chaussettes, le pantalon, le slip enfin. Tandis qu'elle frotte avec les deux serviettes de toilette de Firmin qui séchaient devant le fourneau, les hommes amènent la cuve.

Ils prêtent à peine attention à la nudité du jeune homme, accomplissent les tâches demandées par Juliette. Sans qu'ils s'en aperçoivent, comme s'ils les attendaient, elle donne les consignes et ils les exécutent. Au fur et à mesure que la bouilloire se vide, Firmin remet de l'eau froide afin qu'elle chauffe et Philippe charge le foyer de bûches.

Sous l'effet des frictions avec les serviettes tièdes, Robert ouvre les yeux, écarte les mâchoires.

— Je l'ai assez frotté. Installez-le dans la cuve.

En fait de cuve, il s'agit d'un simple baquet de bois, mais il suffira. Plus petit, il faudra même moins de temps et d'eau pour le remplir.

Philippe et Firmin se placent de chaque côté de Robert, rejoignent leurs deux mains droites sous ses épaules ; de la gauche, ils saisissent chacun une cuisse, le soulèvent puis déposent le jeune homme dans l'eau chaude.

— Disposeriez-vous d'une grande serviette ou d'une toile ? Ce serait pour recouvrir le baquet. La chaleur ne s'évaderait pas et Robert se réchaufferait plus rapidement.

Firmin réfléchit, soulève sa casquette, se gratte la tête.

— Je n'aurai qu'un drap. Nous pouvons le plier en deux.

— Ça ira.

Pendant que Firmin s'affaire à s'en aller quérir le drap, Philippe s'approche de Juliette, la serre dans ses bras, lui sourit d'une infinie tendresse, la questionne doucement :

— Tu crois qu'il est sauvé ?

— Je le pense. Sitôt qu'il sera complètement réchauffé et que ses habits auront séché, nous le ramènerons en tracteur.

Elle regarde les bottes pleines d'eau où ses pieds doivent être transis :

— Mais tu es fou ! Enlève tes bottes, égoutte-les et prends un bain de pieds bien chaud dans une cuvette. Décidément, les hommes, il faut tout vous dire : vous ne savez pas prendre soin de vous !

Savoir sa famille dans le souci taraudait l'esprit de Philippe. Il pensa un moment confier Robert à Juliette et Firmin, le temps d'effectuer un rapide aller-retour en tracteur de Lagrifolle à Malvières. Firmin l'en dissuada : tout à l'heure, il ne lui était pas revenu à l'esprit que des voisins possédaient le téléphone. Les deux hommes se rechaussèrent ; les pieds de Philippe avaient séché, mais pas ses bottes et ses chaussettes. Les pointures du paysan et du légionnaire paraissaient très proches. Firmin lui prêta une de ses paires de bottes et des chaussettes ; tous les deux partirent aussitôt chez les voisins pour téléphoner à Malvières.

Juliette ne fut pas mécontente de se retrouver seule avec Robert. Tandis que le garçon baignait dans l'eau bien tiède que Juliette renouvelait et réchauffait en permanence en y versant des louches brûlantes puisées à la bouilloire, elle profita de cette intimité pour l'entreprendre tendrement. Habilement, elle évitait toute allusion aux deux fugues successives, ne lui parlait que de lui-même, de son bien-être, s'enquérait de ses forces retrouvées. Elle savait bien qu'il finirait par se confier. À présent qu'il redevenait conscient et allait mieux, il convenait de respecter sa pudeur.

— Te sens-tu en état de te lever ?

— Oui, je crois.

— Je vais t'apporter les deux serviettes qui sèchent aux barres du fourneau. Tu t'essuieras, t'habilleras. Tes vêtements se réchauffent devant l'âtre, tu n'auras qu'à les prendre. Je te laisse et me retire dans la pièce à côté. Lorsque tu seras prêt, frappe à la porte. Ton père et Firmin s'en sont allés chez des voisins téléphoner à ta mamie et à tes sœurs pour les prévenir de ton retour.

Le visage de Robert se contracte, il mesure ce que ses fugues ont causé de tourments. Mais lui aussi il souffre. Son regard s'attarde sur Juliette, il lui prend la main, pleure et embrasse sa paume. S'il ne se savait nu sous le drap, il se lèverait pour se blottir contre elle. Lui revient en esprit le visage de sa mère dans son rêve interrompu, ce que hier soir il a entendu, la révélation de la terrible réalité : Juliette, cette seconde maman qui le cajole et le soigne, à qui il voudrait tant se confier, est la fille de celui qui a tué sa mère. La jeune femme devine sa pensée, le drame qu'il vit, approche son autre main et lui caresse la nuque.

— Pleure bien, ça fait du bien de pleurer. Ton père va revenir. Je te laisse t'habiller.

Elle se dirige vers la porte, mais revient, se penche vers lui :

— Tu me promets de ne pas recommencer ?

Comme les yeux de Robert sont tristes !

— Oui, je vous le promets.

La porte d'entrée s'ouvre, on devine les deux hommes dans le couloir.

— Habille-toi, maintenant.

Tous les quatre à présent casse-croûtent autour de la table. Robert n'avait rien pris depuis la veille et à peine le père put-il prendre le temps d'avaler une bouchée de tartine avant la seconde fugue. Firmin n'a pas préparé de repas. Comment aurait-il pu ? Sur la table de bois, il pose un saucisson entier, une tomme de vache, des pommes, un litre de vin rouge et une carafe d'eau, dispose quatre assiettes et présente un Opinel à Juliette. Comme son père, Robert sort de sa poche son couteau, le cadeau paternel du jour de ses douze ans, l'âge pour un garçon de son premier couteau.

Au début du casse-croûte, on fait silence. Après quelques bouchées, Robert se confie ; Philippe, prévenu par Juliette, ne demande rien, ne dit rien : il ne peut pas non plus complimenter son fils. À son âge, commettre une fugue lui eût valu de son père une raclée bien appliquée.

— Papa, as-tu téléphoné à la mamie ?

— Oui, et c'est Nathalie qui m'a répondu : sans doute se trouvait-elle la plus proche du téléphone. Je peux me tromper, mais, selon mon sentiment, elle attendait mon appel. Je lui ai seulement confié que tu allais bien.

Philippe se tait, hésite :

— Je me suis tu concernant l'affaire de ce matin. Ta mamie se reposait au lit. Elle s'est levée pour me parler, longtemps. Jacques et Sandrine t'embrassent, ainsi que la maman de Juliette.

Philippe hésite, ne sait trop comment restituer la communication téléphonique :

— Voilà. Toute la famille t'attend.

Son regard de père se pose sur son fils :

— Tout le monde t'aime, tu sais.

C'en est trop pour Robert : son père lui fait cette confidence pour la première fois. Il pose sur l'assiette fourchette et couteau, se lève, fait le tour de la table, se penche sur lui et pleure. Encore plus ému peut-être, Philippe, de sa grosse main, caresse l'épaule de son fils, regarde Juliette. Un père ne pleure pas. Elle se met debout, se place derrière eux ; à son tour, Philippe se lève, elle les enserre de ses bras.

— Nous allons partir et vous quitter, Firmin. Notre famille s'inquiète.

Le légionnaire a bien compris que ses hôtes doivent se parler, mais chez eux, pas ici. Philippe s'apprête, suivi de son fils ; gêné, Robert s'essuie les yeux, tend la main à Firmin.

— Tu as raison Juliette, il faut nous en aller. En tout cas, merci Firmin, nous n'oublierons pas le service rendu. Venez à Malvières chaque fois que vous le désirerez : la porte sera toujours ouverte. Grâce à vous, mon fils s'est retrouvé.

Firmin sourit, se rappelle la froideur du premier contact autour du sapin de Noël. Comme le ton a changé !

— Et toi, maintenant, sache que tu possèdes un ami sûr ! déclare-t-il à Robert en lui serrant très fort la main tendue.

Juliette applique trois bises à Firmin, douces sur la barbe d'un homme qui néglige de se raser chaque jour.

La neige semblait enfin se décider à cesser de tomber. Il se faisait temps : sur la croûte blanche, les flocons avaient tenu dès les premiers, s'étaient accumulés, tassés. Les deux couches l'une sur l'autre bien tassées devaient offrir une épaisseur de peut-être quarante centimètres. À presque mille mètres d'altitude, en plein plateau casadéen, sans abri du vent, les trois passagers du tracteur commençaient à s'inquiéter de voir la neige frémir dans les champs et les hautes cimes blanches se courber sous la bise naissante.

— Il va *burler*[1], prononça Philippe.

C'est toujours le même cycle : le vent du nord chasse les nuages et arrête la neige, mais alors la burle relaie. Aussi bien qu'en Ardèche voisine, en Haute-Loire, il burle sur les plateaux. Durant la nuit prochaine, des dunes blanches se formeraient, de plus d'un mètre d'épaisseur, et parfois davantage, recouvriraient les passages, les chemins, effaceraient les routes. Pendant plusieurs jours sans doute, les gens devraient demeurer chez eux ; certes, les chasse-neige passeraient, mais la burle comme Pénélope effacerait leur ouvrage.

Heureusement le tracteur était de taille et les sculptures des pneus mordaient la couche avec vaillance, suivaient la route que Philippe lisait à son dessin blanc. À la croix de Bancillon, le vent se fit plus ardent et la neige soulevée burina les visages, s'accrocha aux sourcils. Sur le siège, tous les trois se pelotonnaient sous les couvertures que Juliette n'avait pas oubliées et Philippe conduisait comme il le pouvait. Enfin, on devina le cimetière et bientôt la masse des deux bâtiments de la ferme. Qui en avait eu l'idée ? Devant la porte, l'ampoule brillait bien que la neige eût cessé.

Le matin, lorsque l'appel du père faisait retentir la sonnerie, Nathalie aux aguets décrochait le téléphone ; à présent, elle ouvrait sans attendre, dès le

1. *Faire du blizzard, faire une tourmente de neige* (Dictionnaire du français régional du Velay).

bruit du tracteur. Robert, mal à l'aise, alla vers sa sœur : leurs regards se cherchaient, mais à peine un instant. Lequel des deux était le plus ému ? Philippe et Juliette, lorsqu'ils entrèrent, les trouvèrent dans les bras l'un de l'autre. Jacques se tenait derrière eux : il manifesta davantage de retenue à embrasser son frère. Pourquoi celui-ci ne lui avait-il rien confié ? Car c'était bien là le problème qu'il allait falloir affronter et que craignaient les adultes. Mamie Mathilde et Solange s'étaient tues : Jacques, Nathalie et bien sûr Sandrine subodoraient, mais ne savaient pas. Les deux femmes ne manquaient certes pas de courage – la vie les avait obligées à en faire preuve – mais, sans besoin de se concerter, elles estimaient qu'il appartenait à Philippe et à Juliette de dire le vrai, d'expliquer aux enfants. Leur rencontre puis leur projet de mariage provoquaient ce drame : il leur revenait de tout mettre au clair. Comment dire à des enfants que l'amour ne se commande pas ? Là se trouvait l'explication de la fugue soudaine de Robert. Mères des futurs époux, toutes les deux se retrouvaient en situation ambiguë, à la fois rivales et alliées. Il s'avérait difficile à l'une comme l'autre de prendre l'initiative de parler. Du coup, elles se taisaient, attendaient le retour de leurs grands enfants.

Dès son arrivée dans la salle, Robert sentit que ses frères et sœurs ignoraient tout, que personne n'avait dévoilé quoi que ce fût. Manifestement, Jacques et Nathalie ignoraient la cause de sa fugue : sinon leur attitude avec Juliette et le père au retour de ces derniers eût été différente de celle de tous les jours.

Robert monta dans sa chambre : personne n'eut le temps de réagir ; après un regard échangé, Jacques et Nathalie le rejoignirent.

Philippe et Juliette comprirent, grimpèrent l'escalier et frappèrent à la porte de l'aîné. Ils surprirent de l'autre côté un murmure de voix qui cessa aussitôt ; un petit « oui » fut prononcé, ils entrèrent. Nathalie à son côté, Robert se tenait assis sur son lit, les deux pieds à plat sur le parquet. Jacques, debout, demeurait adossé à la fenêtre. Au regard de la fillette, Juliette comprit aussitôt qu'en quelques mots son frère les avait informés. Dans ses yeux noisette, elle ne reconnut pas la douceur et l'affection que la petite violoniste lui portait habituellement. Philippe, quant à lui, reçut en plein visage le regard dur de Jacques. Par comparaison, celui de Robert paraissait plus amène. Personne ne parlait.

Dans le silence, tous repèrent les petits pas rapides de Sandrine sur les marches de bois, suivis de ceux, plus lents, plus hésitants, de Mathilde et Solange. Ce n'est pas par hasard que dans la chambre même où cette nuit fut découverte la fugue de Robert, toute la famille se retrouve pour enfin dire le vrai.

Délibérément, Juliette s'assoit sur le lit à côté de Nathalie, saisit la main de Sandrine quand l'enfant passe devant elle et l'assied sur ses genoux. La mamie et Solange prennent chacune une chaise. Philippe se tait, tant l'inquiète l'accueil de Jacques à son frère ; il rejoint le cadet, se tient debout à son côté. Dos à la fenêtre, leurs visages sont à contre-jour. Un coup d'œil circulaire le conforte dans son devoir : c'est lui qui doit parler. Cependant, il quête l'assentiment de Juliette dont les yeux noirs impatients l'incitent à ne plus attendre.

— Juliette et moi nous vous devons la vérité, mais toute la vérité, pas seulement celle que Robert a entendue. Lorsque tous les deux nous nous sommes rencontrés, le drame découvert hier semblait inconcevable. Même Solange, la maman de Juliette, ne pouvait totalement l'imaginer.

— Si je me trompe, Solange, vous m'arrêtez. Ce que Germain, son mari, lui avait avoué s'avérait exact : c'était bien lui l'auteur de l'accident, cause de la mort de maman, alors qu'il conduisait en état d'ivresse. Mais jamais personne n'eût pu imaginer qu'un jour sa fille et moi nous nous rencontrerions et éprouverions l'un pour l'autre un merveilleux amour. C'est toi, Nathalie, qui en as été l'occasion lorsque tu as accompagné Juliette ici pour me convaincre de ton talent pour le violon.

Tandis que tous écoutent le père, Juliette serre la main de Nathalie qui comme jusqu'à hier tourne son regard vers elle mais aussitôt se préoccupe des paroles de son père.

— Dès le premier soir, ici, alors que nous étions tous autour de la table, Juliette et moi pressentions quelque chose. Nous nous sommes revus et, sans attendre, aimés.

Philippe se tait, mais tous demeurent si attentifs à entendre la suite que nul ne pose la moindre question.

— Quelque temps après, nous vous avons annoncé notre mariage. Comme il se doit, Juliette m'a emmené à Saint-Christophe-sur-Dolaizon me présenter à sa mère Solange puis à Billom chez son père Germain.

Il se taisait sur le mariage ; mais, au cours de la conversation, suite aux confidences concernant la date et surtout le lieu où la maman trouva la mort, il a compris : l'auteur de l'accident, c'était lui. Pire encore, il s'était enfui.

Philippe, en son silence, s'oblige à empêcher ses larmes de monter, serre dans la sienne la main de Juliette. Celle-ci ressent sur elle des regards à la fois durs et apitoyés. Chacun commence à être conscient de sa souffrance de fille. Philippe se tourne vers elle :

— Néanmoins, sans que nous ne nous doutions de rien, ton père nous promettait qu'il assisterait au mariage.

Philippe se contient encore une fois pour ne pas exploser.

— Le lendemain soir, il appelait Juliette au téléphone pour se déjuger. Ce non-respect de sa promesse était pour nous deux insupportable.

Juliette retient ses larmes tant ces souvenirs lui pèsent. Mais elle ne peut contenir son chagrin à la résurgence du drame vécu.

— Je soupçonnais un terrible secret.

Elle se tourne vers sa mère :

— Je t'ai convaincue de nous accompagner à Billom chez mon père, bien décidée à lui faire dire ce qu'il nous cachait depuis son départ de la maison. Philippe et moi, nous sommes partis très tôt.

Elle saisit le bras de Robert :

— Souviens-toi : pour la première fois, tu acceptas de remplacer ton père à la grande étable.

À La Chaise-Dieu, ma mère nous attendait. Maman est montée dans le fourgon avec nous et par des routes épouvantables nous avons rejoint Billom et la maison de mon père.

Elle prend sa respiration, expire à fond, reprend son souffle tant tout est difficile.

— L'aveu fut terrible. Ni toi Solange, ni moi-même, et encore moins toi, Philippe, votre papa, ne nous y attendions. Mon père dut avouer son crime. Ma première pensée, ma première crainte a été que tu ne m'aimes plus, Philippe.

Elle se lève, va à la fenêtre et se jette dans ses bras. Tous les deux se tiennent cois, silencieux dans les bras l'un de l'autre.

— Tu ne savais rien, mon amour, aucun mensonge n'était sorti de ta bouche.

Mais aussitôt, les traits de Philippe se durcissent : l'homme se maîtrise, parvient à ne pas exploser.

— Souvent, les enfants, je fis serment devant vous de venger votre mère, Arlette, la première femme que j'ai aimée et que – Juliette le sait – je n'oublierai jamais. Malgré les années écoulées et le repentir, semble-t-il sincère, manifesté par ton père, ma détermination était restée totale. La colère m'emporta : je me jetai sur lui pour le frapper de toutes mes forces. Je voulais sa mort pour venger votre mère.

Toute la famille le regarde, hallucinée de la violence restituée.

— Si toi, Juliette, et vous, sa mère, ne m'aviez pas retenu, à cette heure il serait mort.

Philippe se retourne vers Robert, le saisit à deux bras :

— Tu vois, j'ai vengé ta mère.

— Pardon papa. Lorsque je me suis sauvé, je ne savais pas tout, je ne pouvais rester dans une maison où…

Robert allait prononcer d'autres paroles. Il voit qu'il va faire souffrir. Deux regards se croisent : celui de son père devenu de feu et le sien implorant.

— Sitôt retrouvé, tu étais pardonné. Mais je reviens à notre drame. Mon calme retrouvé, j'allai à Germain : j'eus pitié. Nous craignions sa mort. Son état nécessitait de le conduire à l'hôpital, mais alors, j'aurais été accusé. Bruno, le frère de Juliette, est médecin à Retournac. En pleine nuit, par des routes verglacées, nous y avons conduit son père. Celui-ci se trouve à présent en convalescence chez lui. Si vous désirez le voir, nous pourrons vous y conduire.

Tous ces drames s'étaient déroulés en à peine quarante-huit heures. L'épuisement gagnait Philippe ; la route difficile à l'aller comme au retour, la vengeance, Retournac, les deux fugues de Robert où il avait failli le perdre et maintenant les explications à la famille.

— Excusez-moi, mais je n'en peux plus.

Il fait deux pas pour aller jusqu'au lit, s'y assoit en se laissant tomber, élevant brusquement par contrecoup Nathalie assise à son côté.

— Repose-toi, papa, lui dit son fils aîné. Jacques et moi, nous allons nous occuper des bêtes.

TROISIÈME PARTIE

UN VIOLON POUR NATHALIE

XIV

L'HEURE TOURNAIT LENTEMENT. Un vent d'ouest fouettait les vitres. Le ciel était gris. De temps à autre, un paquet de neige s'échappait d'une branche ; parfois, un vol de corbeaux passait en criant au-dessus de l'école. De sa place dans la classe, Nathalie observait la décrue des grands froids tout en s'appliquant rêveuse à l'écriture de la rédaction dont le sujet, sur le tableau noir, s'écrivait en belles lettres. La contemplation de la nature à travers les vitres des fenêtres donnait des idées à la fillette. Juliette allait et venait entre les travées de tables, évitait de s'arrêter à hauteur de Nathalie, s'intéressait davantage à ce qu'écrivait Patrice depuis qu'elle connaissait les amours enfantines liant les deux enfants.

Après les drames des vacances de Noël, il avait bien fallu revivre. Dans la ferme de Malvières, chacun s'efforçait d'agir comme avant, de retrouver ses marques. Juliette se tenait au courant de la convalescence de son père à Retournac en téléphonant à son frère Bruno. Il allait mieux et, si lui-même le souhaitait et les autres l'acceptaient, Germain serait physiquement en état d'assister au mariage toujours fixé début mars. Chacun avait compris que Juliette et Philippe n'étaient en rien coupables, mais nul ne prononçait le mot de pardon et encore moins d'oubli concernant le crime de Germain. S'il advenait que ce dernier vînt à exprimer le souhait de sa présence, Juliette et Philippe s'accordaient pour convenir qu'ils en délibéreraient en famille à Malvières. Il faudrait que chacun donne son accord ; à vrai dire, le couple lui-même ignorait pour le moment sa position commune. Pour la première fois de leur vie, tous les deux se trouvaient face à un véritable cas de conscience et ils louvoyaient à le trancher.

Le Jour de l'an avait été fêté comme chaque année, mais non pas à Malvières. Solange s'était prise de sympathie pour la future belle-famille de Juliette et elle avait décidé de les inviter tous les six. Durant l'absence de Philippe et Juliette pour la recherche de Robert chez le légionnaire, Solange s'était liée avec Mathilde et les enfants. Presque tout de suite après leur départ, Nathalie sortait son violon et jouait. L'instant jaillissait merveilleux, la musique calmait leurs angoisses ; Solange découvrait ce talent de la fillette. Mais Nathalie ne pouvait indéfiniment jouer ; pour meubler le vide, cacher la crainte, tous conversaient. Dès l'appel téléphonique de Philippe annonçant la vie sauve de Robert, Solange, aidée de Nathalie, décidait de préparer un gros gâteau pour le retour du fils aîné.

Le fourgon de Philippe n'était pas homologué pour transporter six personnes : en conséquence, on dut utiliser les deux voitures. Robert, Nathalie et Sandrine montèrent dans la Dauphine de Juliette, la mamie et Jacques dans le fourgon du père où le siège avant pouvait accueillir trois passagers.

Solange avait tant apprécié la musique du violon qu'elle suggéra à Nathalie d'amener avec elle son instrument, c'est-à-dire celui de Juliette enfant. Du coup, la jeune femme prit l'initiative de venir avec le sien pour pouvoir jouer à deux. Assises sur le siège arrière de la Dauphine, Nathalie et Sandrine tenaient les deux étuis sur leurs genoux, mains bien à plat posées dessus.

Après le repas et devant l'âtre, car Solange elle aussi disposait d'une très belle cheminée, toutes les deux jouèrent en duo ; puis, pour émouvoir par de nouveaux airs l'auditoire familial, car le répertoire de Nathalie demeurait fort restreint, Juliette se lançait dans des mélodies que seule sa mère connaissait. Nathalie l'admirait, extasiée, visage transfiguré. On ressentait chez elle l'envie de se lever, de saisir son violon. La mamie écoutait, subjuguée. Lorsque Juliette cessa, Mathilde se confia :

— J'aurais tant aimé apprendre à jouer. Pour cela, ardemment, je souhaitais de tout mon cœur le « oui » de son père à Nathalie.

Philippe se tourne, sourit à sa mère :

— Maman, tu dois remercier Juliette : elle seule m'a convaincu.

Philippe et Nathalie découvraient le réel talent de la jeune femme, à ce jour ignoré. Juliette refusait de se mettre en avant. Solange le fit pour sa fille :

— Et encore, aujourd'hui, elle manque d'entraînement : si vous l'aviez écoutée il y a quelques années !

Du coup, Nathalie revint sur l'école de musique. Elle n'avait rien oublié et encore moins Juliette. Mais celle-ci attendait, désireuse de s'assurer du réel désir de son élève. Le père ne jugeait pas utile d'en reparler : parole donnée était sacrée. Il tint cependant à rassurer sa fille.

— Ne te fais aucun souci, je n'ai rien oublié. La rentrée scolaire est faite, celle de l'école de musique sans doute. Juliette, tu devrais téléphoner au Puy pour prendre rendez-vous.

C'est à cela que songeait Nathalie en regardant le ciel par la fenêtre, plus souvent qu'à sa rédaction. Depuis longtemps, la fillette observait que les chants des oiseaux, le bruit du vent dans les branches, le murmure des ruisseaux dans les prés et la forêt constituaient la vraie musique, sans qu'il fût besoin d'un instrument pour la jouer. Mais son violon lui permettait d'obtenir les notes désirées alors que dans les prairies et les forêts de Malvières elle ne pouvait qu'écouter ce qu'offrait la nature. La date de la rencontre était arrêtée au lendemain jeudi. Juliette avait téléphoné, réussi à joindre le professeur qu'elle connaissait et dont elle subodorait qu'il saurait établir le premier contact avec Nathalie. Car tout résidait dans la relation maître-élève : Juliette savait Nathalie un être tout de sensibilité et en même temps pour son âge douée d'une forte personnalité ; sans doute davantage mûrie par les épreuves traversées et l'éducation reçue de sa mamie que beaucoup de filles de son âge.

Le professeur les attendait toutes les deux à 14 heures. Mathilde prépara le repas de telle sorte qu'à 13 heures la Dauphine pût quitter la cour de la ferme. À part Robert et Jacques qui avaient cours à Craponne-sur-Arzon, toute la famille se tenait sur le seuil. Il faisait moins froid et même s'il eut gelé à pierre fendre, Juliette n'aurait pas modifié le rendez-vous : Philippe, la mamie et Sandrine voulaient assister au départ. Depuis quelques jours, chacun pressentait confusément les prémices d'un événement majeur ; Nathalie, sans peut-être le savoir, se préparait à son destin.

Dans la voiture, toutes les deux parlaient peu, chacune fourbissait ses armes. Le violon de Nathalie reposait sur le siège arrière. Parfois, comme pour s'assurer qu'il ne s'envolait pas, elle le surveillait en retournant la tête ou bien abaissait le miroir de courtoisie pour le veiller plus à son aise.

— J'ai expliqué au professeur ton niveau actuel. Il va sans doute te demander de jouer un air pour s'en assurer par lui-même. Joue naturellement, comme à la maison.

Heureusement que Juliette connaissait bien le Puy : il fallait passer devant le centre hospitalier Émile-Roux, rouler jusqu'au Breuil, prendre à gauche la rue Saint-Gilles, remonter dans la vieille ville. Un espace laissé libre sur une petite place pavée permit de garer la Dauphine. Elles descendirent ; Nathalie saisit fermement la poignée de l'étui et suivit sa maîtresse jusqu'à une haute porte de bois clair verni de frais. Une plaque de cuivre indiquait : *ÉCOLE DE MUSIQUE.* Juliette appuya sur la sonnette. Derrière la porte, elles entendirent des pas. La poignée tourna, la porte s'ouvrit. Nathalie fut surprise : elle s'attendait à une jeune femme ressemblant à Juliette. Dans son esprit, tous les professeurs de violon devaient être des Juliette.

Devant elles se tenait un homme de forte carrure, à la barbe très blanche, au front dégarni, à la bouche sympathique. Il souriait, ses yeux bleus pétillaient de vie. Malgré la différence avec Juliette, la fillette en fut toute rassurée. Du premier coup d'œil, elle ressentit qu'il serait bon avec elle.

— Bonjour madame, bonjour mademoiselle. Nathalie, je suppose ?

— Oui monsieur.

— Je m'appelle Louis Archet. Les cours avec les élèves ne commencent qu'à 15 heures mais j'ai préféré que nous nous rencontrions en tête à tête auparavant. J'attends un autre rendez-vous dans une demi-heure. Mais suivez-moi.

Elles le suivirent dans un couloir parqueté, aux murs presque entièrement tapissés de photos dédicacées par des violonistes ; il poussa la porte d'une pièce bien éclairée par une fenêtre d'où l'on pouvait découvrir le rocher d'Aiguilhe et la pente des toits : en une douce cascade, leurs tuiles descendaient vers la ville étalée. Trois chaises rouges tapissées s'offraient. Il les indiqua du geste à ses deux visiteuses. Nathalie remarqua ses mains : elles lui rappelaient celles de son père, presque aussi fortes, et elle se demanda comment cela était possible chez un homme de la ville.

— Asseyez-vous. C'est très bien d'avoir apporté ton violon. Tu peux le déposer sur ce guéridon. Ton institutrice, que je connais pour être une très bonne violoniste, affirme que tu possèdes une excellente oreille et m'a indiqué ton niveau. Nous allons voir. La seule difficulté consiste dans ton âge. Il aurait été préférable que tu commences quelques années plus tôt. Mais rien n'est perdu : si tu désires vraiment devenir une vraie violoniste et possèdes un réel talent, tu rattraperas le temps par le travail.

Bienveillant, le professeur la regarde, sourit.

— Ça ira ?

Juliette ne répond pas, laisse ce soin à Nathalie.

— Je crois, monsieur.

Il observe son manteau, son bonnet, son cache-nez et ses mitaines ; si le grand froid s'est apaisé, s'il n'est plus aussi insupportable, s'il ne burle plus, l'hiver est encore là ; il reviendra et mamie Mathilde n'a pas voulu faire courir le moindre risque à sa petite-fille de prendre froid. La nuit, il gèle à – 5 et durant le jour le thermomètre remonte juste ce qu'il faut pour permettre à la neige entassée sur les branches de se détacher. Par contre, la couche blanche demeure dans les prés et sous les lisières. Chacun connaît l'adage : tant qu'une neige reste, elle en appelle une autre.

— Pour jouer, il serait préférable de te mettre à ton aise.

Juliette pour le coup vient à son aide : elle ôte le bonnet, le cache-nez, les mitaines et le manteau, accroche le tout au perroquet qu'indique le professeur.

— Très bien. À présent, écoute-moi. Tu vas jouer ce que tu veux comme tu veux. Un quart d'heure environ, ça ira parfaitement. Ne t'occupe ni de moi ni de ton institutrice. D'accord ?

— Oui monsieur.

Louis Archet et Juliette saisissent chacun une chaise par son dossier et s'éloignent tous les deux pour se placer un peu plus loin.

Nathalie ouvre l'étui, retire le violon et l'archet, enduit les crins de colophane, règle le chevalet pour le parfait guidage des cordes, procède en tout comme Juliette le lui a enseigné. Le premier mouvement de la main droite entraîne la danse de l'archet sur les cordes.

Le professeur observe les mouvements, le port et le maintien de l'enfant, écoute les notes qui s'envolent. Juliette sourit : son travail a bien porté ses fruits ; compte tenu de toutes les circonstances qui presque chaque jour entravaient la progression de son élève, elle n'aurait pas cru que l'enfant pût aujourd'hui atteindre un tel niveau. Ce qui lui plaît le plus est peut-être de sentir Nathalie enveloppée dans sa musique, inattentive à l'extérieur, signe d'une vraie passion. Tout son corps joue en symbiose avec son violon, le suit, le porte.

Au bout de dix minutes environ, Juliette comme le maître perçoivent le désarroi de la jeune apprentie : elle a presque épuisé son répertoire. La voix grave du maître la secourt :

— C'est très bien. Tu nous as montré ce que tu connaissais : joue pour ton plaisir à présent, improvise. Oublie tout ce que tu as appris.

Le silence est oppressant. Nathalie se crispe, s'immobilise, se libère enfin. Les notes rejaillissent sous l'archet qui virevolte, va, vient et glisse tandis que les doigts de la main pincent, relèvent, libèrent ou caressent les cordes. Déliée de toutes pensées, de tout ce qu'elle a appris, ce sont ses mains qui jouent, son oreille qui les guide. La fillette emportée par la musique ne voit plus le temps passer.

— Mais c'est parfait ! s'exclame Louis Archet. Tu possèdes un réel talent ; de naissance, ce qui ne s'acquiert pas. Arrête-toi, tu dois être fatiguée. C'est assez pour aujourd'hui.

Il se tourne vers Juliette qui a les larmes aux yeux de la prouesse de Nathalie.

— Madame, vous ne vous êtes pas trompée : cette enfant apprend à l'oreille. La prochaine fois, je vérifierai ; mais elle me semble bien posséder le don de l'oreille absolue. À présent, nous devons lui faciliter le travail nécessaire au développement de cette disposition. Voyez avec son père, compte tenu de ce que vous m'avez confié à ce sujet, comment organiser des cours réguliers. Il est inutile qu'elle passe du temps à l'école de musique. Cette année, je veux bien être son maître. Venez chaque jeudi à 14 heures : je travaillerai avec elle et vous laisserai des exercices pour la semaine. Vous n'aurez qu'à la suivre et veiller surtout à la régularité de son travail. Si paradoxal que cela puisse paraître, plus l'on est doué, plus il faut travailler. Ce serait un crime de laisser ce don en friche.

Nathalie écoute, enregistre chaque mot. Le maître lui sourit :

— Eh oui, tu as tout pour devenir une très grande violoniste : à toi de travailler ! De plus, mesure ton immense chance d'être accompagnée par une personne d'aussi grande qualité que madame. J'aurais aimé à ton âge disposer du même atout. Je te raconterai peut-être un jour...

Il leur tend une main épaisse et chaleureuse qu'elles serrent tour à tour.

— Au revoir, à jeudi.

Dehors, il faisait froid. Il ne gelait pas mais le vent avait tourné ; d'est désormais, il poussait un air glacé qui s'engouffrait dans les ruelles de la vieille ville et traversait les vêtements malgré qu'ils fussent épais.

— Tu n'aurais pas envie de boire quelque chose de chaud ?

— Si, un chocolat comme ceux de mamie.

— Aussi savoureux et crémeux que ceux de ta mamie, c'est impossible. D'une part, ici, pas de lait frais comme celui des vaches de ton père ; d'autre part, nulle femme ne réussit un aussi bon chocolat chaud. Mais je sais un endroit où ton papa apprécierait de se retrouver en notre compagnie.

En voiture, Juliette descendit de la vieille ville, rejoignit le boulevard du Breuil, gara sa Dauphine place Michelet. Elles entrèrent au *Majestic*.

— Tu vois, c'est ici que pour la première fois ton père m'a invitée à déjeuner

Sur la route du Puy jusqu'à La Chaise-Dieu, la petite Dauphine luttait ; ballottée par le vent, elle le prenait de flanc. On eût cru parfois un esquif sur l'eau. Là résidait le problème de ces voitures traction arrière et moteur de même qui n'offraient pas vraiment d'adhérence à la route. De plus, dans la forêt après Craponne-sur-Arzon, les grands sapins se courbaient, leurs cimes et leurs branches se délestaient sur la route de leurs charges de neige et Juliette, prudente autant qu'avertie, s'appliquait à rouler lentement, à slalomer entre les brassées de neige tombées des arbres, écrasées sur l'asphalte. Au fur et à mesure qu'avançait la Dauphine, la route s'encombrait de branches brisées, emportées par le vent. Ne pouvant toutes les éviter, les roues passaient dessus, cahotaient, secouaient la petite voiture. Nathalie, peu craintive de nature, se laissait conduire, réfléchissait à tout ce qu'entraînaient pour elle les propos de Louis Archet.

— Pourquoi le professeur vous a-t-il demandé de voir avec papa ?

Juliette dut dessiner une brusque courbe pour éviter un paquet de neige qui s'affala devant une roue avant ; nonobstant, cette chute lui donna le temps de préparer sa réponse.

— Parce qu'il va falloir faire en sorte que toute l'année tu puisses aller régulièrement au Puy suivre ton cours. Je m'organiserai pour pouvoir t'y conduire. Mais il n'y a pas que cela ; les cours ne sont pas gratuits. Ton père ne veut pas faire pour toi ce qu'il ne pourra pas pour tes frères et ta sœur. Imagine : si tous les quatre vous avez les mêmes besoins…

— Mais, papa, il est riche ?

— Il vit à son aise, vous ne manquez de rien, cependant il n'est pas ce qu'on appelle riche. Mais ne te crée pas des soucis au-dessus de ton âge. Tout s'arrangera, tu verras. De toute façon, il te l'a répété encore récemment : il a promis que tu pourras apprendre, il tiendra sa promesse.

Arrivée à La Chaise-Dieu, Juliette prit à droite en direction de Malvières ; il fallait affronter la nuit tombante et les virages serrés tout au bord des déclives que dévoilaient à peine les faisceaux jaunes des phares. Au troisième virage, Juliette sentit une roue arrière motrice patiner dans la neige alors que l'autre poussait sur l'enrobé. La Dauphine faillit presque se mettre en travers ; Juliette put redresser, repartir en ligne droite. À partir de cet incident, elle décida de terminer la route en seconde, de rouler à peine plus vite qu'au pas. Nathalie n'avait pas bronché.

Arrivant à la ferme, elles aperçurent toutes deux les vitres éclairées de la grande étable. Juliette, au lieu de rouler jusqu'au bâtiment d'habitation, préféra se garer dans la cour, derrière le nouveau bâtiment. Encore tout émue du dérapage, elle éprouvait le besoin de parler à Philippe. Nathalie, quant à elle, voulait entendre à nouveau et de sa bouche les promesses de son papa.

Les étables apportent une paix qu'ignorent les gens des villes. Dans ces aires douces et chaudes où vivent les grands ruminants sur leurs litières épaisses n'entrent ni les bruits du dehors ni le souffle du vent, pas plus que les avatars du monde. Matin et soir, soignant ses montbéliardes, ses abondances et ses prim'holsteins, Philippe y faisait sa cure de silence, réfléchissait, envisageait les choses sous un angle nouveau. Les bêtes allaient à leur train, c'est-à-dire lentement, ne se préoccupaient que de se nourrir, se faire soulager de leur lait, se reposer. Quand Philippe ressortait de ce monde au grand jour du matin ou à la nuit le soir, il examinait les choses et les découvrait autrement.

Juliette poussa le portillon, fit entrer Nathalie ; de sa main, la fillette serrait fort la poignée de l'étui où dormait le violon. Durant toute la route, il ne l'avait pas quittée. Elle maintenait cet écrin debout entre ses jambes, les serrait fort dans les virages, protégeant d'instinct l'instrument de la main lorsqu'elle se laissait surprendre par la chute d'une branche ou d'un paquet de neige.

Debout, les pieds dans la paille, toutes les deux cherchaient des yeux Philippe. Elles avancèrent un peu, ne le remarquèrent pas. La Bardette, meneuse du troupeau, tourna la tête vers elles, les reconnut aussitôt ; le nombre de personnes s'aventurant dans la grande étable n'était pas si important ! Elle replongea son museau dans le foin. Confiantes en sa vigilance, les autres vaches n'interrompirent même pas de s'alimenter.

— Ton père doit se trouver au-dessus, dans la grange, à faire tomber le foin.

Effectivement, du foin passait par la trappe, s'accumulait en tas. Plus tard, Philippe en garnirait les râteliers.

— Papa ! cria Nathalie.

Le visage de son père apparut au-dessus de sa tête, tout sourire et heureux de les voir de retour.

— Alors ?

Nathalie voulait savoir comment Juliette allait annoncer la nouvelle à son père. Elle levait la tête vers son mentor, lui souriait, l'engageait à parler. Juliette aurait préféré l'inverse, mais puisqu'il en était ainsi…

— Les deux essais se sont très bien passés, et même au-delà : nous ramenons une grande nouvelle !

Nathalie écoutait, attentive. Elle-même n'aurait pas su, ou pu, restituer les paroles du professeur. Philippe ne se préoccupait plus de pousser le foin, attendait, se remémorait la déclaration de Juliette lors de sa première visite.

— Nathalie posséderait effectivement l'oreille absolue. M. Archet veut encore lui faire effectuer des tests pour en être certain mais de fait, il l'est déjà. Ma prémonition était fondée. Tu peux être fière de ta fille.

Tout ému, Philippe contemple sa petite violoniste et elle lui sourit. Il pose sa fourche, descend par l'échelle, s'approche de l'enfant, et bien qu'elles ne soient pas très propres, la saisit entre ses mains, la soulève à sa hauteur, l'embrasse. Nathalie, plus qu'attendrie, remuée, lui rend ses bisous. Son père la repose sur la dalle de l'allée :

— Tu peux remercier Juliette, ta nouvelle maman. Sans elle, nous ne l'aurions jamais su et tu serais passée à côté de ta vie.

Et entre elles deux, tout recommence. Le père voudrait bien prendre dans ses bras celle qu'il va épouser, l'embrasser autrement que par des bisous mais, devant sa fille, il se retient. Juliette le comprend. Tous les deux se sourient, les mots sont inutiles : ce soir, entre les draps, leur amour dira tout. En quelques mois, leurs vies se sont transformées. Elle aime un homme ; bientôt épouse, elle va pouvoir se dévouer au talent de sa fille. Philippe exulte :

— C'est bien la première fois, j'imagine, que dans le monde de la musique pareille nouvelle est annoncée dans une étable au pied d'un tas de foin ! D'ordinaire, ce don n'éclot que chez les riches ; personne dans nos familles ne jouait du violon. À présent, rendez-vous vite chez la mamie ; elle sera encore plus heureuse que moi !

Chacun sait que parfois il suffit de parler du loup pour qu'il sorte du bois. Philippe à peine entreprend-il de remonter à l'échelle que la mamie est à la porte. Comme pour Juliette et Nathalie tout à l'heure, aucun des trois ne l'avait entendue venir.

— Je me suis doutée que vous étiez là en apercevant la Dauphine. C'est ton frère Bruno qui t'appelle de Retournac. Il voudrait te parler.

Depuis le drame de Billom, Juliette tentait en vain de rejeter son père de ses pensées. Elle le savait en sécurité chez son frère et sa belle-sœur, tout son esprit se consacrait au bonheur à Malvières. Après les fêtes, comme on dit, elle avait repris sa classe, toute la famille ses occupations et, en particulier, Robert et Jacques leurs cours au collège de Craponne. L'annonce faite l'après-midi par le professeur de violon venait à point pour détourner Juliette du souci de son père à Retournac. Elle réalisait bien que la révélation paternelle à Billom empêcherait sans doute à jamais des relations normales aussi bien avec son père qu'entre les deux familles. Le miracle de l'amour était que le mariage ne soit pas rompu. Elle n'osait imaginer ce qu'il se serait passé si Robert n'avait pas été retrouvé ou s'il s'était noyé comme cela manqua de se produire lors de la seconde fugue. Outre son aveu de culpabilité dans la mort d'Arlette, son père Germain, par ricochet, eût été considéré responsable de celle de Robert. Elle-même dans cette hypothèse eût-elle pu se disculper ? Philippe, lui, aurait-il maintenu son amour ? Tout devenait possible : de chaque drame, de chaque décès pouvait en survenir un suivant dans un enchaînement sans fin.

Marchant vite pour quitter le bâtiment, Juliette traversait ensuite la cour, empruntait le couloir jusqu'à la grand-salle ; ce faisant, la jeune femme mesurait combien elle en voulait à son père. Pas tant seulement du trépas d'Arlette, encore que ce fut un crime de l'avoir abandonnée sur la route après l'accident, que du mensonge permanent à sa famille. Elle revoyait les visages atterrés et sidérés de Solange et Bruno, d'abord à Billom et puis à Retournac.

Débouchant dans la salle, c'est Sandrine qui lui tend l'écouteur : Juliette en étouffe le haut-parleur de la paume de sa main afin que Bruno n'entende pas.

— Merci, tu es gentille. Tout à l'heure, je t'apprendrai de bonnes nouvelles pour Nathalie. Est-ce que le monsieur t'a parlé au téléphone ?

— Non.

— Très bien. Alors sois gentille, éloigne-toi un peu. Ce que j'ai à dire est particulier. De toute façon, ta mamie et Nathalie ne vont pas tarder à rentrer.

Sandrine admet très bien que pour téléphoner Juliette désire rester seule et se rend dans sa chambre dont elle repousse la porte.

— Allô ? Bruno ?

— Oui. C'est moi Juliette. Je t'appelle car papa va mieux. Mon diagnostic se révèle pertinent : ses blessures étaient spectaculaires, comme toutes celles de la face, mais peu profondes. Depuis quelques jours, il se lève, se promène dans la maison, souhaite rentrer chez lui dès la semaine prochaine. Pour ma part, je n'y vois plus aucun inconvénient ; et puis, retrouver son chez-soi lui procurera le plus grand bien. Il souhaite te rencontrer, désire te parler.

— Il ne t'a rien confié, à toi ?

— Si, mais seulement des choses qui me concernent personnellement, des faits vécus enfant lorsque j'étais encore à la maison, avant qu'il ne nous quitte. Tu sais aussi bien que moi qu'après son départ nos trajectoires se sont séparées. Ce qu'il veut te confier te concerne seule. Je répète ses propres paroles.

— En ce moment, se trouve-t-il chez toi ?

— Oui. Tu voudrais lui parler ?

— Bien sûr.

Le temps que Bruno parte à la recherche de leur père, Juliette réfléchit : papa a-t-il changé d'avis ? Souhaite-t-il maintenant être présent le jour du mariage ? Si oui, est-ce vraiment souhaitable et sa belle-famille l'acceptera-t-elle ? Comment réagira Robert ?

Dans l'écouteur, elle perçoit un glissement de pas sur les dalles du couloir. Autant elle ignore presque tout de l'homme qui a fui sa famille, autant elle se souvient des moindres détails quant à sa façon d'être lorsqu'il vivait avec les siens dans leur maison de famille à Saint-Christophe-sur-Dolaizon. Sa voix, ses gestes, mais surtout ses pas, sa façon d'avancer les pieds, leur crissement sur le parquet et le carrelage, le craquement caractéristique des marches de bois lorsqu'il montait ou descendait l'escalier intérieur qui reliait le rez-de-chaussée aux chambres, tout est demeuré imprimé dans sa mémoire. Un bruit particulier lui fait imaginer la main paternelle qui saisit l'écouteur.

— Juliette ? interroge la voix du père, encore bien affaiblie.

— Bonsoir papa. Tu as voulu me parler ?

— Oui, mais en tête à tête. Ce que j'ai à te dire ne concerne que nous deux.

— Il est hors de question de nous rencontrer à Malvières. Tu le sais ?

— Je le sais et le comprends. Le mieux serait que tu viennes me voir à Retournac, chez ton frère.

— Nous ne serons pas seuls.

— Si tu veux, nous pourrons nous parler dans ma chambre. Ni Bruno ni Maryse n'y verront d'inconvénient.

Juliette hésite, se remémore son agenda, s'aperçoit qu'elle ne dispose d'aucune journée de libre. Compte tenu des circonstances, son père n'a pas à connaître les leçons de violon avec Nathalie.

— Cela m'apparaît difficile car chaque jour j'ai classe et pour le reste je suis prise les jeudis et dimanches ; je me dois à ma nouvelle famille. De plus, je me refuse à cacher notre rencontre à Philippe ; je veux qu'il la connaisse et qu'il l'approuve. Tu nous as causé assez d'affliction comme cela. J'ai failli tout perdre. Il faut que tu le saches : à cause de toi, un nouveau drame s'est produit à Malvières. Il a failli mal se terminer. Alors, à présent, tout doit être très clair.

Juliette entend la respiration dans l'écouteur, reconnaît le sifflement du souffle de l'homme fatigué. Mais elle ne cédera pas, refusera de se laisser apitoyer.

— Papa ?

— Oui, je t'écoute.

— Ce que tu dois me dire est si urgent que cela ? Si tu as changé d'avis concernant le mariage, je refuse d'en parler seul à seul avec toi. La famille de Philippe en décidera.

— Il s'agit de tout autre chose.

— C'est quoi alors ?

Juliette s'effraie : aurait-il dissimulé un autre drame ?

— J'espère que tu ne nous as rien caché d'autre ?

— Non. Mais après tout, si tu ne veux rien entendre, tant pis.

Elle se tait, malgré le « non » s'attend au pire. Pourquoi tous ces secrets ? Décidément... Sans qu'elle les recherche, lui reviennent en mémoire toutes les images de sa petite enfance où elle posait son père sur un piédestal. Comme tout est changé...

— Y a-t-il urgence ? Sinon nous pourrons nous rencontrer pendant les vacances scolaires de Mardi gras, quelques semaines avant le mariage. Je trouverai une journée.

— D'ici là, j'aurai rejoint ma maison de Billom. Mes clients vont s'étonner de mon absence. Bruno a dû te confier que je vais mieux. Seul le travail achèvera de me rétablir. Je compte rejoindre mes pénates la semaine prochaine.

Juliette réfléchit à toute allure ; il doit bien exister une vraie raison pour cette demande de rencontre. Au point où en est arrivée la conversation, elle veut savoir.

— Pour ton retour de Retournac jusqu'à Billom, l'itinéraire le plus court passe par Craponne-sur-Arzon, La Chaise-Dieu et Ambert.

— Je vois que tu connais bien la route.

— Alors je te propose de nous retrouver à La Chaise-Dieu jeudi prochain à 10 heures du matin. Je ne suis prise que l'après-midi. Donnons-nous rendez-vous dans le café face au parvis de l'abbaye, sur la place principale. D'accord ?

— Ce que je me dois de te révéler est un peu confidentiel. J'estimerais peut-être préférable que nous nous entretenions dans ta voiture, ou la mienne, un peu à l'écart des gens. Inutile que l'on nous aperçoive ensemble trop longtemps.

Juliette réfléchit, inquiète de toutes ces précautions. Pourquoi toutes ces cachotteries ? Néanmoins, elle veut savoir.

— Mais, comment vas-tu faire ? Ta voiture est restée à Billom.

— Je sais et ne veux déranger personne. Je ne manque pas d'argent. Un taxi me conduira à La Chaise-Dieu, puis un autre jusqu'à Billom.

— Très bien, mais je te préviens : j'en parlerai à Philippe et je ne te rencontrerai qu'avec son accord. Tu as provoqué assez de dégâts comme cela. Attends-moi dans ton taxi en bas de la place. Personne ne s'y arrête…

— Je n'y vois pas d'inconvénient. À jeudi, 10 heures. En cas de changement, nous nous appelons.

— Au revoir papa. J'espère que c'est vraiment important. Tu m'inquiètes.

— Ne te fais aucun souci, mais j'ai besoin que tu m'entendes.

— Embrasse pour moi Bruno et Maryse.

— Je le ferai.

XV

Mathilde et Juliette échangèrent un regard interrogateur. La présence des enfants permettait-elle d'échanger leurs pensées ? De toute façon, Nathalie et Sandrine, comme Robert et Jacques, devraient savoir un jour. Mieux valait que les deux sœurs l'apprennent de la bouche des deux femmes plutôt que de surprendre des propos au travers d'une porte. On en avait vu les conséquences pour Robert. Et puis, depuis le conseil de famille dans la chambre de Robert, pourquoi vouloir encore cacher quelque chose ?

— Bonsoir. Tout à l'heure, nous manquions de temps pour vraiment nous parler. C'était grave ?

— Mon père veut me livrer un secret, seul à seul et sans que personne n'écoute. Nous nous rencontrerons jeudi matin prochain à 10 heures sur la place de La Chaise-Dieu.

— Sur la place ?

— Oui, mais pas en plein air, dans ma Dauphine, car il viendra en taxi. Je me demande bien ce qu'il veut me confier pour devoir l'entourer de tant de mystère.

— Il ne vous a rien dit de plus ?

— Non. Sauf que sa confidence devait rester à l'écart de la famille. Je m'attends à tout. Ce soir, j'en parlerai à Philippe. J'ai d'ailleurs bien précisé à mon père que je ne le rencontrerai qu'avec l'accord de votre fils.

— Tu ne crois pas qu'il a encore une fois changé d'avis concernant son absence au mariage ?

— À ce sujet, je lui ai rappelé l'aveu de son crime ; si à nouveau il change d'avis, toute votre famille devra consentir à sa présence. Mais je ne pense pas qu'il s'agisse de cela. C'est sans doute tout autre chose. Ceci posé, nous n'allons pas ratiociner là-dessus toute la semaine. Je verrai bien ce qu'il me révélera. Nous avons mieux à faire. N'est-ce pas Nathalie ? Tu as parlé à ta mamie ?

— Non, mais papa lui a expliqué.

— C'est merveilleux, n'est-ce pas ?

— Je suis aux anges pour ma petite-fille. Je souhaite que toi, Sandrine et tes deux frères, chacun dans votre domaine, vous possédiez également un talent.

Juliette aussitôt met le holà : il ne faudrait pas que la mamie s'imagine que sa petite-fille est arrivée, même si elle partage son souhait.

— Le professeur, M. Louis Archet, a bien insisté : il faudra énormément de travail. Pour Nathalie, cela signifie de nombreux sacrifices, beaucoup de temps, des jeux en moins.

— Mais je suis prête Juliette, je veux à tout prix devenir une grande violoniste.

À cette réplique, Juliette se tait : elle ne doit surtout pas jouer les rabat-joie, briser l'enthousiasme de Nathalie. Le mieux pour elle est de laisser faire le temps, d'aider Nathalie à franchir un par un les obstacles au fur et à mesure qu'ils se présenteront.

D'ailleurs, la porte du couloir s'ouvre, Robert et Jacques entrent à grand fracas. Depuis la rentrée scolaire de janvier, les deux frères ont pris l'habitude, au retour de Craponne, de ne plus revenir directement par la porte d'entrée mais par la grande étable pour pouvoir parler au père, discuter de sa journée, de son travail. Avant les événements de Noël, Philippe les retrouvait dans la grand-salle en rentrant de la traite ou des champs durant l'été. À présent, les deux garçons renversent rôles et habitudes. Philippe s'en trouve satisfait, heureux et rassuré de vérifier que la décision de Robert ne se résume pas à un coup de tête, que son fils s'intéresse vraiment et de plus en plus à la conduite de l'exploitation. Par contre, il est surpris du soudain intérêt de Jacques pour les livres qu'il rapporte de Craponne. Non pas qu'il se prenne d'un goût soudain pour la lecture, mais il s'intéresse à la façon dont les livres sont imprimés puis façonnés, il tâte papier et couverture, compare les caractères des lettres sur les pages. Bref, Jacques ne semble pas comme son frère se destiner à l'agriculture. Philippe s'en rassure : comment deux frères se seraient-ils partagé une exploitation moyenne qui ne peut nourrir qu'une seule famille. Et, surtout, que serait-il advenu une fois les deux frères mariés ? Les belles filles se seraient-elles entendues ?

« Bah, se dit Philippe. Nous verrons bien quand il sera temps ! » Cependant, il se surprend du nouvel intérêt de Jacques. Qui lui a donné le goût de l'imprimerie, du façonnage des livres ? Jamais Jacques ne s'est confié à ce sujet.

Tandis qu'il approvisionne les bêtes en fourrage avant de quitter la grande étable, ses pensées vont à Nathalie, à la restitution des paroles du professeur par Juliette. Si le papa se réjouit, le paysan en son for intérieur suppute ce que tout cela va coûter. Il ne connaît rien aux études de violon, ignore tout de la carrière d'une violoniste, mais anticipe la nécessité pour sa fille de quitter un jour Malvières, d'étudier à Lyon, peut-être à Paris : il faudra payer. Comment va-t-il s'y prendre ? Cependant, il a promis. Quitte à trimer comme un forçat et se priver de tout, à se saigner aux quatre veines, Nathalie deviendra une grande violoniste. Plaise à Dieu que n'aient pas été accordés à Sandrine et à Jacques d'autres dons aussi coûteux !

Durant le dîner et la veillée, la famille évite d'évoquer les soucis du quotidien. On se couche tôt. Entre les draps, Philippe et Juliette savourent leur repos mérité. C'est le moment où dans l'intimité ils revoient la journée, en parlent et l'examinent sans témoin. Tous les deux murmurent et susurrent des petites phrases, puis se font des petits câlins très doux qui parfois appellent l'amour.

— Ainsi, ton père n'a rien voulu te dire de plus ?

— Non. Pendant que j'essuyais la vaisselle lavée par ta mère, je tournais et retournais cent fois mon enfance dans ma tête jusqu'au départ de mon père. Mais je ne vois rien. Je lui ai rendu visite très souvent à Billom ; dans la solitude de son atelier et de son appartement, il avait tout loisir de me dire sans témoin ce qu'il veut me confier. Si je l'ai bien compris, il s'agit de quelque chose de particulier me concernant seule ; ma mère comme mon frère doivent l'ignorer. Je ne vois et ne comprends absolument pas.

— Tu as bien fait de m'en parler. Il n'aura pas besoin d'une éternité pour te confier cela. Si à 11 heures tu n'es pas de retour, je vous rejoindrai sur la place.

Sous la chemise, la main de Philippe se glisse et se pose sur un sein de Juliette, en titille la pointe, puis descend sur le ventre, remonte le tissu ; les deux corps se rapprochent. Juliette ne dit pas non mais, dans le creux de l'oreille, confie sa pensée :

— Comment allons-nous faire pour Nathalie ?

Philippe s'apprêtait à l'amour, repoussait aux confins du conscient toute autre préoccupation :

— Pour Nathalie ? Mais c'est une grande joie, c'est ce que je souhaitais.

— Dis-moi la vérité : comment allons-nous payer ?

— Pourquoi ne pas nous accorder un moment de liberté, un oubli des contingences ?

— Pourquoi refuses-tu de me répondre ?

De son bras, il l'attire contre lui et elle-même se rapproche. Entre les draps tièdes, leurs corps se retrouvent. C'est le meilleur moment de la journée, l'instant qu'attend chacun des deux avant le bon sommeil.

C'est jeudi aujourd'hui et Juliette prend ses dispositions. Elle sera sur la place avant son père. Dès 9 heures, elle précise à Nathalie les exercices du jour. Sitôt après le déjeuner, comme la semaine passée, toutes les deux se rendront au Puy où, selon ses dires, le Pr Archet entreprendra le travail véritable.

— Comme tu le sais, je dois me rendre à La Chaise-Dieu. Mais rassure-toi, je serai de retour avant midi pour t'accompagner au Puy. Répète bien tes exercices. En attendant, fais-moi une bise.

Elle tend sa joue sur laquelle Nathalie pose un gentil bisou.

Une fois dehors, Juliette ne rejoint pas directement sa voiture mais le hangar où Philippe s'active à remettre en place la ridelle arrachée d'une remorque.

— Ça va aller ? questionne-t-il.

— Je verrai bien sur la grande place où nous avons rendez-vous. Je n'arrive pas à deviner. À tout à l'heure. Embrasse-moi.

Philippe laisse son travail, s'approche de Juliette, leurs lèvres se joignent. Elle s'installe au volant, démarre. Debout, immobile, il suit du regard la Dauphine bleue qui s'éloigne. Il a fait mine de ne pas s'inquiéter mais, comme la mamie, il se sent mal à l'aise. Quel diable d'événement Germain veut-il confier à Juliette qui la concerne elle seule ? Le plus surprenant lui paraît l'attitude des enfants petits et grands. Sans qu'ils aient été informés bien sûr de l'objet de la visite à La Chaise-Dieu, Robert, Jacques, Nathalie et même Sandrine semblent s'en préoccuper. Depuis une semaine, ils connaissent ce rendez-vous et en silence s'en inquiètent.

Philippe hésite, l'intention l'effleure un instant de grimper dans le fourgon et de rejoindre La

Chaise-Dieu ; mais il se retient, se refuse à surveiller la femme aimée. Si elle avait ressenti de la peur, elle la lui aurait confiée. Toutefois, l'homme se tient prêt, surveille sa montre, prévient sa mère de ne pas quitter Nathalie et Sandrine. Si à 11 heures pétantes il n'entend pas sur la route le bruit de la Dauphine, il partira.

Juliette n'identifia pas tout de suite la silhouette de son père à travers le pare-brise du taxi. Le numéro 63 sur la plaque minéralogique retint son attention : il ne correspondait pas à la Haute-Loire, mais au Puy-de-Dôme. Par contre, dès qu'elle mit pied à terre, Germain reconnut sa fille. Doucement, avec peine, il s'extirpa du taxi, marcha lentement vers elle, lui tendit les bras et tous les deux s'embrassèrent.

— À un taxi de Retournac, j'ai préféré en faire venir un de Billom et le réserver. Le nombre de kilomètres est le même, ça ne me coûtera pas plus cher. L'avantage est qu'à Retournac comme ici, il ne connaît personne et ne pourra bavarder. Je pâtis encore en marchant. Seules attiraient l'attention mes blessures de la face, mais je conserve encore des ecchymoses internes dans les jambes et le dos qui me font beaucoup souffrir. Ton futur mari a frappé très fort.

Juliette examine sur le visage les cicatrices encore bien visibles, mal résorbées, mais ne s'apitoie pas.

— Tu le méritais, je crois. Si la maman ne s'était pas jointe à moi pour le retenir, Philippe aurait accompli sa promesse.

À ce stade, Juliette est bien déterminée à enfoncer le fer jusqu'au bout : elle craint qu'il ne soit pas conscient de sa responsabilité dans la mort d'Arlette et encore plus du mensonge fait aux siens.

— Te rends-tu compte du ravage que tu as commis ?

Il la regarde et l'implore, lui déclare d'un air de chien battu :

— Oui, mais ce n'est pas pour cela que je dois te parler.

Décidément, Juliette s'effraie, conjecture un autre crime :

— Tu as tué quelqu'un ?

— Juliette, regarde-moi : j'espère que tu ne m'en crois pas capable ! Ton père n'est pas le monstre que tu imagines. La mort d'Arlette était un accident. Ma fuite, un crime, c'est vrai. Mais permets-moi de m'asseoir dans ta voiture. Personne ne doit nous entendre. J'ai réservé le taxi et repartirai aussitôt après.

Prudente, elle retourne vers sa Dauphine, mais s'interroge. Fait-elle bien ? N'aurait-elle pas dû accepter la proposition de Philippe de la suivre ? Elle se refuse à affubler son père de l'image d'un véritable meurtrier.

Germain contourne le véhicule, s'assied sur le siège du passager. Juliette ouvre l'autre porte, prend sa place face au volant. Profondément, comme pour se donner de la force et du courage, elle s'applique à respirer, exhale à fond l'air de ses poumons, inspire, expire encore et puis, enfin, prononce :

— Je t'écoute.

Outre la douleur, la rossée reçue par Philippe avait généré chez Germain de profondes réflexions ; durant sa convalescence, il avait préparé tout ce qu'il voulait dire à sa fille et la façon de l'exprimer. À présent qu'il se trouve à son côté, il cherche ses mots et ne sait plus par où commencer. Père, il croit connaître Juliette, son caractère, sa droiture, son sens de la justice ; cela ne va pas être facile de lui faire accepter ce qu'il a décidé. Comme Juliette, il respire et brusquement les mots lui viennent.

— Voilà. J'ai gagné de l'argent avec mon atelier de reliure. Je travaille pour une clientèle choisie, parfois aisée et même riche. Mes clients dénichent de vieux livres, parfois de plusieurs siècles, presque des incunables chez des libraires spécialisés, le plus souvent dans des ventes aux enchères suite au décès de bibliophiles. Le drame pour ces ouvrages est que les héritiers préfèrent les vendre à bas prix tels qu'ils sont plutôt que de les faire restaurer à grands frais.

Juliette écoute, se demande où son père veut en venir et pourquoi tant de secrets pour une confidence seulement professionnelle.

— Ces clients amateurs de vieux livres et sans problèmes d'argent me les amènent et me demandent de les leur restaurer le plus à l'identique possible de leur état initial sans considération de prix. Il paraît que je suis devenu excellent en ce domaine, l'un des meilleurs de France et même d'autres pays.

Germain s'arrête ; Juliette ne pose aucune question, regarde droit devant elle.

— J'arrive au but. Je me suis constitué un petit patrimoine. Outre mon atelier et mon logement, je suis propriétaire de trois appartements à Clermont et dispose de quelques économies à la banque.

Germain marque un temps de silence, observe Juliette et reprend.

— J'ai fait mon testament. À parts égales avec ta mère Solange et ton frère Bruno, après mon décès, vous vous partagerez ce que j'ai ; vous hériterez chacun d'un des trois appartements.

À cette dernière parole, Juliette s'apitoie.

— Papa, tu es guéri, ou presque. Tu ne vas pas mourir.

— Écoute-moi Juliette : le temps ne m'a jamais fait oublier mon crime. Mais ta rencontre puis ton mariage avec le mari de ma victime me dégoûtent de moi-même.

Germain se tourne vers sa fille, lui prend la main :

— Pardonne-moi ; je n'ai plus envie de vivre.

— Arrête papa. Ne parle pas ainsi.

— Écoute-moi plutôt. J'ai bien compris que ton futur mari, le père de Nathalie, disposait pour seule fortune son exploitation. Vous m'avez fait part du besoin pour sa fille d'un violon fabriqué pour elle seule, sans parler du coût ultérieur de ses études : sans doute à Lyon et vraisemblablement à Paris. Son père ne pourra pas tout payer ; sans compter ses trois autres enfants, eux aussi à établir. Ton frère Bruno n'a besoin de rien : son cabinet de médecin tourne à plein. Je m'en suis rendu compte durant ma convalescence chez lui. Ta mère Solange gagne bien sa vie avec son atelier de dentelles du Puy. Et puis, comme toi et ton frère, elle héritera de l'un des trois appartements, sans compter mon logement et mon atelier. Vous pourrez vendre ces derniers et vous en partager le prix.

Juliette perçoit l'émotion de son père à l'énoncé de ses paroles. Affecté, il reprend son souffle.

— Comprends-moi : le problème de besoin d'argent pour permettre à Nathalie d'atteindre le niveau auquel cette fillette peut prétendre m'a sauté aux yeux dès votre première visite. Je ne lèse ni ta mère ni Bruno et encore moins toi-même en réservant à Nathalie une somme en espèces de deux cent mille francs, non mentionnée à dessein dans mon testament déposé chez mon notaire. Cette somme, je l'ai gagnée grâce à des clients qui me réglaient en espèces. Cette solution les arrangeait aussi bien que moi. Je tiens la somme cachée dans un livre relié, mais vide, aligné parmi d'autres dans ma bibliothèque. Pour le reconnaître, sur sa tranche est gravé : *L'Archet*. Tu ne pourras pas te tromper.

— Tu m'effraies, papa. Pourquoi parler comme si tu allais mourir ?

— Je te l'ai déjà confié : vivre me pèse comme une charge. Ce don à Nathalie constitue de ma part une supplique au pardon.

Juliette considère son père, son visage implorant. Que doit-elle faire ? Dans son état, est-il capable de supporter un refus ? De plus, elle n'ignore pas la difficulté qu'aura Philippe à respecter sa promesse. Ce violon, il le faut à Nathalie.

— Je ne peux te répondre maintenant. Il faut que j'en parle à Philippe. Je te téléphonerai ce soir ou demain.

— Soit, mais n'attends pas davantage. Embrasse-moi.

Le regard attentif de Juliette suit son père qui s'éloigne, marche vers le taxi et s'y engouffre. Le chauffeur démarre et quitte la place.

Juliette referme la portière de sa Dauphine laissée ouverte par Germain, démarre à son tour et quitte la place. Quelques femmes, leur panier de provisions à la main, regardent la voiture bleue disparaître en direction de Malvières. Dès la première descente, un chemin forestier déneigé s'offre à Juliette ; elle freine, braque doucement le volant, s'engage puis s'arrête dès qu'un fourré la cache suffisamment. Elle s'effondre sur le volant, pleure et pleure encore toutes les larmes de son corps. Il lui semble que son père va mourir, qu'elle ne le reverra plus. Cet homme qu'elle a aimé puis accusé de crime lui semble à présent digne de sa pitié.

Elle savait que pleurer l'apaiserait. Isolée dans le secret de cette forêt où la neige se défait pour redonner leurs couleurs aux branches et aux mousses, Juliette prend le temps, sait que seuls parfois le silence et les larmes peuvent guérir.

Philippe surveillait l'heure. À 11 heures sonnantes, il ne s'accorde pas une minute de plus, même pas pour se changer. Il quitte son ouvrage, se dirige vers la porte d'entrée, ouvre et trouve sa mère dans la grand-salle avec Nathalie et Sandrine.

— Maman ?

— Oui ?

— Je pars à La Chaise-Dieu.

Nathalie, occupée à un cahier, relève la tête :

— Tu vas chercher Juliette ?

— Oui, je serai là bientôt.

Sous le regard inquiet de sa mère, il referme la porte. De la salle, toutes les trois entendent le moteur démarrer, les pneus crisser et le fourgon quitter la cour.

— Pourquoi papa s'en va-t-il la chercher ? Elle est bien partie avec sa voiture ?

— Peut-être Juliette a-t-elle besoin d'aide. Ils rentreront d'ici peu.

— Elle pourra m'emmener au Puy ?

— Bien sûr. Tiens, aide-moi, nous allons préparer le repas. Ils auront faim quand ils rentreront.

Mathilde ne précise pas combien l'angoisse s'apaise lorsque les mains s'occupent.

Effectivement, la forêt se libère de la neige. À Malvières, tout autour de la ferme, Philippe s'en est aperçu par les couleurs revenues, les tuiles rouges libérées et l'eau crachant dans les chenaux. Mais ici, de chaque côté de la route qui traverse la forêt, tous les verts réapparaissent, les plus sombres des sapins jusqu'au plus doux sur les talus protégés des lisières. Les ocres des fougères gelées, les traits blancs des bouleaux apportent aux sous-bois un camaïeu coloré qui annonce la fin de la première époque d'hiver. Il reviendra, mais hier sera toujours une étape d'accomplie. Philippe roule lentement, anticipe la route, espère surprendre la venue de la Dauphine. Hélas, s'approchant de La Chaise-Dieu, il n'a croisé personne. Arrivé sur la grande route, il vire à droite, roule jusqu'au carrefour où sur sa gauche il tourne et prend la rue en pente qui conduit à l'abbatiale Saint-Robert. Au pied du grand escalier, il examine la place, n'aperçoit pas la Dauphine de

Juliette, ni même de taxi, tourne encore à gauche puis s'immobilise au centre de la place. Avant de descendre, il scrute à nouveau tous les véhicules : en cette saison ils ne sont guère nombreux. Philippe ne repère pas la voiture de Juliette.

Philippe dans sa vie en a trop vu pour s'inquiéter à tort. Cependant, l'absence l'alarme. Point de Dauphine sur la place et il n'existe qu'une seule route pour revenir de La Chaise-Dieu à Malvières : il ne pouvait éviter d'y croiser Juliette. L'inquiétude durcit ses traits, il s'en veut de ne pas l'avoir accompagnée et commence à regretter sa pitié pour Germain quand il l'a rossé.

— Celui-là, s'il me retombe sous la main ! Mais que diable devait-il confier de si privé à Juliette pour devoir l'entourer d'un tel secret ?

Philippe descend, parcourt la place, reconnaît deux femmes. À la vue de leurs paniers débordant de légumes, sans doute après leurs courses regagnent-elles une voiture ? Le canton de La Chaise-Dieu, c'est petit : tous les gens des entours s'y côtoient et se connaissent. Elles aussi le dévisagent, se tournent vers lui, avancent de quelques pas.

— Vous cherchez Mlle Juliette ?

— Oui. Nous devions nous retrouver sur la place à 11 heures.

Pour savoir, il faut bien dire le faux pour apprendre le vrai.

Les deux femmes se regardent, incrédules sous leurs chapeaux.

— Nous avons d'abord aperçu un homme sortir de sa Dauphine puis rejoindre un taxi. De son côté, Juliette fit de même pour refermer la portière qu'il n'avait pas claquée, et puis a démarré. D'après la direction prise, Mlle Juliette semblait vouloir retourner à Malvières.

Du regard, elles s'interrogent : autant tout révéler.

— Elle paraissait contrariée.

— Contrariée ?

— Nous n'aurions peut-être pas dû…

— Si, au contraire. Je vous remercie. Le taxi est reparti ?

— Avant elle.

— Merci beaucoup encore une fois.

Philippe revient sur ses pas, s'engouffre dans son fourgon.

— Ah ! Le salaud ! Que lui a-t-il révélé !

Vite, manœuvrer pour quitter la place, reprendre la route de Malvières. Philippe se reprend, réfléchit. Le fait qu'il n'ait pas croisé Juliette à l'aller pouvait éventuellement s'expliquer ; avant de revenir, elle en a profité pour faire une course et tous les deux pouvaient très bien grâce à ce temps, même minime, ne pas se croiser. À présent, c'est trop tard ; inutile de la chercher à La Chaise-Dieu. La seule solution est de reprendre la direction de Malvières, et surtout de bien scruter les lisières et les déclives. Contrariée, pourvu que dans l'émotion Juliette n'ait pas été victime d'un geste incontrôlé, par exemple lâcher son volant d'une main pour s'essuyer les yeux de l'autre et riper dans le fossé. Si tel est le cas, il ne l'a pas vue ; parfois, dans les déclives profondes qui bordent cette route sauvage, une voiture peut s'encastrer, demeurer inaperçue. De plus, la neige n'a pas encore totalement fondu et les pentes sont blanches. Si la Dauphine s'est écartée, ses pneus ont glissé et il devenait impossible à Juliette de redresser. Aussitôt revient à Philippe l'image d'Arlette étendue sur le bord de la route. Et si sa destinée d'homme était que ses femmes meurent... ? Philippe se résout à rouler en seconde, presque au pas, à tout scruter. Au premier grand virage, un rayon de soleil s'échappe des nuages et lui fait discerner la tache bleue surprenante autant que différente à travers les fourrés effeuillés. La carrosserie de la Dauphine ! Il freine, s'engage dans le chemin où des traces fraîches de pneus indiquent un passage récent. S'arrêter, ne pas aller trop loin au risque de s'embourber, de ne pouvoir repartir. Il ouvre sa portière, saute, court vers la voiture. Juliette s'y trouve, affalée sur le volant. Dans ses pleurs et ses songes, elle n'a rien entendu. Philippe frappe à la vitre, ouvre la portière, lui prend l'épaule et la détache du volant.

— Juliette, Juliette, je suis là.

De ses deux mains de paysan, il la soulève, la tire à lui et l'enserre chaudement de ses deux bras. Elle murmure enfin :

— Philippe, mon amour, je ne sais plus quel homme est mon père.

— Il t'a révélé ne pas être ton père ?

— Non. Sidérée de sa révélation, je me suis isolée dans ce bois pour pleurer et réfléchir.

De la grande poche de son pantalon de velours, Philippe retire son mouchoir d'homme que depuis le matin il n'a pas encore déplié. Doucement, amant attentionné, il redresse vers lui le visage de Juliette et essuie ses yeux noirs. Il embrasse ses lèvres, puis son oreille la plus proche et l'interroge à mi-voix :

— C'est lui qui t'a mis dans cet état ?

Pour répondre, elle dit oui. Et brusquement les pleurs ressortent et les paroles s'étalent. En deux minutes, avec brièveté, Juliette dit tout et confie tout. Philippe écoute, ses yeux fixent Juliette. Ses lèvres enfin libèrent les mots.

— Mais alors, ton père, il réclame le pardon ?

— Oui. Qu'allons-nous décider ?

— De toute façon, même sans son argent, j'aurais tenu parole. Ma mère m'avait confié vouloir mettre ses économies dans le violon de Nathalie.

— Mais alors ? Robert, Jacques et Sandrine ?

— Connaissant Nathalie, un jour elle les aurait remboursés.

— Tu me conseilles d'accepter ?

— D'après ce qu'il t'a confié, si tu refuses, tu vas le tuer.

— Quelle heure est-il ? Je dois conduire Nathalie au Puy.

Philippe regarde sa montre, lit 11 h 30.

— 11 heures et demie. Nous avons le temps.

— Je dirais plutôt qu'il est temps.

Juliette démarre, enclenche la marche arrière. Les roues patinent sur la terre humide de neige fondue. Philippe examine le sol.

— Je vais essayer. Assieds-toi sur le siège du passager. Les pneus adhéreront davantage.

Philippe lance le moteur, engage à nouveau la marche arrière, accélère calmement comme s'il voulait éviter d'écraser un œuf. Rien n'y fait. Les roues arrière patinent.

— Mets-toi au volant, je vais pousser.

Il contourne la voiture, se penche sur le capot :

— Vas-y, doucement...

Ce coup-ci, c'est le bon. La Dauphine recule jusqu'à toucher le fourgon.

— Je ressors de la forêt pour libérer le chemin. Ensuite, ça devrait aller pour toi.

À présent, ils retrouvent l'enrobé gris de la route. Juliette abaisse le pare-soleil, examine son visage dans le miroir de courtoisie, découvre les ravages des larmes. Elle achève de s'essuyer les yeux, aperçoit Philippe qui l'a rejointe :

— Je ne peux me présenter dans cet état à la ferme. Nous allons nous arrêter à l'école. Dans mon ancien logement, j'ai conservé des affaires de toilette. Je dois me redonner un visage présentable.

Juliette se persuade qu'à travers le pare-brise on peut déceler sur son visage les stigmates de ses pleurs ; elle roule au plus près, derrière le fourgon. À l'entrée de Malvières, le portail de l'école est fermé. Philippe s'arrête, descend, traverse la route à grandes enjambées, ouvre grand les deux vantaux, fait signe à Juliette d'entrer. Vite, sans trop regarder si la voie est libre, elle braque le volant, entre dans la cour et se gare devant la porte de sa classe. Philippe agit de même, la rejoint, retourne refermer le portail. Déjà, elle ouvre la porte, grimpe l'escalier, pénètre dans son logement. Soigneusement, à coups de gant de toilette passé sous l'eau chaude, Juliette lave les traces du maquillage défait, s'essuie, entreprend de se refaire un visage de santé. Elle commence à peine à se recoiffer lorsque Philippe survient.

— N'en fais pas trop, lui dit-il en posant un bisou sur le cou, là où il aime embrasser sa peau si douce.

Ma mère pourrait se demander pourquoi ce matin tu ne paraissais pas si radieuse.

— Crois-tu sincèrement que je le suis vraiment ?

— Pour qui ne se doute pas, tu l'es. La première fois où tu t'es faite belle, c'était ici et devant moi.

— Oui, tu ne cessais pas de me regarder. À présent, il faut y aller. Je ne veux pas qu'à cause de moi Nathalie soit en retard à son cours.

— Je vais vous conduire toutes les deux. Tu ne dois pas être seule avec elle.

— Merci. En ce cas, tu prendras le volant. Il me faut réfléchir, revenir en moi-même.

Dès sa première rencontre avec Philippe, et cela ne faisait que se confirmer au fil des jours et des nuits, Juliette découvrait à chaque occasion la sensibilité de cet homme : à chaque instant il pressentait ses besoins. Pour tout dire, il l'aimait.

À midi et quart, le bruit des deux véhicules annonçait le retour de Juliette et Philippe. Nathalie le dissimulait, mais commençait à s'inquiéter ; pour gagner du temps au cas où ils seraient en retard, elle avait sorti son violon de sa chambre, disposé ses vêtements chauds sur le dos d'une chaise de façon à se tenir parée à partir. Mathilde de son côté avait tout préparé ; le couvert était mis, le repas prêt à servir. Quelque chose de simple, à accommoder au tout dernier moment : une salade de lentilles, des œufs déjà battus dans un saladier et juste à verser dans une poêle chaude posée sur la plaque du fourneau pour une omelette vite faite, une purée.

Presque aussitôt, la porte de la grand-salle s'ouvrait, Juliette et Philippe s'engouffraient dans la pièce. Même Sandrine parut soulagée.

— Excusez-nous, il nous a fallu plus de temps que prévu.

— Ça va ? interroge Mathilde inquiète.

— Oui, oui, ne vous faites pas de souci.

Mais Juliette comprend bien que la mamie a saisi son émoi malgré le maquillage. Mathilde le lit car, pour dissimuler la pâleur de ses lèvres, Juliette s'est mis un peu de rouge, ce qu'elle fait rarement et pas du tout ce matin avant de partir vers son rendez-vous à La Chaise-Dieu. Sur le visage de son fils, elle devine que lui aussi est contrarié.

— Tu ne t'inquiétais pas trop Nathalie ?

— Un petit peu, mais vous voilà arrivés.

— Je vous conduirai toutes les deux.

En un quart de seconde, Philippe justifie cette exception.

— Je veux rassurer moi-même le professeur quant à tes études.

Pour hâter le déjeuner, mamie choisit, comme autrefois les femmes dans les fermes, de faire trois choses à la fois : elle cuisine, sert à table et avale une bouchée debout quand le loisir s'en présente.

Au moment où il s'apprête à quitter la salle, Philippe redevient paysan, s'inquiète de la traite, se tourne vers sa mère :

— Si nous ne sommes pas rentrés à 18 heures, peux-tu demander à Robert, s'il n'est pas trop pressé, de démarrer la traite ? Si Jacques peut l'aider, ce sera tant mieux.

Philippe, d'un coup d'œil circulaire, fait le tour de la salle.

— Je n'aperçois pas Sandrine ?

— Elle dessine dans sa chambre.

Depuis quelque temps, la fillette consacre de plus en plus de temps à dessiner et colorier. Il ne s'agit pas seulement de crayonnages d'enfant, mais de véritables dessins au-dessus de son âge.

— Allons lui dire au revoir.

Philippe se montre très vigilant à ne pas laisser paraître à Sandrine une plus grande attention à sa sœur et Juliette tout autant.

— Nous pouvons entrer ?

— Oui, bien sûr.

Sur le papier, le crayon dans la main dessine d'un trait léger la crête des montagnes telles que l'enfant les observe à travers les vitres.

— Mais c'est magnifique !

— Vous emmenez Nathalie chez son professeur ?

— Oui et nous ne voulions pas partir sans t'embrasser.

— Lorsque vous reviendrez, ce sera tout colorié.

Et pour les poutous, elle tend la joue.

Par crainte de retard, Philippe roule vite. De Malvières à La Chaise-Dieu jusqu'au Puy en passant par Bellevue-la-Montagne et Saint-Paulien il ne ralentit guère. Juliette lui indique les rues de la vieille ville, du quartier historique. Il l'ignore, faute d'y être allé pour leur premier rendez-vous. Avec cinq minutes d'avance, la Dauphine se gare presque devant l'école de musique. Sitôt dans le couloir, tous les trois rencontrent une dizaine d'enfants, filles et garçons amenés par leurs mères. Ce sont des enfants de la ville, bien mis ; toutes et tous devinent que la petite fille qui arrive, son violon à la main, accompagnée de ses parents n'appartient pas à leur milieu. Les mamans surtout supputent la différence d'âge entre Juliette et Philippe.

M. Louis Archet sort enfin de son bureau accompagné d'une dame. Nathalie éprouve un serrement de cœur : et si cette femme allait lui donner ses cours et non pas le professeur ? Mais celui-ci va directement à Philippe tout au contraire confiant ; il l'observe, se présente :

— Louis Archet. Vous êtes le père de Nathalie, je présume ?

— Parfaitement. J'ai préféré accompagner ma fille avec sa maîtresse. Je tenais à me présenter et faire votre connaissance.

Louis Archet lui sourit, repère son visage buriné, ses mains de paysan.

— Nous allons nous entendre. Mais entrez, je vous prie. Je reviens. Le temps de présenter sa classe à madame.

Le professeur s'absente, mais quelques minutes seulement. Philippe, Juliette et Nathalie ne bougent pas, se tiennent debout là où M. Archet les a laissés.

— Excusez-moi. Il fallait vous asseoir. Prenez une chaise. Vous êtes agriculteur, je crois. J'ai moi-même été élevé chez des paysans à Prades, un village au bord de l'Allier. Je suis un enfant de l'Assistance, comme on dit. Je garde de mon enfance chez eux un très bon souvenir. Jeudi dernier, je confiais à madame et à votre fille que j'avais eu moi aussi un parcours atypique. Je souhaite le même à votre fille.

Il sourit. Tous les trois s'interrogent.

— À huit ans moi aussi, mon instituteur a découvert mon don pour le violon. Je ne vous dis pas la suite. Pour cela, nous allons nous comprendre.

Philippe se retrouve soulagé ; prenant garde de ne pas le laisser paraître, à la vue des petits-bourgeois du couloir, il se faisait du souci pour Nathalie !

— J'ai toujours tiré le diable par la queue ; mais grâce aux bourses et à mes parents nourriciers, me voici à présent un violoniste reconnu et qui vit de son art.

— Moi non plus je ne suis pas très riche et Nathalie a deux frères et une sœur. Mais je ferai en sorte qu'elle puisse poursuivre ses études de violon aussi loin que possible.

Louis Archet considère Philippe, puis Juliette et fixe Nathalie :

— Mon enfant, mesure ta chance d'avoir un pareil père ! Mais, souviens-toi : tout au mérite. Bon, assez parlé, au travail. Nous envisagerons ton avenir par la suite. Vous monsieur, vous madame, asseyez-vous au fond de la pièce pour donner de l'espace à votre fille. Toi, Nathalie, installe-toi comme jeudi dernier. Je prends moi aussi mon violon.

— Nous allons commencer par une mélodie toute simple : *Frère Jacques*. Tu sais la chanter ?

— Oui – elle hésite à se retourner vers Juliette –, nous l'avons apprise en classe.

— C'est parfait. Eh bien, maintenant, jouons.

Tous les deux s'observent, les violons se placent, sur les cordes brusquement les archets se mettent à glisser, les doigts dansent en haut du manche et les premières notes s'égrènent en joyeux mouvement, prennent leur essor puis s'envolent…

Une heure se passe et le professeur s'interrompt. Nathalie aussitôt relève son archet. Philippe et Juliette se regardent, inquiets. Louis Archet aurait-il découvert un problème ? Serait-il moins enthousiaste ? Il repose son violon et son archet sur le bureau puis se tourne vers eux.

— C'est même mieux qu'espéré. Tu peux ranger ton violon et son archet dans leur étui. C'est assez pour aujourd'hui. Je te donnerai du travail pour répéter à la maison.

Il contourne son bureau, s'assoit, hésite, considère Philippe puis Juliette et enfin Nathalie.

— Votre fille est grande pour son âge et bientôt il lui faudra un violon de taille normale. Compte tenu de son talent, elle peut un jour devenir professionnelle. L'idéal serait un instrument véritablement adapté à elle afin qu'elle puisse en jouer toute sa vie sans avoir à en changer. Un nouvel instrument est toujours un problème, même si un excellent violoniste peut obtenir les sons qu'il souhaite de n'importe quel violon. Mais Nathalie ne doit viser que l'excellence.

Louis Archet s'interrompt, s'assure que ses trois vis-à-vis suivent son raisonnement. Leur silence, leur attention, leurs regards fixés sur lui, tout lui indique que oui. Il poursuit.

— L'idéal serait un violon et un archet fabriqués pour le premier par un luthier et pour le second par un archetier. L'un se trouve au Puy et le second à Lyon.

Aussitôt revient à l'esprit de Juliette et Philippe la déclaration de Germain à Billom lors de leur première visite.

— Je pourrai vous recommander. Mais...

— Mais ? interroge Philippe qui a déjà compris.

— Les prix en sont élevés.

Juliette se tourne vers Philippe, Nathalie baisse son regard.

— Dites-nous les prix. Le mieux est de savoir.

— Vous pouvez compter entre cinquante et soixante-dix mille francs pour le violon, plus trente mille francs environ pour l'archet.

— C'est-à-dire cent mille francs.

Philippe se retient de répondre : c'est le prix d'un tracteur ! Mais il s'en garde, veut donner bonne impression.

— Eh bien, nous allons voir.

Il prend la main de Nathalie, lui confie :

— Ne te fais pas de souci.

— C'est parfait. Si elle travaille, elle possède tout pour réussir. Accompagnez-la bien.

Dans son bureau, avant de les quitter, il avait remis à Nathalie une liasse d'exercices.

— Tu en travailles un nouveau chaque jour, sans oublier de reprendre les anciens. À mercredi prochain.

Tout à l'heure, tandis que Nathalie jouait, se coulait pleinement dans sa musique, s'isolait et oubliait le reste du monde, Juliette ne pouvait s'empêcher de revivre sa rencontre du matin et Philippe le sentait.

Les propos de son père tournaient beaucoup trop autour de la mort pour ne pas l'inquiéter. Sa mère devait savoir. Sitôt dans la rue, Juliette ne peut se retenir :

— Tu estimes pouvoir faire confiance à Robert et Jacques pour la traite ?

— Oui, bien sûr, ils ont déjà fait leurs preuves le soir de notre retour de Billom. Laisse-moi deviner… Tu veux te confier à ta mère ?

— Parfaitement. Elle aime papa et doit savoir. Saint-Christophe-sur-Dolaizon n'est qu'à une demi-heure. Il est 15 heures. Si tout va bien, les garçons ne nous attendront guère longtemps.

Nathalie écoute, subodore les propos de Juliette prononcés à voix très basse. La finesse de son ouïe les comprend cependant.

— Avec ton père, nous allons rendre visite à maman, à Saint-Christophe. Je dois lui confier quelque chose. Tu es d'accord ?

Comment ne le serait-elle pas ? Que ferait-elle, seule dans les rues du Puy à attendre leur retour ?

Philippe reprend le volant, quitte la vieille ville, remonte le boulevard Saint-Louis, dépasse la statue de Lafayette, tourne sur sa gauche et roule vers Saint-Christophe par Espaly. Dans la Dauphine, il paraît bien difficile d'éviter le silence. Juliette demeure tout entière enfermée dans ses pensées et Philippe n'ose l'en distraire. De temps à autre, lorsque la route n'est pas rendue trop difficile par une suite de virages, il pose sa main sur son genou afin de lui rappeler sa présence. Sans parler, sans troubler le cheminement de ses pensées, son geste se lit ainsi : « Je suis là et je t'aime. » Sur le siège arrière, Nathalie fait mine d'admirer le paysage plus ouvert et plus doux qu'à Malvières, s'absorbe dans la contemplation de son violon posé à côté d'elle, revit la leçon de l'après-midi : mais tout cela n'apparaît que comme dérivatif, elle tente d'imaginer ce qui pousse Juliette à vouloir rencontrer sa mère d'urgence. Elle n'ose lui rappeler qu'arrivée à Malvières elle pourrait téléphoner. Bien qu'enfant, elle entrevoit chez Juliette un grand mystère, une immense inquiétude.

Au fond de la place, face à l'église, la maison apparaît. Le blanc des rideaux au crochet enrichi par la lumière des lustres indique la présence de Solange. En ces journées d'hiver, dès 16 heures il convient d'éclairer. Solange, occupée dans son séjour, n'a pas entendu la voiture s'approcher. Lorsque les portières claquent, la dentellière lève la tête, reconnaît la Dauphine bleue.

— C'est toi ? Heureusement, je suis là. Les autres fois, préviens-moi.

Le visage inquiet de sa fille l'interroge. Solange lui murmure à l'oreille :

— Un problème ?

— Oui.

— Pourquoi ne m'as-tu pas téléphoné ?

— J'ai préféré te voir. C'est le jour de la leçon de Nathalie au Puy. Nous en avons profité.

— Bref, entrez, soyez les bienvenus. Mettez-vous au chaud. Mais d'abord, embrassez-moi.

Dès les poutous échangés, Juliette prend à part sa mère.

— Il faudrait que je te parle seule à seule.

— Quelque chose de grave ? interroge Solange en observant Philippe et Nathalie tout ouïe.

— Peut-être.

Le père prend sa fille par la main :

— Viens Nathalie, allons découvrir à l'atelier les dernières dentelles de la maman de Juliette.

D'un clin d'œil, Solange remercie son futur gendre, se rapproche de sa fille et lui glisse en sourdine :

— Philippe est au courant ?

— Bien sûr !

— Et Nathalie ?

— Elle est trop fine, trop intelligente, trop observatrice pour ne pas se douter de quelque chose.

Les deux femmes observent Nathalie franchir la porte de l'atelier. À la main, elle tient son violon. Jamais ô grand jamais elle n'aurait abandonné son instrument dans la voiture. Solange l'appelle :

— Si tu le veux, Nathalie, après la visite, je serais très heureuse de t'entendre jouer.

— Que se passe-t-il ?

— Papa a voulu me voir en particulier. Je ne devrais rien te dire. Surtout, n'en parle pas à Bruno.

— Voilà bien des mystères.

— Papa, sans doute pour se faire pardonner, souhaite me réserver une somme de deux cent mille francs en espèces destinée à payer le violon de Nathalie et ses études de violoniste.

Un large sourire éclaire le visage de Solange.

— Mais c'est très bien. Le voilà redevenu tel que je l'ai connu.

— Oui, mais c'est au détriment de toi-même et Bruno. C'était là son secret. Ceci dit, il m'a confié posséder un important patrimoine immobilier à partager entre nous trois.

— Je suis très heureuse de la décision de ton père.

Elle se tait, prend le temps de réfléchir.

— À mon avis, tu pourrais en informer Bruno : il n'y serait pas opposé.

— Tu crois ?

— Oui. Ton frère comprendrait le besoin de ton père de réparer. Mais, dis-moi, pourquoi ces confidences et maintenant ?

— Papa a compris que Philippe ne serait peut-être pas en état de financer un violon sur mesure, c'est-à-dire cent mille francs avec l'archet, et il tient absolument à ce que Nathalie puisse aller jusqu'au bout de son talent pour le violon.

— Quel gâchis que cet état d'ivresse qui l'a fait se conduire en homme qu'il n'est pas ! Il se rachète. Un jour, je trouverai l'occasion de lui redire combien je l'aime encore.

Solange songe à toute leur vie gâchée par quelques verres d'alcool, à la mort d'Arlette.

— Mais pourquoi maintenant ?

— Voici la vraie raison qui m'a conduite chez toi. Papa m'a confié ne plus désirer vivre. Il se dégoûte. J'ai peur pour sa vie, maman, et suis venue te voir.

Juliette paraît si malheureuse que Solange la prend dans ses bras comme au temps où, petite fille, un câlin s'imposait.

— Écoute-moi Juliette : il ne convient plus de laisser seul ton père. Demain, je vais lui téléphoner. Dimanche, nous irons le chercher. Sa place désormais est avec moi ; il peut très bien transférer son atelier ici. La maison peut l'accueillir.

Philippe et Nathalie ont terminé leur visite. À vrai dire, la petite violoniste est tout sauf une manuelle et vit tout entière dans la musique. À l'inverse, sa petite sœur Sandrine eût été aux anges devant tant de dessins et arabesques ! Et puis, l'intérêt du père et de sa fille demeurait ailleurs, dans le séjour dont ils s'inquiétaient tous les deux des paroles prononcées.

— Il se fait bientôt 4 heures. Je vais vous préparer un bon goûter. J'espère, Philippe, que vous n'êtes pas trop pressé ?

— À présent, Robert est grand ; il me remplace pour la traite. Mon fils aîné nous a même annoncé son intention de reprendre l'exploitation.

— Eh bien ! En voilà une bonne nouvelle ! Nathalie, fais-moi plaisir : tandis que je prépare un pain perdu vite fait, joue-nous du violon. Aujourd'hui, c'est la fête !

Tandis que danse l'archet et s'égrènent les notes, les quatre visages sourient.

Du coup, dans la Dauphine, sur la route du retour, tous les trois ne parlent que de violon.

— Papa, en août, tu nous emmèneras écouter les violonistes au festival de La Chaise-Dieu ?

Philippe s'attendait à tout sauf à cette question. Que va-t-on penser, à Malvières, de cette famille de paysans partie passer son temps au festival tandis qu'attend l'ouvrage ?

— Oui, mais en soirée.

XVI

SOLANGE MIT LONGTEMPS pour s'endormir. La dernière fois qu'elle lut l'heure sur le réveil, les deux aiguilles phosphorescentes indiquaient minuit trente. La sonnerie du téléphone la tira brusquement des bras de Morphée vers 3 heures du matin.

— J'espère que c'est important, se dit-elle en décrochant l'écouteur d'une main tâtonnante : pour ne pas s'irriter les yeux, elle s'obligeait au réveil à ne pas tout de suite allumer la lumière. Une fois seulement le récepteur en main, elle pressa l'interrupteur ; assise sur son lit, les deux pieds bien à plat sur le tapis, elle interrogea enfin :

— Allô ?

— Brigade de gendarmerie de Billom. Est-ce que je parle à madame Solange M... ?

— Oui.

— Vous êtes bien l'épouse de M. Germain M... ?

Solange hésitait à répondre, ne le pouvait en répondant seulement d'un simple oui.

— Nous vivons séparés, mais nous ne sommes pas divorcés.

— Je me dois de vous communiquer une mauvaise nouvelle.

— Une mauvaise nouvelle ?

Et aussitôt Solange n'imagina que le pire.

— Mon mari est mort ?

— Oui. Sa voisine l'a retrouvé pendu.

— Pendu ?

— Oui. Dans le grenier.

— Et elle l'a découvert à cette heure ?

— Saviez-vous qu'il s'était absenté quelque temps ? Il aurait déclaré à cette dame s'en être allé passer plusieurs semaines chez son fils, médecin en Haute-Loire. Il s'agissait pour lui de se remettre d'un accident.

— Oui, je le savais.

— Depuis son retour, selon cette femme, il déprimait à vue d'œil. Le soir, elle allait lui rendre visite pour parler un peu. Hier soir, elle trouva sa porte fermée. De retour chez elle, inquiète, elle lui téléphona vers les 9 heures du soir. Comme personne ne répondait et qu'elle ne l'avait pas vu sortir, l'inquiétude l'a prise. Votre mari lui confiait ses clés en permanence afin de veiller sur sa maison en son absence. Elle s'est donc introduite chez lui, a appelé. Personne ne répondait. Tout cela lui paraissait bizarre. Elle monta à l'étage, trouva sa chambre vide, son lit non défait. Elle se risqua alors à monter au grenier. Le corps de votre mari pendait au bout d'une corde. Elle nous a téléphoné ; le temps d'arriver, de respecter les procédures, d'évacuer le corps au centre hospitalier de Clermont pour mise à disposition des autorités judiciaires, il nous était impossible de vous prévenir plus tôt. À côté de l'escabeau renversé sous ses pieds, nous avons trouvé une lettre qui vous est adressée avec vos coordonnées. C'est ainsi que nous avons pu vous joindre. Il serait bien que vous puissiez passer à la gendarmerie de Billom pour récupérer cette lettre et accomplir les formalités nécessaires.

Solange se taisait.

— Vous m'entendez, madame ?

— Oui.

Ce oui semblait tiré d'un songe.

— Désirez-vous que je prévienne mes collègues de Saint-Christophe pour une aide ?

— Non, c'est inutile. Je vais prévenir mes enfants.

Solange raccrocha lentement sans prononcer un mot de plus. Décidément, Germain l'aurait fait souffrir jusqu'au bout. C'était son dernier égarement : après avoir détruit les autres, puis tenté de se racheter, de se faire aimer, il s'en prenait à lui.

Germain et elle s'étaient aimés. L'idylle délicieuse des premières années vécues ensemble, avant et après le mariage, revenait en son esprit ; tous leurs moments de bonheur défilaient devant ses yeux. Cependant, Solange se sentait coupable. S'il avait fait cela, peut-être était-ce qu'après l'accident elle n'aurait pas dû exiger la séparation. Solange se reprochait à présent de ne pas avoir eu alors la force de pardonner.

Elle ne pouvait demeurer ainsi. Comment choisir ? Il lui sembla que parler à son fils l'apaiserait. Ensuite, elle appellerait Juliette.

Bruno lui aussi culpabilisa dès les premiers mots de sa mère. Il n'aurait pas dû laisser son père repartir seul. L'accidenté, *a fortiori* la victime de coups, traverse souvent un épisode dépressif après le premier rétablissement. Médecin, il s'en voulait d'autant plus de n'avoir pas prévu un accompagnement. Mais son père se montrait si pressé de retrouver son chez-lui ! L'adage se confirmait : la proximité rend aveugle. Le médecin doit éviter de soigner ses proches.

— As-tu prévenu Juliette ?

— Non, je voulais te parler d'abord.

— Alors, appelle-la. Nous irons dès ce matin à Billom. À tout à l'heure maman.

Solange prenait conscience alors de son acte manqué : avoir oublié de confier à son fils les appréhensions de Juliette. Par quel aveuglement toutes les deux ne lui avaient-elles pas téléphoné dès hier soir et ensemble ?

Philippe et Juliette, sous l'édredon de plumes, dormaient l'un dans l'autre lovés. Juliette voulait poursuivre son rêve. Lorsque la sonnerie du téléphone retentit dans la grand-salle, elle se retourna comme pour ne pas entendre. Philippe alluma sa lampe de chevet, se leva, quitta la chambre en pyjama, traversa la salle pour décrocher le récepteur.

— Allô ?

Solange reconnut la voix d'homme de Philippe.

— C'est vous Philippe ?

— Oui, bien sûr.

Comme si vivait un autre homme dans la maison ! Même si la voix de Robert achevait sa mue et que sa mamie perçut en elle une ressemblance avec celle de son père.

— Vous êtes la maman de Juliette ?

— Oui, elle n'est pas réveillée ?

— Non. Voulez-vous que je l'appelle ? C'est encore une mauvaise nouvelle ?

Et Philippe brusquement éprouva comme un pressentiment.

— Oui. Mais il me semble préférable que je la lui apprenne moi-même. De toute façon, vous l'apprendrez... Son père s'est pendu.

Philippe se tut. Les pressentiments de Juliette se vérifiaient.

— Je vais la chercher, mais je reviens avec elle. Une minute.

Quittant la salle, Philippe en referma la porte pour laisser Juliette dormir. Elle n'avait pu entendre. Il contourna le lit et prit pitié. Telle qu'il la connaissait, Juliette allait inévitablement se juger coupable. Comme la jeune femme le disait, Philippe ne pouvait se prévaloir d'études de psychologie mais la sensibilité de son cœur lui faisait percer le secret des êtres, prévoir leurs souffrances et leurs joies. Il comprenait déjà que la mauvaise conscience de Germain après la mort d'Arlette, une fois réveillée par leur union, devenait alors pour lui trop lourde à porter. Le don fait à Nathalie devait être compris comme son cadeau d'adieu, plutôt qu'une demande de pardon impossible à ses yeux.

Philippe se penche sur Juliette, lui caresse la joue, puis le cou. Une aréole de sein s'évade de la nuisette ouverte : il l'effleure de l'index et réveille sa femme aimée. Elle ouvre les yeux, lui sourit, croit qu'il vient la rejoindre.

Découvrant le visage de Philippe attristé et inquiet, elle lit aussitôt une mauvaise nouvelle.

— C'est ma mère ?

— Oui.

— Papa… ?

— Oui.

— Il est mort ?

— Oui.

À la hâte, Juliette passe sa robe de chambre, franchit l'espace jusqu'au téléphone.

— Maman ?

— Oui. Ton père est…

— Mort ?

— Oui.

— Mais comment ?

— Sa voisine l'a retrouvé pendu. Les gendarmes m'ont appelée. Bruno est prévenu.

Abasourdie, prenant seulement conscience de la réalité, Juliette pâlit et s'assoit sur la chaise que Philippe lui tend. Il se penche vers elle :

— Ça va Juliette ?

— Oui, ce n'est pas facile d'apprendre la mort de son père : surtout après lui avoir pardonné.

Philippe réfléchit : son amour pour Juliette ne peut effacer celui pour Arlette. Mais il se tait. Pour lui, le temps n'est pas encore venu de pardonner la mort d'Arlette

La DS de Bruno s'approchait de Billom et la route traversait les champs déneigés où bientôt pointeraient les jeunes pousses d'oignons, principale culture du pays qui s'étalait en plaine au pied de la vieille ville. De la mère et des deux enfants, seule Juliette depuis la séparation de ses parents venait régulièrement chez son père y passer quelques jours. Jamais Solange ne voulut le revoir et à peine

Bruno lui rendit-il visite une fois ou deux, exception faite de celle obligée pour la présentation de Maryse, sa future femme.

Il gara sa voiture sur la placette et tous trois se rendirent chez la voisine pour demander la clé. Celle-ci reconnut Juliette, parut réellement affligée, salua Bruno, puis Solange à peine entrevue lors de la terrible visite. Le regard de la voisine sembla se faire sévère. En quels termes Germain lui parlait-il de son épouse qui jamais ne venait ?

Sitôt à l'intérieur et au premier coup d'œil, il apparaissait manifestement que Germain avait mûri son suicide. Tout apparaissait parfaitement rangé, le ménage fait. Il ne s'était pas pendu dans un instant de dépression, il y pensait depuis longtemps. Juliette ouvrit la porte qui donnait accès à l'escalier du grenier. Tous les trois se regardèrent ; Bruno prit l'initiative de monter les marches en premier.

Au contraire du rez-de-chaussée et de l'étage, Germain ne semblait pas s'être préoccupé de laisser en ordre le grenier. Tout s'y trouvait dans l'état où Juliette le connaissait depuis toujours, c'est-à-dire que les objets usés ou inutiles y avaient été déposés au fur et à mesure et sans ordre les uns contre les autres. La poussière et les toiles d'araignée en faisaient leur demeure. Un peu de place dégagée sous la poutre maîtresse afin d'y placer l'escabeau pour se pendre signait seul la décision de Germain. La corde n'était plus accrochée : gendarmes et pompiers l'avaient sans doute dénouée pour les besoins de l'enquête. Le siège utilisé par le père pour sauter dans le vide gisait renversé sur le sol. À peine si, sur le plancher poussiéreux, on repérait les traces des bottes des pompiers.

Des trois bouches, aucun mot ne sortait, nulle plainte ne s'exprimait. Comme le silence durait, Solange se souvint de la lettre.

— La gendarmerie m'a signalé une lettre de votre père. Nous ne pouvons plus rien ici. Le mieux est d'aller la chercher.

Pour descendre, Solange passa la première.

Le gendarme de permanence exigea tout d'abord les cartes d'identité, jeta un coup d'œil sur les trois visages pour s'assurer de la correspondance avec les photos. Il ouvrit alors un classeur, en sortit une enveloppe de papier martelé.

— Voici l'enveloppe. Elle vous est adressée à tous les trois. Pour les besoins de l'enquête, nous l'avons ouverte et lue. Compte tenu de son contenu, le procureur m'autorise à vous la restituer.

Sitôt sortis de la gendarmerie, tous les trois s'enfermèrent dans la 404 pour y lire la lettre en paix. En effet, Germain ne dévoilait nul secret. Finalement, la lettre était banale, presque telle qu'imaginée par Solange et ses deux grands enfants. Germain demandait pardon et indiquait le nom de son notaire pour l'ouverture du testament dont il dévoilait le contenu succinct, lui aussi très ordinaire. Juliette se remémora la confidence de son père, en tout point conforme.

D'un commun accord, on se rendit aux pompes funèbres. Solange hésita. Après toutes ces années, quelqu'un à Saint-Christophe-sur-Dolaizon se souvenait-il encore de son mari ? Elle décida que Germain serait inhumé à Billom.

Juliette fit signe à Bruno de ne pas démarrer. Tous les trois, installés dans la voiture, s'interrogèrent. Durant la lecture de la lettre à la gendarmerie, Juliette réfléchissait. Le temps lui semblait venu d'interroger son frère. Sa conscience droite comme un I lui interdisait de recueillir les deux cent mille francs sans son assentiment.

— Bruno !

— Oui ?

— Je dois te parler.

D'un regard vers Juliette, il s'efforce de deviner.

— Sans le mentionner dans son testament, papa a laissé dans sa bibliothèque deux cent mille francs en espèces pour payer le violon et l'archet que nous devons faire fabriquer sur mesure pour Nathalie et financer les cours qui lui seront nécessaires pour réaliser la carrière de violoniste à laquelle elle peut prétendre. Philippe et moi, nous t'en avons parlé chez toi à Retournac. Papa voulait tenir ce don secret, mais il n'en est pas question. Je me refuse à cela. Es-tu d'accord ou bien désires-tu partager cette somme à trois ?

Bruno ne répond pas de suite. Il veut comprendre la décision de son père, mais seul, en se mettant à sa place.

— Durant sa convalescence à la maison, papa m'a fait des confidences mais davantage confiées au médecin qu'à son fils. Je n'en parlerai pas. Par contre, j'ai bien compris son problème moral, son remords d'avoir tué la maman de Nathalie.

Bruno se retourne sur son siège, dévisage sa sœur tout autant que sa mère.

— Il demande pardon. Je ne peux le lui refuser. Garde cette somme pour Nathalie. Nul ne possède le droit d'étouffer un talent. Je souhaite ardemment pour elle d'aller jusqu'au bout de ses dispositions.

— Merci Bruno ; Maman m'avait prévenue de ton « oui ».

— Ne me remercie pas. Tu aurais fait de même pour l'un de mes enfants.

— En ce cas, retournons à l'atelier et ramenons l'argent.

La maison est bien sombre et la rue sans éclairage. Bruno manœuvre de telle façon que les phares de la DS éclairent suffisamment la porte d'entrée afin que Solange introduise sans peine la clé dans la serrure. Sitôt entrée, Juliette éclaire l'escalier et tous les trois grimpent les marches. À l'étage se trouve le logement ; la porte de la bibliothèque en est ouverte. De mémoire et selon les indications de son père, Juliette examine les tranches des livres reliés, repère sur l'un d'eux la gravure recherchée : *L'Archet*.

Elle le tire à elle, l'ouvre : deux liasses apparaissent, ficelées, épaisse chacune à vue d'œil de deux cents coupures de cinq cents francs[1].

— Je remettrai le livre à Philippe. Nathalie est sa fille.

1. *Environ 28 000 euros.*

Vers les 9 heures du soir, tous les trois arrivaient à proximité de La Chaise-Dieu et Bruno roula jusqu'à Malvières pour y déposer sa sœur.

— Maman et toi, vous n'allez pas partir ainsi. Restez dîner à la maison.

Il se faisait tard, la nuit était noire, Solange et Bruno avaient faim, ils ne refusèrent pas.

Sur la longue table de ferme, le couvert était mis. Toute la famille attendait près de l'âtre mais de biais afin de regarder la télévision enfin branchée et installée. La mamie éteignit le poste : elle ne se faisait pas à l'idée de laisser l'écran allumé lorsqu'il y avait du monde.

— Puis-je téléphoner ? demanda Bruno. Je ne voudrais pas que Maryse s'inquiète.

Tandis qu'il le faisait et que la mamie ajoutait deux couverts, Philippe s'approcha de Juliette.

— Ça va ?

En réponse, Juliette ouvre son sac, tend le livre à Philippe.

— Il est pour toi. Garde-le bien.

Philippe, discrètement, entrouvre à peine le livre, comprend.

— Je m'en vais le mettre en lieu sûr dans la chambre.

Sur son passage, se trouve Nathalie. Il se baisse à sa hauteur, murmure à son oreille :

— Tu auras un beau violon. Et un très bel archet.

À part Philippe, tous déjà se tiennent à table. La mamie, debout, emplit de soupe les assiettes au fur et à mesure que chacun lui tend la sienne. Sur le visage de Juliette, un sourire se dessine, discret. De sa main, passant devant Nathalie, Juliette lui caresse ses longs cheveux châtains qu'éclairent les flammes de l'âtre et lui confirme les deux phrases de son père :

— Tout va bien.

Philippe à son tour sort de la chambre. S'approchant de la table, il prend sa place et tranche le pain. Il sait que Nathalie aime le quignon : se penchant pour le lui donner, il ne peut s'empêcher de poser sur sa tête sa belle main de père.

— Que penses-tu de tout cela ? demande Juliette une fois qu'ils sont au lit.

— Lorsque le professeur a conseillé un violon et un archet correspondant au don de Nathalie et fabriqués à grands frais par de vrais professionnels, je ne te cache pas que je me suis demandé où j'allais trouver l'argent. D'autant plus, comme l'a laissé entendre ton père, que je me refusais à créer un préjudice envers ses frères et sœurs.

Juliette réfléchit, entrouvre ses lèvres :

— Mon père avait bien compris que je n'accepterais jamais une compensation financière pour le mal qu'il vous a fait. Mais, pour Nathalie, il savait que je ne pourrais refuser.

Un silence, un sourire, une parole :

— Nathalie devra son premier violon à celui qui lui a pris sa mère.

— Tu as dit « premier violon » ? Peut-être le sera-t-elle un jour ?

Juliette explique ce qu'est dans un orchestre le statut de premier violon. Quand elle a terminé son explication, elle sent sur ses lèvres celles de Philippe.

Fin février, Juliette confie à son futur époux :

— Je crois que je suis enceinte.

— Tu en es sûre ?

— Je vais prendre rendez-vous chez le médecin, mais j'en suis certaine.

— C'est merveilleux ! Absolument merveilleux ! s'exclame-t-il en la serrant dans ses bras le plus tendrement qu'il peut.

Brusquement, il scrute son visage :

— Dis-moi, en ce cas nous devons songer à nous marier.

— De toute façon, le mariage est prévu pour mars.

Ce fut une belle fête, avec les trois familles au complet ; en particulier, les père et mère d'Arlette se montraient très émus de n'être pas oubliés. Patrice et ses parents étaient présents, sans oublier Firmin le légionnaire accompagné de Rufus. Juliette se rendit au Puy pour sa robe et Philippe comme la mamie en profitèrent pour habiller de neuf les quatre enfants. Malvières n'est pas si grand, forme une grande famille : tout le monde fut invité. Sur des tréteaux et leurs plateaux on disposa des plats de toutes sortes, savoureux et copieux. Chacun se servait à sa guise, remplissait son verre aux tonnelets que Philippe avait pris soin de mettre en perce. Des jeunes de La Chaise-Dieu, connus pour leur talent, jouaient de la musique à faire danser. Pour la première fois, Patrice fit tourner Nathalie. Nul désormais ne put ignorer ces amours enfantines.

Juliette et Philippe s'éclipsèrent dans la soirée. Tout avait été préparé. À cette époque de l'année, le travail aux champs ne presse guère : la mariée bénéficiait de trois jours de congé. Robert et Jacques se chargèrent du soin des bêtes de telle façon que le marié fût complètement libre. Pour remplacer Juliette, l'académie envoya à Malvières une jeune institutrice. Celle-ci avait beaucoup de qualités, sauf une : elle ne jouait pas du violon lorsque la classe se terminait.

À présent, mai était là, tout Malvières revivait. Les explosions populaires de Paris ne troublaient guère son calme et encore moins le travail rythmé au fil des jours. Les familles écoutaient la radio, regardaient les journaux télévisés, lisaient les quotidiens locaux, mais demeuraient tranquilles : on en parlait, sans plus. Les événements du Quartier latin présentaient les effets de pierres jetées dans l'eau. L'onde de choc en décroissait au fur et à mesure ; une fois à Malvières, il n'y paraissait plus. L'herbe des prairies à foin se renforçait, devenait plus verte et plus haute. En attendant qu'elle soit en juin prête à être fauchée, les pâtures des entours, de qualité moindre, accueillaient les bêtes. Cela permettait d'épargner les dernières réserves de foin dans les greniers au cas d'un retour du mauvais temps. Les vieux le savaient : tout est toujours possible. Ils se souvenaient encore de ce mois de juillet d'avant 14-18 où la neige, sans tenir, avait couché les blés.

Le troisième jeudi du mois, Philippe, Juliette et Nathalie se préparèrent au rendez-vous pris avec le luthier du Puy sur les conseils de Louis Archet. Celui-ci rappelait de temps à autre à Juliette la nécessité d'offrir à Nathalie un véritable violon qui la suivrait toute sa vie. D'autant que ses progrès s'avéraient constants : Philippe s'interdisait de retarder l'échéance. Cependant, le professeur n'osait plus trop souvent rappeler cette nécessité, craignant que le père ne disposât pas de l'argent nécessaire. Un jour vint où Philippe et Juliette devaient se rendre au Puy ; ils en profitèrent pour passer prendre Nathalie à l'école de musique. Le professeur se risqua :

— Avez-vous pris votre décision concernant la commande du violon ? Ceci dit, il existe de bons instruments dans le commerce et leur prix est davantage abordable. En revanche, ils ne sont pas fabriqués en fonction des besoins d'une seule personne.

Philippe répliqua, piqué au vif :

— Hors de question ! Nous ne revenons pas sur notre décision. Le rendez-vous est pris jeudi prochain au matin chez le luthier du Puy. Il nous attend et veut absolument que nous soyons présents tous les trois. Comprenez-moi : à la campagne, souvent survient une urgence. Il n'est pas toujours facile de trouver le temps.

Soulagé, Louis Archet affiche un large sourire :

— Je sais. Comme je vous en parlais lors de notre première rencontre, moi aussi je viens de la terre. Et l'archetier ?

Ce coup-ci, c'est Juliette qui répond :

— Je lui ai téléphoné à Lyon ; son atelier se situe à l'adresse indiquée, rue du Président-Édouard-Herriot. Mais lui ne pourra nous recevoir qu'en juin. Il faut compter dix jours de travail ; en septembre, Nathalie disposera de son violon.

Le professeur allait les quitter lorsqu'il se retourna :

— Nathalie ! J'oubliais : munis-toi de ton violon pour te rendre chez le luthier. Il te demandera de jouer pour mieux apprécier quel instrument il devra te fabriquer.

Le soir même, entre les draps, Juliette réfléchissait. Une question la tracassait, même si ne se posait plus le problème d'argent. Elle savait Philippe paysan réaliste, les deux pieds bien sur terre. Jamais il ne se serait aventuré à promettre son violon à Nathalie sans disposer de la somme. À quelques semaines du mariage, Juliette commençait à connaître l'état des comptes du futur ménage. Philippe ne se trouvait pas dans le besoin, l'exploitation rapportait, mais il ne disposait pas d'une réserve de cent mille francs. Comment aurait-il fait sans le legs dramatique de Germain, son père à elle, et que nul ne pouvait supposer ? Dans le noir de la chambre, sans éclairer le chevet, elle posa sa main sur le visage de Philippe pour incliner sa tête vers elle :

— Je peux te poser une question ?

Philippe somnolait, sur le point de s'endormir. Il tressaillit :

— Bien sûr !

— Tu ne m'en voudras pas ?

— Quelle que soit la question !

— Si mon père n'avait pas légué les deux cent mille francs, comment aurais-tu trouvé l'argent pour le violon ?

Philippe se relève sur un coude, approche sa bouche de l'oreille de Juliette :

— Souviens-toi, je te l'avais déjà à moitié révélé : dès que ma mère s'est trouvée informée du besoin d'un violon fabriqué tout exprès pour sa petite-fille et par conséquent très cher, elle m'a confié être prête à le payer sur ses économies d'une vie, tellement la comblait le don de Nathalie ! Mais elle voulait que personne ne le sût, même pas toi. Il me semble d'ailleurs que le temps est venu, sans tout lui dévoiler, de lui faire connaître le geste de ton père. Sinon comment lui expliquer cette somme soudaine ?

— Tu as raison. Nous lui parlerons demain. Sachant que tu n'étais pas homme à t'engager sans savoir tenir, je me doutais d'un mystère. Excuse-moi, mais ta demi-confidence m'était sortie de l'esprit.

— Connaissant ma mère, elle va désormais réserver ses économies pour Robert, Jacques et Sandrine. Ils ne sont pas sans talent, eux non plus, mais différents.

Leurs lèvres se touchèrent. Le sommeil les prit en paix. Sur le ventre de Juliette, Philippe posa sa main : il y savait la vie.

XVII

Le jeudi suivant, Robert et Jacques aidèrent leur père à l'étable afin qu'avec Juliette et Nathalie il pût partir plus tôt au Puy. Outre les soins aux laitières, il fallait maintenant, après la traite, conduire les bêtes dans les pâtures, puis nettoyer l'ensemble de l'installation. On ne laissait au sol que la paille en bon état de propreté, le reste avec les bouses devait être évacué sur le tas de fumier. Tout cela bien entendu prenait du temps. Philippe ne pouvait se libérer que grâce à l'aide de ses fils encore au collège et par conséquent seulement le jeudi, jour de congé pour eux et Juliette qui ne faisait pas classe.

Le rendez-vous était pris pour 10 heures : dès 9 heures, après les bises à la mamie et à Sandrine – Robert à cette heure se trouvait occupé à la grande étable et Jacques conduisait les vaches vers les pâtures –, la Dauphine bleue démarra. Comme le professeur le lui avait recommandé, Nathalie apportait son violon. Juliette préférait conduire, Philippe se repérant mal dans les rues sinueuses des hauts quartiers de la vieille ville. L'atelier du luthier se situait dans la partie historique de la cité vellave, niché plus haut encore que l'école de musique, derrière la cathédrale, rue Cardinal-de-Polignac. Il fallait vraiment être du Puy pour s'y retrouver dans ce dédale de rues moyenâgeuses, pavées de cailloux à peine dégrossis, davantage conçues pour trotter à cheval ou marcher que rouler en voiture. Juliette préféra garer la sienne place Michelet et tous les trois à pied traversèrent le boulevard du Breuil, prirent la rue Saint-Gilles puis la place du Plot d'où ils s'élevèrent par les vieilles rues jusque vers la cathédrale et la rue Cardinal-de-Polignac. Nathalie tenait elle-même à la main l'étui protégeant son violon et ne se sentait pas peu fière de surprendre les passants à la dévisager. À mi-hauteur de cette rue emblématique illustrant l'histoire du Puy, tous les trois découvrirent une maison d'époque Renaissance dont ils s'attardèrent à contempler la façade ouvragée. Le luthier y avait établi tout à la fois son atelier et sa famille. Patiemment, Philippe actionna la chaînette reliée à la cloche intérieure. Ils attendirent un peu, puis des pas se firent entendre dans l'escalier : la porte d'entrée, haute, épaisse et peinte de bleu, s'ouvrit.

L'homme se présentait vêtu d'une blouse blanche et son visage affable s'encadrait dans un collier de barbe grise. Ses yeux observateurs, son sourire, son silence, tout indiquait son attention à ses visiteurs. Avant de prononcer le premier mot, d'esquisser le premier geste, il s'appliqua à considérer Nathalie et c'était réciproque. L'examen sans aucun doute lui parut positif car il salua enfin.

— Vous êtes la famille annoncée qui vient de Malvières ?

— Exactement. Nous avions rendez-vous à 10 heures.

L'homme sourit à Nathalie dont la main se serra sur la poignée de l'étui.

— Je devine bien en toi la jeune violoniste ?

— Oui monsieur.

— Très bien. Je suis le luthier. Mais suivez-moi à l'atelier. Nous n'allons pas rester debout à l'entresol.

Derrière lui, ils montèrent les vieilles marches patinées d'un escalier de pierre. De la montée s'exhalait une odeur d'antan et quand ils arrivèrent à l'étage, un parfum de bois ciré et d'encaustique fleurait bon les vieilles demeures. Le palier était meublé de bahuts et de coffres qu'un antiquaire aurait enviés ; des sièges de paille invitaient à s'asseoir. Une porte de vrai bois, parfaitement vernie, demeurait entrebâillée. Le luthier la poussa et Nathalie ouvrit la bouche, béate d'admiration : ses yeux découvraient un atelier vaste et clair, tout entouré de rayons où dormaient des violons. Ni Philippe ni elle n'auraient imaginé qu'il puisse y en avoir tant dans une seule pièce : et de toutes formes, à tous les stades de fabrication. Des violons, mais aussi des violoncelles, des altos et quelques contrebasses. De grandes fenêtres accueillaient le soleil et permettaient de découvrir Le Puy : la vieille ville dévalait en pente douce jusqu'à la place Michelet, le Breuil, le jardin Henri-Vinay et au-delà vers Vals. Seule la montagne de la Sermione barrait au loin l'horizon.

Au centre de l'atelier, un immense établi, presque aussi large que long, bordé de presses, d'étaux et de serre-joints, occupait quasiment le quart de la surface. En vis-à-vis des rayonnages où dormaient les violons, une large planche d'un seul tenant, solidement fixée au mur, hébergeait les outils nécessaires, parfaitement rangés et accrochés. À son côté, sur un panneau de bois bien raboté et lisse à souhait, s'accrochaient les ébauches de violons en cours de fabrication. La première vision qui accrocha le regard de Philippe fut le parfait rangement, l'absolue propreté : nulle trace de sciure ou de poussière. On aurait pu casse-croûter sur l'établi. Le luthier lui sourit :

— Vous vous attendiez à un atelier de menuisier ! Que nenni : nous fabriquons des œuvres d'art et, outre la lumière, s'imposent rigueur et propreté.

Sous un plan de travail, de fines lames de bois attendaient d'être travaillées.

Nathalie déposa son instrument dans l'encoignure de deux murs ; elle put ainsi toucher, caresser, aussi bien les violons terminés et entièrement vernis que les ébauches en bois brut.

— J'augure bien de ton goût du contact. Cela indique que tu aimes. Un violon, c'est tactile, ça se touche.

— Quel est ce violon ? demanda-t-elle en désignant du doigt la photo en couleurs, fixée au mur, d'un magnifique instrument.

— Ah ! Celui-là, personne ne pourra plus le fabriquer. Tout le monde s'accorde à reconnaître en lui le plus beau de tous : le Soil de Stradivarius, le maître de tous les luthiers. Il le fabriqua à l'âge de soixante-dix ans, en 1714, il y a plus de deux siècles et demi ! Le maître reconnaissait en lui son chef-d'œuvre absolu !

Du coup, Philippe posa la question qui le taraudait à la vue de tout cet art :

— Excusez-moi, mais il faut combien d'années pour devenir luthier ?

Juliette sourit : elle connaissait la réponse mais se tut.

— Au moins dix ans. Mais on apprend toute sa vie.

— Et pour le violon de ma fille, il vous faudra combien de temps ?

— Précisément, sept semaines de travail ou deux cent cinquante heures.

— Pour le prix, le professeur de Nathalie nous a parlé d'une fourchette de trente-cinq mille à soixante-dix mille francs ?

Juliette continue de se taire, laisse parler : elle préfère que tout l'aspect économique se règle avec le père de Nathalie. Elle n'interviendra qu'au moment des choix techniques, des préférences pour les sons.

— Le professeur Archet connaît trop bien notre art pour se tromper. Tout dépend de ce que vous voulez pour votre fille et de ce qu'elle veut, elle. Si c'est pour son plaisir, le premier prix suffit. Si, comme j'ai cru le comprendre, elle possède un réel talent de virtuose, envisage une carrière de professionnelle, il ne faut pas craindre de viser haut.

Philippe hésite, ne sait comment formuler le don de Nathalie : il se tourne vers Juliette.

— Explique, toi.

— Il s'agit de plus que cela, répond-elle. Je suis moi-même violoniste et j'ai donné à Nathalie ses cours de violon. Presque immédiatement, je subodorai chez elle un don très rare : celui de l'oreille absolue.

Le luthier observe davantage l'enfant qui se grandit à ses yeux. Pour elle, il se prend soudain d'une immense admiration. L'oreille absolue est si rare ! Il sait à cet instant qu'il va déployer tout son art afin que ce petit génie reçoive le seul violon apte à obtenir les sons requis pour son talent. Ce sera son chef-d'œuvre de luthier.

— Je m'en suis entretenu avec M. Louis Archet, poursuit Juliette : après avoir écouté Nathalie jouer devant lui, il a confirmé. Comme je vous en parlais au téléphone, lui-même vous a recommandé.

— En ce cas, monsieur, nous ne devons pas tergiverser : je vais lui fabriquer un violon digne d'elle. Pour le prix, ne vous tracassez pas, nous nous arrangerons.

Le luthier réfléchit un instant :

— Vous avez pensé à l'archet, j'espère ? Car je ne suis pas archetier.

— Absolument, nous rencontrons le mois prochain, à Lyon, l'archetier de la rue du Président-Édouard-Herriot.

— L'un des meilleurs de France ! N'ayez aucun souci.

Il scrute le visage de Nathalie :

— Te sens-tu prête ? On y va ?

— Oui monsieur.

Il s'agit d'un oui ferme, quasiment le même que celui prononcé par Juliette le jour du mariage !

— Place-toi devant moi. Voilà. Lève ton bras droit le plus haut possible au-dessus de ta tête. Je vais mesurer la distance entre la base de ton cou et ton poignet.

Le luthier retire d'un tiroir un mètre de couturière et mesure la distance.

— Très bien. 58 centimètres. Tu peux relâcher ton bras.

Il se dirige vers l'un des violons dormants, au coup d'œil en saisit un et le confie à Nathalie avec un archet d'emprunt :

— Mets-toi en position de jouer et vérifie si tu peux fléchir correctement ton poignet en haut du manche et jouer sans aucune peine.

Nathalie exécute, tant qu'à faire avec l'archet et laisse éclore quelques notes.

Juliette et Philippe sourient. Le luthier examine, observe, calcule de tête, apprécie.

— Décidément, tu es grande pour ton âge. Il te faut sans attendre un violon d'adulte, un violon définitif, le violon de ta vie. Je vais partir sur un corps de 355 millimètres.

Philippe interroge du regard, laisse paraître son ignorance :

— Le corps du violon, monsieur, c'est la caisse sans le manche. À présent, il nous faut faire le choix du modèle pour la sonorité. Le violon porte la voix de l'interprète.

Tous les trois se recueillent en écoutant s'exprimer le luthier. Il leur semble un poète en extase tant ils ressentent chez lui son amour du violon, sa foi en ce qu'il crée au service des artistes. Il déclame sans le savoir.

— Une voix porteuse de mille richesses. L'art du luthier tente de retranscrire au mieux la maîtrise du violoniste en personnalisant chaque instrument. Voilà la raison pour laquelle je t'ai demandé d'apporter ton violon. Je vais maintenant t'écouter jouer, m'imprégner de ton jeu, de ton engagement physique, du caractère de la sonorité que produit ton violon ; tout cela afin de personnaliser au maximum l'instrument que je vais créer pour toi. Sinon, ton père pourrait tout aussi bien se contenter de t'acheter un violon dans le commerce. Il en existe d'ailleurs de très bons, mais ils ne tiennent pas compte de toi, de ta façon d'être et de jouer.

Nathalie dévore des yeux le luthier, ébahie de ce qu'elle vient d'entendre. Celui-ci surprend son regard, se tait : peut-être s'est-il laissé emporter ? Mais il aime tant son art !

— Ça va ? Nous nous sommes compris ?

— Oui.

— Bien. Je te laisse ouvrir ton étui et saisir ton violon. Place-toi le dos à la fenêtre et de telle façon que la lumière éclaire ta partition. Tes parents et moi, nous allons nous asseoir sur le côté et puis nous taire.

Le luthier regarde autour de lui, se dirige vers un recoin de l'atelier dont il revient un chevalet à la main.

— Voilà pour poser ta partition. Prends ton temps, respire bien, joue ce que tu veux. Nous t'écoutons.

Nathalie saisit son violon, s'empare de l'archet, tourne un feuillet puis deux, se décide pour le dernier morceau joué avec le professeur.

Dès les premières notes, tout son corps aussitôt va avec son violon, le suit, le porte. L'archet glisse et joue sur les cordes ; les pulpes de ses doigts dansent, pincent les cordes, égrènent les notes. Le luthier s'imprègne de tout, du corps, des mouvements, des sons. Juliette et Philippe se tiennent la main, s'abandonnent, boivent les harmoniques mais surtout se laissent envahir du jeu de Nathalie.

Le luthier se laisserait volontiers aller à s'imprégner plus longtemps tellement il s'implique dans le jeu de l'enfant, se transcende dans la musique du violon. Il contemple Nathalie, se pénètre de ses harmonies, n'est plus nulle part ailleurs. Mais le luthier se refuse à abuser du temps. Lorsque la jeune violoniste a tourné le septième feuillet, il se lève, lui fait signe ; Nathalie écarte l'archet, repose son instrument. Juliette adresse à Philippe un si tendre sourire que ce père comblé ne peut s'empêcher d'applaudir.

— Félicitations. Effectivement, le don existe ; si tu travailles, tu iras loin. Je crois posséder l'essentiel pour démarrer la fabrication. Pour le choix des bois, il convient de retenir ceux qui ont fait leurs preuves. L'épicéa pour la table d'harmonie, l'érable pour sa propriété de renvoyer le son, le sycomore pour la sonorité, le palissandre pour créer la cheville, l'ébène ou le buis pour éclaircir le son. De toute façon, il faudra compter environ dix-huit mois d'ajustement après la livraison afin de découvrir le parfait équilibre d'où jaillira l'âme de ton violon. Cela, je ne pourrai le réaliser que sur tes indications. Toi seule seras fondée à lui conférer son identité. À présent, il te faut choisir le vernis. Y as-tu déjà pensé ?

— Je le voudrais très clair.

— Très clair ?

Juliette sourit, a déjà deviné.

— Oui. Lorsque je joue avec celui-ci devant l'âtre de la cheminée, les flammes s'y reflètent et il prend leurs couleurs d'or.

Le luthier sourit, heureux : ce qu'il entend confirme l'idée qu'il se fait du caractère de la jeune fille.

— Toi, au moins, tu sais ce que tu veux. Viens, je vais te montrer.

Tous les cinq s'approchent des violons dormants. Il en est de tous les coloris, du rouge au brun foncé en passant par les jaunes dorés. Parmi ces derniers, l'un accroche la lumière et Nathalie sans hésiter va à lui, l'examine, le saisit, le présente sous plusieurs angles à la lumière du jour, l'admire, le caresse.

— C'est celui-ci.

— Effectivement, je dirais qu'il est d'or, sourit le luthier. Le vernissage est un énorme travail qui nécessite des préparations complexes transmises par les anciens et plusieurs couches au moins. Mais n'entrons pas trop avant dans la technique. Encore que selon les vernis, la sonorité s'en trouvera différente.

Il se tourne vers Philippe et Juliette :

— Je vais me mettre au travail dès le mois prochain. Dans douze semaines, téléphonez-moi pour les ultimes ajustements. La semaine suivante, il sera prêt.

Philippe hésite ; les deux pieds dans les réalités, il propose :

— Dois-je vous verser des arrhes ?

— Recommandé par Louis Archet, je vous fais confiance ; mais si vous le pouvez, je ne les refuserai pas.

— C'est tout à fait normal.

Redescendus sur la place Michelet, Philippe prend la main de Juliette :

— Nous n'allons pas rentrer ainsi. Je vous offre quelque chose. Le *Majestic* te plairait-il ?

— Je le devinais ! répond Juliette.

À l'intérieur, tous les trois s'installent à la table même où les deux amoureux s'étaient déclarés leur amour. Nathalie parle bas à Juliette, lui demande où se trouvent les toilettes.

— Je vais t'accompagner. Pourras-tu revenir toute seule ?

— Bien sûr !

Philippe se tait, songeur.

— À quoi penses-tu ?

— Je songe à mon lointain aïeul qui, dans les fermes le dimanche après-midi, faisait danser au son de son violon : peut-être Nathalie tient-elle ce don de lui ? Mais au fait, où est passé son violon ?

Il réfléchit encore :

— Il se pourrait bien que cette tante partie en Allemagne l'ait emporté ! Décidément, celle-là !

Philippe se tait car Nathalie arrive.

— Je parlais à Juliette de ton arrière-grand-père, mon grand-père à moi. Il faisait danser en jouant du violon. Peut-être tiens-tu ce don de lui ?

— Oh ! là, là ! Les ancêtres, c'est trop compliqué pour moi !

Après réflexion, Philippe et Juliette décidèrent de se rendre à Lyon par le train. Nathalie ne l'avait jamais pris et Sandrine pas davantage. L'occasion s'offrait bien trop belle de faire découvrir ce mode de transport aux deux fillettes pour ne pas en profiter. La seule fois où Philippe avait rejoint la capitale des Gaules était pour rallier Metz à l'occasion de son service militaire. Mais sa connaissance de la ville se limitait à la caserne de la Part-Dieu par où transitaient les recrues. Juliette, quant à elle, s'y était rendue quelquefois pour diverses raisons et connaissait davantage la ville. L'archetier recommanda avec insistance que Nathalie se présente à l'atelier avec son violon. Comme le luthier, il estimait indispensable de la voir aux prises avec l'instrument, de l'entendre jouer.

Le plus simple était de prendre le train en gare du Puy. Pour s'y rendre par la route, tous les quatre s'installèrent dans la Dauphine de Juliette. La jeune femme, d'esprit comme de corps, se trouvait de plus en plus accaparée par sa grossesse et elle confia le volant à Philippe. Une fois installée sur le siège arrière, Nathalie cala le violon entre Sandrine et elle.

Sur la voie A, l'autorail attendait, moteur diesel chauffant, empestant l'atmosphère d'une fumée noire. Deux banquettes libres se faisaient face : la famille les occupa, le violon en son étui posé à plat sur les genoux de Nathalie. Depuis le départ de Malvières sous le regard de la mamie, Nathalie veilla à ne pas se trouver une seule fois séparée de son instrument. De la voiture au train, elle le tint à la main.

Le plus beau du parcours résidait dans le défilé des gorges de la Loire que Juliette commentait aux fillettes et à Philippe.

— Rien que pour ces paysages, il valait mieux prendre le train. La route est trop basse, trop encaissée : en voiture, on ne distingue rien.

Jusqu'à Aurec, la Loire et ses eaux noires leur tinrent compagnie. Les gorges verdoyantes et boisées, les rapaces en survols et en piqués, absorbaient l'attention familiale ignorante de la vie mystérieuse et sauvage de la jeune Loire encore parfois presque torrent. Une fois à Aurec, la rivière s'étalait, se séparait, se calmait, s'efforçait de devenir fleuve. Dès Monistrol, la proximité de Saint-Étienne, de ses banlieues, indiquait clairement une autre vie qu'ignoraient les enfants de Malvières. Juliette leur expliqua ce qu'étaient les terrils devenus enforestés. La nature disparaissait au profit du béton. Après Givors, l'autorail s'engagea sur un pont allongé au-dessus d'une eau immense.

— Le Rhône ? questionna Nathalie.

— Merci ! Mes leçons de géographie auront au moins servi à l'une de mes élèves, sourit Juliette redevenue maîtresse d'école.

À partir de là, l'attention se détourna du paysage. Le Rhône figurait Lyon et l'archetier : la famille se déplaçait pour eux.

L'autorail s'immobilisa enfin sous l'immense verrière de Perrache : Nathalie tenait toujours très fort la poignée de son violon. Philippe prit sa fille par l'autre main, Juliette serra celle de Sandrine. Il fallut marcher longtemps pour sortir de la gare, descendre les escaliers du fer à cheval et se retrouver sur la place Carnot. Devant elle, se déroulait toute droite la perspective de la rue Victor-Hugo. Les vitrines offraient à la vue des vêtements et autres produits dont les prix affolaient Philippe.

— Tu as vu ? Pour une paire de leurs chaussures, je pourrais acheter une vache !

Juliette souriait, ne s'étonnait pas de la réaction du paysan ; depuis son dernier passage à Lyon, le luxe s'affichait davantage.

Sans pourtant marcher vite, ils débouchèrent bientôt sur la place Bellecour ; le soleil en dorait le sable, faisait rutiler le bronze verdâtre de la statue équestre du roi Louis XIV dont le sculpteur François-Frédéric Lemot avait omis les étriers ! La famille prit le temps de s'arrêter, d'admirer l'étendue plate et sableuse. Manifestement, Nathalie et Sandrine demeuraient subjuguées par l'immensité de la place : jamais elles ne l'auraient imaginée d'une telle étendue ! À l'émotion ressentie, les doigts de Nathalie serraient encore plus fort la poignée de l'étui : sans en être consciente, son esprit lui soufflait que si son violon lui échappait de la main, elle ne pourrait le rattraper !

Une fois la place traversée, tous les quatre se trouvèrent face à la statue d'un homme couché, blessé, sculpté dans la pierre ; Philippe dut expliquer à Nathalie la Résistance à demi-mot. Encore quelques pas et se lisait sur une plaque bleue : *rue du Président-Édouard-Herriot*. Ils s'engagèrent sur un trottoir, scrutant les numéros. Ils ne marchèrent pas vingt mètres avant qu'apparaisse à leurs yeux le mot *Archetier* calligraphié sur une plaque bleue en gros caractères noirs et gothiques au-dessus d'une boîte aux lettres. Philippe tira la chaîne ; à l'intérieur, retentit la sonnette. Il poussa la porte et tous les quatre se retrouvèrent au bas d'un escalier que les marches de pierres patinées et usées invitaient à gravir.

Sur le palier, l'archetier laissait entrebâiller la porte de l'atelier afin d'inviter à entrer sans frapper. Philippe, cependant, frappa de son gros poing, puis entra. Comme s'ils marchaient encore dans la rue et parmi les piétons, Nathalie, comme si elle eût été dans la rue, s'accrochait à la main de son père. Derrière lui suivait Juliette, Sandrine à son côté. En chemisette à manches courtes, le corps protégé d'un long tablier sombre, rasé de près, assis sur un tabouret, l'archetier tout d'abord ne leva pas la tête de dessus son ouvrage. Il s'affairait à serrer une baguette de bois couleur de cire d'abeille, protégée d'une bande de cuir, entre les deux mâchoires d'un très petit étau, lui-même fixé à un établi. Des deux mains, il s'assura de la solidité du maintien et tourna alors la tête pour saluer ses visiteurs. De fait, son regard n'alla pas immédiatement à eux, mais au violon de Nathalie : satisfait qu'elle l'eût apporté, il se leva. Son visage indiquait trente-cinq ans et, derrière les verres de ses lunettes, ses yeux noirs observaient.

— Bonjour. Vous êtes la famille de Haute-Loire ? C'est Juliette qui avait téléphoné pour le rendez-vous.

— Oui, votre collègue, le luthier du Puy, vous a recommandé.

— Comment va-t-il ? Il faudra bien que je me décide à prendre le temps d'aller lui rendre visite.

Il paraît que vous habitez dans un petit village du côté de La Chaise-Dieu ? Depuis deux ou trois ans je crois, s'y tient un festival de musique classique ?

— Oui, c'est bien exact, confirme Juliette. Il a débuté en 1966 par un concert du pianiste hongrois György Cziffra et se déroule dans l'abbatiale gothique.

— Selon les spécialistes, ce festival commence d'ailleurs à se faire une solide réputation.

— Merci.

Durant cette courte conversation, d'un bref mais large regard circulaire, Philippe détaillait la centaine d'outils au moins, fixés au mur, disposés sur des rayonnages ou attendant sur les deux établis d'être sollicités. Un jeune homme, sans doute compagnon de l'archetier, s'appliquait au fond de l'atelier sur le second établi et se montrait si attentif à sa tâche que Philippe tout d'abord ne le remarqua pas. Au-dessus de lui, accrochée au mur, une large lithographie représentait un archetier au XVIIIe siècle, debout devant son établi. À la découverte de ce chef-d'œuvre, Sandrine retira sa main de celle de Juliette, s'approcha et longtemps demeura immobile, absorbée dans sa contemplation.

Sans se préoccuper de personne d'autre, l'archetier s'adressa à Nathalie :

— C'est toi la violoniste ?

— Oui monsieur.

— Tu as apporté ton violon : parfait. Nous allons pouvoir travailler. Tu joues en concert, en quatuor, en soliste ?

— En soliste, monsieur.

— Je considère comme important de le savoir. L'archet qu'il te faut dépend de ton jeu. La baguette sera différente, plus molle ou plus nerveuse. C'est selon. Pour jouer en orchestre, il faut plus de son, une baguette plus dure. En soliste, pour toi, la baguette devra t'apporter davantage de rondeur, de douceur, être plus souple.

Nathalie ne perdait pas un seul des mots de l'archetier, détaillait les traits de son visage dont la douceur lui rappelait ceux du luthier et du professeur de musique.

— Venez avec moi.

Son langage était direct, précis : Philippe sentait que l'archetier n'avait pas de temps à perdre. Peut-être aussi l'indispensable précision de ses gestes amenait celle des mots.

Ils entrèrent tous les cinq dans une petite pièce qui ouvrait sur l'atelier et devait servir de bureau. L'archetier y tint le même discours que le luthier.

— Il faut que je t'entende jouer. Nous parlerons archet ensuite. Joue ce que tu veux, peu importe.

L'archetier ne disposait que d'un seul siège : il invita la famille à faire tapisserie contre l'une des quatre cloisons. Puis, se dirigeant vers la fenêtre ouverte, il la referma pour s'isoler des bruits lyonnais, débrancha le téléphone, poussa la porte de l'atelier, puis celle du bureau.

— Le silence doit être parfait. Je suppose que tu n'as pas besoin de partition ? Tu peux jouer de mémoire, voire improviser ?

— Oui, répondit Nathalie.

— Alors, je t'écoute.

L'homme saisit l'unique chaise, s'assit à califourchon les deux bras croisés sur le dossier.

Nathalie ouvrait l'étui, en sortait le violon puis l'archet. Elle prit le temps d'accorder l'instrument, de retendre la mèche de l'archet, de bien positionner son corps, de trouver le *la*.

Et les notes s'envolèrent, légères comme l'oiseau. Philippe, Juliette, Sandrine, bien qu'ils aient tous les trois et souvent éprouvé Nathalie aux prises avec ce morceau, l'admiraient à chaque fois. La finesse et la musicalité de son jeu non exempt d'effusion imprégnaient à chaque fois leurs yeux de larmes retenues.

Après quelques feuillets, l'archetier en savait assez pour être convaincu de se mettre à l'ouvrage.

Sans cesser d'écouter et surtout d'observer le jeu de Nathalie, il se leva.

— Merci. Il me fallait savoir comment tu jouais. Je vois à présent quel archet il te faut. Tu peux t'arrêter de jouer. Pour ton premier archet, je vais te choisir un bois assez ferme. Par la suite, mais tu auras le temps, il te faudra une baguette plus souple. À ce stade, nous en allégerons le bois : elle te procurera davantage d'harmoniques.

L'archetier s'interrompt, s'adresse à Philippe et Juliette :

— Pour fabriquer un archet, nous devons compter deux semaines de travail. De toute façon, mon carnet de commandes est complet pour six mois. Je ne pourrai en conséquence entreprendre la fabrication de l'archet de votre fille qu'au prochain semestre environ. Mais six mois, dans la carrière d'une violoniste, ce n'est pas si long. Et puis, durant cette attente, elle pourra continuer à jouer sur le sien ; il me semble excellent.

— C'était le mien, rappelle Juliette en souriant. Mon père me l'offrit jeune fille.

Elle ne peut empêcher un nuage de légèrement voiler ses yeux au souvenir du drame.

— Il vous l'avait parfaitement choisi. Dès l'archet terminé, je reprendrai contact.

— Dites-moi, questionne Philippe, pour le prix ? Sur les dires du luthier, nous disposons d'un ordre de grandeur, mais peut-être pouvez-vous aujourd'hui davantage préciser…

— Pour un violon, une bague d'argent suffira ; pour un violoncelle, il eût fallu de l'or et le prix s'en serait ressenti. Comptez environ… vingt-cinq mille francs.

— C'est ce que nous avait indiqué le luthier. Dois-je vous verser des arrhes ?

— Si vous le pouvez, elles seront les bienvenues.

— Dix mille francs vous conviennent-ils ?

— Parfaitement.

Tandis que Philippe porte la main à sa poche intérieure pour extraire son chéquier, Nathalie se dresse sur la pointe des pieds et confie une messe basse à Juliette qui se penche pour l'entendre.

— D'accord.

— Nathalie demande si vous pouvez lui expliquer comment vous allez fabriquer son archet ?

— Bien sûr ! Et je la félicite de sa question. Cela montre son intérêt pour sa passion. J'aurais dû vous le proposer. Retournez avec moi à l'atelier.

Une fois devant son établi, il se baisse et dans un fagot sélectionne une baguette.

— Le bois détermine tout. Un mauvais bois ne fera jamais un bon archet. Le fil doit être très droit. À la moindre imperfection, je refuse la livraison. Parfois même, en travaillant une baguette, j'abandonne, faute de la sentir. Un seul bois convient, celui du pernambouc, un arbre de taille moyenne qui pousse au nord du Brésil. Avec les outils que tu vois sur l'établi, je vais tailler et façonner la baguette jusqu'à lui donner la forme de l'archet. Je te passe les détails : je pourrais en parler durant des jours et des jours. L'autre partie importante est la mèche. Regarde.

L'archetier extrait de la caisse nichée sous l'établi un gros cylindre allongé, en dévisse le bouchon.

— Sens !

— Tu devines l'odeur ?

Nathalie respire fort, inspire plusieurs fois.

— On dirait…

— Tu es de la campagne, tu connais.

— Le cheval ?

— Exact. Tu respires l'odeur des crins de queues de chevaux mongols. Sais-tu où se trouve la Mongolie ?

Nathalie fait la moue, appelle Juliette à sa rescousse.

— Elle n'a pas encore appris cela en classe.

— La Mongolie se trouve très loin d'ici, entre la Russie et la Chine. Nous travaillons uniquement les queues de chevaux mâles car les juments, en urinant, mouillent leurs crins, ce qui les rend impropres à être travaillés. Cette race de chevaux possède les crins les plus fins et nous sélectionnons les blancs car ils sont encore plus fins !

L'archetier observe Philippe.

— Vous commencez à comprendre pourquoi un archet revient si cher : outre le temps et la précision du travail, tous les matériaux utilisés sont nobles, proviennent de très loin, coûtent cher. Un kilogramme de crins livré en bottillons de deux cent cinquante ou cinq cents grammes se vend jusqu'à cinq mille six cents francs. De ce rouleau de crins, je vais en compter entre cent vingt à cent cinquante selon la rigidité de la baguette pour en faire la mèche. Je ne reviens pas sur les détails du peignage, de la fixation, de la hausse pour régler la tension, etc. En résumé, des dizaines et des dizaines d'opérations au moins s'avèrent nécessaires. Un jour, je les compterai…

Tandis qu'il parle, Philippe s'est approché du compagnon en plein travail d'ajustement d'une hausse.

— J'admire le nombre d'outils qui vous sont nécessaires !

— Oui, entre les canifs, les scies, les rabots miniatures, les ciseaux à bois, les étaux, les pinces, le brasero pour cintrer la baguette à la chaleur des braises, les marteaux, les équerres à lame pour la précision, les gabarits ! Même si je les citais tous, j'en oublierais encore.

— Vous les trouvez dans le commerce ?

— Quelques-uns. Pour beaucoup, nous les fabriquons nous-mêmes. Il n'existe qu'une trentaine d'archetiers en France : trop peu pour une fabrication industrielle ou même artisanale.

Juliette regarde sa montre, fait signe à Philippe.

— Nous demeurerions toute la journée avec vous. C'est impressionnant. Mais nous prenons sur votre temps. Et puis, notre train n'attend pas.

L'archetier considère Nathalie :

— Pour ton archet, compte sur moi et mon compagnon. Comme promis à ton papa, dans six mois environ, j'en entreprendrai la fabrication. Sitôt le travail terminé, je vous appelle.

Que dire du retour ? Nathalie souriait aux anges, imaginait le jeune archet virevoltant sur les cordes du violon neuf.

Épilogue

Comme il demeure médiéval, ce site de La Chaise-Dieu, à mille mètres d'altitude ! L'air s'y respire si pur ! L'abbaye apparaît immense, maternelle au milieu des maisons qui l'entourent.

Ce 25 août 1988, toute la famille de Nathalie, lorsqu'elle s'approche pour y pénétrer, perçoit les notes des musiciens qui répètent dans le cloître. Le concert débute à 21 heures, mais chacun des parents et des proches possède un carton d'invitation spécialement réservé à son intention par Nathalie, soliste à vingt-neuf ans. Dans la haute abbatiale, seul œuvre, avant l'ouverture, l'accordeur du piano-forte. La famille pénètre par la porte latérale, s'installe dans le chœur à la première travée. Un bel homme la place : c'est Patrice, le jeune garçon amoureux de Nathalie, devenu son mari et son imprésario. Il lui consacre désormais toute son activité.

Mamie Mathilde s'avance avec sa canne, s'installe à la meilleure place. Nathalie la lui a fait réserver. La violoniste y tient absolument : sa crainte permanente était que le grand âge de son aïeule ne lui permette pas de vivre jusque-là. Mais sa santé a résisté et Mathilde s'assoit sur la chaise dorée, tapissée de velours rouge. Philippe et Juliette prennent place avec leurs deux enfants. Les parents de Patrice conduisent par la main leur petite-fille. Sandrine s'assoit ; grâce au legs de sa mamie, elle a créé son atelier à La Chaise-Dieu où déjà l'artiste est reconnue et sa galerie très visitée ; ses peintures se vendent bien.

Robert et sa petite famille paraissent tout intimidés : paysan dans l'âme et de conviction, il a repris et agrandi le domaine ancestral légué par son père. De même que ce dernier avait construit la grande étable en lieu et place de l'ancienne, Robert termine l'édification d'une stabulation pour soixante vaches. Philippe non seulement ne s'y est pas opposé, mais a aidé son fils à la réaliser. Le bâtiment immense comporte une véritable salle de traite, des *cornadi* où les bêtes trouvent leur nourriture, des stalles de repos, une aire de déambulation pour l'hiver mais qui, l'été, ouvre directement sur les prairies. Il sera le premier paysan de Malvières à disposer de ce complexe.

Solange, Bruno, Maryse et leurs enfants prennent place quant à eux sur la seconde rangée. Légèrement en retard, arrive enfin Firmin, le vieux légionnaire : Nathalie tenait à sa présence. Sans lui, que serait-il advenu d'eux tous s'il n'avait pas su accueillir Robert ?

Se présentent alors le luthier du Puy et l'archetier venu spécialement de Lyon le jour d'avant. Nathalie ne les avait jamais oubliés et refusait leur absence le jour de la consécration solennelle et publique de leur travail.

Mais la famille n'aperçoit pas Jacques. Comme l'inquiétude s'installe, l'homme se faufile dans la foule avec sa femme et ses enfants. Tous arrivent de Billom : Jacques y a repris l'atelier de reliure légué par Germain. Solange et Bruno avaient proposé à Juliette de le vendre ; elle en fit part à Jacques qui s'en montra intéressé. Depuis toujours, son goût allait au manuel, à l'artisanat d'art. Juliette fut soulagée de savoir l'atelier de son père demeurer dans la famille.

Les chaises et les stalles paraissent maintenant totalement occupées par le public. Une tension se perçoit : les musiciennes en longues robes noires, les musiciens en costumes sombres sur leurs chemises blanches et nœuds papillons noirs s'avancent dans le collatéral nord et occupent leur place attitrée.

Chacune et chacun prend grand soin de son instrument, le tient comme un trésor. Juliette repère certaines violonistes concentrées sur elles-mêmes : elles lui semblent prier.

Le silence s'installe, le premier violon donne le *la* ; la salle respire encore une fois et puis retient son souffle : la soliste s'avance. Nathalie, aussi svelte que racée, élégante ô combien dans sa robe noire éclairée de ses longs cheveux clairs, tient à une main son violon et de l'autre son archet. Qui à Malvières eût pu croire qu'un jour une petite fille de paysan jouerait soliste au festival de La Chaise-Dieu ? Elle s'incline, sourit aux siens et les notes s'élèvent. Ce soir, son public l'attend pour la *Symphonie espagnole* de Lalo.

Sur Nathalie et son instrument, se braquent les faisceaux des projecteurs : comme autrefois devant les hautes flammes de l'âtre, le violon s'éclaire d'or. Philippe et Juliette se sourient, leurs mains se serrent très fort.

Table des matières

Du même auteur

Imprimé en France par CPI
en décembre 2021
N° d'impression : 2062424
Dépôt légal : mars 2022
ISBN : 978-2-8129-2851-2
ISSN : 1627-6779
www.deboree.com
livres@centrefrance.com